中國歷史文集叢刊

醉經樓集

〔明〕唐伯元 著
朱鴻林 點校

中華書局

圖書在版編目(CIP)數據

醉經樓集/(明)唐伯元著;朱鴻林點校.—北京:中華書局,2014.1(2016.6重印)
(中國歷史文集叢刊)
ISBN 978-7-101-09517-3

Ⅰ.醉… Ⅱ.①唐…②朱… Ⅲ.中國文學-古典文學-作品綜合集-明代 Ⅳ.I214.82

中國版本圖書館CIP數據核字(2013)第161713號

責任編輯:李　爽

中國歷史文集叢刊
醉 經 樓 集
〔明〕唐伯元 著
朱鴻林 點校
*
中 華 書 局 出 版 發 行
(北京市豐臺區太平橋西里38號　100073)
http://www.zhbc.com.cn
E-mail:zhbc@zhbc.com.cn
北京瑞古冠中印刷廠印刷
*
850×1168毫米 1/32 · 15½印張 · 2插頁 · 340千字
2014年1月第1版　2016年6月北京第3次印刷
印數:3001-4000冊　定價:58.00元

ISBN 978-7-101-09517-3

目録

序類卷之三……五一

記類卷之四……七一

書類卷之五……八七

雜著類卷之六……一四三

附録三　唐伯元著作目録 …… 三三三

附録四　唐伯元交遊文字……三五七

【校記】

〔一〕此題諸本均誤次「醉經樓八景」題下。

〔二〕此題光緒本作「戒對客談時政」。

〔三〕「二河」、「奉和」，光緒本誤作「三河」、「奉賀」，惟内文不誤。

〔四〕「大司空」，諸本皆誤作「太司空」，惟内文不誤。

〔五〕「改代稿」三小字，諸本内文題下均有，據補。

〔六〕「下蔡鎮」，諸本皆題下誤作「下葵鎮」而内文不誤。按，明代下蔡鎮在南京鳳陽府壽州，爲作者由北京往湖廣可經之路，下詩所見蒙莊、八公山二地即在附近，可證「下葵」之誤。

〔七〕此題光緒本作「諸子解七附」。

〔八〕「大」，抄本誤作「太」。

〔九〕「後」，原本、抄本皆誤作「俊」，惟内文不誤；光緒本則題已改正。

〔一〇〕光緒本此題屬於「續附刻」部分。

〔一一〕此題民國三年甲寅（一九一四）重刊周光鎬明農山堂彙草文卷十三作「奉直大夫吏部文選司郎中曙臺唐公行狀」。

點校本前言

唐伯元，字仁卿，號曙臺，明代廣東澄海縣仙門里人，嘉靖二十年（一五四一）生，萬曆二十六年（一五九八）卒，是明代後期著名的官員和儒者。明史儒林傳有傳，稱其「清苦淡薄，人所不堪，甘之自如，爲嶺海士大夫儀表」。明儒學案也有他的學案，包括了傳記和文字選録。

唐伯元嘉靖四十年（一五六一）由縣學廩生中廣東鄉試，萬曆二年（一五七四）中進士，觀政刑部。同年閏十二月之任江西萬年縣知縣，次年十月改知江西泰和縣。萬曆八年（一五八〇）兩處共計六年任滿，升南京户部主事，次年到任。萬曆十二年（一五八四）署南京户部郎中事。是年十一月，朝廷從祀王守仁（一四七二—一五二九）、陳獻章（一四二八—一五〇〇）、胡居仁（一四三四—一四八四）於孔廟。次年春天，唐伯元上疏抗議陽明從祀，並進呈其所注釋的古石經大學，請求頒行於天下學校。是年三月，他因反對朝廷成命被降三級調外，貶爲海州判官。在任六個月，升保定府推官。萬曆十四年升爲禮部主客司主事。次年請告回籍。萬曆十八年（一五九〇）起補儀制司主事。次年二月奉命參與選取宮人，事後上宮人疏。是年九月同考湖廣鄉試，十月改補尚寶司司丞。萬曆二十年丁母憂回籍。二十二年（一五九四）冬服闋，以原官起復。後升吏部文選司員外郎，進署郎中事，參與萬曆二十三、二十四年文官銓選事情。事後獲推升太常寺少卿（一作太僕寺少卿），未報。二十四年七月，兩上疏請罷歸，獲准。萬曆二十五年抵家，次年卒，享年五十八歲。卒後獲贈太常寺少卿。萬曆四十六年（一六一八）廣東巡按御史田生金（萬曆三十二年〔一六〇四〕進士）疏請朝廷贈予謚號，崇禎七年（一六三四）唐伯元子唐彬上疏續請，均未成功。但廣東澄海縣和潮州府皆以鄉賢祀之，江西萬年縣和泰和縣皆以名宦祀之。

作爲行政官員，唐伯元能幹而有惠政。唐彬上疏指出，唐伯元初仕時知萬年和泰和兩縣，「六年之内，得薦九次，諮訪二次，考績治行獨最，紀録卓異」，因而獲升京職，並且離任之後，兩地都爲他蓋建生祠予以肯定。任官朝廷時，也有優良表現。萬曆十九年春參與選取宮人事後奏上的宮人疏，暴露了當時内宮對宮人的嚴厲苛刻和虐待，選取宮人事情在順天府尤其宛平、大興兩縣民間引起的恐懼，也令到萬曆皇帝對事情產生一定的自咎。最特出的成績，則是如明史所載，在文選郎中任上，「佐尚書孫丕揚澄清吏治，苞苴不及其門」。具體的事情是幫助孫丕揚（一五三一—一六一四）制定和推行掣籤法。這個銓選方法的成效和長期影響還有待深入研究，但時人好評的較多，明史也給予高度肯定。萬曆年間的吏部文選清吏司，是在朝勢力角鬥的場所，也是怨府所在。文選郎中地位關鍵，因而動輒得咎，在任者如後來的東林領袖顧憲成（一五五〇——一六一二），且在萬曆二十二年五月被削籍爲民，隨後的馮生虞（萬曆二年〔一五七四〕進士）也被謫降極邊雜職。唐伯元以清直勝任，正如唐彬所指出，當時「前後秉選者十餘人，多獲譴責，獨臣父任滿六選。」這確是難得的成就。唐伯元沒有留下直接評論當時銓政的文字，但他的兩封請求辭職奏疏，已從涉事人的立場和角度透露了萬曆中期高層政治的困難情況。

作爲學者，唐伯元以堅定反對王陽明心學著名於時。唐伯元崇禮重行，居官和居鄉一以貫之，故此對王學末流信心任性而不修行檢的作風十分不滿。這和他的學問淵源有關。唐伯元少年時主要從父親唐天蔭問學，隆慶五年（一五七一）會試下第後，曾到江西信州師事名儒吕懷（嘉靖十一年〔一五三二〕進士）。吕懷學出甘泉湛若水（一四六六——一五六〇），湛若水學出讓明代理學轉入精微的白沙陳獻章。在宋明理學大師之中，唐伯元最服膺的便是宋儒程顥（一〇三二——一〇八五）和陳獻章這位師祖。在前代諸子之中，他最佩服隋唐之間的文中子王通（五八四？——六一八？）以及唐代的韓愈（七六八——八二四）。唐伯元自己酖好經學，尤其深於易學和禮學。醉經樓集的命名，正是有取於王通「心若醉六經」一語所致。唐氏的説經和解經方法，有些像湛若水的，也有屬於自得的。他主張「解經以傳，不如解經以經；合而解則明，析而解則晦。」黄宗羲（一六一〇——一六九五）對此給予高度重視，明儒學案因而抄録了醉經樓集中全部的「經解」文字。

明代儒者論學，主要以大學的三綱領和八條目爲基調，唐伯元也不例外。他强調的學問關鍵是八條目中的「修身」，並且一再論證修身就是八目之始的「格物」的内容。這和當時流行的王陽明學説差異極大。陽明學説最著名的是「知行合一」和「致良知」。「知行合一」説認爲知識和行動一體不分，「知是行之始，行是知之成」；「知之真切篤實處即是行，行之明覺精察處即是知」；行是知的驗證，不行不足以成真知。因此，在大學「致知在格物」和「物格而後知至」的教旨中，「格物」和「致知」是一回事，而致知就是「致良知」，格物則是「正念頭」，念頭一正，所做之事自然合理停當。良知是人天賦的美善之知，人皆有之，因感而生，不慮而應；致良知便是讓人心本有的善念發揮其應有功能，去應對人所遇到的事事物物。致良知説的重點是行，因此可以説是「知行合一」説的升華；其重要意義，在於讓人自信其心而敢於行動，學者所學因而不至流於空言。致良知説的流弊，是給任性徑情者提供了個人主義思想的論據。王學發展到唐伯元活躍的萬曆時代，王門高弟如王畿（一四九八——一五八三）等所崇奉的「無善無惡心之體」、「現成良知」等説，非常流行，讓很多離經叛道的行爲得到理論上的依據。更嚴重的是，説良知的遠遠多於致良知的，王陽明鼓吹的行的哲學，又變成了説的哲學。唐伯元强調修身之學，本禮之行，在當時有着明顯抗衡陽明學説和强烈批判王門後學的現實意義。

宋明儒者建立理論時，例必透過詮釋儒家經典以成其事。經典的文本及其注解互爲因果。文本是論説的基礎，立論者注疏經典不足以闡述意旨時，往往會訴諸經典文本的再認定。宋儒朱熹（一一三〇—一二〇〇）便是透過論證見於禮記中的大學文本有誤，而作格物補傳，提出著名的格物就是「即物窮理」之説；王陽明則堅持禮記中的大學文本無誤，提出格物致知就是誠意之事，從而否定朱熹之説。唐伯元在論證「修身」才是「大學之道」的關鍵時，也采用了這個傳統做法來建立權威。但他依靠的大學文本，既不是禮記中的所謂古本，也不是科舉定本的朱熹改本，而是後來被證實爲嘉靖時豐坊（嘉靖二年〔一五二三〕進士）僞作的石經本。此本唐伯元稱之爲古石經大學，其文句次序，和禮記本及朱熹本都不同，還有一些這兩本都没有的文句，但内容確有可以被解説爲突顯「修身」在「大學之道」中的絶對重要性之處。唐伯元誤信此本是孔子之孫子思（西元前四八三—四〇二）所作的可靠原書，爲之作了注釋，還上疏要求頒布全國學校，以取代法定的朱熹大學章句讀本。此舉不啻否定明朝行之近二百年的科舉功令的正確性，但主要還是在於借助經典的文本權威來否定陽明心學的論據。古石經大學雖然是僞作的，但晚明采信者卻頗有其人，像劉宗周（一五七八—一六四五）這樣的名儒也在其中，這個現象在論述晚明思想史時是值得深思的。

唐伯元萬曆十三年上疏抗議王守仁從祀孔廟，是他著名當代和留名後世的主要事情。儒者獲得從祀孔廟，便成了法定的真儒，其學説也在制度上成爲正統學説。事情關係到國家的意識形態和士子在科舉考試中的利益，所以從祀議案歷來争論頗多，往往久而後定。王陽明是明代少有的文武全才，軍功和學術並茂。唐伯元抗議陽明從祀的一個原因，是認爲陽明的人品和學説都不像真儒。他在奏疏中肯定了陽明的事功，但卻借用已存的言論指責陽明「立於不禪不霸之間，而習爲多疑多似之行」；又引陽明自己的文字，指其論説實有「自相矛盾之處」，又有「間爲奇險之論以反經者」以及「故爲互混之論以遁藏者」。他認爲陽明之所以「大發千古所無之異論」，無非是「欲爲千古所無之異人」；並且列舉了與陽明並世的四位名儒質疑陽明之説，以證明自己的分析中肯。唐伯元言詞激烈，時人曾經指出是因不滿王學末流的猖狂表現所致。這樣的從流溯源做法，卻未必能得王學的肯綮。唐伯元抗疏的另一個原因，則是現實的學派競争。他指責陽明從湛若水論學而有所得，卻有意忽視湛若水學説的來源陳獻章。在標舉自己所屬的江門學派或甘泉學派這一點上，唐伯元並未能超越地域之見和門户之見。

唐伯元抗疏的後果和意義不一。由於王陽明是在首輔申時行（一五三五—一六一四）力主之下，與陳獻章和胡居仁同時獲准從祀孔廟的，唐氏此舉無疑是對支持王學的當軸者公開表示不滿，他因而馬上貶官三級，但兩個著名的吏部尚書楊巍（一五一四—一六〇五）和孫丕揚，也因而對他特別賞識和加意提拔，後來還使他能够任上吏部文選司郎中的重要職位。這便透露了晚明學術與政治的緊密關涉之處。另一方面，陽明從祀孔廟雖然成爲事實，但晚明以至清初批判王學之聲不斷，重新重視程朱理學的人物明顯增加；唐伯元的友好之中，像東林名人顧憲成、顧允成（一五五四—一六〇七）兄弟，以實學實行著稱的吕坤（一五三六—一六一八），以經世論著聞名的馮琦（一五五八—一六〇三）等人，都在其中。可見唐氏此舉實在也有嚴肅的學術意義。要之，唐伯元注釋和奏進古石經大學以及抗議陽明從祀孔廟二事，在明代思想史上都別具意義，醉經樓集中所見透視這兩件事情的文字，連同唐伯元其他批判當時主流思想的言論，使此集在研究晚明思想文化史上別具用處。

醉經樓集明代肯定有過刻本，雖然現存的三個版本都是刻於清代的。是集千頃堂書目已見著録，並且注明是「六卷」。唐伯元卒後不久，其友人周光鎬（一五三六—一六一六）作他的行略，數年之後其同年郭惟賢（萬曆二年〔一五七四〕進士）作他的墓誌銘，崇禎七年唐彬爲他請謚而上乞賜易名疏，都説唐氏有此集行於世。從是集清刻本書前的萬曆二十四年李禎（隆慶五年〔一五七一〕進士）序文，以及高攀龍（一五六二—一六二六）柬唐曙臺明府書中「讀醉經樓集，門下迴瀾障川之功不少矣」的説話推測，此集應在唐氏生前已經刊行。三個清刊本是乾隆十四年己巳（一七四九）唐伯元八世孫唐紹奎刻本、道光二十九年己酉（一八四九）唐伯元另一八世孫唐際虞補刻本和光緒二年丙子（一八七六）普寧方耀（一八三四—一八九一）重刊本。

清代醉經樓集遞刻的情況和内容大概，饒宗頤先生在方刻醉經樓集跋中有過扼要的叙録，見於饒鍔、饒宗頤合著潮州藝文志（上海古籍出版社，一九九四年）和饒宗頤潮州叢著初編（臺北文海出版社，一九七一年）的固菴序跋中，遂録於下：

唐伯元醉經樓集，明初刻本久佚。乾隆時唐紹奎刻本，世亦絶少流傳。今可見者，惟道光己酉唐際虞補刻本暨光緒丙子方耀翻刻本，兩種而已。道光本板多遺失；光緒本板，舊藏四中學校，今亦不存矣。此本凡分六卷：首卷爲詩；卷二爲經解，即朱氏經義考所録醉經樓經傳雜解；卷三爲序；卷四爲記；卷五爲書；卷六爲雜著。前有李禎序，唐若時序，并明史儒林傳文。而奏疏，及石經大學，唐彬乞賜易名疏，周光鎬撰曙臺唐公行略，郭惟賢撰墓誌銘，唐際虞跋尾，并附刻於末焉。據唐彬疏，伯元尚有醉經樓續集，李禎序，謂集中詩文，乃伯元自丁亥迄於丙申之作；然則其在丙申之後作者，當編入續集無疑。考伯元卒於戊戌四月。（見郭惟賢作墓誌銘。）戊戌距丙申未及二年，是所謂續集，今雖未見，意所載文字，卷帙必無多也。

這是饒先生半個多世紀以前所見的情形和所作的論斷，對於我們認識醉經樓集的版本狀況很有幫助。現存的刊本委實數量有限。我見過的，有汕頭市圖書館藏的一個著録爲乾隆本的刻本，廣州中山大學圖書館藏的一個道光刻本，香港中山圖書館（原孟氏圖書館）以及上海圖書館藏的一個光緒刻本，臺北中研院歷史語言研究所傅斯年圖書館藏的一個舊抄本。通過各本原書的對比，可以肯定道光本誠如饒宗頤先生所説，是個補刻本。其所補之本，實即汕頭市圖書館藏的乾隆本，但其所補只是原刻所無的唐伯元行略和墓誌銘兩篇，以及唐際虞的此本跋文而已。此點唐際虞跋中已經透露。跋文説：「丁未，姪廷珍補弟子員，時際虞已注籍訓導，念此後秉鐸不知何地，懼祖德之弗克述，而先芬之弗克誦也，命廷珍就鋟板悉心檢校，而剥蝕壞缺，已逾其半。因思拾其殘而補其闕，檢舊篋所藏，得明周大廷尉光鎬所撰行略，郭大中丞惟賢墓誌銘二篇，叙次紀述，較明史爲詳，因附梓於集後，俾世世子孫守而勿替，而當世儒林君子，亦資以考證云。」據此可知，唐際虞並没有對原刻板本作過大的修補。這樣便有必要一論道光本和乾隆本的實際關係。

道光本和乾隆本的版式、行款、字體、空格和提行的體式都一樣。兩本同爲每半頁九行，每行二十二字，週邊雙欄，惟卷一第一第二頁、第十二至第十五頁，卷二第一第二頁，卷四第一第二頁，「奏疏附刻」第一第二頁、第四十二四十三二頁，共十四頁爲半頁週邊雙欄，以示補刻之區別。全書六卷連同「奏疏附刻」均中縫頂刻「醉經樓集」，中刻卷數及文類，下刻頁碼。惟目録十四頁，則上端有黑魚尾，中刻「目録」二字，下爲頁碼。正文遇須尊敬字樣，均空一格；奏疏則正文均低二格，遇尊敬字均提行，或頂格，或空一格，凡祖宗稱號皆出欄上一格，全部依照明代刻本體式。但兩本凡明末諱字，如「檢」如「校」，均未見諱，可見此本並非刻於萬曆或啟禎之世。他字則「寧」字不諱，可證其爲道光之前所刻；而「玄」字末筆不現，「曆」字中兩「禾」作「木」，可證其爲乾隆時代之刻。從附刻唐彬崇禎七年乞賜易名疏之體式仍爲明刻式樣處看，此書初刻實爲六卷，而「奏疏附刻」諸篇或在明末已經補刊，而爲乾隆本所據。

道光本和乾隆本内容上也完全相同，包括刻誤之處在内。兩本均書前冠以寫刻的萬曆二十四年李禎序和乾隆十四年唐若時（雍正四年（一七二六）進士）序，序後接以明史儒林傳唐氏本傳，傳後接以本集目録，目録之後接以正文六卷，正文之後爲

「奏疏附刻」五十九頁，有疏六首，包括終卷的唐彬乞賜易名疏，以及石經疏後附刻兩篇，篇目均同於目録所見。此外正文每卷卷端所題書名、卷數和文類，如「醉經樓集卷之一詩類」，文類文字之例用小字，書題行下之刻「澄邑唐伯元著」，惟卷六作「澄邑唐伯元仁卿甫著」等處，亦皆相同。所不同者，道光本有扉頁，右上端刻「道光己酉歲孟冬重修」，中間大字「醉經樓集」，左下端刻「醉經別墅藏板」；内文在「奏疏附刻」之後有周光鎬撰明奉政大夫吏部文選司郎中曙臺唐公行略、郭惟賢撰明故奉政大夫吏部文選司郎中曙臺唐公墓誌銘兩篇以及「道光己酉年孟冬月八世孫」唐際虞撰跋一篇。這三篇目録屬之「續附刻」部分，實即道光本所補刻的全部内容。行略、墓誌銘兩篇，刻本字體較爲纖細，不類其他；版心上端有黑魚尾，亦與前此諸卷不同。行略中「寧」字諱作「甯」，可見此篇爲道光時所刻。

綜合這些版刻現象可見，道光本和乾隆本其實是屬於同一刻本。道光本所據之板即是乾隆刻本之板；其補刻者，只有周光鎬、郭惟賢和唐際虞文字三篇。現存汕頭市圖書館的乾隆本所見的十四頁補刻，從字體和刻工看，都與道光本「續附刻」三篇不類。故此可以説，現存乾隆本雖然未必是乾隆時代的印本，但卻應該是早於道光時代的補刻本。此本全書盡「奏疏附刻」而止，其印本漫漶之處，也較道光本少。這點也可以旁證晚出一百年的道光本是根據同一版本刷印的。

光緒二年的方耀重刊本，内容和道光本完全相同，惟以唐彬之乞賜易名疏歸入「續附刻」中。此本每半頁十行，每行二十二字，每頁週邊雙欄，版心刻字亦如道光本，上刻書名，中刻卷數及文類，下刻頁碼，惟書名下有黑魚尾不同；遇尊敬字不擡頭，避清諱，或作别字，或作缺筆；扉頁中刻「醉經樓集」，右上角刻「光緒二年重刊」，左下角刻「潮州金山書院藏板」。萬曆李禎序、乾隆唐若時序，目録，附明史儒林傳以及各卷正文，並奏疏附刻、續附刻及道光唐際虞跋，次序均如道光本。惟每卷文後隔一行刻「後學普寧方耀重刊」，而第四卷及附刻、續附刻未見；全書最尾一行左下角小字雙行刻「羊城内西湖街富文齋承刊印」，可見此本刻於廣州。此本翻刻時當有校勘，惟所更改文字，頗有誤會原刻之處。

臺北中研院歷史語言研究所傅斯年圖書館藏的舊抄本，目録、編次、内容、體式、行款、擡頭字樣、誤字等處，均如乾隆本及道光本，惟闕原本書前之李禎序及唐若時序、書末之唐彬撰乞賜易名疏。這個抄本似非根據汕頭市圖書館藏本抄寫，因爲乾隆本和道光本目録卷六有「立俊説」一題，「俊」字實爲「後」字之刻誤，汕頭市圖書館藏本有墨筆校正此字，而抄本仍然照誤（黄挺教授首先注意到此點）。這個抄本中的清諱「寧」字，不用正字，偶以俗字代替，更多的是末二筆缺筆（如卷五啟大宗伯沈公二首之一、答周濟甫大中丞二首之一、答郭夢菊大參各一見，答周時甫三見，附刻從祀疏二見，再請告疏一見），可見其爲道光或之後所抄。其所據者爲乾隆本抑爲道光本，則不可考。

醉經樓集還有一個選本，收入道光二十七年（一八四七）順德馮奉初題詞編刊的潮州耆舊集第二十四、二十五兩卷，題作唐選部醉經樓集。卷二十四收疏四首，卷二十五收序、記、書及雜著三十四題三十八首。其中卷二十四争從祀疏又因所據本漫漶而致闕文十二處凡一百二十三字。從編者無法爲之校補處看，醉經樓集原書當時傳本實屬稀有。

現存諸本之中，乾隆本和道光本在卷一、三、五、六以及奏疏附刻卷都有漫漶蠹蝕之處，而且所在板面相同；光緒本和抄本則皆文字完整，可以補救該兩本之闕。抄本文字不像光緒本之時有改動，尤其可貴。由於道光本的刻板本來便是乾隆本的，又有補刻的內容，所以雖有漫漶之處，這次整理，仍然以之爲底本，並且保存了原本的編次。因爲光緒本和抄本都有校改之處而没有校記，所以本書在校勘方面，雖以道光本爲據，於諸本異同之處，仍然參互出校；有所取舍和有所懷疑時，都在校記說明；有諸本皆誤而考訂改正者，也在校記說明原因。其他俗字、異體字以及光緒本常見的諱字，徑改不再出校，通用字則儘量照原本所見。此外，由於明儒學案比乾隆刻本早出，而其中所載的醉經樓集解文字，與醉經樓集刻本卷二「經解」諸條間有差異，故此也被用來校勘此卷。集中所載的唐伯元其他著作的序跋，如銓曹儀注和二程先生類語兩書的，也用該二書明刻本參與校讎。

醉經樓集在明清二代刊行的理由不一。唐伯元看來是有所爲而著書和刊行的。李禎萬曆二十四年序稱，孔子之後，楊墨並興，賴孟子作而排拒之。此後有佛老之徒出，近世又有以儒自稱的新學之徒出，「聖道否剥殆盡，良可懼焉。吾友唐仁卿氏有憂之，自丁亥迄今歲，凡十年來所著，有醉經樓一集，曰詩、曰經解、曰序、曰記、曰書、曰雜著，凡六卷，時而歌詠，時而解釋，時而問答，時而鋪衍，無之非是心何以病道，慧何以傷神，直斢元酒明水之味，力釀經術，俾世之醉經而醒道，勿失吾家無量不及亂之初意，意念深矣。吾再復之慁然，竊爲世道一快」。此説顯示了醉經樓集有高度的針對性，是唐伯元十年間對抗王學空疏者的集中表現，其結集刊行，存着一股濃厚的衛道意味。

乾隆十四年醉經樓集再度刊行，澄海知縣關中唐若時所作序文説：「吾讀醉經樓一集，知先生慨正學之弗昌，懼新説之日熾，毅然以道自任，直接宋儒之源流，而疏瀹決排之，以廣其教於天下，故凡奏疏、辯解、書記、叙説，以及雜著、詩歌，無一不沈酣於六經之津液，而去其糟粕焉。雖片語單詞，無不從箇中體貼出來，夫豈矜才尚智者所可同日語哉？亦豈貌爲道學，剿襲陳言者所可同日語哉？今其派孫紹奎欲梓其集以行世，是非懼祖言之弗彰，亦心懷學術之憂，將溥其道於當世，使吾儒共知所宗也。」唐若時認爲的唐伯元著書用心，和李禎所見相同，而唐紹奎刻書，則是後人表彰先人的繼志述事表現。道光二十九年唐伯元八世孫唐際虞補刻此集，用心相同，正如其所作跋文説的：「懼祖德之弗克述，而先芬之弗克誦也。」

光緒二年方耀重刊此集，則是接受粤籍名儒陳澧（一八一〇——一八八二）的建議所致。陳澧讀書記記載此事説：「仁卿所著醉經堂集解（「堂」當作「樓」）云：『左傳中載冀缺、劉子二段，是三代以前聖人相傳格言。曲禮序首引「毋不敬」數語，非皋、契、伊、周之徒，不能道也。』又云：『鄭康成、朱元晦，皆聖門游、夏之列，而特起百代之後，事難而功多。』論學書云：『不求盡我分内，而反求多於分外，此會講之風所以盛於今日也。』又云：『近世儒者，不可以欺人，止欺己耳；爲其原生於以本體求道，而陋聞見，拙踐修耳。』唐仁卿之卓識如此。明儒之學，黄梨洲所撰學案所載，已詳且冗矣，今可不論，惟唐仁卿廣東人，而今無述之者，故特著之耳。澧以醉經堂集（「堂」當作「樓」）難得，告潮州方照軒軍門重刻之。」可見這是出於佩服鄉賢學行識見而思有以表彰之的表現。陳澧，廣東番禺人，道光十二年（一八三二）舉人，學兼漢宋，是著名的學海堂堂長和菊坡精舍山長，事跡見汪宗衍陳東塾先生年譜，A. W. 恒慕義編清代名人傳略下册。

方耀，廣東普寧人，是晚清的粤籍名將，咸豐元年（一八五一）起在廣東各地屢建「剿匪」軍功，獲給展勇巴圖魯名號，又曾轉戰廣西、江西、福建等地，獲勝甚多。光緒十一年（一八八五）實授廣東水師提督，十七年卒於行營，事跡見清史列傳卷六十新辦大臣傳四本傳、碑傳集三編卷二十八宋澤元撰書方照軒軍門逸事。

唐伯元雖然當官位階不高，享年未及中壽，但實爲晚明政學兩界知名人物，交遊頗廣，論敵也不乏人。醉經樓集中的宮人疏、請告疏、再請告疏所反映的萬曆宫中和朝廷政治，從祀疏、石經疏所反映的晚明反王學潮流，乃至數十篇書信所反映的高層政治、學術思想情形，都是增進我們了解晚明歷史的有用資訊。爲了方便學者深入唐伯元的生平及其學術思想世界，我爲本集做了四個附録。

附録一是醉經樓集的集外文字，共收詩六首，文十六篇。其中遺文六篇及遺詩一首的題目，饒鍔在潮州藝文志卷十二唐氏「采芳亭稿」條中已有按語提及：周孝廉瑞徵堂記（萬曆癸未作，見周孝廉贈録三），三賢祠碑記（萬曆丁酉作，見雍正海陽縣志十），與友人論學書（見顧炎武日知録十八心學條），告遷寺基諸冢文（萬曆癸巳作，見嘉慶澄海縣志二十五），禮編序（萬曆丙申作，見經義考一百六十六），二程類語序（萬曆乙酉作，見類語本書卷首)。……又澄海縣志藝文，載曙臺詩有任憲使枉駕南巖兼紀湖堤新成七言一律，亦爲醉經樓集所無。

饒氏潮州藝文志卷九引大埔饒氏族譜文獻傳，還節録了唐氏所撰中書賓印饒公傳文字一段。這個附録搜集了此外的篇章如下：載於萬曆二十四年（一五九六）刊本郭棐（嘉靖四十一年〔一五六二〕進士）編嶺海名勝記中的文筆峰、金雞嶺、馬鞍岡、橋頭溪四詩，光緒二十六年（一九〇〇）刊本海陽縣志卷三十一中有闕文的奉和任憲使公祖西湖即席見示之韻詩，共詩五首；同治九年（一八七〇）宋瑛序稿本泰和縣志卷四十四及光緒四、五年間（一八七八—一八七九）刊本泰和縣志卷二十二中的泰和志序，光緒泰和縣志卷二中的士習書，咸豐二年（一八五二）南溪劉氏家塾重刊本劉元卿纂大學新編卷一中的石經大學跋，萬曆七年（一五七九）刊唐伯元增輯九卷本困知記書前的重刊困知記序，同治十年（一八七一）重修萬年縣志卷九中的吴氏節孝序、龍池廟碑記、萬年縣題名記，萬曆刊本焦竑纂國朝獻徵録卷五十一的工部員外郎劉公魁傳，萬曆刊本尹昌隆撰尹訥菴先生遺稿卷首的中允(尹)昌隆傳，連同乾隆四十八年（一七八三）饒桐陰修、光緒三十二年（一九〇六）丙午重刊大埔茶陽饒氏族譜文獻傳中完整的中書賓印饒公傳，共文十篇。

附録二是唐伯元的傳記資料。唐伯元的傳記，除了見於明史和明儒學案之外，見於明神宗實録等官書，廣東和江西及海州各地方志，以及明人潘季馴（一五二一—一五九五）、管志道（一五三七—一六〇八）、田生金等人文集的還有很多。本附録選録了五十多條文字不太重複的記述，並且包括了胡直（一五一七—一五八五）作的唐伯元父親傳記以及田生金疏題的唐伯元長媳傳記資料，管志道以及清人毛奇齡（一六二三—一七一六）、陳澧、廖廷相（一八四四—一八九八）、全祖望（一七〇五—一七五五）和民國吴道鎔（一八五三—一九三六）等人對其學行的評論文字二十多條。

附録三是唐伯元的著作目録。唐伯元一生的著作和編纂文字數量不少，從歷來書目、唐伯元傳記、唐氏自撰文字考見的，根據傳統的四部分類法，還有以下各種：易注、禮編、古石經大學（石經大學）、醉經樓經傳雜解、二程先生年譜（二程年譜）、（萬曆）泰和志（泰和縣志）、銓曹儀注、二程先生類語（二程類語）、二程先生新語、陰符經註、道德經註解、醉經樓集、醉經樓續集、太乙堂稿、采芳亭稿、愛賢堂集、白沙文編、昌黎文編，一共十八種。其中的醉經樓經傳雜解内容，應該便是醉經樓集卷二的「經解類」文字，千頃堂書目已有著録，所以可能在明代是一個單行本。二程先生新語，饒宗頤先生謂即二程先生類語的别稱。所以實際的著述應該只有十六種。這些纂著的大概内容和文獻著録情形，饒氏潮州藝文志大部分已有叙録，這個附録仍然據之爲本，而適量增叙其未處理者，如原北平圖書館善本書泰和志十卷、銓曹儀注五卷等。饒鍔在潮州藝文志卷十二唐氏「采芳亭稿」條中，有按語提及唐伯元的佚文説：「吕懷三書本義序（見周光鎬曙臺行狀）及鳳凰塔記（見曙臺三賢祠碑記），則篇亡而目存。」從其他文獻所載的資料看，這類佚文還有數篇。從明儒學案卷五白沙學案下孝廉李大厓先生承箕傳可見，唐伯元還有評論白沙門人李承箕（一四五二—一五〇五）的文字；從雍正七年謝旻等修江西通志卷一百八所載可見，他還有泰和縣社稷壇記；從光緒泰和縣志卷三建置略「上諭亭」條記載可見，他還有碑刻的息軒記；從萬曆末年田生金按粤疏稿卷六表揚烈節疏可見，他還有爲其守節的長媳唐華妻許氏而作的立嗣説；從胡直衡廬精舍藏稿卷二十答唐明府書可見，他還有别四生序；從醉經樓集卷四萬花巖三官殿碑記可見，他還有萬花巖和歌序。這些文字的大概年代還可以推測，附録也有附考，以便讀者。

附録四是唐伯元的交遊文字。唐伯元雖然未享上壽，但因當官清直有爲，論學旗幟鮮明，故此雖不開門講學，而交遊其實頗多，醉經樓集卷三序類、卷五書類所見的尤其集中。他們很多也有酬答或贈送唐伯元的文字。這裏抄録這類詩文九十多篇，作者包括唐氏同鄉至交的潮陽周光鎬、林大春，同省而學術不同的歸善楊起元（一五四七—一五九九），學術取向或同或異的各地論學友朋，如江西泰和胡直、南城鄧元錫（一五二八—一五九三）、安福王時槐（一五二二—一六〇五），南直隸無錫顧憲成、顧允成兄弟、孫繼皋（萬曆二年〔一五七四〕進士），休寧的范涞（一五三八—一六一四），直隸南樂的魏允貞（一五四二—一六〇六）、魏允中（萬曆八年〔一五八〇〕進士）兄弟，山東臨朐的馮琦，河南寧陵的吕坤等四十人。這些人物不乏聞名當時的士大夫，他們的文字透露了各自與唐伯元彼此關心的學術和政治問題，以及不同的學術主張和立場。這些文字對於增進了解唐伯元其人其事以及晚明的學術思想，都有參考價值。

我對唐伯元的認識和研究興趣，是從閲讀明史唐氏本傳和明儒學案的唐氏學案開始的。因爲研究孔廟從祀制度，到明代萬曆年間争論王陽明從祀事情時，唐伯元便成了尤其觸目的人物。爲了深入理解其人其事，自然渴望對其著作也能儘量閲讀。幸而獲得前輩和友朋之助，唐伯元成書的刊本都能看到。做了一番溯源沿流的工作後，也抄録了不少收入此集附録的唐氏集外遺文、傳記資料、著作目録以及交遊文字。將這些資料連同醉經樓集儘早公諸於世，對於研究晚明政治、學術及思想文化史，應有好處。

是集之整理編校，肇始於前汕頭潮汕歷史文化研究中心主任暨潮汕文庫主編杜經國教授之邀約。在複印醉經樓集及二程先生類語、銓曹儀注文本事上，前廣州中山大學副校長暨歷史系教授胡守爲先生、故杭州大學（今浙江大學）中文系教授徐朔方先生、香港珠海書院中文系教授莫雲漢先生都曾給予大力幫助；臺北中研院歷史語言研究所傅斯年圖書館、美國普林斯頓大學東亞圖書館（原葛斯德東方圖書館）、汕頭市圖書館也給予了大量方便。在搜集本集各附録資料時，復蒙以上圖書館及臺北「國家」圖書館、廣州中山大學圖書館、香港中山圖書館、香港大學馮平山圖書館、香港中文大學圖書館惠予不少方便。在工作過程中，承蒙臺中逢甲大學曾一民教授、臺北中研院歷史語言研究所梁其姿教授、臺北漢學研究中心耿立群女士、香港大學馬楚堅博士、潮州韓山師範學院黄挺教授關心和幫助。全稿初定之後，復承門人劉勇君提供唐伯元交遊文字十多條，並爲閲讀全稿、搜求錯誤（覆校時且再增加傳記資料十餘則）。事後又承中國社會科學院歷史研究所所長陳祖武教授惠正可疑之處。交由史語所審查出版，則有賴於所長王汎森院士及編輯委員會常委召集人邢義田教授之事先鑒定。凡此我皆衷心感謝，所剩文字或標點錯誤，自然由我負責。學術原非一人之事，我只盡了學者個人之力，諸先生之樂觀其成與鼓舞幫助，其對此集面世之貢獻，則讀者所宜珍惜。

朱鴻林・二〇〇七年八月十五日・香港

（二〇〇八年三月十五日修訂）

（二〇〇九年五月廿八日再訂）

醉經樓集序

(明)李禎撰

夫道至孔子成矣，知後世難於三代也，爰筆六經詔來許，故六經者明道之書也。經方興而楊、墨並呶啨於其時，賴孟子興氏作，大聲色排決之，令吾道光明天下。吁！功亶偉矣。又寧知楊、墨之後，突有佛、老之徒出乎？其説閎闊要渺，無復倫紀，亦僭稱曰經，纔一醺人，凡厥搏心攝志之衆，匍匐皈依，故其毒之濩也，迄於今千百年不厭，鞠爲世道苦。又寧知佛、老之後，復有近世新學之徒出乎？至是不佛、老著姓，故吾儒標名，不吾儒其漿，故佛、老其餕，而縱横其吻，評唱一語半偈，互混吾道真詮，機鋒所觸，胥天下之知者愚者，驅而皆納諸中，但啜其糟，即遞其魄，醺醺終身日富，趑趄蹢躅，毒慘以烈，乃殊自奇於世大醒，聖道否剥殆盡，良可懼焉。吾友唐仁卿氏有憂之，自丁亥迄今歲，凡十年來所著，有醉經樓一集，曰詩、曰經解、曰序、曰記、曰書、曰雜著，凡六卷，時而歌詠，時而解釋，時而問答，時而鋪衍，無之非是心何以病道，慧何以傷神，直斞元酒明水之味，力釀經術，俾世之醉經而醒道，勿失吾家無量不及亂之初意，意念深矣。吾再復之慁然，竊爲世道一快。嗚呼！今世來裔，亦庶以此俟之矣哉！

萬曆丙申，秋七月，念之二日，友人李禎拜贈。

醉經樓集序

（清）唐若時　撰

言者心之聲也。言因心發，亦猶聲隨器出也。金石絲竹、匏土革木，爲器不同，而聲亦異焉。故心爲才人之心，則其言必瑰瑋奇麗，可以啟人之幽緘，闢人之靈府，亦足以傳誦於後世而弗衰。若心爲道學之心，則其言必醇正誠樸，可以闡道術，熄邪説，正人心，繼前聖之心傳，樹來學之模範，更足以綱維世教，上下古今於不窮也。是以士君子讀書明道，立言貴乎有本。言有本，則見諸行者必實。夫然，言可也，不言亦可也。不言則吾之道明；吾之道明，夫何必言也？言則吾之道明，人之道亦明；人之道明，而吾之道愈明，又何必不言也？故阿衡有訓，姬公有誥，武侯之表，陸宣公之奏議，可以言目之乎？不可也。蓋言即道也。言即道，又烏可無言也？吾讀醉經樓一集，知先生慨正學之弗昌，懼新説之日熾，毅然以道自任，直接宋儒之源流，而疏瀹決排之，以廣其教於天下，故凡奏疏、辯解、書記、叙説，以及雜著、詩歌，無一不沈酣於六經之津液，而去其糟粕焉。雖片語單詞，無不從箇中體貼出來，夫豈矜今其派孫紹奎欲梓其集以行世，是非懼祖言之弗彰，亦心懷學術之憂，將溥其道於當世，使吾儒共知所宗也。丐余一言以爲序。以余承乏海邑，與紹奎有金蘭之契，兼有同族之誼，雖不敏，實有不能已於言者矣。雖然，先生之學，大儒之學，先生之文，大儒之文，淵深鴻博，又豈余淺識者所能道其萬一哉？

乾隆拾肆年，歲次己巳，孟冬中浣，關中後學若時識。

醉經樓集卷之一　詩類

澄邑唐伯元著

醉經樓四首

典衣爲沽酒，典地爲裁〔一〕花。小樓新搆〔二〕就，明歲屬誰家。
種花莫種奇，卜築何妨拙。客來歸不歸，樓上看明月。
樓前湖水平，樓外四山青。樓中經一卷，堪醉不堪醒。
白晝鶯聲囀，清宵鶴唳過。幾番沉醉後，喚醒興偏多。

【校　記】

〔一〕「裁」，光緒本作「栽」。
〔二〕「搆」，光緒本作「構」。

又四首

天地何簡易，六經何支離。安得楊子雲，尊酒共樓居。
吾讀稊稗篇，莊生如有悟。糟粕苟不存，吾道在何處。
果哉糟粕矣，煨燼莫疑秦。韋編三絶後，誰是醒經人。
醉經何可當，樓名浪標榜。痴迷復痴迷，前身疑象罔。

醉經樓八景

鏡湖

若將湖比鏡，湖光鏡不如。若比醉中人，脱身墮太虚。

新篁島

誰開湖上島，新篁緑未齊。齊時應囑付，合有鳳來棲。

西湖山

島上樓堪畫，湖山敞畫屏。不有樓居者，歷歷爲誰青。

蘆荻洲

蕭蕭蘆荻邊，載酒趁斜陽。醉來疑作夢，捩柁過瀟湘。

漁滄廟

清夜聞鐘鼓，朝來薦雞黍。廟古不知年，滄浪問漁父。

桃花塢

一塢深復深，見花不見樹。人間可避秦，何必桃源路。

林副使舊宅

林公舊地〔一〕館，橋畔草萋萋。百年歌舞地，閑在夕陽西。

【校　記】

〔一〕「地」，光緒本作「池」。

李家園

春林翠欲流，繁芳發羅綺。前日是張家，今朝又姓李。

自甲申十月至戊子正月〔一〕

不是憂生不學禪，持來一戒幾經年。塵緣未了尋常事，猶向春風獨自憐。

【校　記】

〔一〕此題諸本均誤次醉經樓八景之下，當爲獨立一首。

山居五戒

一戒講學

我曰予賢，人曰予聖。果聖且賢，相悦而静。況汝之德，未滿鄉里。況汝之道，未行妻子。呶呶嘵嘵，蓋不知耻。

二戒預外事

仁者愛己，義者正己。枉己直人，所濟有幾。匹夫之行，可化鄉人。既明且哲，以保其身。

三戒酬應詩文

賦性太輕，溢道人美。無益於人，且先失己。搜腸刻骨，博〔一〕潤筆金。可憐多病，老去光陰。

【校　記】

〔一〕「博」，原本、抄本誤作「愽」，據光緒本改。

四戒赴席

小席百錢，大席一金。何功何能，爲世所欽。竟日嗛嗛，疏嬾難支。夜深人静，我讀書時。

五對客戒談時政〔一〕

生逢唐虞，明良岳牧。不學賈生，流涕痛哭。物之不齊，人孰無過。反己責躬，是我工課。

【校　記】

〔一〕此題光緒本作「戒對客談時政」。

乙酉元日八首 附録

嶺嶠雲山外，征鴻半假真。一從郎署後，四見歲華新。冠蓋迎人嬾，漁樵入夢頻。咄嗟成底事，又伴上林春。

其二

竊禄誰家子，言歸竟不歸。高堂雙白髮，帝里又芳菲。谷送宫鶯曉，煙添御柳肥。斑斕五色在，何處試春衣。

其三

戀闕幾沉吟，爲郎十載深。長瞻惟北斗，欲報愧南金。起草當年事，傳經百代心。況逢端履慶，吾意不須禁。

其四

獻賦慚司馬，逢君喜帝堯。尚疑樽俎意，無補聖明朝。玉律陽方長，春風凍已消。胡〔一〕兒休牧馬，指日斷天驕。

【校記】

〔一〕「胡」字光緒本上墨釘。

其五

獻歲饒佳氣，千官向紫宸。誰擎金掌露，最惜嶺頭春。濡滯瞻雲日，艱危報主身。傍人休錯解，張翰憶鱸蓴。

其六

歲改心如舊，間關酌去留。憑將丹扆獻，乞伴赤松遊。桃處人偷顆，桑時鶴送籌。庭闈多勝事，此外復何求。

其七

半生憐學道，苒荏負初心。倏爾經今歲，愀然覺寸陰。一封何潦草，百計是抽簪。異代誰知己，無絃壁上琴。

其八

賢聖不同調，行藏合自謀。縱然群鹿豕，不是慕巢由。時序書間蠹，乾坤海上鷗。青春堪潦倒，吾道在滄洲。

庚寅春三月始克赴京至三河留別諸親友奉和薛舜徵兄見贈之韻

遄發今晨已後期，親知遠送勸行卮。鶯花處處堪留戀，江舸朝朝對別離。晝省幾違高卧枕，班衣重整拜宸墀。孤征此際情多少，漫説君王雨露私。

夜宿藍屋驛不寐追和白沙先生臺書春晚之句

古驛江頭近釣磯，傷心春事故山違。楊朱正恐當年悞，伯玉寧知四九非。反命敢云恭父命，征衣今又負萊衣。庭槐舊緑稱觴處，留得清陰待我歸。

東林寺逢安大行小范遊天池不得偕往是夕至九江承徐刺史見招對月次韻寄慨時四月八日也

若爲邂逅惜芳辰，指點峰頭月色新。對眼忽疑天有路，逢君況是玉爲人。虎溪别去多應笑，馬上看來幾處真。不有風流賢刺史，清光今夜共誰論。

官人行黄梅道中爲役夫述

前歲樹皮盡，去歲草根絶。依舊春來滿地青，荆杞蓬蒿不堪咽。須臾性命倚吴商，妻兒典與一身孑。一身孑，千愁結。迎送官人何足憐，縣庭催租日流血。

送霍年兄之署教靖江

送君此去憶當年，倫霍風流一代傳。家是杜陵天尺五，人從門下魯三千。夜色乍驚南海月，歌聲欲和武城絃。明到蘇湖懷古處，始知吾道寄青氈。

陳都運自都門歸壽其母太夫人八十

八十人間希又希，表間歲歲映春暉。金花更獻西王母，天上仙郎晝錦歸。

庚〔一〕寅老母壽日集杜

幾迴青瑣點朝班，日繞龍鱗識聖顔。南望青松架短壑，東來紫氣滿函關。一雙白魚不受釣，萬丈丹梯尚可攀。何爲西莊王給事，來遊此地不知還。

【校　記】

〔一〕「庚」，原本作「唐」，從光緒本改正。

賤辰承吕維師徐獻和李宗誠曾舜徵袁季友諸省丈及羅布衣汝存携酒見過集杜

隱几蕭條戴鶡冠，興來今日盡君歡。尊前柏葉休隨酒，竹裏行廚洗玉盤。拳引瀘騎沙苑馬，衰顔欲付紫金丹。可憐賓客盡傾蓋，百遍相過意未闌。

病中對雪聞諸省丈在假集杜

身欲奮飛病在牀，晶晶行雲浮日光。王生怪我顔色惡，茂陵著書消渴長。畫省香爐違伏枕，芙蓉别殿漫焚香。此時對雪遥相憶，行酒賦詩殊未央。

十月十一日同諸僚友集吕鴻臚宅看菊追次壁〔一〕間韻二首

自是東籬巧傲霜，秋英爛熳豔華堂。白衣似愛陶潛興，青眼從教阮籍狂。此日看花猶帝里，十年起草愧明光。獨憐同舍兼同調，吟得詩成句裏香。

【校　記】

〔一〕「壁」，原本、抄本誤作「璧」，據光緒本改。

其二

盆滿黄金叢滿霜，錦爲屏障畫爲堂。留連不是因花惱，酩酊原非爲酒狂。羈旅魂驚親舍遠，簪袍晚濫主恩光。月明馬上催扶醉，白玉珂聲漢署香。

假日王駕部冏伯惠到湖綿天池茶次韻爲謝

彩毫字字拂清霜，兼品題封到草堂。范叔不知寒作假，相如定是渴來狂。蘇湖氣味渾相似，衣馬輕肥倍有光。獨怪朝參疏懶甚，朝朝想像御爐香。

老父壽日次韻

八千椿樹幾凌霜，萱草萱花共北堂。但得堦庭留戲彩，不應詩酒尚佯狂。蟠桃更獻千秋顆，銀燭誰分此夜光。一客燕臺家萬里，幾回温凊〔一〕待黄香。

【校　記】

〔一〕「凊」，原本、抄本作「清」，按詩歌格律，從光緒本改。

病中有懷醉經樓集杜

舊國霜前白雁來，茅齋寄在小城隈。傍人錯比楊雄宅，江上徒逢袁紹杯。萬事糾〔一〕紛猶絶粒，百年多病獨登臺。此身未知歸定處，懷抱何時得好開。

【校記】

〔一〕「糾」，原本、抄本作「斜」，按杜甫寄常徵君詩原文作「糾」，從光緒本改。

病中書懷寄楊太史貞復兼謝枉顧集杜

武陵一曲想南征，悵望秋天虛翠屏。多病獨愁常閴寂，簿書何急來相仍。楊雄更有河東賦，方朔虛傳是歲星。速宜相就飲一斗，山陰野雪興難乘。

魏光禄懋忠自平樂書來兼示見懷之句次韻〔一〕

似君須向古人求，想見歸懷尚百憂。卜築應同蔣詡逕，春風回首仲宣樓。漁吹細浪摇歌扇，天入滄浪一釣舟。谷口子真吾憶汝，何時更得曲江遊。

【校記】

〔一〕詳詩句，題末應有「集杜」二字。

大司空曾公見招以病乞改別約集杜

此生已愧須人扶，細學何顒免興孤。豈有文章驚海内，幾回書札待潛夫。尊當霞綺輕初散，酒憶郫筒不用酤。不是尚書期不顧，五陵佳氣無時無。

冬日承少宰王公見招病不能赴集杜

積雪飛霜此夜寒，强移棲息一枝安。故人情味晚誰似，百遍相過意未闌。盤出高門行白玉，花邊立馬簇金鞍。此時對雪遥相憶，信有人間行路難。

別李中丞維卿兄之楚集杜二首

中丞問俗畫熊頻，況復荆州賞更新。多少材官守涇渭時有西警之意，早聞黄閣畫麒麟。岸容待臘將舒柳，江縣含梅已放春。此別應須各努力，正思戎馬淚盈巾。

其二

横笛短簫悲遠天，斷腸分手各風煙。不知明月爲誰好，偶觸愁人到酒邊。綉羽銜花他自得，春渚落日夢相牽。短衣匹馬隨李廣，蝦菜忘歸范蠡船。

送姜仲文督學關中

大雅文章孰敢先，周南風首國風傳。賢關自古雄三輔，憲府於今況少年。名自仙郎高起草，人於講座識含鱣。正是兩階干羽日，即看萬里浄烽煙。

奉和鄒孚如司封雪中見過不值之韻〔二首〕

經歲何曾笑口開，一歌伐木一徘徊。自憐幽意今猶古，誰障狂瀾倒復回。字本無奇堪載酒，雪偏乘興負君來。何時更枉論文約，流水高山共舉杯。

積雪燕關凍不開，相逢谷口重徘徊。共傳客有鄒生妙，斗見春隨煖律回。道氣如君誰伴侣，清時鳴鳳欲儀來。黄金賦在須珍重，不用詞臣露一杯。

除夕

殘臘禪房静，青燈玉漏遲。不眠成隱几，獨酌更支頤。年盡他鄉夜，人過半百時。自憐遊子意，吾道況如絲。

辛卯元日

帝里春回斗柄東，忽驚春事故園同。雲連粤嶠青天外，人在燕關紫氣中。夢裏斑衣常五色，曉來遲日愛初紅。屠蘇强進酬佳節，無奈浮生任轉蓬。

送何侍御謫楚藩司從事因懷范原易李克蒼原易舊守洪都克蒼先以比部謫楚〔二首〕

不見批鱗今柱史，曾聞製錦舊神君。洪都太守宜堪憶，對酒憐才日未曛。

何李誰傳二妙并，不應秀句有鄒生鄒司封孚如。三湘愁鬢時相對，參伍雙懸江漢名。

送何侍御謫官之楚 改代稿

離亭歌管曲新翻，慷慨看君下紫垣。驛路風光收客淚，洞庭波瀾是君恩。乾坤幾見三閭廟，詞賦難招萬古魂。明過湘江回首處，賈生才思不堪論。

送張黃門閲邊

十萬熊羆擁漢官，邊城曉月挂旌竿。螭頭暫借回天力，塞外驚傳落膽寒。見説皇威清海甸，更催飛將斬樓蘭。歸來勒石燕然上，金殿千門立馬看。

送楊太守復補定州

鶯聲出谷柳條新，乍捧除書下紫宸。客裏三刀頻入夢，花前五馬又行春。揮金慷慨承家操，劇郡艱難報主身。來暮喧歌緣底事，去思處處欲沾巾。

九日同諸省丈遊南壇望齋宫小憩追次小杜九日登高詩卻集老杜七言律句

水鳥啣魚來去飛，水精宫殿轉霏微。庭前甘菊移時晚，苑外江頭坐不歸。萬里秋風吹錦水，千家山郭静朝暉。孤城此日堪腸斷，老大悲傷未拂衣。

寄壽太宰楊公三首

歸來黄髮又經春，聖代休休一個臣。舊履聲高天子聽，新槎浮近海鷗親。可能楊綰爲丞相，忽向明星見老人。嶺上桃花千萬樹，不知何處宰官身。

其二

上下風雲不可從，始知今日有人龍。經餘槖籥玄修祕，歸到關門紫氣重。已藉仙宫群野鶴，獨愁聖主夢非熊。何當脱卻浮名繫，五嶽峰頭伴赤松。

其三

總爲社稷愛蒼生，疏懶猥承國士名。一飯只今誰吐哺，三台此日望調羹。歌殘白雪何人和，眼看黄河幾度清。惟有祥光南極外，夜深長拱帝星明。

和張黄門玉車舟中晚睡 時出都之明日

旅雁將秋至，鳴蟬入暮清。煙村團野色，鼓吹雜江聲。泛斗槎仙過，侵星館吏迎。五雲雙闕外，去去一關情。

次前韻

白日愁將暮，黄河不肯清。誰邀江月色，閒聽棹歌聲。野鳥高飛去，汀鷗作意迎。伊予慚負汝，相對若爲情。

和玉車見約事竣各便道省覲兼訂復命之期先此惜別集杜三首

忽漫相逢是別筵，南遊花柳塞雲煙。匡衡抗疏功名薄，張旭三杯草聖傳。萬里秋風吹錦水，一行白鷺上青天。明光起草人所羨，復道重樓錦繡懸。

其二

赤甲白鹽俱刺天，雲安縣前江可憐。路經灎澦雙蓬鬢〔一〕，燕蹴飛花落舞筵。萬里相逢貪握手，百壺那送酒如泉。更爲後會知何處，遲日徐看錦纜牽。

【校記】

〔一〕「鬢」，原本、抄本作「髩」，按杜甫將赴荆南寄别李劍州詩句，從光緒本改。

其三

高才仰望足離筵，獻納司存雨露邊。顧我老非題柱客，將詩不必萬人傳。思家步月清宵立，肺病幾時朝日邊。朱紱即當隨綵鷁，杜陵韋曲未央前。

過南旺與玉車遊蜀山湖湖中逢檀季深季明二昆仲

採蓮處處雜菱菰，時或維舟隱岸蒲。人在空中山有蜀，天開島外鏡爲湖。魚從舉網皆堪艙，酒自如泉不用酤。仙侶翩翩移向晚，恍疑身世到蓬壺。

七夕過留城四首

旅夜逢秋百感并，絶憐織女渡河清。不堪更泊留城下，煙水茫茫舟自横。

留侯有廟對崩湍，湖水粘天動地還。此夕正逢天女渡，莫教風浪到人間。

乞巧天邊此夕多，乾坤無奈一黄河。赤松不管人間事，黄石書中意若何。

天横碣石拱皇州，自古黄河向此流。試向支機前借箸，漢廷何處更良籌。

蒙城署中即事戲呈玉車

雙雙蝴蝶上花枝，兩兩前身盡可疑。隱几終朝吾喪我，連牀昨夜子爲誰。南飛忽傍三秋雁，老去何妨兩鬢絲。脱卻樊籠便歸去，羅浮山頂又蛾眉。

下蔡鎮夜憩文殊寺聞野歌有獻胡山人詩者得江字

十二連城淮水瀧，州來曾是古名邦。煙收萬井月明夜，人坐空山秋滿江。但有梵音存古刹，何須野曲送新腔。忽傳有客題詩句，可是鹿門人姓龐。

過蒙莊

雄辨先生第一流，向來齊物幾時休。錯疑吾道非糟粕，尚憶人呼作馬牛。濠上不知魚是我，夢中誰信蝶爲周。何人索得玄珠在，許共逍遥物外遊。

八公山謁謝公祠

奄奄江左是何時，能破苻堅百萬師。兩岸煙銷淝水白，數聲鶴唳鬼神知。兒曹大捷偏安日，元老千秋一著棋。聖代即今家四海，倉皇國手可看誰。

渡淮一首

清淮如帶遶，秋色與天長。淝水東西合，韓碑日月光。客心可感慨，王氣〔一〕幾興亡。惟見江頭柳，蕭疏伴夕陽。

【校記】

〔一〕「氣」字抄本脱。

其二

今日長淮好，經過人姓唐。魚龍秋是夜，鴻雁稻爲糧。古渡猶風浪，吾家世子方。漁歌東岸起，酤酒正斜陽。

過大山見老山

蚤發田間道，秋風灑客襟。到關淮地盡，入望楚雲深。老大憐今日，棲遲憶故林。高山何處調，空愧古人心。

棘院中秋對月

紫蓋峰頭月色，鳳凰院裏花香。懷人今夜千里，何處東山草堂。

黄梅道中望五祖峰有懷汪子虚

馬首空濛翠幾重，就中高處若爲宗。平生不厭曹溪怪，今日貪看五祖峰。山遥遥連山寺古，白蓮長是白雲封。汪汪生舍無多路，何日相從上祝融。

偶憶亡友王藩甫及姜可叔

穿破是君衣，死了是君妻。中原懷二子，吾友更何疑。

送徐郡侯入覲集杜

秋風此日灑衣裳，楚客惟聽棹相將。南極一星朝北斗，五更三點入鵷行。多病獨愁常闃寂，賢聲此去有輝光。朝覲從容問幽側，珍賜還疑出尚方。

人日采芳亭對雪即席呈曹長王德履 亭在驗封司

亭外毿毿老樹斜，粉牆飛過樹全遮。天涯翦綵人爲日，署裏含香玉作花。同舍歲深寒自戀，試春衣在酒堪賒[一]。相將退食無多暇，何事山陰訪戴家。

【校記】

[一]「賒」，抄本、光緒本誤作「賖」。

亭中雪甚有懷舊署趙孟顧鄒諸君子

舞盡瓊花片片輕，斷腸諸子共飄零。白雲封在懸冰鑑，玉署名高自歲星。何處漁簑能待我，幾回鶴淚憶談經。不堪更話當年事，徙倚東西一短亭。

乙未春正月二十三日早恭過上御皇極門覲天下來朝諸侯時有島夷乞封闕下

曉仗春雲擁漢官，忽瞻龍衮欲躋攀。聲稀玉漏聞天語，色醉仙桃識聖顔。萬國山呼依北極，兩階干舞肅南蠻。自憐捧日心猶壯，郎署何妨侍從班。

又

詔選宫人昔奏知，怪來朝講故遲遲。忽逢丹扆垂裳日，正憶天言罪己時。先帝初年真聖主，輪臺一詔更吾師。微臣舊有千秋鑑，卻望調元鼎鼐誰。

大參王如水公復補吾廣

嶺嶠春風動地迴，兒童又報使君來。主恩緑鬢三持節，驛路青山幾見梅。但有夷吾堪重望，可須唐諓浪兼才。紫微垣外中書省，夜夜清光燭上台。

喜用晦至自原易所尋補襄陽

旅夜清尊復此迴，了無一句笑顔開。況從古越諸山過，曾見新安小范來。舉世更誰能我友，無人識子佐王才。若將治郡論黄霸，異日功名未可猜。

新移芍藥臺上

花臺春爛熳，芍藥可誰同。舊蕋交新蕋，深紅間淺紅。妍堆酣曉露，力困倚微風。開謝尋常事，浮生信轉蓬。

采芳亭喜傳長孺同舍至共觀芍藥因話二顧

采采芳亭伴，采芳亦采真。不禁花解語，況對玉爲人。野築明星迴，鶯聲出谷新。忽聞過二顧，飛動更須論。二顧何翩翩，耽玄近可憐。青雲還我貴，白眼好情偏。見面從君過，無書只信傳。寧知花塢裏，吏隱亦逃禪。

大司馬葉丈大中丞周丈同時被謗奉留有寄

司馬勳名宇宙間，中丞鎮静萬人歡。遥傳塞外空豺虎，共説軍中有范韓。篋滿謗書憎倚重，天扶明聖惜才難。即看河套天王地，乘勝長驅破可汗。

大司馬丈量移南司空屢疏乞歸不允忽報大捷喜而集杜

聞道河陽近乘勝，初聞涕淚滿衣裳。蒼花不曉神靈意，扶顛始知籌策良。殊錫曾爲大司馬，老儒不用尚書郎。朝廷衮職誰争補，正想氤氲滿眼香。

司馬丈乞身未允聞已南歸集杜遥寄

想見歸懷尚百憂，何時更得曲江遊。十年戎馬暗南國，萬里烽煙接素秋。可念此公懷直道，焉知李廣未封侯。杖藜嘆世者誰子，天入滄浪一釣舟。

周中丞再疏乞歸自縉紳官軍而下號留不已集杜郤寄

拖玉腰金報主身，莫云江漢有垂綸。扁舟不獨如張翰，河内尤宜借寇恂。獨使至尊憂社稷，早聞黄閣畫麒麟。致君堯舜須公等，歸赴朝廷已入秦。

九日與諸曹友同登顯靈宫閣

高閣峻層俯建章，況逢佳節又重陽。秋聲不入遊人耳，紫氣浮來滿帝鄉。髮短更蒼堪帽落，客多同調趁花忙。明年此會知何處，遍插茱萸遍舉觴。

采芳亭承南羅二長官見招賞菊集諸曹友爲補重陽之會

大隱於今混廟廊，翩翩同舍共亭芳。深林夕照明棲鳥，曲徑人疑遶洞房。惱殺黄花仍五色，簪看緑鬢賽重陽。誰知玉露凋傷後，更向疏籬作意香。

醉經樓集卷之二　經解類

澄邑唐伯元著

身心性命解

性，天命也。惟聖人爲能性其心而心其身，小人不知天命之謂性也，故性爲心用，心爲身用。劉子曰：「人受天地之中以生，所謂命也。」孟子曰：「殀壽不貳，脩身以俟之，所以立命。」

道性仁誠解

道無體，性無體，仁無體，誠無體，統之以物爲體。外物無道無性，不仁不誠，此吾道與異端之別。

論語解二

魯論記夫子之言，二十篇至矣。家語得其十之七，荀子、劉向、大、小戴十之五，莊、列十之三。論語記言嚴謹，不敢增減一字，惟編次頗雜，其義易晦。使編次皆如鄉黨一篇，則論語可以無解。

一貫解

「己欲立而立人，己欲達而達人。」「己所不欲，勿施於人。」孟子曰：「苟能充之，足以保四海。」程子曰：「充擴得去，天地變化草木蕃。」

川上解

「維天之命，於穆不已。」天行也。「逝者如斯夫，不舍晝夜。」聖人之心純亦不已也。孟子曰：「有本者如是。」程子曰：「其要只在謹獨。」

有是解

「用之則行」，有是以行，見龍也。「舍之則藏」，有是以藏，潛龍也。用而無可行，或所行非所用；舍而無可藏，或所藏非所舍；謂其身行藏則可，謂其道行藏則不可。

與點解

春風沂水，點之誠也。「吾斯未信」，開之誠也。狂者志有餘而誠不足，聖人欲進其不足而裁其有餘，故一嘆一悦，進之也，正所以裁之也。惜乎點猶未悟。後來解者又從而爲之詞，聖人之意荒矣。

克己由己解

仁者以物爲體，安得有己？故曰「克己」。仁者如射，反求諸己而已矣，故曰「由己」。知由己然後能克己，能克己然後能復禮。夫學至於禮而止矣。克己未足以盡仁，猶無私未足以盡道，知其解者，宋儒中惟明道一人。

問恥解

有道穀，亦足恥〔一〕。九百粟，不可辭。不行怨欲，可以爲難，而不可以爲仁。聖人雖因憲而發，實古今賢者之通患，爲其志不在中庸也。賢哉回也，陋巷簞瓢，爲其志在擇乎中庸也。

【校 記】

〔一〕「亦足恥」，諸本同；明儒學案卷四十二甘泉學案六引醉經樓集解作「不足恥」。

孔顔樂解

仁者怨乎？曰：「怨己」。仁者憂乎？曰：「憂道」。然則如樂何？曰：「怨己，故不怨天，不怨人，在邦無怨，在家無怨；憂道，故不憂貧，不憂生，以死生爲晝夜，視富貴如浮雲」。

脩己解

脩己以敬，至於安人安百姓，皆脩己也。易有太極，至於生兩儀四象八卦，皆易也。謂敬在脩己之中，太極在易之中，則可；謂敬安百姓，太極生兩儀，則不可。

大學中庸解二

大學、中庸，賈逵經緯之説是也。而作書之意，又若以易爲經，以詩、書爲緯。蓋「惟天爲大」，惟學則天，故曰大學；惟中乃大，惟庸乃中，故曰中庸。易曰「大哉乾元」，「君子行此四德者」，又曰「天行健，君子自强以不息」，大學也。乾之德莫盛於九二，其曰「龍德而正中者也」，「庸言之信，庸行之謹」，中庸也。此其經也。雜引詩、書，隨處互發。其緯也。大學以規模言，其序不可紊。中庸以造詣言，其功不可略。

至善解

正己而不求於人之謂善，正己而物正之謂至善。孟子曰「行有不得者，皆反求諸己」，善也；「其身正而天下歸之」，至善也。程子曰「在止於至善，反己守約是也」，則合而言之也。

格物解

「物有本末」，「其本亂而末治者否矣」；「自天子以至於庶人，壹是皆以脩身爲本」。家語曰：「察一物而貫乎多，理一物〔一〕而萬物不能亂，以身本〔二〕者也。」孟子曰：「天下國家之本在身。」

【校　記】

〔一〕「理一物」，諸本同。按，孔子家語卷五作「治一物」。

〔二〕「以身本」，孔子家語卷五作「以身爲本」。

知止止至善解

自「知止而後有定」，至「慮而後能得」，始條理也，「知至至之也」。「在止於至善」，終條理也，「知終終之也」。知止能得，則近道；止至善，則道在我。

時中解

君子時中，擇中庸，依中庸者也。小人無忌憚，索隱行怪者也。賢者之過與不及均，而賢者之害尤甚，必至罟擭陷阱乃已。

中庸至善解

「中庸其至矣乎！」是謂至善。「君子依乎中庸，遁世不見知而不悔」，故止於至善。

鳶飛魚躍解

「必有事焉而勿正心」之謂儒，正心而無所事焉之謂釋。易曰：「終日乾乾，行事〔一〕。」程子曰：「鳶飛魚躍與必有事焉而勿正心，意同；會得時活潑潑地，不會得只是弄精神。」

【校記】

〔一〕「行事」，諸本同；明儒學案卷四十二甘泉學案六引醉經樓集解後有「也」字。按，周易繫辭上正作「行事也」。

道不遠人解

道者，治人之道也。以人治人，雖執柯伐柯，未足爲擬。子思之苦心亦至矣。程子謂「制行不以己，而道猶未盡」，此之謂也。

致曲解

「惟天下至誠能盡其性」，「堯、舜，性之也」。「其次致曲」，「湯、武，反之也」。易曰「逆數」，禮曰「曲禮」，逆而後順，曲而後直。聖人之教爲中人設，張子所謂「善反之，則天地之性存焉」者也。「發而不中，不怨勝己」，「行有不得，反求諸己」，此之謂致曲。

崇禮解

「大哉聖人之道」，三千三百之謂也。禮者，性之德也。道問學，所以崇禮，所以尊德性。

大經解

凡一代皆有一代之大經，堯、舜受禪，禹治水，湯、武放伐，伊尹放太甲，周公誅管、蔡，孔子作春秋，子思述大學、中庸，孟子距楊、墨，韓昌黎、程明道闢佛、老，其經綸一也。

大本解

未發之中不可求，必也格物乎？曰知本，曰知止，曰明善，曰致曲，旨同而名異，至於「反身而誠」，然後「立天下之大本」。

獨解

「不覩」「不聞」，即人所不見，獨也。「戒慎」「恐懼」，即「不動而敬，不言而信」，慎獨也。「小人閒居爲不善」，不慎獨也。「無聲無臭」，皆獨之義，或以爲贊道，悞矣。

不顯解

「於乎不顯」，「不顯惟德」，詩人贊文王至德也。始乎慎獨，終乎慎獨，學者當儀刑文王也。儒者既於「不顯」爲兩解，無惑乎以「慎獨」爲漏言。

天鬼神解

天與鬼神，形而下者也，故言天曰「無聲無臭」，言鬼神曰「不見」「不聞」。道，形而上者也，自無聲臭，自莫見聞，豈待贊乎？必以無聲臭、不見聞贊道，謂聲臭見聞非道，可乎？爲此解者，欲附於不生不滅、不垢不净之旨，不知反爲所笑。

孟子解一

夫子述而不作，群弟子不敢著書。夫子没，七十子喪，去聖日遠，漸生隱怪，子思子憂其失傳，始作大學、中庸，至孟軻氏而異端大起，争喙者多，始作孟子。二子皆不得已而著書，吾道既明，無書可著。

孟子一書，首尾照應，後先互發，凡有註解，添足畫蛇。

告子解

孟子闢楊、墨，一言而有餘；闢告子，屢言而不足。告子之害，甚於楊、墨，至後代始大。

五霸解三

孟子論三王、五伯、諸侯、大夫，則五伯爲二等；論堯、舜、湯、武、五伯，則五伯爲三等。性之上，反次之，假又次之。假或成真，惡知非有？舉戰國諸侯而無之，是孟子之所思也。

夫子論小人中庸，擬於時中君子也。孟子論五伯假之，擬於性之反之之聖人也。果如註解，是擬人不於其倫矣。

伯者慕[一]道而讓道，於道無損；異端賊道而當道，誣民已甚。故鄉愿、楊、墨、告子，聖賢皆闢之不遺餘力，獨於五伯，雖小之，不勝其大之，雖斥之，不勝其與之。斥以正志，與以明伐。吾儒之道，得王而信，得伯而尊。

【校記】

〔一〕「慕」，諸本皆誤作「暮」，據明儒學案卷四十二甘泉學案六引醉經樓集解文改正。

説約解

「博學詳説」與「博文」同，「將以説約」與「約禮」異。説約者，要約之約，求會道也。約禮者，約束之謂，能不畔而已。博學詳説，則禮在其中。約禮與人規矩，説約在人解悟。

好貨好色解

好樂與百姓同，好貨好色與百姓同，即「老吾老以及人之老，幼吾幼以及人之幼」，皆「不忍人之政」也。或謂孟子姑以引君，毋乃自卑以求用其言乎？外欲無理，外情無性，性理不明，往往如此。

求放心解

仁，人心也，本心也，不可放也。始焉不受呼蹴之食，此之謂本心。繼焉而受無禮義之萬鍾，此之謂失其本心。失其本心者，放心也。由不爲而達之於其所爲，此之謂由乎義路。由乎義路者，求放心也。心學之説，謂之求心則可，謂之求放心則不可。李延平曰：「仁，人心也。孟子不是以心名仁。」羅文莊曰：「延平之見卓矣。」二子可謂有功於孟子。

立大解

「仁義忠信，樂善不倦，此天爵也」，大也。「既飽以德，飽乎仁義，所以不願人之膏粱文繡也」，立大也。陸氏以立大爲立心，其流之禍，於今爲烈。彼不仁不義，假仁假義，小仁小義，孰非立心？皆可以爲大乎否？

大行不加解

「大行不加」，舜、禹有天下而不與者也。「窮居不損」，顏子簞瓢不改其樂者也。程子曰：「泰山高矣，泰山巔〔一〕上已不屬泰山。堯、舜事業，只是一點浮雲過目。」非程子不能及此。近代陳氏始發其義，楊、朱二解，胥失之矣。

【校記】

〔一〕「嵮」，光緒本作「巔」。

性反解

「由仁義行」，「仁者安仁」，「堯、舜，性之也」。「居仁由義」，「知者利仁」，「湯、武，反之也」。性之者不可見，得見反之者可矣。獨復者不可見，得見頻復者可矣。孟子曰：『有意而不至者有矣，未有無意而能至者也。』」善夫楊雄氏之記之也。儒者曰：「凡有所爲而爲者，皆利也。」又曰：「有意爲義，雖義亦利。」率天下而不敢爲仁義，必此之言也。

好名解

太上忘實忘名，其次篤實晦名，其次力實生名。生名者賢，晦名者聖，忘名者天。夷、齊讓國，國與名而俱存；燕噲讓國，國與名而俱喪。彼燕噲非好名者也，若出於好名，必擇其可讓者讓之，不至有子之之亂，固亦名教之所與矣。好名之人，能讓千乘之國，貴名也。

不謂性命解

以性之欲爲性，不知天命之性，是世俗所謂性也。以氣質已定之命爲命，不知受中以生之命也，是世俗所謂命也。在世俗則可，在君子則不可。君子者，反本窮源，盡性至命者也。故言性曰善，言命曰天，去此取彼。

寡欲解

「惟天生民有欲」，欲不必無，亦不能無，爲無欲之説者，惑也。聖人中焉，賢者寡焉。寡者，擇其中之謂也。至於中，則一欲不棄，一欲不留，欲我當欲，與人同欲，是謂中和位育之道。

經解凡四

經者，學之具也。學以明道，而易具矣；學以理性情，化天下，而詩具矣；學以爲帝者師，爲王者佐，而書具矣；學以脩身齊家，措之天下，而禮具矣；學以驗天應人，明微維分，而春秋具矣。其理相通，其義各别。樂無經，非失也，有詩在也。樂章存，而器數猶可考也。

經，聖經也。惟聖解聖，惟經解經，羲之畫，文之彖，周公爻辭，孔子十翼是也。惟賢知聖，惟賢知經，子思之大學、中庸，孟子之七篇，程伯淳之語録，凡所引是也。解字者，得少而失亦少，註疏是也；解意者，得不償失，今之章句、大全是也。擬經者，勞且僭，而無益於發明，太玄、元經是也。誣經者，淫妖怪誕，侮聖逆天，已易〔一〕、傳習録是也。

解經以傳，不如解經以經。合而解則明，折〔二〕而解則晦。故經有一事而前後互發者，有一義而彼此互見者，盡去其傳註，而身體之，口擬之，不得則姑置之，而從他處求之，諷詠千遍，恍然觸類矣。

無聖人之志，不可解經；讀世俗之書，不可解經。韓子曰：「非三代、兩漢之書不敢觀，非聖人之志不敢存。」可爲讀經之法。兩漢近三代，若董仲舒、楊雄、劉向、鄭玄、徐幹，皆其傑然者，其緒論往往可採也。

【校記】

〔一〕「已易」，諸本皆只作「易」，漏「已」字，據明儒學案卷四十二甘泉學案六引醉經樓集解改正。

按，已易係南宋陸學大師楊簡之著作。

〔二〕「折」，光緒本作「析」。

孝經解二

夫子有言：「行在孝經。」非世所傳孝經也。考儀禮，凡禮有經、有記、有傳、有義。今按小戴内則，前一段當爲孝經，曲禮、雜儀當爲記。大戴本孝以下四篇，與世所傳唐明帝御制序者，當爲傳義。合之而後孝經可考。内則自「后王命冢宰」，至「賜而後與之」，文字宏密精深，與十翼相類，既自别於儀禮，又自别於六經，所以爲夫子之孝經。

易解四

六經惟易無恙，漢、唐千家傳註，多有可考，不得其解，當以一經文爲據。解經之法，以經不以傳，宜合不宜折〔一〕。凡經皆然，而易尤甚。今之讀易者，未解繫詞，先解爻、彖，未辨枝葉，先認根苗，是孔子誣周文，而周文又誣伏羲氏也。此折〔二〕之尤舛，而自以其傳代經也。易之彖詞、彖傳、爻詞、爻傳，不妨合爲一卦，惟大象當自爲一傳，文言又當自爲一傳。大象者，學易用易也；文言豈惟乾、坤二卦有之，上經八卦九爻，下經八卦九爻，散在繫詞，詞〔三〕皆是也。合之共爲一傳，不特文言爲全書，而上、下繫亦自朗然。易有文錯者，如「雲行雨施」當在「時乘六龍」之下是也。有文不錯而句讀錯者，如「後得主」爲「主利」是也。有字不錯而反以爲錯者，「蓋言順也」「當作慎」是也。

【校記】

〔一〕〔二〕兩「折」字，光緒本皆作「析」。

〔三〕「詞」，明儒學案卷四十二甘泉學案六引醉經樓集解作「者」，連上句讀。

乾坤解

天地日月，寒暑晝夜，水火男女，乾坤之可見者也。極而推之，凡超形氣者皆乾，凡涉形氣者皆坤；凡善皆乾，凡不善皆坤；凡中皆乾，凡過不及皆坤。乾之亢與弱處即坤，坤之順且正處即乾。易，逆坤順乾之書，是故逆數。

九六解

易有用之用，有不用之用。乾元用九，與河圖虛中，大衍除一意同。蓋一三五七九皆乾，二四六八十皆坤。乾不用一用九，用九所以見一也。一者，天則也。五以上始數，皆乾；六以下終數，皆坤。天一始水，地六終之；地二始火，天七終之；天三始木，地八終之；地四始金，天九終之；天五始土，地十終之。坤用六，以大終也。大者，乾也。乾之用處即坤，坤之不用處即乾。用九，以奇偶數分乾坤；用六，以始終數分乾坤，故謂之易。

初上解

初即下，不曰下而曰初，舉初以見終也。上即終，不曰終而曰上，舉上以見下也。初以明本末，上以别尊卑，亦六九之義。

始生解

乾元資始，始我者，生我者也。坤元資生，生我者，殺我者也。貪生者爲凡民，甚則夷狄禽獸；知始者爲君子，合德則聖且神。

書解二

帝王之治，本於道是也。而道何本哉？曰本於身可也，曰本於中亦可也，而解者曰心。謂桀、紂非心，可〔一〕乎？帝王之道，在執中而身之，中以立本，而身以表則，故曰「允執其中」，曰「慎厥身修」，互見也。以心爲中，心難中也；以心爲身，民何則矣！開卷之錯，不可不慎。

堯、舜皆聖也，堯會生知之全，舜開學知之始，故論道則稱堯、舜，論學則斷自舜而不及堯。顔淵曰：「舜，何人也？予，何人也？」孟子曰：「舜，人也；我，亦人也。」後有作者，文王似堯，孔子似舜，顔、曾、思、孟、程〔二〕皆舜之徒也。

【校　記】

〔一〕「可」，明儒學案卷四十二甘泉學案六引醉經樓集解無此字，下「乎」字連上句讀。按，此本無誤。

〔二〕「程」，明儒學案卷四十二甘泉學案六引醉經樓集解無此字。按，此本無誤。「程」指程顥，唐氏固以爲能上接孟子者。

詩解四

詩始二南，樂淑女而歸百兩，坤道也。終雅、頌，純不顯而躋聖敬，乾道也。

關雎，秉彝好德，休休一介臣也，地道也，臣道也，妻道也。德在此，福亦在此，所以爲后妃之德，所以爲南風之始，所以爲中聲之寄。君子得之解慍，小人得之阜財。

人而不爲二南，故猶牆面。豳風、豳雅、豳頌，是周家一代元氣，宇宙間萬古元氣，貴者王，忽者亡，惟影響。

詩贊文王「不顯」，與天載同，贊其德也。史稱「西伯陰行善」，天下諸侯來朝，稱其時也。具於穆不已之德，又當儉德避難之時，所以愈不顯，又所以愈丕顯，與大舜玄德同。

禮解三

古之學者，學禮而已矣；古之觀人者，觀禮而已矣。三千三百，無一非仁，故典曰天序，禮曰天秩，動作威儀之則曰天地之中。

恂慄威儀，鳶飛魚躍。

儀禮〔一〕中有記有傳有義，大、小戴記中有經，次其序，比其類，禮之大略可以槩覩，詳具禮篇〔二〕。

【校記】

〔一〕「儀禮」，諸本皆作「禮儀」，詳句文，從明儒學案卷四十二甘泉學案六引醉經樓集解改正。

〔二〕「禮篇」，明儒學案卷四十二甘泉學案六引醉經樓集解作「禮編」。

春秋解三

春秋尊夏，尊王，尊天，尊道，扶天綱，立人紀，所以託天子之權，行天子之事。

春秋責己謹嚴，待人平恕，故〔一〕夷而夷則夷之，夷而夏則夏之，夷猾夏，夏變夷，則誅之。

左傳中載冀缺、劉子二段，是三代以前聖人相傳格言，失其姓氏。如曲禮序首引「毋不敬」數語，非皋、契、伊、周之徒，不能道也。

【校記】

〔一〕「故」起至句終二十二字，明儒學案卷四十二甘泉學案六引醉經樓集解無之。

諸子解附七〔一〕

養心莫善於誠，書之「作德日休」也。聖人教人，性非所先，魯論之「性與天道不可得聞也」。儒者非之，正坐此誤。

表章大學，自韓退之始；表章中庸，自徐偉長始；合大學、中庸爲子思經緯之書，自賈逵始。

闢佛、老，尊孟子，千百年惟一韓子，其功在吾道爲漢、唐儒者一人。鄭師馬，

鄭康成、朱元晦，皆聖門游〔二〕、夏之列，而特起百代之後，事難而功多。青出於藍；朱去程門未遠，源流各別。

孟子之後一人，非正叔不能至此。然正叔所造，竟讓其兄，夫然後見獨智之難也。張子厚醇正不減正叔，而才次之，然均可以爲弗畔。周、邵則自爲一家，過則陸，甚則楊，吾不欲論之矣。朱子能解正叔，而間雜乎周、邵，其去明道則已遠，不可不辨。

楊子雲美新論、劉靖修渡江賦，爲千古不白之疑。或曰遜言，或曰僞作，或曰以秦美新是秦而甚之也；渡江，特〔三〕不能違也。要之，違心焉耳矣。詳其語氣大顛〔四〕，二子故難語僞。雖然，凡售僞，未有不假真者。僞乎？僞乎？吾以二子之生平信之也。

國朝正儒莫如薛文清，高儒莫如陳白沙，功儒莫如羅文莊，使三子者不生考亭之後，得遊明道之門，俱未可量。

【校記】

〔一〕此題光緒本作「諸子解七附」。

〔二〕「游」，諸本皆作「遊」。

〔三〕「特」，明儒學案卷四十二甘泉學案六引醉經樓集解作「時」。

〔四〕「顛」，明儒學案卷四十二甘泉學案六引醉經樓集解作「段」。

醉經樓集卷之三　序類

澄邑唐伯元著

湖廣鄉試録序

萬曆辛卯秋，楚當比士，上命臣伯元副科臣應登往試之。録成，臣當有序載末簡。伏念臣起謫籍，濫儀曹，行能淺薄，愧無寸罊，以報恩私，兹幸托掄才之義，少酬萬一，何敢無言以諗諸士？乃諸士夙稱楚材，臣即有言，度無能居其意外者。無已，則請與論易可乎？蓋臣嘗讀易，至夫子繫乾之二三爻，一則曰存誠，一則曰立誠，而竊嘆言學者莫辨焉。夫乾之德，聖德也。九二，龍德正中，爲誠者之聖。九三，重剛不中，爲誠之之聖。聖不同而學同，學不同而誠同，蓋至於誠，則聖且天。夫二與三，皆天也，何可及也？乃其論存誠，則始於庸言之信；論立誠，則修詞之外無他語，又何其寂寥簡實，雖愚不肖可勉而能也。然後知聖以誠修，誠以言立，匪是悉邪也，而忠信隱矣，是夫子之所痛也。

夫學者有大患二：一患無志，有志矣，患不誠。誠與志合，則隨其高下之資，皆可與共學而之道。蓋昔者狂簡，在聖門最號有志，惟是言過高而行不掩，故夫子欲歸而裁之。喟然之嘆，誠與點也。非與其志也，與其誠也。若曰：「點而用世，其上下三子乎？抑進而古之人、古之人乎？吾不敢知也。點而云云，吾所諒也。不意點平日嘐嘐無當，而一旦自量之審如此。」蓋其裁之之意，所以進點也。他日使漆雕開仕。開曰：「吾斯之未能信。」子悦。悦其誠也。蓋亦與點之意也。觀夫子之進點、開，裁狂簡，而學之惟誠，誠之惟言也如是，夫士安可不誠，又安可一言而去誠也。

雖然，臣則不敢以苛求於今之士矣。狂簡在聖門稱高弟，去中行甚邇，又得聖人而師之，日皇皇學以求至於聖人，然且有行不掩言之病，況今之士，習章句，工射策，一於文字之色澤，而主司之投也？當此之日，欲令言言皆誠，皆出於行之所掩，是以聖門高弟之難能者，而責今之士以必能，則臣已先自愧矣。傳曰：「君子有諸己而後求諸人。」臣何敢以無諸己者求今日之士？且邇來釋氏之説盛行，學士大夫反驅吾儒以佐之，認精神爲聖真，委載籍於理障。其以藝文自高者，則又土苴六經，脣吻子史，而欲以當不朽盛事。始爲人欺，卒於自欺，士之不誠，宜未有甚於今日者。當此之時，即有大賢君子者出，而爲一代之師，或猶未能救什一於千百，況以章句求章句，而取必於一日之遇乎？此臣所不敢也。聖天子敦崇上理，端士習，正人心之令，無歲不下，期與多士更始，而竟未收得士之效。臣竊恥之，而臣又無力以維之，不能有諸己以先之，則臣與諸士均有責焉，而不敢復求於已往也。

臣則以爲，立誠請自今日始。蓋人之知能不同，而其大小又異。無小大無不知無不能者，聖人也。大者知且能矣，小者有不知有不能，君子也。不務易知易能，而務難知難能，小人也。不知以爲知，不能以爲能，妄人也。以不必知掩其無知，以不必能掩其無能，妖人也。士即未能盡君子望聖人，其不甘小人明甚，奈何爲妄爲妖，宜士之所共恥也。今諸士稽述天人，進退古今，敷陳理法，則犂然具矣。果執此用世乎？果皆斯之能信乎？能信且用，不足爲士喜；未信且用，不足爲士病，臣所謂自今日始者也。夫知不知，智也；能不能，才也，非誠之謂也。才智勞而誠逸，才智人而誠天，才智有涯而誠無涯。夫一德立而萬善從，勳業文章皆從此出，惟誠爲然。臣願與諸士共勉之。昔人有藏璞者，不知其中美也，大索於肆而不可得，然後以付工人，工人剖而辨價千金，於是始知自寶，而深悔向者之誤。夫既寶矣，何悔爲？諸士誠知自寶，而勿爲已往之悔，是亦臣與諸士立誠之初也。

承直郎禮部儀制清吏司主事唐伯元謹序。

醉經樓會序

友必賢與仁歟？其志愈高，其合愈寡。借千載而上，萬國而遥，不可以數數遘。借遘矣，不知我當其人，又未也。以彼遘之難，而我當之又難也，將孑孑而已乎？非也。無羨知音，無憂寡與，隨吾所處，蓋有難遘與當者矣。曾子有言：「親戚不悦，不敢外交；近者不親，不敢求遠。」常誦其言，以爲交遊之法。

友人南城王惟一氏，與余相期遠，相得深也。蓋自同舉進士時既十年餘，而來丞吾郡也，乃會余謫官海外。其明年，幸蒙召還；又明年，始得告省覲。於是復獲與惟一旦夕持觴相過，如往時。每及出處沉浮之概，大都惟一猶余也。則又勉勉以毋忘交警之誼。惟一曰：「吾吏於兹，日跂子不至也。吾好與博士李君暹談，其鄉縉紳中，則毛公紹齡、蔡公汝漢、鄒君迪、蔡君德璋、鄭君育漸諸君子者，吾樂親焉。惟兹城東鳳凰塔稱勝最，子記在石，吾將以公暇會諸君子，及其他勝處，諸君子辱許余矣，子其毋後。」余謹諾。自是會或城中，或郭外，或飛閣層樓，或浮屠梵宇，或臺榭臨流，或洞巖秉燭，或密林間幽徑，或平湖上迴峰，或下或登，或方舟，或椅檻，惟其所適。期或旬餘，或逾月，或經時不舉，或五七日再舉。值景物之既妍，但公私之有便，未嘗辭免。席坐三人，止於四果六肴，湯飯再之，或三之，惟時蔬酒茗必具。座中談論品藻，止於經史文章、孝子廉夫、貞臣烈婦，及乎英童樸叟、方外羽客之儔，或雜酒令戲謔，不及時事。飲或巨觴，或小酌，或興劇而頹然，或席罷而矜莊，不必其醉。至於寓意或要眇，寄興或玄孤，名説之不可，竟祕之不能者，則每於會後題詠焉發之。蓋雖不敢慕昔賢之風流，亦可謂極其情之所至者也。

夫丞吾郡者衆矣，如惟一者，今所稱賢大夫也。博士斌斌哉！國人所喜得師也。毛、蔡二公，余爲生時習遊也。鄒君與余并領鄉書。蔡、鄭二君有早歲筆研之雅，既近又戚也。孔子曰：「居是邦也，事其大夫之賢者，友其士之仁者。」余誠愧賢與仁，亦何敢過譽今日之同遊以爲高？後代若曰：近也戚也，吾願悦且親焉；誠悦且親，吾道庶矣。而未易言也。夫所謂悦且親，非其外之謂也，竊懼吾之不足以當諸君子也。因諸君子見吾不足，孰謂仁賢不在兹乎？不在兹乎？會起丁亥十有二月，至戊子秋，而惟一有校士省闈之行，博士且上春官，值余醉經樓成，諸君子乃會餞於是，而屬記於余。其樓在城西小西湖上，有小景，見詩中，故不著。

寄聲集序

「學何爲？」曰：「爲道。」「詩何爲？」曰：「爲學。」「詩與學同方乎？」曰：「否。學北方而詩南方。」「今之詩與學猶古與？」曰：「惜也，古兩得而今兩失也。」

「然則可得聞與？」「蓋吾夫子年十有五而志於學，其論志，曰『志於道』，曰『興於詩』，至於贊詩，往往曰：『爲此詩者，其知道乎？』興言志，道言學也。故學不志道，不如勿學。詩而無關吾學也，不詩可也。斯道也，何道也？堯、舜、周、孔之道也。古初大聖多出北方，稟扶輿之正氣，以君師天下，立極萬代。陳良，楚產也，能悅周、孔之道，北學於中國，孟子至以豪傑士歸之。蓋北方之學，有自來矣。

若夫詩則不然。昔者舜操五弦，奏南風，以薰六合。夫子删王國之風，名曰二南。南者，南風之義也。關雎寤寐淑女，鵲巢於歸百兩，均之舍己求賢，則二南之義，其最著者。故有關雎而後有螽斯，有鵲巢而後有小星，而麟趾、騶虞應焉。説者謂唐、虞太和，在成周宇宙，則二南爲之也。斯義也，可以治心。樂善不倦，可以酬物；不忮不求，可以相天下。休休好彥聖，君子得之解慍，小人得之阜財。故子謂伯魚曰：『學詩乎？』又曰：『汝爲周南、召南矣乎？』學先詩，詩先二南，其益宏遠矣。解者不得，從而爲之辭曰：『南者，自北而南也。』其序關雎，則又附會於不淫不傷之旨。其義既湮，其詞又下，遂啟儒者矯枉之過，至以后妃之德爲文王求后妃，焉知其流不爲導淫，爲長怨，愈失而愈遠也？此夫子所謂面牆也。

夫學中而詩和，學禮而詩樂，學乾健而詩坤順也。學之弊也，剛不勝慾，宜北而南矣。詩之衰也，温不勝厲，宜南而北矣。南北偏勝，而中和道亡矣。故北人宜南聲也，而學必北；南人宜北學也，而聲必南。吾夫子之惜子路，不云乎？『先王制音，奏中聲以爲節，流入於南，不歸於北。』夫南生而北殺也。乃子路懼而悔，静思不食，至於骨立，夫子則又喜之曰：『過而能改，其進矣。』夫其惜之也，惜其不南於聲也；其喜之也，喜其能北於學也。夫道有相反而實相成〔一〕者，學與詩是也。」

郡侯蘄水徐公，楚人也，難不在南聲；生同文之代，家周、孔而户詩、書，難亦不在北學。顧侯以早歲登第，居相里，出相門，初仕令尹而民爭尸祝之，既才且雋，竟不甘受其職〔二〕拔，沉浮中外二十餘年，而後守吾郡也；或者處此，無論聲不能平，即宿昔所持，幾何不改，乃獨能凝乎其氣，粹乎其容，不見有幾微戚戚於天與人之意。世謂楚人深於怨，而侯無之，今其寄聲集可考也。斯不亦兩難乎哉？夫聲生於人心，而妙於感人，歸在和樂而已矣。和樂者，無憂無怨之謂也。無憂者，憂在天下國家；無怨者，反求諸己。故無憂無怨者，聲也；有憂有怨者，學也。學不改北而聲不易南，夫是之謂中和。中和者，道也。吾未敢論侯之學，而能知其政；世人未能知侯之政，則請聽其聲。其和樂感人，一也。孟子曰：「仁者愛人。」又曰：「仁言不如仁聲之入人深也。」愛人者，學道者也；仁聲者，南聲也，兹侯之所由寄也。

【校　記】

〔一〕「成」字，原本、抄本均闕，從光緒本補。

〔二〕「職」，諸本相同，疑當作「識」，亦於義爲長。

龔刺史文集序

文惟古，剽陳言而矜其似，古乎？文惟新，互艱字以飾其奇，新乎？夫文，傳而已矣，不古且新則不傳，如是而爲古且新也亦不傳。蓋必有所以傳者，顧未易論耳。成、弘以來，言文者争治左、國、史、漢，以取榮譽於時，至嘉、隆尤甚。余少時，偶讀一二家而喜之，間有論著，人稱能焉。久之，知其文之所謂古且新者非然也，必如是而後古且新，寧不古不新也。既悔恨，不復爲，而亦不復有能文之譽矣。

歲庚辰，移官留曹，得從今嘉興刺史龔大夫後。未幾而大夫擢嘉興以行，同曹君子謬屬贈言，余謝不敏。大夫至嘉興，及期政成，爲江南第一，而同曹之申督猶未已。然余竟未有言。余之意，謂大夫雅擅作者，如其好尚出於今人，則余言無當也。同曹之督，蓋知余少時之能，而不知今之不能也。以是竟負同曹，而亦無以自白於大夫。

今年夏，余以得請南旋，道出大夫治所，承枉江干，坐語移日，因出其生平文集若干卷示余。余拜受而竟業之，撫今追昔，掩卷欷嘘，於是乎甚愧，而無以自解。蓋余居留曹，既餘〔一〕四載，始謫海外，已乃稍遷畿輔司理，尋還闕下，遲回郎署，又且逾年，乃大夫以政績尤異，天子錫晏特嘉，不欲奪郡人之嬰兒慕也，懸殊畀以待大夫暫歸之郡。當是時，大夫之爲嘉興滿六載，而余辱游於大夫七載矣。竊念大夫化行東海，聲實加於上下，爲當今名刺史一人，而余獨偃蹇無益於時，既不能不慨於歲月之邁，及讀其集，則又獨有契於余所云古且新而能不爲今人，必爲今人而寧不古不新也，何大夫知余，而余不知大夫也？余於是雖欲有愛於言，而不可得已。大夫之文，無意於傳，而又以屬於非其能如余者，恐愈令今人不好。顧大夫自有所以傳者，無待余言，余之不量而承命，則以明今昔之愧云爾。

【校　記】

〔一〕「餘」，諸本均誤作「余」，從文意改正。

雙壽序

福莫盛於名，德莫損於名，故以天下之廣，生人之衆，賢人之生也不地，聖人之生也不世。彼賢且聖，則誠名與福矣。乃其名在身後，其福非一己，雖賢且聖，不自知也。況當時之人乎？其較著而爲當世所榮豔，則莫如科名矣。故以天下之廣，生人之衆，士之得與計偕者，約日生一人而止耳；其進而擢高第，官華要，則月不能一人；又進而位樞軸，列公孤，則歲不能一人。其名愈盛，則其生愈難。凡以一人之人而當千萬億人之人者，苟求其自，皆可以卜其先世勤修之德也。獨其所謂勤修者，類庸常而無奇，祕密而不露，即其子孫亦多不能知，不能道。彼其子孫且以賢智貴倨，藐其先人也。則有居暴族里，出毒生靈，既毀前脩，且殃後代者，此可以物〔二〕論已。乃慕名太高之徒，多爲矯行詭説，以邀世俗尊己〔三〕，乘人之敗以自成，掩人之美以自張，惟名之所在而皇皇焉，此其人亦足有聞於後，然視之庸常祕密之行，何如也？夫道越乎庸常，功滿於祕密，而以取名者，皆物情之所忌也。故曰：「太上不德，是爲至德；至德無名，是以完名。」君子觀於盛損之間，可以考福矣。

友人許思士氏，世居揭陽，自其尊府先生起家賢科，仕爲東流令尹，致政歸，蓋年六十，而君繼之。比君爲順昌令尹，致政歸，年六十一，而令仲子又繼之。揭之爲邑，文獻望於天下，其父子祖孫舉週甲子而聯名桂籍，獨見君家，而君之子若孫與其諸子姓，又滾滾其方來也。人但知君家之福之盛，而不知所以致此者，其淵源遠而累積深矣。夫求名易，求道難；可大易，可久難。士方未遇時，茹苦嘗艱，不求勝人，惟求勝己，己一勝而道生，世俗之見爲柔懦無能者，乃吉祥之所止也。一都貴顯，輒思上人，以明得志，不淫以自污，則矯以驚俗。二者之清濁雖不同，而均之道所不載。夫道所不載者，其德與福可知也。元及侍東流先生，而與君二十年游好，見君家父子行之官，行之鄉，一如未遇時，油然仁人長者之風，殆托庸常，崇祕密，不欲令世人聞見者，於其昭昭而益以信其冥冥也。冥冥無已，昭昭亦無已，吾見君之家將有月生之人，歲生之人，爲世所榮豔，又將有不地生之人，不世生之人，爲世所不能知者，非一時之名而萬世之名，非君之福而天下人之福也。仲子歌鹿鳴，過里壽二尊人，會余校士至自楚也，邑之大夫士見屬一言。詩不云乎？「愷悌君子，求福不回。」以爲君壽。

【校　記】

〔一〕「物」，光緒本作「勿」。

〔二〕「已」，諸本皆誤作「已」，據文意改正。

雙壽贈言

凡善之易於謏聞者，非其至也。一技之能，人可指而稱也，多而愈廣矣。一節之奇，人樂傳而誦也，甚而愈溢矣。稱誦，名也。名盛，其於實也浮。浮，善之累也。夫善果爲吾累乎哉？善，天也。彼其爲之者，猶人也。夫善，無能也，無奇也，空其中，同其物，其行己也庸，其自處也下，惕人之所不見，而避世之所共争，彼其視天下人皆勝我也，人之視吾歉歉若不足也，烏知其爲善也。夫己不自善，而人亦莫得以善我，其於善也，天乎？未有樂乎天而猶希乎人者，亦未有天定而人不勝者。夫善，天而已矣。

友人王用晦成進士十有二載，始以樂安令滿秩，得封其父如其官，母爲孺人。用晦既稍遷，晉留都司冦郎，又五載，則封公年七十有四，而孺人亦七十矣。留都大夫士相率謀所以壽封公若孺人者，使來徵序。君子於此而竊觀天人之際也。蓋封公早歲以諸生治應制家言，尋即棄去，又了不問生人産。孺人克安之佐之，孝養太母備至。封公喜。封公雖以子貴顯，里居簡出，不欲郡縣有司望識顔面，性易以方，無他嗜好，惟好讀書。既老矣，益用自娱，當其欣賞，輒手抄録編次，至累牘盈箱未已。此其所存，必有異乎人者。王氏家於永嘉，稱世德，吾未暇考。然自封公以上，必有厚積不欲人知，而人亦不及知者，以封公之今日信之也。從古人家出才子孫，將大其族也，非有累善自其先世不能。然往往於科名貴顯之身而掩之。夫科名貴顯者，固才子孫也，而掩者恒多，大者恒少，則不知其先累之之難也。或知其累之之難，而其所以累者莫得而稱且誦也。何則？彼其爲之者，無能也，無奇也，但見爲不足也，人不及知而知之者天也。

元與用晦同舉南宫，同知慕學，其操尚與世齟齬，亦偶相類，至語道理，不苟爲合，而獨諒其志之不安於人也，故夙有所願於用晦。乃用晦當愛日之年，以養志守官，不得承懽膝下，歲時率〔一〕諸弟子稱觴拜舞堦庭，其情最難語解，有似夫元也。輒申是說，期共勉之。夫學，求天知而已矣。況承家法，大前修，在我後之人乎？然元未能定乎天，而欲用晦之盡遺乎人也，用晦未宜輕信我也。詩曰：「無念爾祖，聿脩厥德。」

【校　記】

〔一〕「率」，原本、抄本誤作「卒」，從光緒本改正。

送胡秀才序

上之二年，余始令萬年，邑有胡生以宗者，以童子見。其時已學聲句，能道經生語。其明年，余調泰和，生至泰和。又五年，而余轉官留曹，生又至留都。生之心，切切以就余爲幸，而余實無益於生也。生回自留都，始補博士弟子，自是不相聞問者垂十年矣。今年正月，忽一日見生於京邸，余大驚愕，以爲夢中也。京邸非仕宦賈客不到，萬年去京師六千里而遥，生又貧甚，無遊資，其行也無侶伴，無童僕，且當嚴冬凍裂之候，間關匹馬，何爲乎來？意生必有以，而生曰無也。居之邸舍，逾月而告歸。生自問業外，無一他語，始信生之來也，亦泰和、留都之意。聞者以生爲大異，余亦大異生，然竟不知余有何益於生也。聞生早失配，鰥居者多年，有同胞兄一人，讓其産五分之四，歲以教讀佐菽水，以養其父。生家居事多異，類此。間嘗詰生：「不娶或爲貧也，以非禮之讓讓兄，毋[一]乃非所以愛兄乎？設治之以官，兄坐顯慝，其可庇乎？是陷之也。」甚矣！生之好異也。而余又何敢以異處生？蓋嘗讀韓昌黎荅竇秀才書，近於絶物；及觀近代王新建送董山人序，則又誣民已甚。余於生，義不可絶，而又不敢誣也。序以送之，願生勿以異人者異人，而以同人者異人。如有問我者，亦幸勿謂我有異於人也。

【校記】

〔一〕「毋」，光緒本誤刻作「母」。

學政二篇贈李維卿出撫三楚

學篇曰：大學，以反己爲要，以脩己爲功，以推己爲驗，歸誠其身而已矣。「不怨天，不尤人」，「在邦無怨，在家無怨」，反己也；「庸言之信，庸行之謹」，「不動而敬，不言而信」，脩己也；「己欲立而立人，己欲達而達人」，「己所不欲，勿施於人」，推己也。孟子曰：「苟能充之，足以保四海。」程子曰：「充擴得去，天地變化草木蕃。」此推之説也。學至於能推，庶矣。其或推有不達，則如何？反己而已矣。反己如何？如舜而已矣。自古聖賢不達於家，無如舜，瞽瞍是也；不達於邦，無如舜，有苗是也。負罪引慝，在家何怨？班師振旅，在邦何怨？無怨已歟？曰：非也。無怨而後自怨，自怨而後憤悱生，學問長，大智出焉。故曰：「舜其大智也歟？舜好問而好察邇言。」又曰：「好學近乎智。」大哉學問乎？至哉反己乎？反己無盡，故學問無盡，而脩與推亦無盡，必如是然後誠。誠至而不動者，未之有也，舜之若瞽瞍、格有苗是也。故學問之道，反己而已矣。君子之於反己也，終其身而已矣。孟子曰：「君子有終身之憂。」又曰：「仁者如射。」則反己之謂也。

政篇曰：儒者有言，古之治者純任道，後之治者純任法。非也。未有離道而法，亦未有法毀而道獨存者。然則道法今古之辨何居？曰：古者道揆於上而法守於下，其在後世，上不信道而下蔑法也。

試觀今之天下，猶可謂有法乎？今之官尊權重，出而撫治一方，惟都御史。都御史持三尺，肅百僚，乃諸司相競，道路逢迎，時節慶賀，若交際然者，是賓之也；稟餼常供之外，又爲私交，是貨之也。都御史寄耳目於司道郡守，而司道郡守得以私其所屬，寧負都御史，寧負百姓，寧負朝廷，而獨不忍一吏是背也。官以巡撫爲名，跡不及於境内，吏弊民隱闇不聞知，而臧否一聽司道，是具位也。巡而騶從供億爲官民苦，不如勿巡也。公費不行，巡按而下，一切取辦〔一〕州縣，是誨之盜也。州縣實徵册籍，十無一二，賦逋訟多，皆由此起，上下相仇，遽稱難治，是誣民也。追徵糧差，志在火耗，每具一獄，而連坐者多至五六人，或十餘人，是不刃而掠也。今之天下大率類此，猶可謂有法乎？都御史代天子專制一方，諸司有過，其責在我，一夫不獲，其責在我，今若此，猶可謂執法乎？

當事君子，似不得不起而更之也。不更不忍，更之而無其方不訓。請與諸司約：凡上官所至，以王命臨，自廩給外，一毫不得具供；有司蠹政之尤者，不時論劾，必載道府考詞，不容私庇。夫節用必自公費始，便民必自實徵始。近行條編，非無公費也，上每侵下，而額不定也。司道府州縣，衡僻不齊，當有定額。州縣歲百金，量增至倍而止；司道府歲二百金，量增至倍而止；州縣之獨當孔道者，得如道府之數；撫按額一千兩。過客有廩給，則下程省矣；尊者餽下程，則卑者罷矣。故行公費者，省費者也。州縣之難，在賦與訟，以實徵難也。有能刻書頒守者，急賞以風有位，則在在響應，而賦清訟簡。如是而猶有污吏，則火耗而已耳，罰贖而已耳。投櫃在官，登簿在官，而拆〔二〕封付之經收匠作，凡羨餘悉充解費，凡轉解悉照原封，則官無染矣。州縣聽訟，應自問斷者，所逮雖多，坐其尤一人而止，則罰亦輕矣。嗟夫！公費革而盡歸驛遞〔三〕，贖金去而盡輸倉穀，必如是而後足國富民，此王政也。今未之能，吾救時焉可也。平居以此責成道府，巡行以此考覈州縣，閭巷細民令得自訴，而時加詢訪焉，故耳目不可欺，而幽隱畢達，然而法不行者，未之有也。

或曰：「若子言，則法也，如道何？」曰：「法者治人者也，道者自治者也，本末先後可知矣。」吾友李維卿氏之出撫三楚也，責一言於元。維卿氏學道者也，責己必苛，而待人以恕，其學與元同，至於恥言而果行，則元不能及。知維卿氏之道者，宜莫如元也，故其於贈行也，略於道而詳於法。雖然，必法乃見道，必法行乃見學道之功在三楚矣。子曰：「君子學道則愛人。」何幸於吾友之行親見之！

【校記】

〔一〕「辦」，原本、抄本誤作「辨」，從光緒本改正。

〔二〕「拆」，諸本皆誤作「折」，照文意及據制度改正。

〔三〕「遞」，抄本誤作「遁」。

贈楊比部出守真定序

今之直隸郡刺史，内視京兆，外視方岳，稱大府，而體尤崇，地尤重，幅員尤廣，則莫如真定。異時大府秩滿，進副臬，或累資至參藩而止，其以高等破例入爲京卿，則始自今日比部楊君之行，其重矣哉！夫刺史之難，大都起家郎署，易困以未嘗，不則人與地不相習，五方情俗非其諳也。比部南人，歷守三州，其二居北，最後爲定，所至卓有聲稱。定，真屬也，舊愛在民，弦歌之聲尚盈人耳，今之來也，行在未令，信在未言，入其境則如見里中父老子弟，在比部又何難於真？而余獨謂大府之責與州縣異：州縣養民而已矣，大府則養賢以致之民。真有三十二屬，能盡賢乎？端己以標於上，簡其脩且良者，而教不能，董不率於下，凡以養之而已矣。吾見世之爲府者，好長厚，曲護所屬，不復問有無澤於閭閻與否；而矯焉者，又暴下短以賈名高，非復朝廷重大府之初意矣。故大府養賢，小府則焉。賢者養，不賢者化焉，夫然後致之民。豈惟致之民，亦以致之君。致之君，是謂以人事君。以人事君，大臣也，是謂大府。

送歐陽生序

余令泰和時，識歐陽生曰篤於諸生中，篤而文，以爲難得。比移官留曹，生以廩生援國子例，居南雍，旦夕從余問業。生困鄉闈久，亦竟不得志於南雍，遂棄去。復補，例得拜郎官，級七品。丙申一月謁選，授關中參軍。參軍即貴，不足以當生才，關中又去生鄉極遠，非所宜之，值余司銓，而令生之之〔一〕之也。余雖愛生，力不足以成生名，而又處之以不宜之〔二〕之地，蓋兩誤生，意生戚戚於其行也。然生已棄科名如脱蓰矣，何有一官？而若不薄一官也者，其行也，飄然無難色。不爲禄仕，不爲名高，余且不知生所解，况望世人能知生也？生且度關，試問關吏，或有昔時望紫氣者乎？爲我問曰：「知我者希則我貴，道耶？德耶？倘生之意，亦其然耶？」

【校記】

〔一〕〔二〕「之」，光緒本作「處」。

銓曹儀注序

余初識人事，則聞京師有「一千八百，江東子弟」之謡，蓋當是時，銓曹臺省相與乞官柄國，其值如此，則未嘗不怪世俗之過於貴銓曹也。夫銓曹，貴人者也。貴人者無值，凡有值者，皆貴於人者也。使無值而爲有值，貴人者而至貴於人也，可以觀人，亦可以觀世，其失蓋自禮始矣。自余承乏至署，則已不聞世俗之所貴，而又未敢〔一〕其自貴，一爲廊廟喜，一爲職守憂；頗疑國家之制，未曾盡以貴人之柄畀銓曹，而竊焉者冒爲利藪，則又何怪乎人之貴之，而至於失其貴也？居久之，搜出掌故，而考據於諸司職掌，然後仰見我聖祖建置之意，深長之思，無論太宰禮體殊絶百僚，即以郎官之微，寄之以進退人才大柄，贊太宰而肅群工，如彼其重也，奈何其不自貴而令人之貴之也！蓋自嘉靖以來，幾於盡棄其籍，官以天名，而體統之褻，至與諸司等，其不至以值上下於時，亦其遭逢之幸耳。嗟夫！國初儀文之盛，不可復考矣，聊摭其未盡去者，約略而存之，俾同曹君子是訓是程，相與以無忘自貴，而不至貴於人也，庶幾其不負國。若曰「貴，官也，非我也，未有我不貴而能貴官者，我則不官而貴，而況官也」，是又所以不負天。天者，我也；知天在我，而後能貴我；能貴我，而後能貴官；能貴官，而後能貴人。傳曰：「思知人，不可不知天。」是謂以天事君，是謂天官。

萬曆丙申春正月人日，澄海唐伯元題於愛賢堂中。〔二〕

【校記】

〔一〕「敢」，諸本同；萬曆刻本銓曹儀注原文作「見」。

〔二〕此句落款諸本皆無，從萬曆刻本銓曹儀注原文補。

醉經樓集卷之四　記類

澄邑唐伯元著

潛龍鯊記

南海有巨魚焉，曰潛龍鯊，一曰金魚鯊，魚種而龍者也。戊子春三月，海山漁人網得之，長五尺許，重百觔，其小魚從者數千，至不可網。漁人載潛龍歸，識者過而求貿焉，價一金，弗與也。剖其肉而食之，甘，諸骨皆柔脆，盡食之，惟鱗堅不可食，嘆而藏焉。其鱗大者如掌，可爲帶，或酒器之飾，小者中雜佩。脊一行，片一十三；腹二行，片如之；兩翅兩行，各片三十。漁人囊其鱗，遊閩、越間，莫售者，屬余里人見予。予解其囊，諦觀焉，禮款而遣之去。已而思之，蓋有起予者乎？脊一行，腹與翅行各兩者，五行也，天地之數各五也。脊單腹倍，陽奇陰偶，天一地二也。十者天地之成數。天十而餘三，三三則爲九，乾元所以用九也。地二十而餘六，陽進而陰不能也，坤元所以用六也。翅三十者，一月之數也，兩翅合而甲子一週也。總之九十九片，群龍所以無首，河圖所以虛中，大衍之用所以不滿五十也。嗟夫，易教也。

平遠縣儒學文廟記

玄鳥降，司徒出，收八卦、六書之精華，敷教遜品，以翊唐、虞中天之運，與巨人、司農同功。司徒資始，司農資生。詩曰：「天命玄鳥，降而生商。」天命，乾道也。又曰：「思文后稷，克配彼天。」配天，坤道也。乾，統坤者也，此教之所自來也。三代之盛，賢聖之君，醇龐之俗，惟商最著，蓋教化之效如此。

周之代商也，箕子陳洪範於武王，開八百年之天下，周公繫易，至以明夷六五當之。五，君位也；若曰道在，亦位也。説者謂商、周之際，道在箕子，近矣。吾夫子生於晚周，酌百代，潤六籍，世皆知其集帝王之大成，而不知其家法固爾也；知其爲後王後學慮至遠，而不知天命之也。春秋一書，至自處以天而不違恤；罪我，畏天命也；其曰「某也殷人也」，兹生平之微意也。孟子曰：「自有生民以來，未有盛於夫子。」天非厚一姓，厚夫子也；非厚夫子，厚吾道也。語曰：「不班白，語道失。」又曰：「醫不三世，不服其藥。」嗟夫！毋惑乎天生夫子之難也。孟子之賢，能脩其業，尚以地世之相邇自賀，則董仲舒、楊子雲、徐偉長、文中子、韓退之數君子者，生於漢、隋、唐之間，皇皇羽翊吾道，其功顧不偉歟！又況乎尋墜緒，出遺經，若宋之二程與周、張、邵、朱諸君子，不尤偉歟！間嘗爲之論曰：孟子至矣，知孟子者韓子也；伯淳至矣，知泊淳者正叔也，其於吾道，又功之功；韓子亞於孟子，亦猶正叔亞於伯淳，其餘可推已。甚矣！任道難而知道亦不易也。

國朝京都郡邑必有儒學，必有文廟，人士誦法必夫子。其誦法夫子也，非六籍不程，非制書不訓，似乎斯道大明，而求其通大義，知向往，以進於夫子之道，即畿輔以下通都大邑，儒紳學士，或未敢當，況五嶺之外，草昧新造之邑乎？平固新造邑也，邑成即廟，因材於山，未三十年且圮。萬曆壬辰冬，署博士事何君文偉至，即以白令尹王侯嘉忠，侯慨然爲立削牘上請，而先下其材之可用者。既再請，始得報可，則出公帑所賦賈鐵金百餘新之。不踰時告成，而博士馳使者走千里，求索一言以諗多士。二君之於斯舉，何其果而善成也！夫學猶射也，其望以標，其至以彀，其中以巧，標與彀具，則巧存焉。余既叙夫子之所以師萬代，與後儒之擅〔一〕其傳者樹之標，而又即二君之果以成者導之彀，至於巧則吾不能言，在善學者自得之耳。十室之邑，必有忠信，其如好學不如夫子。惟平新造，忠信未漓，其尚知所好哉！望之至之，必自程子始矣。

【校記】

〔一〕「擅」，原本、抄本誤作「檀」，從光緒本改正。

平湖記

夫名，其生於不得已乎？意而附，不如勿名。夫事，其成於不得已乎？意而因，不如勿事。生焉成焉者之謂聖，附焉因焉者之謂賢。聖，吾師也；賢，吾友也。百工於大匠，射於羿，御於王良、造父，七十子之於仲尼，禹、稷、契、皋、伊、朱、周、召之於堯、舜、湯、文、武，亦各事烈而名高矣，而吾以爲不必然者，何哉？則得已與不得已之説也。彼果不得已，則吾亦不得已，如肌膚性命然，其信且從，彼與己皆不得而知也。其不然者，猶意之也。子使漆雕開仕，開曰：「吾斯之未能信。」夫信之風已下，況未信耶？雖然，玆其所以爲信也。未有不自信而能信人者。彼急於因附者，將以求信天下，而不覺其欺己。己可欺，天下其可欺乎？

吾潮爲郡，左江右湖，而鳳凰山峙其北，當宋盛時，實應「鳳嘯湖平」之讖，湖與鳳之爲靈昭昭也。及於國朝，人文雖朗，猶稍不逮，湖在城西，僅容杯水，若無足爲郡之重輕者。自泰和王公持憲節，開府在郡，既政行，人和歲登，每於公暇遊憩焉；

謀諸郡守徐侯，覈籍清界，捐資募工，拓之疏之，橋之堰之，匯〔一〕其瀰漫，而洩其洋溢，出古石刻「平湖」二大字於湖山之下，自是郡人始知郡西有名湖，然猶疑公寄興云爾。未幾復市城南汙〔二〕澤二頃，闢爲南湖，復濬西南之濠，深廣倍舊，而東接於大江。夏秋水漲，江與湖平，如虹如帶，冬春之際，江流稍下，獨此西南湖常滿，其餘流足可灌田數十萬，而煙波之浩渺，城郭之雄麗，風氣之含藏，回首鳳山，人間天上，蓋非郡人心思所及，亦非所敢望於公者，殆若或啟之，而若或相之，即公亦不自知歟！公嘗開雙美堂於城北金山絶巘〔三〕，以收江湖之勝，而方舟日裊嫋湖上，郡縉紳士常獲從公登臨，題詠盈卷，余雖不得後，然有以知公俯仰之間，無往而不樂民之樂也。郡人亦能知公之樂在民，而不知非公得已也，余以是〔四〕觀公矣。

方上沖年，權相用事，其自署門生，朝齒録，暮要津，有未經識面者，公獨以棘闈拔士，甘處疏逖，其時爲令，竟以高第六載，僅入爲西曹郎，而公無不意得也。余頗竊異公，而猶其細也。新學之行，吉州爲盛，以羅文莊之辨且脩，而不能迴狂瀾於萬一；及余更令吉州，見州之裒然領袖諸君子，未有不極口新學者；顧獨與公入計，及其里中往還數歲，不聞公出一語也，但論吉州人物，必推文莊爲第一人。余雖不欲以失其所因附爲公惜，而亦未敢以卓然者爲公賀，竟未有以定公。由今而觀，殆漆雕開之旨歟！余於是乎慚負公矣。余嘗謂吉州爲天下望郡，此風不止，如吾道何？今觀於公，猶幸而吾言不中也。公謬過信余，常〔五〕命籌郡政之宜興罷者，至於或行或否，必出其中自信，斷斷不苟徇余。嗟夫！此乃公所以信余也。

於是公晉參知兩浙行矣，縉紳士謂余知公，首宜有贈，並記盛美。會余抱病者經歲，且禮在不言，山居之戒尚新，而媚人之嫌猶避也。蓋余之不能言者四，烏得贈公？然猶曰：無已，則記可乎？記亦言也，不規不頌，而郡事徵焉，余與士民之情，各有所寄焉，似欲已之不得也。公不苟徇余，余其敢媚公乎？嗟乎！孰能信吾言果不得已乎？公名一乾，徐侯名一唯，俱辛未進士。郡人唐伯元記。

【校記】

〔一〕「匯」字，諸本皆作一字典所無之字，其字水旁從匪。據文意，字當爲「匯」。所以致誤，蓋原書者爲「匯」之異體字，左邊從水，而刻者以「匪」字當其右邊。

〔二〕「汙」，光緒本作「汗」。

〔三〕「嵿」，光緒本作「巔」。

〔四〕「以是」，光緒本作「是以」。

〔五〕「常」，光緒本作「嘗」。

壽安寺記

釋氏無壽者相，若爲言壽？釋氏宗苦行，若爲言安？吾聞之矣，有生不生，不生生生。夫壽與安，亦復如是。然則吾儒之道，固有漏歟？易之坤，言生也，徇生者殃；乾，言始也，知始者慶。易爲逆坤而作，逆坤者，順乾也，於是乎生生，故曰「易，逆數也」，又曰「生生之爲易」。然則儒亦釋歟？非也。儒生中州，推其道，治天下；釋生西土，脩其道，化彼國。治之者以禮樂文章，化之者以清净寂滅，如必捐我以就彼，何啻鳥潛而魚飛之反其類也。雖然，安見清净寂滅之非吾禮樂文章也？吾儒談，尚之者過而諱之者亦過也。王者如天，以容以育，譬之昆蟲草木，各若其性，而又各盡其用。大哉聖祖之制，所以統一萬群而獨高千古也。

潮之西湖山，舊有寺名净慧，圮且蔓不知其年。萬曆癸巳夏，湖山妖起，白日嬲人無數，郡縉紳士以白太守，率父老禱於神而誓之曰：「應且祠汝。」未幾妖熄，擬就其所祠之。及基，而净慧舊趾隱隱可辨也，則又白太守曰：「神，一也，可以祠，亦可以寺。寺守以僧，祠守以役，僧易而役難，從其易便。維兹北去數百武，有巖名壽安，莫知所始，意者待今日乎？請仍寺之，而更其名，以明君侯之賜。」太守曰：「善。」歲之九月，諏吉興事，蠲穢剪萊〔一〕，語太守祈神與諸縉紳告遷義塚所撰文字，一時文武官吏、士庶商賈助貲以千計。越二載始告工成，是爲乙未冬季。

中爲殿，殿居曹溪；曹溪者，釋而儒，又鄉人也。吾不諱寺，何諱曹溪？況曹溪後爲堂，扁「道當堂」，曹溪語也。其前門，其旁廊，廊之後，右爲僧舍，左爲講堂。

講堂者，講經堂也，廠〔二〕而面南，稱勝最。經，儒經也；釋而弗詭吾儒，釋亦經也。山麓飛泉二道，紆迴而繞寺，凡寺中廚者不汲，濯者不臨，沼者不鑿。來遊來觀者日常百千人，不復聞有言妖者。而唐、宋以來巨公卿紀載篆勒，與夫科甲題名，畢露巖壁間。鬱鬱而岡松，青青而堤柳，湖山競麗，人物欣覿，不知神福人與？人福神與？將吾所謂禮樂文章而生生之道與？太守欲禁民樂而不可得，欲不與民同之又不可得也，遂爲之記而祝之：既壽且安，利我邦人。

【校記】

〔一〕「萊」，原本誤作「菜」，從光緒本改正。

〔二〕「廠」，光緒本作「敞」。

道當堂記

道無當而官天，天無當而配堯。舜之於堯，猶地之於天。堯、舜之於天地，猶天地之於道。經曰：「惟天爲大，惟堯則之。」堯則天，天則道，道無則也，而孰當也。然道不得不降而天，天不得不降而堯。天無地，堯無舜，又將焉用之？夫然後見古聖人之當道也，不得已也。堯以上渾渾，舜以下孜孜，其當道一也。孟子論道則稱堯、舜，論學則斷自舜始，此學與道之分，地與天之辨也。當舜之時，瞽瞍欲殺，三苗逆命，舜之視道何如也？人但知克諧以豫，舞干而格，以爲道在舜，不知舜負罪矣，曰吾不子也；班師矣，曰吾不君也。夫成舜子聖者瞽瞍，成舜君聖者三苗也，兹道之旨也。自舜以下，稱當道者莫如文王、孔子，曰「望道未見」而已矣，曰「何有於吾」而已矣。夫其未見也，何有也，所以爲道也。何者？道無當也。夫無當則孰能當？惟無敢當者當之。道固如是也。

曹溪之言曰：「常見自己過，與道即相當。」嗚呼！孰謂釋氏而能爲斯言乎？孰謂斯言也而可以釋氏廢乎？曹溪不立文字，獨地王〔一〕心性，最辨且詳，而深外夫學坐静觀、布施供養者，要歸以見性爲宗，一洗禪家之陋，而默有贊於吾儒，殆孟子所謂逃而歸焉者乎？春秋之義，「夷狄而中國則中國之」，吾於曹溪亦然。若乃肉鍋近義，安母〔二〕近仁，若猶不免浮浮然者，得非昌黎氏之云拘彼法未能入乎？進此則有氣化之説，勿論可也。或曰：「子之言學也，上下千餘年，獨宗程子，乃猶不忘情曹溪也，毋乃背馳與？」曰：「程子所惡，儒而釋者也。吾所與，釋而儒者也。儒不儒而釋，又竊釋而以僞儒，乃嘵嘵焉抗顔以當道，過乎非與？吾不欲論之矣。」

壽安寺在吾潮西湖山麓，而居以曹溪，别自有記。其堂名道當，則予竊取之，以明吾不得已而思曹溪之意，以告吾黨之士。嗟夫！余何敢贊道，亦何敢佞曹溪，獨謂斯言也，雖舜、文、孔、孟、程復生，不可易也，即以我爲過可也。

【校記】

〔一〕「王」，光緒本作「正」。

〔二〕「母」，諸本皆誤作「毋」，從大正藏六祖大師法寶壇經卷一改正。按，此處所言，皆六祖惠能故事。「肉鍋」指惠能歸廣後，在四會避難獵人隊中，每放生羅網所獲獵物，而以菜代之寄煮肉鍋事情；能放生而自不食肉，故曰「近義」。「安母」指惠能往黄梅出家前，先以一客所贈以充老母衣糧之銀兩安頓母親，然後出門事情；能念在親，不盡自私，故曰「近仁」。

南巖記

名山勝水之間，果足以當儒者之樂乎哉？陋巷可居，牆東可隱，必名山勝水而樂，是樂非我也，外也。未有待於外而能樂者也。且吾聞之，儒者身都宇宙，瞬息千古，居則憂道，出則憂時，惟恐絲毫墮落，有負此生，其於一切外至，窮通奇醜，若浮雲之往來，若寒暑晦明之代謝，尚不自知有憂，況知有樂乎？彼名山勝水之間，諒非其所汲汲也。然今之天下，稱勝蹟、耀簡編者，孰非自名公碩夫、幽人羽客之所棲處得意，寄嘯傲而振風騷？傳曰：「賢者而後樂此。」由兹而觀，謂儒者所樂不存焉，不可也。

吾郡西湖山之有石屋，舊矣。蓋上而砥下，可筵席坐數十人，大江東來，適與湖會，城中煙樹萬家，郊原之外蘼蕪千里，其環而山者，則獅子、鳳凰諸峰，錯落天外，一一可枕而窺也。屋在山南，又面南也，故曰南巖。倭夷之亂，屋爲丘莽，古篆苔蘚，多不可辨。余與友人章曰慎汝淑氏，嘗携觴其處，徘徊嘆息，至不能禁，約曰：「孰先投閑者主之。」其後應舉需次，各服一官在四方，余又沈浮中外，不及兹巖者三十餘載，獨時時於懷也。比汝淑乞歸自滇南，會余新解母衰在里，語及兹巖，汝淑曰：「敬如約。」即日覈趾翦蕪，鳩材諏吉，重瓦屋於前，略如石屋制。闌其前而門之，雜植松竹花卉，與山花掩映左右。一時聞而喜助者，自謝太〔一〕學紹訥以下，各捐貲有差。不逾月訖工，顔其額曰「襟江帶湖」。郡侯徐公一唯大書「南巖」其上，時與僚佐燕憩焉。乃汝淑又穿一徑通絶嵿〔二〕，爲讀易山房，有天門、天池、最高亭、四望臺諸處，語具汝淑自爲記與詩中。發巖谷之幽光，賡考槃之餘響，自是遠邇聞之望之，不啻神仙窟宅矣。余竊禄日久，謬懷儒者之憂，既無寸補於時，乃依違不欲舍去，甘讓汝淑以賢者之樂，是汝淑先得之，而余將至於兩失也，於其成也，不可無記。

【校　記】

〔一〕「太」，光緒本誤作「大」。

〔二〕「嵿」，光緒本作「巓」。

崇志樓記

自余客都門，辱遊於瓊臺許君甸南，十載矣。其初語余曰：「往者里居，教授里中子弟，里人頗相驩也，好義與禮之家，爲我搆樓一所，顔其額曰『崇志』，樓居士也，士先志也，樓即崇，不足以當士志，姑就里人耳目所及而引之，願先生廣以一言。」余謹諾，未及記，而君請益力。既而別去，居海上，得君書申前請，又若干次。最後擬馳訪於數千里外，不果，則又以書來曰：「可教教之，不可教絶之。」嗟夫！言不酬禮不答，夫子不得行於互鄉，況吾鄉人士服君誨化者乎？又況君之爲吾黨惓惓乎？以待吾友不信，以待吾黨不仁，不信不仁，非懦則偷，甚矣余之無志也！方今學士動談一了，瀟灑乎自然之鄉，余既不敢；其藉口一體，招獎後進，如捕亡羊，余又不暇，然謂余無志則不可。未三十而妄意聞學，過五十而猶有童心，頻復不已，將至迷復，謂余有志又不可。若余者，將奚居焉？無志者今，有志者古，以畏人則庶幾，以畏天則未至，余實未至也，恐非吾黨所樂聞也。孟子不云乎？「羿之教人射，必至於彀。」言志也。又曰：「大匠誨人，必以規矩。」言學也。彀滿可與言學，規矩立可與達道。夫規矩則具存矣，執滿彀之志以往，何所不達。達者天也，學者人也，學即達，人即天，然非成章莫至焉。夫成章亦漸之而已矣，若曰速化，則吾不能。吾聞之也，能而不以告人之謂隱，不能而以告人之謂欺，吾則何敢欺吾黨之士，君其無以爲隱乎！

義阡記

帝王之世，賢而貴且富者，合爲一人，故常位乎上；不賢而賤且貧者，合爲一人，故常處乎下。上者爲天地，爲父母，下者爲赤子，爲群生，兩相習而兩相忘也。後世賢者不必貴，貴者不必富，富與貴者又不必賢，於是乎貧賤不賢者，不得沾有餘之賜，而天下始不足。聖人憂之，而逆知帝王之世不可復也，則設爲教曰：凡貴貴人，凡富富人，凡賢聖淑人。夫天非獨厚我而已也；厚我者，厚人者也。我何以能厚人？推人也。故自一命以上，皆可以貴人；自一金以上，皆可以富人；自一德一藝以上，皆可以淑人。量力而施之，篤近而舉之，隨分而足之，如是而已矣。吾獨怪夫今之世不然也，貴者不聞下士，但聞訑訑之聲；富者日高蓄貲，或至肉骨爲路人；惟是機慧辨給之夫，剽竊幻空，往往自居於賢聖以號天下。其説既無益於愚不肖之徒，而其術歸於私利其身，而益以與夫徒然富貴者。夫使聖人之教不明不行也，則世所稱賢者有責焉。

今天下至愚不肖者莫如余，獨竊有憂世之志，而謬爲維世之説，願賢者一意爲己，自然淑人，願貴與富者一意及人，自益貴富。經曰：「貧而樂，富而好禮。」樂者足乎己，至貴而至富之謂也；好禮者推於人，賢賢而親親之謂也。斯二者，兩相成者也。夫賤貧固士之常，貴富亦時有之，特不能推耳。推出則賢矣，推廣則大矣，推盡則聖矣。孟子曰：「人皆有不忍人之心，苟能充之，足以保四海。」夫人之所以異於禽獸，與聖賢之分量大小，其不在兹乎？義阡固及人之一也，不出於時制，而有力者得自爲之，此可推者也。古無義阡，人生則上長養而上終之。後世自長自養，故多不長不養，夭折於非命，歿而無所歸藏者，處處有焉，則義阡不可無於今日也。

都人梁鴻臚材、許太醫珊能爲之買其地，在京城之西關十里許，廣四畝有奇，界之樹之，表曰「香山社義阡」，以宅歸人而詔遠邇，蓋可謂有士君子之美行，而得吾維世之説之意者。彼其所尚如此，其無所聞而興起如此，不賢而能之乎？況於聞聖人之教者乎？嗟夫！二君之爲，吾所謂量力者也。二君之力固未可量也，世之力有餘而有愧於二君者多矣。於其請也，不可以無記。

蒙城縣大興集湖堤記

萬曆辛卯，黄門張君玉車偕余奉比士之命入楚。是秋七月十有八日過蒙城，而次其所謂大興集者。集在縣西南八十五里，界於壽州，其北溝水一帶，有小橋以通旅人，橋之前爲玄武閣，其右有廟。廟後沿溝樹檜栢千株，余與玉車小憩其下而樂之。玉車曰：「是集實勝，而風氣未開。闍之旁，其地尚下，若於溝外濬一小湖，以滙〔一〕長溝之水，而客其土爲長堤其間，他日此集當爲巨鎮。」余曰：「然。」遂召集人曉諭之。集人大喜，詢得溝外可湖處田三畝，玉車出千緡與居民徐本，售以畀集人，而屬之典史陳濟，報邑令共終其事。夫以佚道使民，雖勞不怨，況有先之者乎？況非民社之寄者乎？集人踴躍，當不日而成，邑令谷君文魁，初政有惠聲，必能與民成之，其事固可紀也。易曰：「鶴鳴在〔二〕陰，其子和之；我有好爵，我與爾縻之。」玉車名應登，蜀之内江人。

【校　記】

〔一〕「滙」字，諸本皆作一字典所無之字，其字水旁從匪。據文意，字當爲「滙」。所以致誤，說見上文平湖記校記〔一〕。

〔二〕「在」，諸本皆誤作「有」，據引文所出易中孚卦九二爻辭改正。

萬花巖三官殿碑記

海州當淮海窮處，其産魚鹽有大利，歸於估客；其地斥鹵，不可樹藝，其民十七流移；無花木苑囿之觀，無騷人遊士之跡，凡吏於是者，類邑邑以爲不得其所。萬曆乙酉秋，余以謫至，居凡六月，嘗登天馬山，眺孔望亭，訪宋石曼卿讀書處；航海而東，則上青峰巔，俯田横島，而于公孝婦碑在焉；未嘗不心賞境内之勝，與古今節義之多，而獨悲其國之瘠且疲也。天馬山之麓多怪石，去州治東里許，余闢而巖之，種花結亭其間，是爲萬花巖，詳見余所爲和歌序。又上其議當路，於州治之西濬鹽河，通商旅，且以次有事於青峰，未暇也。

今去海州五載矣，時傳州中方奉旨營河，有客建三官殿在青峰，頗宏麗，遊人常滿，而城中人士又爲小殿於萬花巖之左，以憩遊其巖及取道之青峰者，而道士穆常山居之，於是州中遊觀始盛，凡自遠方至者，但悦是巖之美，而不見是州之可悲也。一日，道士以巖圖及州李生成章書走三千里至京師請記，余得其狀而躊躇者久之，詰道士曰：「三官神未經見，果福人間歟？既殿於青峰，又殿於兹巖，無傷財歟？遊者多，無煩地主歟？既琢既雕，愈趣愈巧，無損真歟？兹巖實靈，且以責我，我何辭於兹巖？」道士曰：「不然。自兹巖開，雙殿起，州中與海上之民始欣欣有生意；年來水旱幸不爲災也，今者鹽河通，且永賴州人矣。神歟？人歟？州人以是頌君侯。雖然，必有所以然者，道人不能言，君侯勿言可也，幸爲州人記其大都焉。」會余友張刺史朝瑞有使來自金華，發其書，首述州人語，偶符道士；而同年倪璐仲涑時守淮安，亦以河工竣事報；余嘉道士言能不佞我也，姑次其説，載三官殿碑。

醉經樓集卷之五　書類

澄邑唐伯元著

答孟吏部叔龍書

山居三載，切懷足下，每誦蒹葭之句，未嘗不歎伊人在中州也。既抵都門，亟圖裁寄，久未得便，良用耿耿。忽辱翰教，恍然如醒，比開緘，又獲讀其手抄述作若干種，則又若親几席而奉儀顏之爲快，乃知足下之眷眷者，猶夫元也。足下力學篤行，已逼古人，乃其論學也，猶今人也。生今而今，雖賢者不能免也。嗟夫！人與言俱失者無論矣，人與言俱至者又稀矣，與其言過乎人，孰若其人可敬可慕，而言有所未至也，則足下是也。況其皇皇不欲自安，雖以元之不肖，猶下問而督之言也，殆顏子若無若虛、擇乎中庸之意乎？元也雖非其人，何敢無詞以對。

伏讀抄中解格物有曰：「通天地萬物而我爲主，推此義也，可以知本，可以格物矣。」贈友人曰：「自求見本體之説興，而忠信篤敬之功緩，遂令正學名實混淆，而弄精魂者藉爲口實。」又曰：「今人好高，只不安分。」爲斯言也，雖賢聖復起，不可易已。乃其要歸，在明心體。其語心體，曰「此心自善，安得有欲」，而於程子「善惡皆天理」與「惡亦不可不謂之性」二者，反疑其僞。此混心與性而一之，蓋近代好高者之言，而尊信心學之過也。

竊嘗讀大易，至咸、艮二卦，而見聖人諱言心。讀魯論，至子貢贊夫子，而見聖人罕言性命。惟書有之：「人心惟危。」言心也。既曰危，安得盡善？「道心惟微」，言性也。既曰微，安得無惡？故曰「操則存，舍則亡，出入無時，莫知其鄉」，則危之至也；曰「性相近也」，曰「人之所以異於禽獸者幾希」，近且幾希，則微之至也。信斯言也，性猶未易言善，況心乎？然此心性之説也，而未及道也。心性不可言，道可言乎？道與心性，至孟子言始詳，爲告子也。今之天下，不獨一告子矣，惜乎世無孟子也。然不可不爲足下一言之，惟裁教焉。

蓋聞之，言學者惟道，道陰陽而已矣；言道者惟天，天陰陽而已矣。陽主始，陰主生；陽多善，陰多惡。天且不違，人猶有憾，孰謂善惡非天理乎？陽必一，陰必二；一則純，二則雜。氤氳蕩焉，人物生焉，孰謂惡不可謂性乎？然則易言繼善，孟子言性善者，何也？其本然也。有始而後有生，有一而後有二，此書所謂「惟皇降衷」，程子所謂「人生而靜以上不容說」者也。既始矣，焉得不生？有一矣，焉能無二？此書所謂「惟天生民有欲」，程子所謂「纔說性便已不是性」者也。然則學何爲？爲善也。陽統陰，陰助陽，則内陽而外陰也，故中故善。陰敵陽，陽陷陰，則内陰而外陽也，故偏故惡。此書所謂「精一執中」，程子譬之「水有清濁而人當澄治」者也。然則烏在其能善也？天地間，一切覆載，而必有以處之。以人治物，以華治夷，以賢治不肖，以大賢治小賢，天於是爲至教。君子一身，萬物咸備，而必有以處之。以己及人，以親及疏，以貴及賤，以多及寡，以先知覺後知，以大知覺小知，以有知覺無知，人於是爲法天。此書所謂「天生聰明時乂」，程子所謂「天理中，物有美惡，但當察之，不可流於一物」者也。是故惡亦性也，是有生之性，是纔說性之性，性之所必有也，雖物而無異。性必善也，是天命之性，是不容說之性，性之所自來也，雖人而難知。故孟子曰：「聲色臭味安佚，性也。」烏可謂無惡也？「有命焉，君子不謂性也。」烏得不性善也？

性，所同也；君子，所獨也。學爲君子謀，不爲衆人謀。衆人者，待君子而盡性者也。君子者，天生之以盡人物之性，參天地而立三才者也，如何而可不知所自也，是以不謂性也，是以道性善也。言性之精，莫如孟子，繼孟子者程子也。吁！亦微矣。

微故難言。雖然，性猶形而上者，形而上者，雖善猶微。心則形而下矣，形而下者，敢槩之以善乎？性具於心，而心不皆盡性。性達諸天，而人不能全天。天人合，心性一，必也大聖人乎？故曰「堯、舜性之也」。其次致曲，必反而復，故曰「湯、武反之也」。復必自身始，故又曰「湯、武身之也」；又曰「不遠之復，以脩身也」。性之者不可得矣，得見復焉者可矣；復焉者不可得矣，得見頻復者可矣。位祿壽昌，孰不榮羨，食色利名，孰非斧斤，斷之不能，中焉不易，適而好忘，動而多悔，倏忽晦明，毫毛人鬼，夫是之謂心明，是之謂明其心體。

答叔時季時昆仲 二首

諸儀部至，得拜二足下手書，惓惓於心性之旨，而疑元心學誤人之說。夫學非說可明，而足下所求於元者猶說也。元能爲其說，而不能身有焉，故雖以足下之高明，且謬承夙契，而猶不能無疑，況多望於今世乎？然今世學者則誠希矣，不有足下，更望之誰，聊申其說可乎？

元舊有身心性命解，大約謂：性一，天也，無不善，心則有善不善，至於身，則去禽獸無幾矣；故自性而心而身，所以賢聖，自身而心而性，所以凡愚。是故上智順性，其次反身，故曰「堯、舜性之也，湯、武身之也」。身之者，反之也，故又曰「湯、武反之也」。反身而誠，所以復性。夫學，爲中人而設，非爲上智而設也。學，脩身而已矣。然則心居性與身之間，顧不可學歟？曰性可順，心不可順，以其附乎身也；身可反，心不可反，以其通乎性也。性乾而身坤，性陽而身陰，性形上而身形下，獨心居其間，好則乾陽，怒則坤陰，忽然而見形上，忽然而墮形下，順之不可，反之不可，如之何可學也？危哉心乎！判吉凶，别人鬼，雖大聖猶必防乎其防，而敢言心學乎？

心學者，以心爲學也。以心爲學，是以心爲性也。心能具性，而不能使心即性也，是故求放心則是，求心則非，求心則非，求於心則是。我之所病乎心學者，爲其求心也。知求心與求於心與求放心之辨，則知心學矣。夫心學者，以心爲學也。彼其言曰：「學也者，所以學此心也；求也者，所以求此心也。」心果待求，必非與我同類；心果可學，則「以禮制心」，「以仁存〔一〕心」之言，毋乃爲心障歟？彼其源，始於陸氏誤解「仁人心也」一語，而陸氏之誤，則從釋氏本心之誤也。足下謂新學誤在知行合一諸解，非也。諸解之誤，皆緣心學之誤也。會其全書，則自見耳。然則大學言正心，孟子言存心，何也？曰：此向所謂求放心也。正心在誠意，存心在養性，此向所謂求於心也。心之正不正、存不存，從何用力？脩之身，行之事，然後爲實踐處，而可以竭吾才者也。嗚呼！此子思格物必以脩身爲本，孟子立命歸於脩身以俟，程子謂「鳶飛魚躍與必有事焉而勿正心意同」，寥寥千載，得聖人之傳者三子也。

【校 記】

〔一〕「存」，光緒本誤作「在」。

又

季時有心學質疑一卷，承寄未到，而叔時來教曰：「墨氏談仁而害仁，仁無罪也；楊氏談義而害義，義無罪也；新學談心而害心，心無罪也。」此説似明，不知誤正在此也。仁義與陰陽合德，離之則兩傷，然非仁義之罪也。至於心，焉得無罪？「人心惟危」，「莫知其鄉」，此是舜、孔名心斷案，足下殆未之思耳。

答蔡台甫同年

楚中之有子誠，猶關中之有足下也。同集清署，旦暮相懽，何啻奏塤篪而鳴鸞鳳，況於留都雅致，風氣宜人，尤達人所夙賞者哉？頃者大疏留中，正恐足下怏怏於不行其言；及讀來教，以南曹爲得所，以子誠同署切磋爲有益；憂世樂天，可謂兩造，甚矣足下似子誠也！吾黨所尚如此，而當路有力者，若爲之悲窮而悼屈然，汲汲欲並振而之雲霄之上，不知吾黨已雲霄之上久矣。今世談學者，大都以佛爲宗，其初猶援以附儒，既則推而高之，反驅而佐之，誠有如足下所痛惜者。足下將作論以正之乎？何止孟子所謂能言距楊、墨者，唐有昌黎，宋有明道，千載吾師焉。自非真見世道人心，痌瘝切己，不能同此憤，不能爲此言，願足下勉之。所諭馬君嫉惡太峻，圭角太露，亦其中有所不足，不獨非處世之道，名言也，警發多矣。獨馬君哉？便晤，當爲致惓惓，馬君必有所以報足下。子誠纂有國朝大政記，其意甚好，幸足下共爲删潤，以成此書，他日藏之名山，二妙之名，當與鐘阜、石城并永，同袍之光何如。

答梁生

承諭禮變之説，具見高門之厚，而又竊嘆足下所處之難也。夫禮窮則變，變則通，足下今日非其窮時乎？蓋自大母言，則夫死從子，乃莫大之綱常，不得專制而爲亂命。自次公言，則適子不後，實古今之通禮，不得輕徇以成母愆。二者皆過也。雖然，業已爲之，亦足伸其私矣。如知非義，速已可也。凡事之不可訓，與勢之不能行者，一當裁之以義。來書所謂既不服所繼，又不服所生，斯言可念。天下豈有無父母之子哉？竊謂爲長公者，於古禮不必後；爲足下者，乃繼禰之宗，不當後；祔祖而祀之，令終昆仲之身，悉以其存産爲共祖祭田，庶幾宗廟饗而子孫保之意，亦足以報長公於地下矣。無已，則姑從俗，告於大宗之廟，以令弟易之。私意雖存，去禮未遠。舍此非所敢聞，力疾不次。

答呂憲使叔簡年兄

庚寅夏至之三日，年弟伯元頓首總憲叔簡年兄侍史：此〔一〕來抵都，同袍星散，每思吾兄總憲三晉，去京師數千里，又其官係綱紀表率之地，遽難草草，非若李維卿之居秦，孟叔龍之居洛，顧叔時之居吳，尋常尺素，易以聞問，何緣能飛置一字其側？不意兄之念我猶是也，既惠好音，兼以佳刻種種，連晝夜讀之，使人應接不暇。大都文字其事實，其詞厲，其説委婉，而其術不强世，乃其道則自吾身有者求之，所謂出之有本，而爲之有序。兄之經濟素優，雖其學則然，亦天授也。鄉甲一書，弟往爲令時，嘗試之，意亦略近。下有微效而上多笑者，則以分之所居不同，而在南北之勢異也。順風而呼，登高而望，上有好者，下必甚焉，則兄今日之謂也。乃若風憲約内所載提刑事宜二十款，憲綱十要，謂當著爲令甲，永垂不刊；積貯一項，所論三倉丕〔二〕則，弟在官在家皆力行之，今尚共守也。嗟夫！難以多望於今世矣。往歲弟出京師，聞兄外補之報，嘆惜者久之，若曰監司緩而銓曹急，是其當事者之誤也。今若此，則雖久於銓曹，何以加焉？即按屬之邦，未必處處膏澤，而流風遠矣。刑戒、儉約、岱宗語，俱有關係；毒草歌、靳莊行，何其悲也！約中有稱字古雅之説，何不自吾輩始？毋乃待弟之薄乎？敢敬先之。偶有蕪刻數張，乃臨行時未就之草，附陳請教。伏楮惘然。

【校記】

〔一〕「此」，光緒本作「比」。

〔二〕「丕」，光緒本作「刊」。

啟太宰楊公

去冬有貴州齎表回，附上啟候，不審嘗徹台炤與否？近侍臺長李公，亹亹誦述閣下，因知此月爲閣下初度之辰，遥瞻東海，可勝祝願！中朝大老，自閣下行後，追慕德業者不少，若李公與今太宰陸公，其尤至者也。若曰：汪洋澄蓄，猶可勉而能也，至於甘恬淡而不令人知，任嫌疑而獨當摇蕩，人已都忘，恩怨盡滅，弘濟時艱，色聲不動，雖古之大臣，何以加焉？自非二公司事之久，見知之深，或未能窺測至是。即元猶愧二公矣。蓋元常言，閣下之道，宜相六年，太宰猶枉其才。由二公而論，則猶淺之乎爲覩也。歸到林丘，形神逾王，天其有意於斯世斯民也乎？客邸無以爲壽，敬賦短章，聊申私悃，倘賜寵鑒，亦足以知其意之所存。

啟大〔一〕宗伯沈公 二首

頃元里居，聞閣下得請而歸也，竊爲閣下喜。既而傳行時言官疏上，幾堅主上勉留之意，去後交章追誦道德，咨嗟嘆慕，溢乎中朝，至今藉藉猶未已也，則又爲世道人心喜。天將有意於吾道乎？後車之期尚早，蒼生之望未孤。如徒然在列而已，即紫閣黄扉，紆金曳玉之榮，何足以易吾林巖一日之樂？況鴻冥鳳舉，表儀一代，其有功聖世，亦非渺小，昔賢以退爲進之説，則閣下今日之謂也。元今年五十，而家二尊人俱八十一高矣，萬萬不宜復出，乃踰期始來，復叨茲乏，閣下必有以知元之何如爲情也。老母安於愛子之在側久矣，即老父初亦甚槩然，及其届期，不免爲親友所勸，每用反思，畢竟是反身未誠耳。退既不能，進復何益，閣下已置身煙霞之外，能爲風塵中人籌出處乎？山中搆〔二〕得醉經樓，有雜作未成帙者三種，敢呈請正。此三年中，獨有相老父立社倉一事，頗有及於鄉人。而近見吕叔簡自陝中見寄鄉約册，内載條款稍具，閣下傍花隨柳之暇，倘可一舉行之，爲縉紳有力家倡乎？連年荒歉，遍於中原，及於嶺外，今者大司農告匱，而邊警日急，不知神州赤子何從樂生？老臣憂國，計不能槩釋然於明農之後，而又勢不足以拯，則隨吾分所得、力所能者，聊一行之，是亦爲政。何如？何如？會有新任汝寧刺史丘君者，元畏友也，熟其人可以當長者之教，敢代耑人，倘賜回音，無如此便。

【校記】

〔一〕「大」，抄本誤作「太」。

〔二〕「搆」，光緒本作「構」。

又

伏承來教，具知閣下里居有建社儲、崇儉約二事，加惠於鄉人，先生之明德，於是乎遠矣。就中社儲尤急，蓋富而後教之意。程子曰：「人各親其親，然後不獨親其親。」況自有德有位者先之，何患寡和也。元近讀詩，見雅、頌贊文王至德處，只「不顯」二字，反覆而不已，史臣亦謂「西伯陰行善」，皆善名文王者也。惟先生可以當此，顧竟爲之。若近代縉紳，一到山林，惟詩酒自娱而已，宜先生之不樂道也。先生動準古人，居常已不愧於妻帑〔一〕暗室之際，至於立朝，垂紳正色，凝然不動，爲善類所倚，則當日之論已定，豈待到今？彼以介且潔窺閣下者，猶外也，非内也。外亦内也，然外者易見而内者難知。病我以難知，猶可以惑人；掩人所易見，何爲？衹自絶耳。夫人豈欲自絶，有以也。尚有之，先生當笑而哀之也。大都此日廟廊之上，縱當路，未必事事遂己，惟有修之家，行之鄉，淑世維風，如向所云，則惟我所爲而莫之禁耳。丘壑福分真未易當，閣下其審於自賀哉！詹侍御乃祖夫人已贈孺人，其子廸已旌爲孝子，其題在十六年，未審贈氏尚可加旌否？容另具報。

【校　記】

〔一〕「㭊」，原本、光緒本皆誤作「拏」，從抄本改正。

啟王大宗伯

往者元之得請而抵舍也，老母喜甚，即老父亦既安之，忽忽三春，已逾期限，儘有親友勸駕於老父之前，猶勿聽也，則以老母欲愛子之時時懽膝下也。不意有舍甥余生者，先是來獻兩書，不報，則自其鄉拏舟來而請所以。姑應之曰：「吾子之言，一道也。雖然，又一道也。道不同而趨一也。」不對而出，以說老母。老母爲之槩然首肯，其委曲未可聞，則知報知老父矣。當斯時也，親友哄然，聞之郡邑，餞贐交加，情景頓異，不待老父之督而不能止也。人生出處，何等大事，乃出於後生兒輩之口，遂爲律令。奇矣！奇矣！自老母二十年前嬰眼疾未愈，邇年彌高，經歲足不下堂，乃行時出繞廊簷，立庭堦，陳說丈夫大義，叮嚀保重，移時未已。蓋此一時，彼一時，乃別來想，又不能無悔也。夫有賢父母，則子易爲孝；有孝子，則親易爲慈。若元者，又何道焉？反身不誠，人爵爲貴，退尚未能，進又何補？閣下之愛我，猶我自愛也，更何以策勵之，令庶幾有藉，以不貽知己羞乎？山居小樓，妄意舊業，槩未就緒，所有雜草一二，輙呈請正。燕磯、牛渚諸勝，有姑蘇趙先生在焉。陶、謝同遊，並富述作，何幸復見追隨風景乎？

答周濟甫大中丞 二首

方弟之得告抵家也，滿擬庭闈長叨樂事，不惟老母安之，雖老父亦惟其子之聽。及今春限滿且逾也，不惟老父意思頓别，即老母亦惑於六親諛言之入耳，不免促裝就道矣。二親愛子之至，一也。愛之至，則重違其心，不令時懽膝下，豈所欲哉？子意不堅，而反諸身不誠也。途來過藍屋驛，有追次白沙先生臺書春晚之句，云：「古驛江頭近釣磯，傷心春事故山違。楊朱正恐當年誤，伯玉寧知四九非？反命敢云恭父命，征衣忍見負萊衣。庭槐舊緑稱觴處，留得清陰待我歸。」弟之情況可想已。弟一向因循，習染爲祟〔一〕，曾無奮發，度此半生，今年向老矣，童情如舊，厲風不調，微茫知識，何有於我？蓋上愧賦予，下忝所生，内負初心，外誤知友，自是始有發憤之意焉。持之不倦，尚未敢自謂能爾。辱在至誼，何以策之？四十見惡，五十無聞，頻復不已，將至迷復；倘能竟此以往，雖遠遊，猶可借口於養志，惟兄念之。督撫淮揚，所轄當天下之半，事權得咸且專，方今丈夫用世，即政府六卿，非元輔與天曹，皆弗能當此，臺端其思所以酬際遇哉！來書云云，不敢聞也。詩曰：「上帝臨汝，無貳汝心。」敬爲門下誦之。

【校記】

〔一〕「祟」，原本誤作「崇」，據抄本、光緒本改正。

又

頃從王少宰處，得門下求歸狀與廟廊借重慇懃意頗悉，欲附一書往，無從也。督府位尊，太夫人養備，雖潘輿之奉，不便於此。自公多暇，習静功深，雖道院之業，不專於此。扃扉堅清之云，何其汲汲也？白沙先生勸人，往往以歸隱爲第一義，固亦有説，然觀聖門有爲季氏宰者，得與簞瓢大賢同科，明道一生爲小官，而道接孟氏，烏在其高隱也？夫出處亦何常，惟其具在我而已。當行而莫可行，則當藏亦莫可藏，此夫子獨許顔淵之有是也。丈之自許，有是耶？未耶？丈在今日，已非小行，過此又將大行，行耶？未耶？抑所行與其所藏合耶？有不然者，乃世人所謂行，非有是之行也。既無所行，又何所藏，勿汲汲可也。然非丈之謂也。弟道非禄仕，情類絶裾，昔年苦不善學，遂虚半世，近雖悔恨，氣力向衰，聰明日減，擬之於丈，何啻兩失。

然猶靦顏在兹者，此情雖故人不能道也。仇心之訓，直是訂頑。非我仇心，似心仇我，習氣童情，時作硬祟，每用體驗，愈覺道心微而人心危也。美厥靈根，何等氣象，真丈所謂深入實際之難者乎？近擬借差過里，緣前此循職掌，有小疏留中，未便題請。早晚計當得之，便道過淮，奉教在邇，附謝不備。

答葉中丞年兄

邊境當急，天子撫髀，廷臣推才望，獨以丈爲海内第一人，或曰：「今日南海再見翁襄敏、龐中丞之風而過之也。」此實宗社之福，豈特同袍之光。乃丈方從西南役報主上，豈意遽更而西北也。議處土夷事宜，貴人韙之，而蜀中狃於目前之便，遂有互異，然識者皆能諒丈之遠慮也。弟曾請教一二大老，或曰：「趣命既臨，當不俟駕。前議既已不果，姑置之，忘己亦忘人也。」或曰：「聞言待罪，臣子之分，即日北來，或未受事而疏，或一面行事而疏，似不可少，然斷斷當速趨上命。」當此之日，國家爲重，身爲輕，必無纖毫礙掛胷中，方得大臣之體。惟吾丈裁之。

寄張洪陽宗伯

頃相逢於帝子閣下也，辱承勤懇，載酒江干，會先生時方營大事，座有談客，未罄欲請。別時曾托范使君原易，轉致所求正者，向未之示，故至今在瞻臆也。蓋往山居時，妄擬長往之計，每讀易至遯，三致意焉。獨於六二柔順而中，志在必遯，如此，則是上諸爻之爲。蓋上諸爻之遯，爲二也；二，所以致遯也。或曰：「二應五，其執之莫説，乃權臣固寵者當之。」似得本旨。乃其係詞甚吉，豈小人而可以當中順耶？若曰二知時欲遯，固留君子，庶幾中順之意，則諸遯君子，非遯所能留，亦何益於濟遯？且易不爲小人謀，而小人亦非易能謀也。此係主爻，在當路則去留關世道，在閒居則出處爲大節，皆閣下今日與他日之事，而私淑者所願聞，幸賜教焉。閣下讀禮之暇，停雲館〔一〕中應富述作，一併頒示，尤大願也。山西相公晤問，具詢起居，必有裁寄。此老時望逾歸，始知閣下往歲所獨推，乃出於情親意氣之外。使推賢讓能者皆如此，何慮得人難，亦何慮時事哉？此日掖廷隱憂，邊疆大患，二十年來所未有，山中宰相，詎能恝然？天欲治平，其具在我，伏惟留念，以副夢卜。不宣。

【校記】

〔一〕「停雲館」，諸本相同。按，張位齋名閒雲館，其文集名閒雲館集。

啟趙宗伯　三首

頃者山居，曾以周易玩詞之抄，托友人譚銓部子誠者干瀆左右，其時以傳書者行急，草草達銓部所，而於閣下缺焉。一則謂有事長者，即片字，雖質當敬；一則彼時方爲長往之計，即謬辱閣下夙誼，亦不宜以林壑之經營，輕聞大君子居上位者。此意難以述之銓部，故雖囑之致意，而不復其所以。迨其人發，悔之。何者？此猶細人之事君子也，非所以待閣下也。今者別作一番人矣，風塵故態，回首可羞，北山草堂已先笑我，況可聞之閣下？然而復爲此説者，大宗伯王公舊濫同袍，閣下旦夕嬉處，或抵掌而談古今，志矯行庸之夫，有若元者，亦可發一笑也。玩詞原所抄本，今既得歸自馮宮翰家，且當時京師一二相知如李維卿諸君子，因元得此書於閣下處，多嘉發明，抄録頗衆，已報銓部勿録，或者銓部欲得，則以留自觀焉。蓋閣下之寶是書，其澤亦遠矣。銓部書來，具述雅念，統此爲謝，諸未敢多及。

又

近有舍親補官之南，上肅啟奉候，且題封矣，適辱枉教至，及諗閣下求歸至情，必欲得請狀，於是乎惘然者久之。蓋往山居時，累聞閣下乞歸矣。私念此日勢難自由，而道未宜速，世人之信閣下，固不係乎歸不歸，而閣下以一身繫天下之重，亦不係乎所處之近與遠也。留都清議所自出，輦轂之下，相與顧憚而不敢盡干法紀者，恒在焉。然亦有大不然之時。元居留曹四載間，曾兩經矣。自海忠介公後，留都無恙至今，非有大君子與一二同志共維之，欲此風長存，其可得乎？主上明聖度越，其於閣下禮貌不衰，蓋以忠介公事待閣下也。忠介公其起也不辭，其去也遲遲，世無有疑之者，閣下其肯有所避忌而爲潔身計也？元爲老親，未能行其初願，然不敢以己之不肖願人，獨於閣下處獻忠若此，惟閣下察之。諭及瞿參軍，久擬定交，未遑，自當有報。曾、王、姜三君子者，皆熟遊也。元近曾破〔一〕戒，爲友人王用晦比部贈言，不知此君嘗從遊閣下否？

【校記】

〔一〕「破」，諸本皆誤作「頗」，據文意改正。按，唐氏破戒爲王用晦作壽言，見下文答王用晦、答譚子誠二書，亦可佐證。

又

春間元奉旨選取宫人一節，猥有小疏，内引及世廟遺詔一段，當事諸老皆有忌諱之慮，會銓曹謬有推補至，政府舉以爲言。不意數日間内閣傳出御札，有廟享屢遺代行，朝講久廢之説，引咎責躬，直符商王罪己，不特不諱而已。有君如此，其忍負之？閣下精忠，宜在特簡，儀圖世道，似當轉移；以主上至德，真當帝眷卜之，閣下不宜安安而居，遲遲而來也。疏稿附上請正。

答李中丞　三首

程子表章大學，有功聖門，固矣。然格物解誤，則是書雖存，反增一障，可有也，亦可無也。程子雖以窮理爲解，而其心不安，是以其説屢變，而往往有得之言外，故雖可以觀其至，而大義隱矣。自我高皇帝諭侍臣，謂「大學要在修身」，而古本以修身釋格致，然後直接千載不傳之緒。自是儒臣如蔡蒙引、林存疑、蔣道林、羅文恭、王布衣及先師吕先生，往往能通其義，然徒曰解之云耳，其自學教人之旨不存焉。就中破的者，無如布衣，然不免爲新學所陷。觀其以「心齋」自號自命，又烏在其修身爲本也？總之，張子厚所謂「釋氏以心法起滅天地，不免疑冰」者，無怪其相率而陷於新學也。近讀孫淮海講章，亦既明乎其解，視諸家較備矣，乃其緊要，歸明心體，是本其所本而非大學之本也，是解一人而學又一人也。

嗟夫！新學横，正傳息，不肖之身又岌岌乎不敢當也。當此之時，乃有先生者，不由師授，不由註解，默契遺旨，先得所同，既揭正〔一〕修，又標性善，其於學問源流，昭昭乎白黑分，而新學不能混矣。而元又以爲先生設科太廣，門徒大〔二〕盛，自反自修之實尚寡，立人達人之意過多，未免以憧憧感人，猶難語知止而定也。易以咸言感，貴其無心；以艮言止，惟止諸身。知止在身，則身以内身以外，皆無汲汲焉可也。彼謂明明德在親民者，以其昏昏，使人昭昭，既以末而爲本，謂誠己誠物並切者，方耘己田，遽耘人田，又未免於本末雜施，均之不知本焉耳矣。世未有不知本而能誠其意者也。天之未喪斯文也，既賦先生以明學之獨智，而今又置之於孑孑獨處之居，納之於妖[三]壽不貳之地，刊其華，挫其鋭，使之反初觀復，深根固本，殆夫子所謂尺蠖屈，龍蛇蟄，藏自安身，將駸駸於德盛化神歟？不然，何其所遇之窮至此也？蓋昔者文王、周公窮而演易，夫子窮而絶韋編，吾道至今賴之；理以屈而伸，道以晦而明，天之與吾者不偶，其窮我又豈偶哉？因讀淮海而重惜諸君之陷也，故有所願於先生，不審於是爲本之意當否？惟察而教之，幸甚。

【校記】

[一]「正」，諸本相同，照文意及討論所及，應當作「止」。

[二]「大」，光緒本作「太」。

[三]「妖」，諸本相同，應是「殀」字之訛。

又

得差後，滿擬一會，緣前此諸君出京稍遲，而諸老中有言者，以是行期欲早，避嫌欲深，自見堂辭朝辭部而外，爲日無暇，坐爽前約，計先生能原也。行時篋中檢出大教，謂「格致誠正，總是修身工夫，有一無二」，是也。但先生之意，猶指格物爲凡物之物，而鄙意則指爲身與家國天下之物也。雖凡物之物不出身與家國天下，而大學所指，則專以身對家國天下分本末，而凡物不暇言也。故曰「物有本末」，又曰「其本亂而末治者否矣」。格此之謂格物，知此之謂知止。先生所謂「萬物皆備，一物當幾」者，是已；所謂「知修身爲本，即知本，即知止，即知所先後」，是已；而正〔一〕修雙揭之説，猶二也。格致義中所謂物者，又不覺其愈遠也。蓋知知本之即知止，而不知知本知止之即物格知至也。羅布衣反己之説，大與鄙見合，而於先生有功。獨其指物，亦爲舊説所纏，不知本文明甚，先生姑就其是者推之可得也。嗟夫！反己至矣。孟子曰：「行有不得者，皆反求諸己。」必如大舜號泣旻〔二〕天，負罪引慝，而後可言乎？反己者，天必祐之，況於人乎？況於鬼神乎？

【校　記】

〔一〕「正」，諸本相同，照文意及討論所及，應當作「止」。

〔二〕「旻」，光緒本避諱，刻字典所無之字，作上「日」下「又」。

又

論語大意、道性善編二書，中多到語，能發明前人所未發，其有功於孔、孟甚大。大學本修身，止修身，的矣，一矣。其於格物猶若二之，何耶？伏承尊督，妄有請正，會欲移居，來書暫歸記室，并此謝教。

答王少宰麟泉

夜來有客相過，具知太宰公與選君向來謬念之惓惓，及政府此日之休休，聞之悉矣。魯侯不遇，天實爲之，吾輩所愧者，是惟道德不及先賢，若論遭際，叨幸已多，願勿更饒舌也。南中之賢，宜未有出譚子誠之右，不審當事者能相信否？附啟悚息。

與顧叔時季時

去夏初抵都門，偶於一友人席上，問寄奠太安人禮。一時在坐者數人，多雅於二足下，咸約同舉。未幾而維卿兄至自關中，具以語之。維卿曰：「不可。諸君非吾夙遊，吾與君其共之可也。」元心義維卿，又重違前約，以是遲迴者累月。久之，前約杳然，而維卿見督不已，其議始定。會維卿有中丞之命，則悉以委元，且戒顓人及治具往。但抄稿封值寄累從者代辦，此其意足下所知，幸足下選任從，勿負此惓惓也。維卿之且別也，囑曰：「共致一束足下，其自名以友弟稱。」元不可，曰：「吾與君皆長也。」曰：「有說乎？」曰：「有。長幼有序，列在大倫，今世不論長少，稱人者槩兄，自稱者槩弟，此在泛交則可，在吾黨則不可，尋常口號或無妨隨俗，載之書札則非所爲訓也。敝鄉會友，此風猶在，惟少者得以自弟，而長者不得也。惟稱長者曰兄，曰某字，或曰某字兄，即長至二十以上，亦止於稱某字先生，不及少也。至於長者稱少，曰某字，曰足下，或曰賢弟，其自署以名，或曰僕而已矣。其往來柬上，則無長少皆得稱友生。」維卿曰：「子言是也。」此雖瑣節，關係不細，并附報裁。

與孟叔龍 三首

屢左候晤，不勝飢渴。顧叔時書來，謂程子「善惡皆性皆天理」之言可疑，與足下深合。此見學問得力處，在吾輩合有此疑，正善學程子者。區區所望，則竟有進於是耳。倘相信未及，仍須且守此疑，程子所謂「守其所有」者是已。高明以爲何如？原易之調誠當，然尚似此兄心事終未白於天下，信乎人固不易知，知人亦不易也。原易從茲長往可矣，不識當事者尚有意於斯人乎？擬借一差過里，適小价方至，舍中凡百苟庇，頗寬旅懷。旦夕以僧人葺屋，暫移居前巷，何當不誤見枉，奉顏談也。

又

小疏中所引詔書一節，諸老相知者多有忌諱之慮，不意御禮云云，乃知主上英武神聖，度越千古，直與成湯罪己同，輪臺、奉天不足道也。前此擬借一差，未便題請，今爲有力者取去，不免姑待，行止尚未可定耳。會南中寄到舊刻二種，夜來讀之，因憶彼時與諸君理會此書氣象，可想近來孟浪，虛負歲月，且負友生矣。如何？

又

伏枕來不覺月餘矣。恭聞榮轉，正當政煩，咫尺有懷，總共此抱。有切切欲啟者：元於前月内，已向儀曹借差，擬在夏間爲省覲之計，區區私悃，惟知己能深諒之。即未然者，多病之軀，正宜閑局，荷極諸丈相成之雅，若令當事，必損生平。偶聞敝省銓曹之缺，謬有見及者，毋乃傳誤耶？何左右者不爲早止之也？況敝省見有四人，資俸相應，青年偉質，自有堪其選者，豈必求之例外？倘果有之，似當事之計過也。敢以奉懇，并煩轉致乎如諸丈，善爲我辭焉。此日人材，一到貴署，比之蓬生麻中，人入之，至視他時氣象大別。新進雋才，正宜作養，毋〔一〕謂後輩之不如今，且僅僅如今也。力疾具啟，不勝祈懇之至。

【校記】

〔一〕「毋」，原本、抄本誤作「母」，從光緒本改正。

與諸延之

近聞足下隨學使巡歷，中原文獻，盡屬品題，英雋入轂，吾道之善，但不必令桃李在門，乃爲太〔一〕公。在足下今日，不患門牆無人，患濫收；不患當路無知己，須防薰膏之誚。彼以同聲同氣相求，則善矣。次而就我爲名，下而竊我爲利，皆當辨别，而有道以處之。故愛敬我者，未必盡賢；平平落落，若自疏外者，未必非君子；又有處乎我上而以勢位相陵，居門徒之列而故肆訕侮者；物情世態，無所不有，一切安焉反我，仁且禮焉。能自得師，然後可爲人師，至囑，至囑。儒官多暇，正便讀書。近理會何處？幸示之。季時近聞讀禮，釐其真僞，有弟兄師友之意在家庭也。季蘐以信於鄉者行於鄉，誠之所動自别。俱〔二〕能時時相聞否？吾黨今日未爲不遇，只患盛名之下難副耳，幸相與念之。

【校　記】

〔一〕「太」，光緒本作「大」。

〔二〕「俱」，抄本作「具」。

答王用晦

學以修身爲本，近日儘有同聲者，至於好學力行知恥，非兼三者，則身未易修，恐知本者亦或未之詳也。適奉來教，謂學問本末雖有次第，決非片言可了，古大聖所以詳言博學，致重躬行，而罕聞心性者，於是可通其故。斯言也，得之矣。其云「稍處以默，益務反己」，則正數年來妄意發憤第一義，敬服敬謝。講學有戒，酬應文字有戒，守之舊矣，況文字而至於壽章，則又前代先賢所未有者。雖然，何可以施之足〔一〕下？逢司馬君實，正自不得不多也。僅晚〔二〕草，惟以子誠同覽正之。足下於學，好矣，且真矣；反己一言，盡矣，更不必復顧世人與我同異。佛家印證之説，程子笑之，願足下充此以往。不宣。

【校　記】

〔一〕「足」，光緒本誤作「是」。

〔二〕「晚」，光緒本誤作「脱」。

答譚子誠

山居復出，出於偶爾，以足踰期，非爲避美缺也。美缺似不必避，況元之賢未至是，乃愛我者推而爲之辭，足下詎可信乎？宗伯趙公謬附夙契，乃前此索抄易義，不敢通書，亦欲長守山居之義耳。若知此出，則何敢無書？即當裁附，爲來使倚馬索報，未及。數日間會有便，不復遲也。易義一册，近至都門，得還自馮太史家，今不敢復煩從者，倘已抄録，惟足下留自觀焉。王年伯壽言，業爲破戒成之，及蕪刻一帙、與李先生書、謬解一幅，并呈覽正。

與蔡台甫

古今有志之士，得居言路而能直己志，又其氣雄足以將之，詞藻足以發之，伸主威而維國是，寒群小而懾王公，令學者凛然如見其人而無遺恨也，即史册中亦難其人，若足下當日爲御史，所稱是矣。雖經流落，旋復清班，古來盛名之下，率多坎壈，如斯際遇，亦未多得，固知足下之能泰然於今日也。況有譚子誠、郭哲卿諸君子旦夕與遊，曹中多暇，相與講求，養其已至，充所未有，以需大行，而酬宇中人士之望，正在今日。足下勉之。

答李于田

三復東魯學政，何其宏而密，委婉而有章也。其最關係者，提調、教官二條，而教官一條尤要。往時元嘗有贈教官文字一篇，意似互發，顯録請正，恐未可使東魯教官聞之，且未卜尊約行後，痼俗易變，作何狀耳。嗟嗟！滔滔靡靡，江河愈下，不獨一事爲然。足下之行事可觀，而其用心亦勤矣。如有用我，執此以往，竊有志焉。今年過半百矣，奈何！奈何！盡付足下爲之可也。山中本不擬出，而復出，出而思歸，又不敢言歸，擬在三四月借一差以行。間關萬里，豈好爲勞？足下可以諒其心也。都下自李維卿之楚後，舊知雖少，署中一時多君子，足可嬉娱。公暇理會春秋、三禮，稍有次第，未爲不佳，毋奈鄉關頻入夢耳。除夕、元旦二[一]詩，題在扇頭，足下讀之，得無同此愴怳乎？郭哲卿聞報後過家，須夏初始到。王藩甫報，已見魏懋忠輓詩，邦伯之循良，斯民之三代，於兹槩見，藩甫爲不朽，吾黨爲有光矣。連日在暇，來卷未及一觀。觀不觀，無預足下，足下之所賴於吾道，較文已哉？君子之居是國也，有聲實在一時，亦有風流在百世，足下必不肯以此易彼，更惟有以進之。萬萬。

【校記】

〔一〕「二」，光緒本誤作「一」。

答耿學憲

都門一别，幾二十年矣。竊名學道，半世無成，石火電光，餘生有幾？奉讀來書及迪士課士諸訓，不覺恍然如有失，惘然而不自持也。就中爲己一問，尤深對證。其曰「可珍者此已，可畏者亦此已」，非極玩索實體驗者，未易道。彼中人士，亦有解者乎？夫可畏者，外之交吾内也；可珍者，内之定吾外也。見可珍則克其畏，見可畏則守其珍，兩相成者也。由責己而舍己，由舍己而推己，則知己矣。微茫之見，不審於明問當否？幸指教焉。莆田有宋肇斯先生，學者也，頃曾以告敝同年汪蔚翔，不審能物色之不？輒此奉聞。

答范原易 二首

往豫章人傳太守開會講學，弟不欲聞也。近讀新刻教言，則皆視學時課諸生語。視學課諸生，提調責也，此自本分矣。豈惟太守有本分，諸司皆有之。吾輩在家在鄉在國，無往無分，分之難盡久矣。不求盡吾分内，而反求多於分外，此會講之風所以盛於今日也。夫分内之與分外，誠僞判然矣。舉世去此就彼者，何不知本也！未有不知本而能誠者，未有不誠而能動者，然則會講何益於人，徒賊誠損己耳。教言中「致曲解」與「經綸大經」，乃從前所未發；其他互有得失處，亦謬評以復來督之意。講解不可謂無益，不可謂非學，反己説約，令爲我用，説之貫通，行之無礙，則其進不可已矣。李維卿兄從弟求觀，欲存筆跡，易以抄本，可見此兄好善之誠。今寄復，仍乞便中更惠刻本爲幸。弟近來始覺發憤，頗見昔賢行年五十之意，恨不得與兄質之。有答孟吏部書，粗有發明，録上請正。倘張宗伯先生問及，并請教焉可也。

又

頃李別駕行時，附去小啟，并維卿兄轉寄首善編一部。其發之明日，即承手教。及詢來人，知二郎並登賢關，乃值豚兒亦偶僥倖之日，伏增慰喜。大疏中，知出於不得已，而連及者一二，又不得已中之不得已。議者雖多，而正氣必勝，則以聖明英斷於上，諸君子維持於下，而兄之平日所操持，一時所激發者，可以質鬼神而信金石，故能獨當衆憤，獨障狂瀾，非人力也。議者之意有三：謂當此驛遞稍寬，仕途稍便之日，及是法令轉嚴，一；權要即應查參，不免累及非權要者，二；經途有司應付，誤及後人接管者，三。惟院長李公以情法二字盡之，其累及與誤及者，見本道執法雖嚴，行法實恕，原無查參之心，而生於一時之倉卒，其用意忠厚，於疏中前序撫按申令，後諱當路逢迎二段見之。李公可謂獨知良工心苦，而吴駕部又能毅爾相成，一二三君子從而贊果之，皆意外也。覆稿委曲，頗非初願，及奉旨，乃大暢，凡在相知，共頌天王聖明，燭遐方而超千古也。議者亦有一説，吾輩安敢遂忘自反。爲今日計，所處更難，原任不得不復，撫按不得不交，未盡與錯誤二者，自合引咎以謝世人。不見人非，但知己過，吾兄處此，必有道矣。弟常謂原易愛人如愛己，維卿憂道不憂貧，皆弟所不及，乃此舉類人怪弟刻薄而迂濶者之爲，豈吾道不如是耶？頃送維卿撫三楚序中，正以此意相勗。竊計維卿舉動必與兄同，然尚恐渾厚處又未必如兄，則二兄之負忌於時，使世人畏而吾道孤，皆弟之誤也。如何？如何？

與維卿 三首

署中有三三友者，志士也，久願一見維卿，屢與弟計，候枉顧之日，約爲良晤。顧彼此參商，即吾兩人者，已每每不相值，值時又或有不得已事，不能久坐。昨擬從謁先師廟之便，招弟先期偕往，而弟適奉公委，坐負友諾。今定何日能枉駕，使弟先約諸友也，一示之。范原易自江西，孟叔龍自洛陽，各寄有著述來相印證，輒忘愚謬，僭有批評，不審當否。二兄意皆未欲示人，然不可不共兄一覽酌之。宇内寥寥，如二兄者，弟的諒其爲吾道人，雖言論時雜新學，其中必有所未安者，宜兄之當深念也。叔龍書來，説無副本，而原易似亦候得報後，是刻始出。幸善護，以俟畢覽日發回，伏惟留意。弟見兄近時耳目稍雜，一藝之長必收，應制之文尚戀，此雖盛德事，得無妨吾本業乎？弟從前悠悠，近始敢當發憤二字，又幸得吾兄朝夕期相與，以登彼岸，不敢謂年已向衰，徒痛既往，惟兄振之輔之，不勝切切。

又

恭聞太夫人、叔母能至官舍，此迎養之極樂，而人子之上願也。兄何爲苦欲求歸耶？左道弄人之論，蓋未之聞。世間未有邪能勝正，而可以動心者。乃温旨慰留，特出聖斷，則前此未有之遭，吾輩當何如爲報也！大計大科一疏甚切，而科場尤大關係，但未知覆者能暢其旨否？大抵有孟、鄒二兄在，必互相發明也。沈同知事，前已奉聞，不意復有此疏，知兄必有不獲已處，亦不必該道爲據，但要實見得道理何如耳。京師諸公有大喜此舉者，與兄意見又别，不足爲兄道也。楚中撫按同時請告，似於事體未妥，今崔侍御須明日始上，恨不得一阻之，恐後來與兄同事者，未如侍御耳。兄雖居楚，能使朝端嚴憚，吾道不止行於一方，以後求歸之言，幸勿出口，惟努力以報主知，以對輿情是望。占授不次。

又

比來兄因節省之過，遂有誤傳；弟因責善之過，遂有誤聽。夫斯二者，誠過也。然無節省之過，不足爲兄；無責善之過，不足爲兄之友。此可多望於世人哉？可以自反，亦可以自慶矣。夫爲國者，奢則示之以儉，儉則示之以禮。兄初至楚時，誠當崇儉；在今日則當崇禮。禮有以多爲貴者，祀聖尊賢、敬老恤孤之類是也；禮有以少爲貴者，津要逢迎、酒席濫觴、貨賂公行之類是也；禮有以舉之莫敢廢者，或因土俗所宜，如古人入鄉問俗是也；禮有不近人情，而實有禮之至者，如舉國之人皆若狂，而夫子以爲一日之澤是也。兄〔一〕此處皆有天則，不容以意而輕上下之。故兄爲上官者，御其所屬，有必跪，有必拜，有必揖，有必留茶，有必留飯者，皆禮所生也。在賢者固當破格優之，即庸衆者亦不宜有意裁之。天下賢者少，庸衆者多，若待賢者出於例之外，待衆者乃不及於例之内，不惟庸衆者恚怒愧阻，而賢者亦且懼不敢當，恐養育人才之方不如此矣。故爲國者必以禮，學道者必愛人；未有不愛人而能化人者，未有不以禮而能愛人者。書曰：「爾無忿疾於頑，無求備於一夫。」少有忿疾求備之心，則愛人之心充拓不去矣。夫忿世之與憂世，忿不能之與矜不能，其用心廣狹、規模大小，何如也？願兄之念之也。天道先春，人道先仁，一切包涵，處之有道。言不盡意，伏惟省裁。

【校　記】

〔一〕「兄」，諸本相同，疑爲「況」字之誤。

與鄒孚如

近得御札，讀之令人墮淚，即擬述懷一首，忽憶老杜詩云：「生意甘衰白，天涯正寂寥。忽聞哀痛詔，又下聖明朝。羽翼懷商老，文思憶帝堯。叨逢罪己日，灑淚向青霄。」遂不復作。竊料尊意亦同此懷也。元前此擬借便道之差，以是月行，而或以小疏近方留中，慮有忌諱，未便題請，差已具而暫遲，今則可以槩然矣。而前差又爲有力者取去，小小進止，固亦有數其間乎？僧人葺屋且完，當復舊寓，俟别有便差，方爲行計。會有人至自南都，帶來二程類語、白沙文編，各以一部奉覽。中有謬評，乃昔年未定之語，并上請正。

答湯儀部

歲内奉到手書，不勝其云樸散爲器而器復歸於樸，願不肖元爲器，而周元孚更爲樸也。諸相知聞之，皆藉藉以爲名言。雖然，元自顧未能爲器，而樸之漓又多，蓋兩失之矣。抑亦可以處於樸不樸、器不器之間乎？足下其許之乎？李文學之至，初擬其爲貴鄉遊學者流也，會抱賤恙，接見稀少，久之始重其爲人，而益嘆服足下善取友，不輕然諾，有合於吾道之誠。彼世之引類招朋，朝僅識面，暮號同志，彼此各藏其心，而漫以爲如蘭也者，聞足下之風，亦可愧矣。留京足下宿所耽遊之處，又有譚子誠、蔡台甫、王用晦、蔣大理、張户部諸君子嬉處其間，此時造詣，肯甘爲六朝人物乎？便惟有教之。

答朱學憲

往過豫章，宿原易官舍者二日，蓋亹亹述門下也。其曰：「吾吏於茲四載餘矣，於上官中始得一人焉，前中丞餘姚陳先生；近得一人焉，實惟門下。獨不令足下與二先生相從也！」觀原易之言，其爲門下述者又可知，故雖未通尺素，時在胸臆，而原易得相與考德問業其間，竊竊爲原易喜，而深慶吾道之不孤也。易之兑不云乎？「君子以朋友講習。」夫兑，聖人極説之卦也，顧朋友則難言矣。知音者稀，勝會不偶，即門下與原易處，豈能久而不離，悦而不悲？故當原易未拂衣之前，已逆知其有離别之感，不待教至，而知門下懸懸於原易也。原易志在幽棲，去歲已露，今果如願，更又何求？所愧病軀靦顔郎署，無補明時，久負青山之約，令〔一〕原易早著鞭耳。

恭惟門下司命文章，獨當天下學士盛處，而鄉先哲自吴、胡二布衣啟，以至於羅文莊，吾道不絶如綫，必有推擴而昌明之者，願門下勿讓也。夫講習之義，非今人所謂講也。此中講風最著，以原易之賢，猶不免焉。不願門下復然。五帝憲老，三王乞言，古之君子以禮樂相示，豈必講哉？況門下職掌獨專，無行不與，分自難盡，豈暇更設一科？就中示不言之教，樹大觀之準，近而愈遠，漸而不知，有一分真，即有一分益，庶幾學問可以自考。人旋附謝，不覺饒舌。

【校記】

〔一〕「令」，此字原本末筆漫漶，只落筆處彷彿可見，抄本、光緒本遂誤作「今」，詳文意，正不宜爾。

啟薦主劉公

今之學士稱師，得比於古禮隆崇者，惟座主與薦主爲然。座主無意，而受知文場中，以梯一生之功名富貴，非必宿遊也，非必指授也。薦主以職事相臨，凡在按屬，有嚴憚，有觀法，獎善而教不能，待其政成而後薦典加焉。知我者座主，成我者薦主也。座主以恩，薦主以義。師，義合也。嗟夫！師道之不明久矣，必於近義，其薦主乎？子曰：「以德報德。」又曰：「必也正名乎？」德，一而已矣；名，則似當有辨。薦主奉天子命，師表百僚，而又拔其尤者報天子，即擬之國子先生、督學使者而以爲師也，於義誠類，然而大賢君子猶竊竊焉避之，曰「王命也，吾何敢私也」，一切謝卻，若弗敢聞，而悠然隆古之風，忘言之象，愈令人師慕而不可得也。況其所謂大賢君子，修之於身，行之於家邦仕宦，猶可以範後修而興百代，而況於及門之士乎？由前則師分尊，由後則師道立，相率而師之，勿辭可也。都下去府上數百里而近，某等雖各羈官守，不得親承杖履之光，而大老儀刑，中朝傾仰，實耳熟焉。乃向缺起居，若甘外於面牆者然，則未嘗不嘆夙昔之遭逢，而愧今日之疏曠也。敬托長公之便，附致興居，伏干俯鑒。

答座主陳公

韓子有言：「山林者，不憂天下者之所能安也。如有憂天下之心，則不能矣。」每誦其言，未嘗不歎賢者所存，與世上功名全別。顧憂則憂矣，其如天下何？即韓子當日已難大行，徒抱先憂，於時何補？雖然，論有唐名人，必居韓子。位不必宰輔，道不必大行，而卓然山斗一時，聲施後世，則不安山林之效也。夫有韓子，雖山林不能晦，然既爲韓子矣，又何必山林以爲高？故至於及門上書，不以爲恥，而後來諸大儒猶不敢輕議其得失，況不至於上書及門者，而可以忘憂天下乎？又可謂天下非一人所能憂也，置之而借山林之高以勝彼乎？元雖不肖，不敢以自安，而亦以願乎當世之大賢君子，不欲其慕虛潔而負明時也。若曰位稍崇矣，不隨時俯仰，則勢不能，因而稍移壯志，遽隳晚節，則進誠不如退之爲愈。然世所稱大賢君子，又斷斷不如是耳。方今負大賢君子之望者，未有過於座主先生，而形神愈旺，壯志愈堅，則其進與退，於天下孰得？於吾道孰得？諒非門牆之士所樂爲諛者。主上明聖，度越千古，有君如此，其忍負之？一意向往，報主匡時，徐俟大行，不勝願望。

答沈叔順

往時范原易爲南昌，滿五載，循例遷去，其名實既加上下矣，在江以南數郡守，則必稱良矣，然猶未見其爲原易也。頃因事忤當路，舉朝鬨然，共惜原易，而後原易之爲原易始見。蓋人心秉彝，千古一日，不屈而常伸，愈屈而愈伸，即不伸，君子猶不以此易彼，況萬萬理之所無哉？足下自信已久，更又何疑？凡有赫赫之名者，必無冥冥之行。詩贊文王「不顯」，史稱「西伯陰行善」，何暇與時人較短長？願足下一意以往，爲兩浙二千石立準標，且以愧世之爲巧宦以圖速化者，上以報明時，下以光吾黨，毋〔一〕令後悔可乎？就中禮行遂出一端意義，亦須理會。蓋待己貴峻，而與人貴厚。有諸己，求諸人，未也。躬自厚而薄責於人，未也。正己而不求於人，則庶幾矣。自反而仁而禮而忠，然而不愛且敬者，未之有也。元早年爲令，愧缺此意，望吾同志相與勉之。夫因嚴以用恩，則恩流；以道而用情，則情溥；以仁人長者之風待天下，則天下亦相率而歸於仁人長者之道。何幸於湖州今日見之。

【校記】

〔一〕「毋」，原本誤作「母」，從抄本、光緒本改正。

答倪潞仲

近東海有道士至，始聞薔薇河竣事，而共誦邦君之爲烈也。東海流瘠，十七流移，此河開，庶幾有生意乎？顧此河費不甚鉅，歷六載而後成，若非仁人在上，幾作畫餅，信乎任事之難其人也。日録甚好，但太守政煩，又當甚劇，每於宴息之候，能註一行其間否？憶元昔爲令時，尚有餘功親書史，今居閒曹，轉覺少暇，未嘗不驚壯志之日頽也。潞仲更能於此時爲日録之功，是將來任天下大事氣象，景服如何！道士來，報萬花巖平安，因得舊刻，敬以覽正。

答郭夢菊大參

先是拜湖北名賢傳之賜時，知門下獨契蔣先生道林也。蔣先生與先師吕巾〔一〕石先生，并爲湛門高弟；又曾於羅文恭集中，得見所解格物説而喜之。及讀門下所爲傳，又其行誼純明如此，則蔣先生在楚中學者，當爲國朝一人；又以見湛門諸君子，雖其風動不及姚江，而篤行過之，是亦可以觀二先生。然元之置不復論者久矣。夫學，誠而已矣，其分數不同，而明亦因之。孟氏而後，明道誠且明矣，伊川、横渠次之，朱子又次之；江門別傳，蓋出濂溪、堯夫之派，然無愧於誠者也。與其明不足也寧誠，則薛文清、胡敬齋、羅文莊，其修朱子之業而有功近代者乎？自新學興而學始難言，此元之所以有戒也。反己無功，空言何補？惟是厚意不敢虛辱，輒又冒昧一言，總乞門下指教之。所不敢盡者，見舊刻二編中，附上請正。

【校　記】

〔一〕「巾」，光緒本誤作「中」。按，吕巾石即吕懷。

答錢侍御

往歲過廬陵，竊耳政聲，則已慕門下，及晤龔憲使、俞客部諸君子，又知門下隱德焉。都中屢承枉教，喜荷切磋，未幾解袂，可勝悵惘！伏讀來教，深慰積渴，至以「執其一說自謂得道」疑元，此又元之所以慕門下也。夫道之難言久矣，言之難，況於得乎？況不善學道如元者乎？聖門諸子，日月至焉，夫子猶不許好學，若元者，求一日之至而不可得也，何敢言道？門下之疑元者是也。乃門下所舉艮卦，而歸重於象傳「光明」二字，與大象「思不出其位」一語，三四讀之，未曉其義，則元疑於其對焉。門下之意，豈不曰艮其身，未足以盡艮，而思不出位，其重在思，如大學所云致知者耳；此謂光明耶？此義弘深，驟難剖拆〔一〕，姑誦所聞一二，而高明採焉。物有本末而身其本也，致知而不以修身爲本，此致知所以遺格物也，其去大學遠矣。身在是則位亦在是，凡思而出位者，不素位而願外，不正己而求人，皆邪思也；以其求止，遠矣。至哉孟子之言，曰「行有不得者，皆反求諸己」，又曰「妖〔二〕壽不貳，修身以俟之」，皆思不出位之説，皆止之説也。不獲其身，不見其人，未易言也。其道光明，未易言也。能慮能得以後氣象，姑緩理會，且自顧知止入定何如耳。由反己而修身，由修身而忘己，則庶幾矣。雖然，兹庸語也，而元猶未之能也。近代有心體道體之説，倘門下奇尚之，則非所敢聞。元惶恐再拜。

【校記】

〔一〕「拆」，光緒本作「析」。

〔二〕「妖」，抄本、光緒本相同，原本漫漶太甚，應是「殀」字之訛。

啟太倉相公

頃幸叨侍，未既所請，偶有末議，竊比芻蕘，伏惟相公垂察焉。恭惟相公負華夷具瞻之望，際千載一時之遭，而元也疏頑晚進，自謂無可比數，乃過辱殊知，私自慶幸，謬圖爲報，不知所出。竊惟方今事勢，内而有掖廷之隱憂，外而有邊疆之大患，天變於上，人危於下，主上誠明且斷，乃其傾心付委在相公，而天下人士亦僅僅恃相公以無恐，竊計相公密勿論思，塞違昭德，精誠所至，必有銷患微渺，鞏固皇圖，而外人不及聞知者。蓋近讀籌邊一疏，可想已。即願效一得之愚，又何能居相公之意外，而仰贊其萬一！

惟是李中丞爲蘇侍御論逮一節，久未得白，雖有臺省交章累牘，與夫撫臣之重，布衣之微，夷使之無知，皆能同聲爲中丞陳乞，而終無以回主上之聽，此亦明時一闕事。聞相公維護，亦盡心至矣。主上亦豈忍一中丞，而顧遲回若爾者，其説有二：一則未知中丞處滇南事，正可行今日；一則匿名帖子一節，難於自明，以致上疑未解，非有他也。

試借邊事言之：我兵乏久矣，彼衆我寡，難以慮敵，今土番怨虜入骨，三娘子與虜王失驩，虜王因聽火酋勾引生事，失賞華人爲虜王謀，妄意天朝，而其計不售。凡此皆可疏間，竊爲我用，誠得中丞以夷攻夷之策行之，必有如孟養、蠻莫者出，而繫火酋之頸，制虜王之命，此其經略可法也。虜騎長驅入我内地數千里，殺戮大將而下不可勝計，而當事者猶傳接〔二〕報，上首功，則無怪課功罪者紛紛之論也。夫莽、捏二川，延袤一帶，皆吾故地，今虜雖出境，尚盤據爲己物，首功何論哉？誠能下明詔，以肅清二川，驅虜盡歸巢穴，然後當事諸臣得以報命，果能如中丞在滇南克復我邊地，則其後先罪過，有無首功，俱在所略，庶當事者知上意向，必思得當以報，而不敢懷苟且一時之安，此其律令宜定也。以夷攻夷，故不血刃而揚威萬里之外；一清邊境，故不課首功而邊臣之績著；然則中丞滇南之事，可謂奇勳，而赦一中丞，爲邊臣之勸甚大，主上或能釋然於中丞也。

至於匿名帖一節，但得相公一言可辨。蓋前此諸疏，上皆疑其有因而至，前雖以撫臣之言最爲可據，未免置之一例，自非相公平生一介凛凛，素結主知，其誰能無纖毫之疑？故回天之力，似相公又不得不專任其責也。方侍御論中丞時，詎意至此，一陷不測，而救章日至，雖侍御心亦不安。爲今日計，姑請照例發遣，以待論定，則侍御之言既行，而中丞亦可免獄中意外之虞，以累聖世，似爲兩得之。元於侍御，往同官誠厚；於中丞，雖無舊識，而偶成[二]道義之雅；然其所以區區若是，非敢爲私於侍御與中丞，在聖明當及此時以勸邊臣，在相公當身任所難以對天下。冒黷尊嚴，皇恐無已。

【校　記】

〔一〕「接」，諸本相同，詳文意，疑爲「捷」字之訛。

〔二〕「成」，原本、抄本誤作「誠」，從光緒本改正。

答臺長李公 二首

昔漢人料七國之變，發速則禍小，發遲則禍大。倘今秋西陲僥倖無事，論者得藉口以終持和議而盡屈群策，將來之患，可勝言哉！則老先生之言，當爲左券矣。夫互市即奇，要非長策，況天下事亦未有勢窮而不變者。狃近利以誤遠圖，可惜一。當彼酋叛盟之秋，不爲興師問罪之舉，時過則無名，可惜二。歲致虜金繒百萬，且楞軍士之腹以益之，中國財寶有去無歸，非如向者在官在民在軍，相流轉而存吾内地也，可惜三。國以民爲命，民以財爲命，財竭則民困，民困則國隨之，宋之末路是已，可惜四。主上英武，豪傑奮庸〔一〕，有是君，有是臣，兩不相值以伸堂堂天朝之氣，可惜五。此五可惜者，方今大小九列與臺省郎署中，抱此慮者十七，爲此言者十三，而終無以回廟廊之見，亦且奈何哉！緩之則河套之事成，而甘肅不可支矣。急之則維州之議起，而去河北賊反易矣。不知古之大臣斡旋宇宙〔二〕，弘濟時艱，竟臻厥成，而身安名顯，如張留侯、狄梁公、裴晉公諸君子，可復見於今日乎？書曰：「同寅協恭，和衷哉。」即虞廷濟濟，能盡寅恭，則自五臣始。即五臣意見，豈無異同，而終屈服至論，則自吾之至誠始。未有誠至而不動者。蓋古大臣之謀國者類如是，何獨於今不然？台光漸遠，回首依依，塵黷清尊，伏增悚息。

【校記】

〔一〕「庸」，光緒本作「勇」。按，「奮庸」語出尚書舜典，「勇」字意遜。

〔二〕「斡旋宇宙」四字，原本及光緒本皆誤「斡」作「幹」，誤「宇」作「字」，從抄本改正。

又

伏枕多時，向缺候教，聞有大疏留中，莫可稍回聖意否？每憶近事，自是諸老求治太急，又其責望主上過殷，而自責意少。獨不思三代以還，有主上聖明如今日者乎？前此半年間，君相之際，自六部九卿以及邊疆大臣、腹裏尊官，盡舉其職，此何等氣象，而可多得，可易言乎？書曰：「天休滋至，惟時二人弗戡。」〔一〕以政府王公未知此日此時之難也。且以王公素無左右之容，而主上能委以國，其知結雖未必如太倉公，亦自是古今僅覯。今以太倉公所不能得之主上者，而遽望於一旦，近乎易之所謂「浚〔二〕恒貞」矣。近得讀其三疏，往往有全晚節之説。王公何人也，肯以全節爲高？此何時也，而暇以臣節爲言哉？甚欲獻一書王公，以病未能，且嫌於輕瀆，不審閣下可轉達此意與否？事雖已往，而聖意天啟，方在躊躇，或者有萬分一之助也。近聞敝省與楚中按君同時疏乞養病；此二君皆臺中當時稱賢也，幸勿輕聽其請。況近日人材，又當重加愛惜，伏惟主張。力疾占授，不莊，悚息。

【校記】

〔二〕「浚」，諸本皆誤作「後」。按，易無「後恒貞」之文，而恒卦爻辭曰：「初六，浚恒，貞凶，无攸利。」其意即唐氏書中所本。

答陳蘭臺

往事輿論，各自明白，亦知大疏必不可已，然一之足矣。文中子曰：「辨，不得已也，其猶兵乎？」況此三君者，皆今之所謂賢人也，惟處丈一事，共言其過。丈之直氣琅琅，不待讀大疏而後知。夫既知之矣，而又急急乎白以重彼之過，則我亦豈盡無過乎？觀部中覆疏與夫奉旨嚴切，不可謂不知我，然當此之時，正不必令天下人盡謂得在我，失在人也。此詩贊文王，所謂「不顯惟德」，史稱「西伯陰行善」，正吾輩求天知時也。爲今日計，當即遵旨赴任。料當事者必有以優丈，即不然，而丈之品已定，益以增其高而詔今後乎？再疏萬萬可已〔一〕。此非元之言，而凡相知者之言也，伏惟裁擇。賤恙新起，未能多及。

【校記】

〔一〕「已」，光緒本誤作「矣」。

與徐客部懋和

李先生所遭不幸，謬附同志，不能爲解，真可自愧。雖然，自公卿而下，至於韋布，爲李先生上書者累牘未已，古今患難中君子，有際遇若此其盛者乎？李先生得此，即死有餘榮矣。況主上仁明，千古一見，原不以死得李先生，而李先生未免尚有怨尤之意，此其於知止有定、修身以俟意，得力與否？師生道義，不得辭其責也。有一啟附上，幸爲致之。足下志遠而興高，識端而守介，默默守此，充其未至，何患不及前賢，而猶皇皇於會講一節，何異走日中而避暑也。子曰：「爲仁由己。」孟子曰：「仁者如射。」李先生嘗憂學不傳，元但憂無可傳者耳。能爲珠，不患不澤媚；能爲玉，不患不山輝。必如是而後知止，定静安慮皆從此出，足下以爲何如？

答鄭德進

春間小价至，及近鄒親眷屬相晤舟中，兩辱手書，兼黄白之賜，極荷眷厚。乃近書爲雨所濕，不得槩讀，只得存者十之三，大抵綱常語也。此關係甚重，烏可輕言？但各家庭闈之際，各有難處處，而爲人子尤難，須得真情，乃可理拆〔一〕。又向來古禮考究欠精，時俗相傳，大半錯舛。如宗法一件，近始得其梗槩，而庶子爲生母服，亦尚有可言者。正擬爲此二論，附入家譜，未暇也。然若足下云云，何至相懸之甚乎？夫大閑則不可踰，而恩常掩義，情親禮疏，勿以議禮而至於父子反唇，則家庭中第一要義。每思古人孝友至處，常自居有過之地，如大舜、泰伯、伯夷、叔齊諸君子，但以孝友爲重，天親至性耳。足下以爲何如？

【校記】

〔一〕「拆」，光緒本作「析」。

答鄭德涵

手札至，具見人子至情，然稍過矣。賢親常言，長兄遇諸弟甚厚，亦多委曲，獨有此一事，似難爲爲子者。如此，則或可諒令兄之心也。頗聞親家當初時，方以補官行，雖具聘典，而正始之義未備，已而諗其賢淑也，始堅成之。推親家之意，必以德貴，故不可輕。亦或出當時之忙促，然不知禮重正始也。既成之矣，又不及封誥之錫，正位號以詔族黨、臨冢婦，即親家在時，已疑禮體之難，令兄之見，亦有說也。賢親愛母，令兄亦愛其母；賢親之繼父也，以成志；令兄之繼父也，以成志；均之可以勸孝，賢親盡其在我者可也。仁人之於弟，不藏怒焉，不宿怨焉，況於兄乎？想傲象待其兄非禮處，豈可忍，而舜不怨也。此孝之至也。大率家庭之間，恩常掩義，而義在其中；情常勝禮，而禮在其中；然不可求人責人也，正己而已矣。故曰：「正己而不求於人，則無怨；躬自厚而薄責於人，則遠怨。」必欲求人責人，非但勢不行，正己疏而怨尤起，一未得而兩失之也。願賢親立身行道以顯其父，左右承歡以養其母，恭讓怡怡以友於昆弟，其爲孝孰大焉？孝弟盡之我，是非付之人，禍福聽之天，其所守孰約焉？古人事兄如事父，事嫂如事母，至孝也。賢親之可勉者在此，幸念之。惟賢親資美近道，相望甚遠，故不惜詳，惟諒察。

答周時甫

時文與古文原別，近皆反而一變矣。尺寸左、馬，雕刻字句，以爲古文，而索之無謂也，是古而時者也。刊陳詞，究旨歸，機軸縱横，必由己出，雖猶存方體，而意常在員也，是時而古者也。與其古而時，毋寧時而古也。此吾有取於今日之時文也。顧其出之無本，而才或有限，不免極力於迎合之工，而亦往往有售者，君子不貴也。讀足下所謂時文，則誠古矣。其形神合而華實俱，倏乎其變而沛然有餘也，意不獨其才則然，非養之深不易至是，信足下之奇於文也。

然吾觀古今才士能文章者，多嘆簿書民事以爲俗，則不宜於官。官其小者，自視常出古人上，恥與世塵爲偶，則不宜於人。人其粗者，將曰天之所以與我盡在是矣，則不宜於學。則是文章之爲累亦不少，可有也，亦可無也。足下深沈而警穎，厚蓄而寡露，友朋推重，在彼不在此，則前所言者，皆非所以慮足下，然猶願足下若無之也。夫生人易，生才難，生才易，成才難，成才易，大成難，大成非學不可。學則知天與我者，如何方無愧；學則見天下之人皆勝我者，如何方無怍；學則知見在職業難修，如何方盡分；其於大成，亦不遠矣。前有小啟，附潎鄉王甌寧君往，内有爲令四要，鄙見以爲足下今日學在此。不審到否？又不審足下能不以爲迂否？

來書謂意外呶呶有言，此何足論。君子有終身之憂，無一朝之患，行有不得，反求諸己。夫仁者在己，爲仁由己而已矣。一切毁譽，助我進修，不怨不尤，自有知我。若初至歡虞，其終多吝，此仲尼、子産頌聲所以久而後作也。京中往承寄貺，兹復稠疊，故人何不相知？情深且文，毋乃過歟？需次之苦，初仕之難，夙昔既經之矣，但願一意民事，簡略世情，名世事業，發軔在兹。倘有相聞，素緘爲愛。甌寧君書倘未到，幸從遞中覓之。大抵州縣甚難，火耗罰贖，是最易染者；士民未相信，當路未相知，是最易怨者。不染不怨，自責自修，山川之靈且佑之，況於人乎？惟自萬萬。

答汪吉州

榮履月餘，頌聲未作，在他人則可慮，在足下正是規模宏遠處。此中取譽頗不難，何必足下所望？足下以純王實意，深入士民，不棄時尚，不落時尚，自作主張，則世道有大幸，不特在一郡與一時耳。往元初至吉州時，曾見廬陵鄉先生張公諱子弘者論吉州人物，謂聞之故老叟兒童公論，似求於貧中，若三羅是已。三羅者，皆及第也，而能貧，此言庶幾近之。後因登匡山，有詩云：「王、匡既仙去，遺跡山之阿。豈無一代雄，千秋各如何。貧人貧不死，富者空金多。吉州今代盛，人物在三羅。」鄙意謂禮失而求諸野，張先生之言或有據也。乃彼時諸公見此詩，多不滿，姑以俟百世可也。足下謂必於講學中尋人，殆未可草草。吾道自有正氣，世間自有真人，足下平心而徐察之自見，不當以區區一篇之言爲左券也。足下喜釋，釋不妨儒，各自成家，正不必混而兩相借耳。白沙有言：「儒與釋不同，其無累一也。」足下蓋有志於是矣，而必尋人於講學，不但無益於儒，恐并其釋意而失之。況此邦九邑，講學大半，就其講者士風如足下所云，亦槩覩，復可使之轉令盛乎？必以講學尋人，與必以不講學尋人，均之有意。雖然，世必有不講而學，不言而信者，雖未之見，不敢誣天下盡無人也。非高人不敢及此，惟裁察。

答劉方伯 二首

途來每見張黄門玉車論當今人物，未嘗不盛推門下，及晤李中丞先生，其言猶玉車也。顔儀在對，深愜私衷，獨不得從容扣所欲請〔一〕耳。往時憶承李卓吾道人寄聲相候之諭，既渡江，因與玉車晤卓吾於大別山上。坐語移時，即其榻所，見几上有卷一軸，乃卓吾與顧尚書公約遊焦山往來書札也。卓吾札云：「何必焦山？必焦山，則焦山重。我既不欲死於婦人女子之手，又不欲死於假道學之手，則何往而不可死也？」讀其詞而壯之。玉車〔二〕喜，先題數言卷上，以次見屬。惟元之念卓吾，亦猶卓吾相念也，遂發如蘭之説，以應玉車，若曰吾輩與卓吾趣舍不同，自當有同者在耳。乃卓吾佛然，以其言無當也。玉車解不勝，元乃言曰：「世人出處，名與利而已。出者間或近名，而不勝其利；處者間或爲利，而不勝其名；若名不在山林，利不在廊廟，謂之如蘭，豈不可也？」卓吾顔始稍霽。今其題卷具在，門下一索可觀之，倘所題過當，幸直以一言，敢不勇於受責，以嘉長者之賜！

【校　記】

〔一〕「請」，光緒本作「講」。按，作「講」意遜。

〔二〕「車」，光緒本誤作「書」。

又

伏枕中忽辱枉書，不覺沉疴之去體也。所承獎借，愧不敢當。而門下所引未能，則實大有訂頑者，不敢以爲誑也。大抵一體與過化，實未易言，近世儒者動稱一體，而侈慕過化，此不可以欺人，止欺己耳。楊子雲有言：「君子忠人，况己乎？小人欺己，況人乎？」爲今之學，未有不欺己者。其原生於以本體求道，而陋聞見，拙踐脩耳。高明以爲何如？李道人名震湖澤之上，頗聞其旨主不欺，志在投時，可謂獨造。獨其人似過於方外，寡淵默之思，露剛俠之象，未言化俗，先礙保身，門下當善成之，勿愈益其僻也。夫儒與釋不同，而吾儒之中庸與釋家之平等一也，不審道人亦有味其言否耶？道人因焦太史與門下之雅，謬意不肖，乃不肖亦何敢無以報道人，惟轉致爲幸。蓋因道人，既以自省，又恐其友與於今世談學者之弊之甚，則關係不細耳。道人以一代知音待予，當其時實不解也。別去三年，始悟其意，亦不必復扣道人。

答余司理

邇來士大夫工於速化之術，一以彌縫世情，諂上諛下爲通才，爲遠器，無論道理何如，即本來禀受偏氣，亦消磨殆盡，猶然世共〔一〕賢之，而彼亦若自以爲得計者，士風至此，可爲太息。夫理天而氣人，然氣亦所以輔理。自大賢以下，氣皆不能無偏。氣存而理猶有存者，故理失而求之氣可也。并其氣而喪之，且侈然附於非理之理，如世道何？方門下理漵郡時，未能無氣，亦未能無偏，然竊私相謂，今時難得，正如公等。在一方則官邪民害懼，居臺諫則能行我所欲言，不肯顧慕以媚當路而病公家，所期門下，謬有世道之思焉。而詎知其不果爾。雖然，亦何損於門下也。伏讀來書，引以自訟，其氣王，其語衷，油然沖光，益增敬悚。世有小經挫折，即改生平，又有不堪時俗，愈爲白眼以傲當世者，聞門下之風，可以自省矣。夫官何負人？人負官耳。守道守官，其理無二，能求勝己，百順自生，安知今日之失，非兩得也？夙承雅誼，敢布腹心。敬謝遠存之辱，不備。

【校記】

〔一〕「共」，光緒本誤作「其」。

辭郡侯見招

屢承寵召，未敢趨命，而又未敢遽白其所以，猥托於小祥以外之權辭，致廑記憶，復叨兹寵，深愧不孝之未能以誠事我邦君也。不孝自經生時，謬志古禮，每讀史至西晉，深惜王、謝風流，禮教陵夷極矣，然而旉功絲竹，猶載史書，令人驚異，不知今天下士風，當不止此也。往往爲友人道之。曩出都時，猥辱相知，以纂葺禮經過督。此日竊不自揣量，妄有事焉。今亦粗有次第，奈向來偷惰之習，兼以多病之軀，自覺叛禮徇俗處多，已不勝其内怍，則焉用經爲？惟有此類一二細節且易守者，猶未敢蕩盡以駭鄉人耳目，以累我邦君一方之風化。伏惟臺端憐而舍之，倘得伏苫塊中，竟業於諸相知所督過者，萬一有所發明，在翁祖曲成之恩，以視前席之賜，其輕重大小何如也！力疾布聞，皇恐皇恐。

醉經樓集卷之六　雜著類

澄邑唐伯元著

湖廣辛卯科程策　二首

問：六經、語、孟，論道者莫詳於易、中庸二書，而諸説同異爲甚。豈道體難言歟？姑舉一二。「易有太極」，語自渾成也，或曰無極，又曰無形，或曰道，又曰心，何耶？「一陰一陽之謂道」，意本完足也，或謂推其所以，或以理氣分，何耶？「於乎不顯」，「不顯惟德」，一文王也，或曰顯，或曰不顯，有二耶？「不覩不聞」，人所不見，同此獨也，或指人，或指己，有别耶？夫道有本體，學有工夫，聖人但言工夫，不貴本體，故「性與天道不可得聞」。然則易、中庸非歟？無聲無臭，不見不聞，非本體歟？儒者之説，有道體，有性體，有仁體，有心體，或以求放心爲求心，或以立大爲立心，要之本體之意。不知聖人果好以本體示人耶？抑別有解也？其悉以對。

學以明道也，而非以道明道也。以道明道，而道愈不可明，其必有寄道者乎？天地萬物，寄道之物也。人生天地間，爲萬物中之一物，寄道之人也。有是人，則天地萬物在我。天地萬物在我，而道將焉之乎？是故近言之而遠也，約言之而廣也，雜言之而一也，即默無一語，而其意自傳也。何也？道固如是也。不然而索之過玄，愈玄則愈晦；拆〔二〕之過精，愈精則愈粗，將以明道，而道愈難言矣。故曰：「人能明道，非道明人。」此明道之辨也。

六經、語、孟，言道之詳者莫如易與中庸，姑就明問所及而言其一二。「易有太極」，贊易也。易者，變也。太極者，至善之名，中之謂也。易有太極，變而中也。變則無窮〔三〕，而中不可變，周子曰「無極而太極」是也。而或以無極爲無形，或以道爲太極，又以心爲太極。夫太極即道也，謂心即道可也；太極之無形固也，以無形贊太極可也。蓋不知大傳之語自渾成也。「一陰一陽之謂道」，言道也。獨陰不生，獨陽不成，在地爲剛柔，在人爲仁義，故一陰一陽而道立焉，程子曰「中之理至矣」是也，即太極也。或謂道非陰陽，而所以陰陽者爲道；或謂陰陽亦氣，而其理爲道。將理氣爲二乎？爲一乎？孰先乎？孰後乎？蓋不知大傳之意自完足也。

「不顯惟德」，詩人頌德也，與「不顯之德之純」一也。觀史稱「西伯陰行善」，夫子贊文王至德，而其義可徵矣。或以不顯爲顯者，不知天載即文王也，非詩中之本旨也。不覩不聞，中庸言獨也，與人之所不見一也。觀君子不愧屋漏，小人爲不善於閒居，而獨處可想矣。或以不見屬己者，是求工夫於渺茫也，非體道之實功也。合而觀之，太極也，道也，似言本體也；不顯也，謹獨也，似言合本體者也。然道以陰陽言，陰陽氣也，非本體也；太極以易言，易亦陰陽也，非本體也。道與太極尚無本體之可言，況不顯、謹獨而可以言本體乎？易也，陰陽也，寄道之物也；不顯也，謹獨也，寄道之人也，皆不可以本體言也。

然則無聲無臭，不見不聞，非本體歟？子曰：「無聲無臭，天也；不見不聞，鬼神也。」天與鬼神，形而下者也；道，形而上者也。言天以無聲無臭可也，道之無聲臭也，豈待言哉？天者道之官，而天不足以盡道，故無聲無臭，非本體也。言鬼神以不見不聞可也，道之不見聞也，又豈待言哉？鬼神者道之用，而鬼神不足以盡道，故不見不聞非本體也。非本體而以爲本體，聖人不道也。

六經微言，莫過乎易，然必即天地、鬼神、人事、象數、卜筮，反覆以推明之，而要歸於不言而信，存乎德行。聖人固未嘗以本體示人也，故曰：「性與天道不可得聞。」何聖人言之之難，而後人言之之易也？毋亦說者之未深考也。是故「逝者如斯夫，不舍晝夜」，則以爲道體矣。然孟子不云乎？「有本者如是，是之取耳。」是本解也。言學貴有本也。有本故不息，而道可幾也。「鳶飛戾天，魚躍于淵」，則以爲性體矣。然程子不云乎？「與必有事焉而勿正心之意同。」是本解也。言學貴有事也。有事故勿忘，而道不離也。立人達人，言仁體矣。然則「己所不欲，勿施於人」，將無同乎？程子所謂「言仁之方，而非便以爲仁」是已。仁，人心也，言心體矣。然則以仁存心，非仁無爲，何頓異乎？李延平所謂「孟子不是以心名仁」是已。求放心似求心，而放之義當明也。知受無禮義之謂失其本心，則知由乎正路之爲求其放心矣。立大似立心，而大之義當識也。知仁義忠信之爲天爵，則知飽乎仁義之爲立大矣。凡此皆自解也，而非別有解之謂也；皆以經解經也，而非以我解經之謂也。

然則聖人果言本體乎？不言本體乎？聖人非不欲言本體也，本體不可言，雖聖人而不能言也。大匠能與人規矩，而不能與人巧；良醫能授人方書，而不能授人神。六經之設教也，學者之規矩，而聖人之方書也。自巧也，何必規矩？自神也，何必方書？自上達者，何必下學？喜談本體者，意蓋如是。然則聖真神解一切皆空，文字六經盡爲疣贅矣，又何必索之過玄，而拆〔三〕之至精也？噫！亦惑甚矣。

是故不患道不明，而患道無寄；不患無寄道之物，而患無寄道之人。仁義之人，寄道之人也。推所欲爲仁，由正路爲義，勿放焉爲心，既飽焉爲大，出而爲源泉混混，動而爲魚躍鳶飛，合德而爲陰陽，爲太極；其近如地，其遠如天，其約在一身，其廣在六合，其變化萬有而不離乎中；與世爲蓍龜，爲山斗，可憲而不可乞言，可乞言而不可盡。必如是而後道明。然要之謹獨至矣。所謂獨，不顯是也，人所不見是也。不求人知，獨求天知；獨行視影，獨枕視衾，獨往視鬼神，獨居視師保；晝驗妻子，夜驗夢寐；如是而已。非必求之無何有之鄉，而以爲本體者也。本體之説，蓋自有説，而非吾儒之説也。援而入之，翼而高之，其流必至於去四大，逃倫類，裂冠裳，盡毁中國之教而後已。韓子曰：「舉夷狄之法而加之先王之教之上，幾何其不胥而爲夷也？」此執事未發之意，而愚生之所不敢道者也。

【校　記】

〔一〕〔三〕「拆」，光緒本作「析」。

〔二〕「窮」，原本、抄本闕字爲空格，據光緒本補。

問：周子中興吾道，而楚之鄉大賢也。每教二程，必令尋孔、顔樂處所樂何事，則尋樂當爲學者第一義矣。顧當時程子既引而不發，解者猶謂當自博約竭才來，然後庶幾得之，則樂何時可尋耶？周子蓋嘗自解矣，曰：「見其大，則心泰。」夫大可見，則樂亦可尋。然則所謂大者，何物耶？又其語學聖之要，曰「無欲」。不知無欲亦見大尋樂之意，即近代儒者動稱曾點，謂其樂已見大。然則點之大且樂，亦顏子耶？夫士而居長戚戚者，固卑卑無足道，彼漆園之逍遥，竹林之曠蕩，亦可謂大與樂否？果必於大與樂，則孟子所謂「君子有終身之憂」，又何其相戾也？諸士固生長是鄉，而願學孔、顏者，其尋樂已久，幸著於篇。

樂不可强而生也，亦不可急而求也。聖人之言學也，不曰樂而曰無怨，不曰無怨而曰反己。夫反己者道之源，而樂之所由生也。能反己而後能推己，能推己而後能誠。誠無事矣，樂在其中矣。夫樂何易言，必也無怨乎？無怨何易言，必也反己乎？子曰：「上不怨天，下不尤人。」曰：「在邦無怨，在家無怨。」則樂之謂也。曰：「正己而不求於人，則無怨。」曰：「躬自厚而薄責於人，則遠怨。」則其所以樂之謂也。無怨非樂，而無怨近乎樂也。不反己而求樂，是樂其所樂，而非聖人之樂也。知此則孔、顏之樂，周、程之尋樂，有可得而言者矣。

嘗聞之，孔鑄顏也，言則不違，語則不惰，居陋巷而簞瓢自如，當絶糧而絃歌不輟，非孔樂顏也，而顏亦樂孔，非孔、顏相樂也，而孔、顏亦自樂其樂。此何以哉？以爲樂貧耶？則聖賢非不近人情者，彼其浮雲富貴，以不義也，如其義，則奚必貧以爲高，以爲樂道耶？則發憤悱，忘寢食，至晚歲而猶三絶韋編，亦步亦趨，苦其絶塵而恨其卓爾也，又何有道之可樂？然則必見大而後樂乎？曰：天下惟道爲大，大不貴見也。望道未見，所以爲文王，見之爲仁爲知，故君子之道鮮。凡有見者，非己有也。非己有者，不能樂也。聖人不言，而周子有爲言之也。然則必無欲而後樂乎？曰「惟天生民有欲」，欲不必無也。在我有當欲，可審而安；在人有同欲，可公而共。夫所謂「至人無欲」者，中之謂也。中者，中節也。無欲而樂不加，有欲而樂不損，聖人不言，而周子有爲言之也。聖人不言，防賢智之奇而愼也；周子之言，引中人之進而高也。賢者常高，而聖人常愼，此立言所以不同，而聖賢之分也。其意一也。

雖然，樂非爲貧也，而安貧者近之；知命，則樂天矣。樂非爲道也，而憂道者近之；憂道，不憂貧矣。樂不貴見大也，而立大者近之；飽乎仁義，則不願膏粱〔一〕文繡矣。樂不必無欲也，而欲仁者近之；欲仁而得仁，又何怨矣？程子曰：「仁者在己，何憂之有？」凡不在己而逐外，皆憂也。若顏子不憂而獨樂者，仁也。夫知顏子之樂以仁，則仁固難言也，樂固難言也。知仁者在己，則知反己；反己則無怨，而樂常存焉。執事謂程子引而不發，愚謂善發顏子之藴者，程子也。執事謂必博約竭才之後而樂可尋，倘所謂「爲仁由己」，非歟？亦愚所未解也。且夫樂與憂相反也，則有以憂爲樂者，懼禽獸草木同歸朽也；義與利貞勝也，則有以義爲利者，知良貴天爵吾性命也；人與己相形也，則有以人爲己者，知天地萬物莫非己也。知憂之樂，知義之利，則知人之己矣。知人之己，則於樂也幾矣。

雖然，有人有己，有人己，有己己；知人易，知己難，知人之己易，知己之己難。彼得利則躍躍以喜，失利則戚戚若不可生者，樂在外者也，非己也；入聞吾道而悦，出見紛華而悦者，樂在内外之間者也，非己也。此以人對己而言也，夫人而易辨也。知在己也，而不能責己，是謂棄己；棄己，非己也。知責己也，而不能推己，是謂盡己；盡己，非己也。此以己對己而言也，夫人而難知也。是故吾之所謂樂者，己之謂也；吾之所謂己者，反與推之謂也。推擴得去，天地變化草木蕃；推擴不去，不足以事父母，保妻子。如之何易言樂也？何敢以不推也？我施愛敬而不答，必其愛敬未至也；我懷忠信而見疑，必其忠信有歉也。如之何易言推也？何敢以不反也？是故推要矣，反先矣〔三〕；惟能反，故能推；推不已，故反亦不已。反之不爲不忍，而推之所爲所忍；反之不食嘑蹴，而推之無禮萬鍾；反之怵惕惻隱，而推之火燃泉達；反之庸言庸行，而推之博高厚明；反之暗室屋漏，而推之中和位育。謂君子樂乎？則有終身之憂。謂君子不樂乎？則無一朝之患。嗚呼！焉知憂之非樂，而樂之不在憂中也？善乎孟子之言曰：「反身而誠，樂莫大焉；强恕而行，求仁莫近焉。」反者，反己也；强者，推己也；誠者，實有諸己也，仁亦誠也；樂者足乎己而無待於外也。反則可賢，推則可大，誠則可聖，樂則可天。誠矣仁矣，何如其樂？反之强之，何如其憂？夫其憂也，乃其所以樂也。

儒者不察，但知樂之樂，而不知憂之樂，遂謂春風沂水，見孔、顔之大，得孔、顔之樂，而夫子與之。使夫子果以大且樂與點，毋乃愈益其狂，而非欲裁而中行之意乎？自是一變而爲漆園之逍遥，再變而爲竹林之曠蕩，高明之士，或有慕焉。孔、顔之樂，遂不可復尋，而爲千古不傳之祕，則豈非徒見樂其所樂之易，而不知吾聖賢之所以樂之難哉？是故學莫貴乎無怨，道莫大於反己，一反己而樂可尋矣。子曰：「射有似乎君子，失諸正鵠，反求諸其身。」孟子曰：「仁者如射，發而不中，不怨勝己者，反求諸己而已。」又曰：「行有不得者，皆反求諸己。」程子曰：「在止於至善，反己守約是也。」皆凡尋樂之旨，而儒者不察也。嗟夫！此乃韓子所謂孔子傳之孟軻，而伊川所謂孟子之後一人者也。

【校　記】

〔一〕「粱」，原本、抄本作「粱」，從光緒本改。

〔二〕「矣」字，抄本空格闕文。

雜説五條

惟賢者能愛人，能惡人，能貴人，能賤人。是故有君之尊，有父之親，望之山斗，畏之神明，其道在，故其權亦在也。苟非其人，雖以王公大人之位，愛人而未必親也，惡人而祇自絶也，貴人而或逃之也，賤人而反成其貴也。

惟不求人知也，而後人知之；惟不求人信也，而後人信之。桃李不言，下自成蹊。望重朝紳，不若信於寒微之友；生徒滿天下，不若使閨門之内與我同心。

以古禮待時人，失己；以俗禮待君子，失人；以不古不俗之間待人，失道。

善養名者不諧俗，善養福者不近利，善養德者不貶禮。推此義也，可與造物者遊。

家訓四條

道理所貴者賢聖，可學而能也；世俗所貴者科名，可動而取也。上無志賢聖，下無志科名，徒騁心目之娱，以危父母，曾守錢虜之不如。

衣帛食肉，以優老也。錦衣肉食，以旌貴也。若分爲子弟，自當布衣蔬食。即生長富貴之家，其御有時，其施有禮，不惟明志，亦以惜福。

吾之身至貴也，以供物之至賤；吾之生有涯也，以從物之無涯，小欲而大惑已。有能求吾所大欲者，渾萬物爲一體，超萬物而長存，此之謂大智。

凡事先求己過，聖功也；不求己過而求人過，大惡也。日月薄蝕，何損太虚，可畏者惡耳。凡過無心，而惡有心，人鬼之分，上帝臨汝。

大學中庸四解

大學、中庸，皆子思作也。世人未信石本，特爲言卿書之，以足賈逵經緯之義。惟天爲大，惟學則天。易曰：「天行健，君子以自强不息。」大學也。惟中故大，惟庸故大。易曰：「龍德而正中者也。庸言之信，庸行之謹。」中庸也。夫大學、中庸，易教也。

「惟天之命，於穆不已」，「上天之載，無聲無臭」，不顯也。不顯者，獨也。「十目所視，十手所指」，「潛雖伏矣，亦孔之昭」，獨也。獨者，不顯也。夫大學、中庸，詩教也。

「小人閒居爲不善，見君子而後厭然，則何益矣。」閒居，獨也。君子之不可及者，其惟人之所不見乎？人所不見，獨也。故獨非無何有之鄉，大學、中庸原無二獨。「物有本末」，「知所先後」，是謂物格知至。「齊明盛服」，「非禮不動」，所以脩身。好學力行知恥，則知所以脩身，是謂明善誠身。故脩身要且難，大學、中庸原無二本。

爲令四説

信當路易，信同官難；信巨室易，信小民難。民乎！民乎！果能視如傷，保如子，然而巨室不慕者，未之有也。是謂信友獲上之道。任宦者，當以權要爲冰山，以士民爲泰山。然不可媚下，不可亢上，各有以處之。君子正己以先人，親賢而容衆，行有不得，惟在反己。自上官而鄉貴，而過客，而細民，一一責望於我，豈能使之無怨？我無怨焉可也。我潔己愛人，盡分而已矣。其實分未易盡。錢糧詞訟，最是難清；火耗罰贖，最是易染。難清者勿厭細心，自就條理；易染者必令分明，人人共見。

愛賢堂書賢不肖等

賢之等：忠誠好善第一，廉以惠第二，能而守法第三。守法得官，廉惠得己，好善得天。不肖之等：陰險第一，欺詐第二，苞苴第三。苞苴害身，欺詐害政，陰險害國。

格物修身講草

物有本末，身其本也，家國天下皆末也。未有本亂而末治者。格物者，知修身爲本而已，非修身爲本，是謂知本。是謂知本，是謂知止，是謂知所先後，是謂物格知至。故務其本則意誠，不然皆僞也；守其本則心正，不然悉邪也。意誠心正，即可以語修身乎？未也。心雖已正，而身未易修。故無私而不當理者有之；克己而不復禮者有之；知及仁守，莊以涖，而動不以禮者有之；定静且安，不慮則不得者有之。故格物者，近道而已。即慮且得，猶難至善。故曰：「好學力行知恥，則知所以修身。」又曰：「齊明盛服，非禮不動，所以修身。」蓋至於禮，然後修身之能事畢矣。

雖然，齊家治國平天下，豈都無事？「莫知其子之惡」，是縱子；「莫知其苗之碩」，是貪財。未有貪財縱子，而能齊家者；未有以暴帥人，而興仁讓於國者；未有嫉彦聖，舉不肖，蓄聚歛，好惡拂人性，而能平天下者。故節節有次第，節節有工夫，然皆必自修身始。欲修其身，必自格物始。物格而身不修者有矣，未有不格物而能修身者也。格物者，知本也；修身者，立本也。知本智也，立本仁也，仁智勇者勇也；此格物與修身始終之條理也。然則格物如何？在家而家，在國而國，在天下而天下，無巨細，無精粗，將有行，將有爲，凡有行，凡有爲，或爲而不得，或行而不通，一一反己省己、責己舍己，不敢一毫求人責人。不敢一毫求人責人，然後可以求人責人。孟子曰：「萬物皆備於我矣。」又曰：「行有不得者，皆反求諸己。」又曰：「仁者如射，反求諸己而已矣。」是謂格物。能知此義，然後宇宙在手，萬化生身。

立後説

友人蕭曰階有弟婦，以守節終，而議後者不果。爲著此説。

禮：「爲人後者，爲所後父斬衰三年。」傳曰：「何以三年也？受重者必以尊服服之。何如而可以爲人後？同宗支子可也。」又曰：「爲人後者，爲其父母服期。」傳曰：「何以期也？不貳斬也。」爲人後者孰後？後大宗也。大宗者，尊之統也，收族者也，不可以絶，故族人以支子後大宗也。適子不得後大宗。夫惟大宗乃後，惟支子乃後大宗，古禮之不輕後者如此。何後代言後者之紛紛也！得無與古禮悖與？夫子與門人習射，令司馬出爲人後者，得無曰「悖禮之夫不可與觀德」與？蓋必有説矣。

按，記禮者曰：「大夫之庶子爲大夫，則爲其父母服大夫服，其位與未爲大夫者齒。士之子爲大夫，則其父母弗能主也，使其子主之，無子則爲之置後。」解曰：「父貴可以及子，故大夫之子得用大夫之禮。子貴不可以及父，其父士，則不得主也。」信斯言也，則置後者，以尊父也，又以尊君也。在君而君，在父而父，其義一也。一置後而忠孝兼焉者也。記禮者又曰：「丈夫冠而不爲殤，婦人笄而不爲殤。爲殤後者，以其服服之。」解曰：「不言男子女子，而曰丈夫婦人，則以冠而宜有丈夫之道，笄而有婦德故也。自童汪踦觀之，苟無其道與德，雖殤可也。」信斯言也，其人誠賢，雖殤勿殤，仲尼之所與也。婦人許嫁方笄，誠堅婦守，賢者之尤難也。生爲女婦，身繫綱常，何啻執干戈以衛社稷之爲烈，勿殤可也。殤而猶可以勿殤，其不殤者又可知也。是故非大宗不後，禮也；貴而後，賢而後，義也；禮以義起者也，自周公、仲尼以來，未之有改也，非後代之謂也。然則凡貴與賢皆必後與？曰：貴有大小，而貴貴者差；賢有大小，而賢賢者等，禮所生也。賢而無關於世教，雖賢抑未〔一〕也，而況乎不賢也；貴而不足以重輕，雖大猶小也，而況乎不貴也。不貴而貴之者，猶之乎不貴貴；不賢而賢之者，猶之乎不賢賢。於義何居？則利而已矣。利則争，争則亂，亂則夷狄禽獸而已矣。是尚可與觀德乎？執斯罪禮，是尚可與議禮乎？有能知夫子命司馬之意，又能知夫子進童汪踦之意，然後通於立後之説，然後知禮之不可一日不明於世也。

【校　記】

〔一〕「未」，光緒本作「末」。

生母服説

先王制禮，首重大綱，婦人從夫，夫死從子。女子之嫁也，父命之「無違夫子」，從夫之義也；丈夫之冠也，見於母，母拜之，從子之義也。從夫者，貴不敢以敵夫；從子者，賤不得以施子。故禮，父在爲母期，父没然後齊〔一〕衰三年。凡言母者，嫡母、生母也。繼母如母，尊父之匹也；慈母如母，貴父之命也。曰繼母，則嫡母已不待言；曰慈母，則生母又不待言也。然則孟子謂「王子母喪，其傅爲之請數月」，何也？諸侯禮也；而王在也，請者請於王也。

禮曰：「公子爲其母練冠、麻衣、縓緣，既葬除之。諸侯在，則禮然也。」又曰：「大夫之庶子爲母大功。大夫在，則禮然也。公子除乎既葬，大夫庶子大功，貴賤之等也。」然則諸侯大夫不在，皆得三年歟？吾未之聞也。

禮有「餘尊所壓」之文，爲諸侯也；諸侯，君也尊也。大夫之庶子不言，得擬於士也。若公子與庶子，皆繼世而爲諸侯大夫，則禮所謂「父母之喪，無貴賤一也」。何者？禮有壓父，無壓母，律之以從子之義，雖嫡母不得以其尊臨諸侯大夫也。然則禮曰「庶子爲父後者，爲其母緦」，何也？諸侯禮也。何以知其諸侯也？「有死於宫中者，則爲之三月不舉祭，故服緦〔二〕」，是以知其諸侯也。不爲後，則公子而已，猶不得緦也。諸侯在，以爲後而緦，則諸侯不在，不止於緦，又可知也。

然而諸侯之禮，先王不議，蓋慎之也。然非所以論於大夫士也。大夫以上漸貴，貴則尊尊；大夫以下漸賤，賤則親親；貴貴親親，其義一也。然則祔可乎？吾聞之矣：

「士、大夫不得祔於諸侯，祔於諸祖父之爲士、大夫者；其妻祔於諸祖姑，妾祔於諸祖姑，亡則中一以上而祔，祔必以其昭穆。」又曰：「妾無妾祖姑者，易牲而祔於女君可也。」祔則仁至，易牲則義盡，仁人孝子之至情也。言士與大夫禮可通也。

然則今世士大夫禮，宜如何？曰：今之上卿視古諸侯，其次視大夫，然非世爵也，即簪纓累代，不失爲士庶人之家，約略而用士禮可也。然則適子在，宜如何？禮，士爲庶母緦，爲有子之妾緦；大夫爲貴臣貴妾緦。在夫且然，而況於子？適子有服，何疑於祭？夫禮，古今共之者也。今之祭也以別室，如何？曰：似也。父在可也，上卿可也。不然，非易牲之意，而僭擬國君，且使子爲母壓也。壓則無父，僭則無君，無父無君，不敢以訓。

【校記】

〔一〕「齊」，原本、抄本作「齋」，從光緒本改。

〔二〕「故服緦」三字，諸本同。按，此句蓋節儀禮喪服「因是以服緦也」之文。

灝溪先生墓誌銘

國朝迨宣德間制科始重，吾鄉先進王公彰，以東廣解元登進士第。是歲兩廣惟公一人，王氏之聞於嶺南，自公始。未幾，公之子若孫曰隆曰冕者，與諸子姓聯名桂籍，又若干人，而隆以孝友著稱，載郡邑人物志。

嘉靖辛卯，郡中鄉舉二十三人，成進士者九人，而林公大欽以弱冠及第，爲名狀元，潮之人文，於是爲盛。維時灝溪先生在二十三人中，猶少狀元一歲，而學行老成，卓然爲同輩所推。人之期先生也遠，而先生不知也。再屈於春官，即謁選，授浙之建德令。令事猝，又值倭警，當道倚辦〔一〕急甚，先生以古道持之不得，請於上官，得改杭州教授。杭州爲浙首郡，先生造士禮士，必出古人，士子得先生大喜，聲名籍甚建德時。而建德去思之碑適至，杭人士又大喜，謂先生古道既效矣。會有津要子弟者，以故嘗先生，不應，其人怒，坐遷教授周府。先生笑曰：「吾道如是，而分如是，而願不如是乎？」即日東歸。歸不數歲，其子文明又薦於鄉，及見其官至潞南州太守。太守以終養歸，未抵舍而先生之訃聞矣，蓋萬曆丙子二月也，距其生六十有五。

王氏自解元公父子祖孫以來，世崇禮讓，敦修陋朴，里有「三代爲官，不識穿衣喫飯」之謠。族蕃且秀，不聞向人出一語自矜門第。郡中巨姓稱長厚，無踰王氏者。至先生，愈自貶抑，里居蕭然如寒生；與村夫語，如不能出；人有欺之，雖胸中了了，受之怡然。客至舉觴傾倒，都若不省其家有無者。太守年未强仕，即命之仕；太守爲政方有聲，即促之歸。太守俱奉命惟謹。太守歸自潞南，家落殆盡，而太守當之若固然者，意其於消息盈虛之理，耳熟在庭訓，不令聞諸世人耳。先生有弟格，早世；子惟太守一人；孫逢其，庠生，一人。蓋零丁者凡四世，而令孫曾則已四人矣。天其大王氏乎？何其勤施而嗇饗也！

先生警敏殊絶，讀書一目數行下，爲文章雅雋，不類經生語。憶元兒時，諸父輩從先生遊，歸語其師，多異其人。比長，以姻屬得侍先生，而於太守尤友密，乃嘆所聞特先生之細耳，其大者不易知，先生亦不欲人知也。先生諱樹，字端立，學者稱灝溪先生。祖鑑，庠生；父汝玉，俱有隱德。母盧氏。配杜氏，繼陳氏，又繼鄭氏，三配隨先生合葬，在管壠之西山。有女一，適余生槐，與太守俱陳出。先生處世，無不遜以厚，其於孝婉尤篤。

銘曰：舉世競榮，不量我生。舉世有智，不虞神忌。我何求人，敢不敬人？我未知天，敢不畏天？嗚呼先生！得我固然。其中有物，象帝之先〔二〕。

【校　記】

〔一〕「辨」，原本、抄本皆誤作「辦」，據光緒本改正。

〔二〕「先」，原本、抄本皆誤作「光」，從光緒本改正。

贈安人李氏墓銘

徐安人李氏者，贈主事客部公燧之妻，而余友今祠部員外郎即登君之母也。幼稍讀書，能通孝經大義，即歸客部公。會大母李褊心，好督過人，而客部父又剛急不可近，時謂兩難，安人一以和柔承之，未嘗敢有纖毫怨詈見於顔説。相客部公，左右大母，勞楚備至，久之竟得其歡心。每進大母甘旨，必預遣諸兒，令安饗，稍不樂，即長跪請罪，以爲常。大母病，值客部公謁選出，安人視湯藥，掖起卧，除膿穢，一一身爲之，不以令侍婢，大母忘其子之不在側也。大母且殁，祝曰：「吾無以報若，願來世爲若婦。」安人恐懼，謝不敢。客部公好儒術，志在教子，顧十九在外，安人則自督課之，數數爲祠部誦「身體髮膚」、「立身行道」之句。祠部既壯，從李中丞先生遊，爲格物脩身之學，安人喜。安人雅不喜佛，惟樂施與，而於奉先隆重，歲時供廟祭具，必整必潔，肅諸子姓，無敢不虔。平居遇族戚妯娌，下至婢僕，皆有恩惠。安人卒，無不哀且念者。嗟夫！方姑之嚴，安人且懼不成爲婦也；方夫之剛，安人且懼不成爲妻也；卒之爲孝婦，爲順妻，成教於家，以顯徐氏。人皆誦安人德，而安人不敢知也；雖其天性之美，而夔夔小心如一日，有自來矣。易曰：「無攸〔一〕遂，在中饋，貞吉。」安人以之。「家人嗃嗃，悔厲，吉。」大母、客部公以之。安人子四：長爲祠部，由癸未進士累今官；次即用，仕爲石城縣典史；次即元，次即享，早殤。女一，適邑人萬綷。孫凡四男三女。安人卒年五十九，以祠部貴贈安人，葬在角里之南。

銘曰：惟姑嚴，惟婦孝。惟夫剛，惟妻良。惟孝惟良，惟教則然。惟夫子光，惟安人賢。安人之賢，豈一朝夕。我儀圖之，負罪引慝。能知此者，是謂物格。温温安人，惟學之則。

【校　記】

〔一〕「攸」，原本、抄本皆誤作「收」，據光緒本改正。

合奠顧安人

維萬曆十八年，歲次庚寅，冬十二月己巳朔，越十有七日乙酉，巡撫湖廣贊理軍務右僉都御使李禎，禮部儀制清吏司主事唐伯元，謹以清酌庶饈之奠，致祭於誥封太安人顧母□〔二〕氏之靈曰：嗚呼！皇風既遠，醇氣日漓，豪傑之士生於其間，即當代不能數人，千里難遇同聲，況於一門之内乎？有文章足以驚世，有節概足以振俗，亦足賢矣，況於卓然以絶學自命者乎？自吾友顧氏叔季者崛起東吴，人知顧氏有二難，而不知凡爲其昆仲者，皆猶二顧也。人見其文章節義之高，則以爲二顧賢，而二顧之賢不在兹也。聞昔贈公之存也，雖業儒，而薄富貴，雖課子，而陋功名，得隱者高蹈，而世未有能知之者。贈公既殁，而安人之督成其子，不敢有加焉。故其朝蓬蓽而夕廟廊〔二〕也，安人不色喜；朝拜官而夕抗疏也，安人不色愠；或赴謫從君，或堅卧依母，趣舍不同也，而安人各遂其志；當新學之盛行，澹然無所顧慕，而悠然尋鄒、魯、伊、洛之淵源也，而安人能成其高。則二顧之賢，蓋有所自，而安人之後贈公而殁也，獨發其潛德之光，其功在顧氏亦偉矣。天其有意於顧氏也乎？安人其有關於斯世也乎？寥寥千載，吾道如絲，寄奠陳詞，可勝感慨！尚饗。

【校記】

〔一〕「母」字後諸本均空格闕字。按，顧憲成、顧允成母姓錢。

〔二〕「廟廊」，光緒本作「廊廟」。

祭王藩甫文

維萬曆十九年，歲次辛卯，春二月戊辰朔，越有二十日丁亥，友人范涞、唐伯元、孟化鯉等，謹以清酌庶饈之奠，致祭於故中順大夫大名府知府藩甫王先生之靈曰：嗚呼！人生有盡，吾道無窮。無窮者，不待生而存，與天地相終始；有盡者，必隨物而化，雖賢聖不能留；故顏子短而何憾，彭、聃壽而同歸。知死生爲晝夜者，可以語道矣。吾友藩甫，貌肅而氣和，質直而行方，望之知其學道人也。起家司理，晉拜曹郎，出守畿輔之間真定、大名二雄郡，所至廉聲振而惠澤流，赫奕汪深，顯有儒者之效。殁之日，大名人士如哀考妣，藩甫爲不死而吾黨爲有光矣。獨怪龐如藩甫，仁如藩甫，近歲又學養生如藩甫，而壽僅五十，則數不可詰，而理有難推者。豈養生之説誤之也？大名人傳言：「方士無狀，殺我仁侯。」是耶？非耶？夫養生固亦有道，而非吾所謂道也。吾道非不養生，而非彼所謂養也。即藩甫所爲不死，已足當乎吾道，雜養生而以爲道，又何益於藩甫？涞等或生而同里，或舉而同年，或學而同師，或官而同舍，不可謂不知藩甫。藩甫平生於得失窮通之際，一切不動念矣，何獨斯之未能信乎？藉不能養生，而反致傷生乎？或者傳之之言過也；或者思藩甫而不得見，悲憤而爲之辭也。就藩甫自名世者，可以爲吾黨之勸；就或人悲藩甫者，可以爲吾黨之師。嗚呼！藩甫，其能聽斯言乎？尚饗。

祭鄧編修文

天地之氣，始於西北而盛於東南，惟兹嶺海，應當其會。蓋運有必至，而理有固然，古今記載，不可誣者。惟太史家雷陽，稱世德，在嘉靖末，太史之父若諸父號雙鳳者，蜚聲五嶺之間，未獲大顯於世。而太史崛起，人皆曰大鄧氏者必太史也，而豈知太史之年止是也！吾鄉邇來甲第稀少，衣冠零落，惟是翰苑未稱乏人。隆、萬之際，有劉檢翰、苑庶吉者，皆以清才負時望如太史，而皆不壽。比太史出，人又皆曰二君不能當，當之者必太史也，而豈知太史之壽亦僅僅如二君也！太史生而容貌魁梧，應爲大器；生而宇度謙和，應享遐齡；生而英雋警敏，應早聞道。人方望之以當吾鄉氣運，而天限之年，是不足爲太史惜，而實足爲吾鄉惜。然太史有二子，可望成立矣；有諸父兄弟，能讀書世其家聲矣；吾鄉氣運方至，而太史家多厚積而未盡發，不在太史，安知不在其後之人乎？太史之壽未及顏子，太史之遇過於顏子，然則太史未爲可惜，而吾之所以惜太史者，亦不係乎年也。嗟夫！科名貴顯，賢不在斯，窮達殀〔一〕壽，又何足論？吾不暇爲太史惜，而恐後之惜太史者，不知太史之所以可惜，則雖壽如彭、聃，亦何能有加於太史，而況太史之不如也。尚饗。

【校記】

〔一〕「殀」，光緒本作「妖」。

祭李銅陵

嗚呼！自科舉興而賢科重，而甲科尤重。其在吾黨，近而望於嶺表，遠而望於中原，出其途者亦多。如丘文莊、梁文康、霍文敏、翁襄敏、龐中丞諸君子，皆樹勳王家，聲稱華夏，與前代張文獻、崔清獻二公者並映青史，則誠哉其重矣。乃有陳徵君、海忠介者，舉世震而仰之，以爲天人，尤稱殊絶，而不必盡出於甲科，何哉？由斯而推，布衣果能自貴，豈必青雲；王公而靡特操，同歸草木。此道之常，無足爲怪。今歲吾潮忽亡其二人焉，其一懷集宗君，其一銅陵李君。懷集賢科，銅陵甲科，皆初仕令尹，而年方壯也；皆能使吾潮學士大夫咨嗟洟涕，老者如失其子弟，朋友如失其羽翼，少者如失其依歸。嗟夫！懷集爲清評所畏，似不假於甲科。若銅陵者，衆方因世之所重重之，望之以前輩諸君子，休光罔極，而均之不得竟其至〔一〕也。嗟夫！志願未了，能不傷悲？白雲悠悠，緑水凄凄，萬古如斯，寧有盡期？飄飄長往，羅浮、武夷。懷集屬纊之言，幾於道矣。銅陵之意，倘亦如斯乎？尚饗。

【校記】

〔一〕「至」，光緒本作「志」。

題養蒙詩後

善教者，漸人而不知；不善者，强人以速化。夫漸而不化者有矣，未有不漸而化者，雖天地聖人，不能違也。可以化不化，可以速不速，吾必以天地聖人爲不仁。詩歌，先王教人而漸之之術也。古法不傳，而近代之聲，時得其遺意，是亦可以興乎？嗚呼！詩難言，其旨遠也。惟旨遠，故諷詠而動深長之思；諷詠而動深長之思，故能漸。惡其遠也而暴之，彼其意在化，不知於以漸人何如耳？余友新安范原易氏，輯儒先詩五七律絶共一卷，題曰「養蒙」，凡在編皆教也，其間至與未至，則願觀者以此求之，乃爲題於末簡。

讀炎徼紀聞

今讀炎徼紀聞而嘆田副憲史才，即司馬子長不足多也。田爲王新建里人，叙田州事失策，曲護新建，而歸誤於桂學士已甚，所不能諱者，但曰：「岑猛實伏誅而疏言病死，蘇、受大憝漏網而盛稱其功，此不可解。」一語而已，而世之諛新建者，尚以田爲臆詆，恨不火其書。吁！亦過矣。

田州自新建後，兵戈枕藉者十餘年，夷人歸咎官家，至翁襄敏以監軍討安南之故，乃次第削平諸夷，而兩廣始靖。田與監軍同年同官同事，記載詳核，一一如畫。今按其事，新建有大失三，而縱孽幸納賄不與焉。一曰負友：西廣自韓襄毅公後，土官岑猛雄梗一方，都御史潘蕃、陳金共養其驕，盛應期、陶諧争啗其貲，獨姚鏌抗疏征猛，梟首軍門，即欲乘破竹之勢郡縣田州，何其壯也。乃御史謝汝儀、石金拾小憾，陰壞其事，而監司嚴紘、張邦信輩曲阿御史，遂以守仁代鏌。爲守仁者，籍〔一〕滅其功，而可甚其罪乎？今疏岑猛病死，而猛之士目盧蘇、王受挾其子邦相反，反貸而官之，將爲猛報復乎？爲謝、石、嚴、張報復乎？何以見鏌於九原之下也！二曰釀亂：蘇、受擁兵降，不欲受杖，兵譁，守仁幾於不免，賴方伯林富下庭慰止，蘇、受乃帶甲受杖，杖者又田州人也。夷人駭，莫測意指。已又盛稱其功，盧蘇遂號布伯，弒其主邦相。而潘旦、蔡經相繼督府，大率效尤守仁，反誣邦相當殺。於〔二〕〔是〕西江土〔三〕官咸撫膺嘆曰：「殺人不抵，弒主無刑，吾輩手足腎腸，皆懸僕妾矣。」斷藤峽之役，盧蘇命在翁監軍目中，而徑逸之；倘非斷藤之爲烈，於爍仁夫，剪削禍本，不知西廣至今作何狀也。三曰欺君：鏌友可負，而君不可負；蘇、受杖可假，而功不可假；張、桂二學士可欺，而肅皇帝英明不可欺。守仁平生大率類此。當守仁之垂没也，語翁曰：「田州事非我本心，後世誰諒我者。」即守仁已自度其不容於清議，而田之記與其徒尚責張、桂，何其誤也！

乃疵守仁者，輒以幸客王佐、岑伯高索賄一節疑守仁，抑又過矣。謂守仁之智失之幸客，可也；謂守仁掩耳於幸客，則守仁何至於是？惟伯高徵蘇、受萬金丐命，蘇、受力不暇給，倉卒間幾致大變。有十四歲侍兒者，夜告守仁，守仁大驚，達旦不寐。爲守仁者，即斬伯高以殉衆，豈不琅琅？不然，逐之已晚。顧未幾而土目趙楷謀弑主，如蘇、受然者，伯高又納楷賄，從諛守仁，竟遂其弑。復官楷，一方大亂，州人恚恨曰：「禍我家者天官也。」凡弑主者皆得官，凡與官者皆索賄，此則尤不可解。豈夷人耳目盡可塗乎？會安南莫登庸篡主自立，朝議征之，登庸笑曰：「中國土官比比弑逆，數十年無能正法者，而獨慮及吾，何哉？」則守仁經略田州之明效也。守仁畏蘇、受如虎，嬖伯高如兒，不武莫甚，奈何盛談武事！由兹而觀宸濠之功，或謂賞當亞於伍文定，信矣。余考翁監軍定安南事，時仇咸寧鸞麾下王洪、王灝、文通三人者，索登庸賄，翁發其姦，竟不得逞；咸寧以故啣翁，翁晉本兵，幾爲咸寧所中，賴肅皇帝之明得免。嗟夫！一監軍而能發主帥之姦，爲督府而隱忍以悦嬖幸，孰剛孰怯，孰忠孰回，必有能辨之者。

【校記】

〔一〕「籍」，抄本作「藉」，光緒本作「即」。

〔二〕「於」，諸本字下即接「西江」。按，據文意，「於」後當漏「是」字。

〔三〕「土」，光緒本誤作「上」。

題薛文清抄易學啟蒙卷

易學啟蒙與太極圖解，皆數萬言，乃朱夫子平生極力之書，其尊信周、邵已甚。

然易與太極，至周、邵之説一變，學者因〔一〕訓詁詳，用工深，入焉而不可返，亦不無時有得失焉。顧以啟蒙視圖解，則圖解可省而啟蒙不可缺。何也？理不可詳，愈詳則愈晦，衍數而存之，其可也。文清公之抄録，玉車君之珍重，其意皆在斯乎？

【校記】

〔一〕「因」，光緒本誤作「固」。

醉經樓集奏疏附刻

從祀疏

南京户部雲南清吏司署郎中事主事臣唐伯元謹奏，爲祀典方新，群情未定，懇乞聖明仍採諸臣原議，通行天下學宫，以遵祖制，以安人心，以崇正學事。

臣惟國家之氣運係乎士風，人心之邪正關乎學術，洪惟我國家重道崇儒，右文錫極，詔天下郡縣各祀孔子於學宫，所以垂帝王之道於萬世，如揭日月而行天也。頒行六經、孔、孟之書，一以宋儒朱熹所註爲據，所以明孔子之教於來學，如沿江河而會海也。熹之註解諸書，雖不必一一盡合聖人，要其力學任道，與聖人異者絶鮮。宋儒程頤有言曰：「學者要不爲文字所梏。」故文字雖解錯，而道理可通行者，無害也。二百年來，道術有宗，教化有紀，人材輩出，皇風穆暢，非三代以下可及，熹之功爲多。間有一二任道君子，解經釋傳，時或同異則有之，然未聞有以熹之學爲非是者。迨正德、嘉靖間，乃有新建伯王守仁者，始倡爲致良知之説，行於江南，而其旨頓異。彼其初意，非欲有異於熹也，但以識太敏，才太高，任道太勇，立言太易，當其談鋒溢出，前無古人，故往往不覺其抵牾於熹；而爲之徒者，推波助瀾，争高門户，益以疑天下之心，而遂爲敵國。

往該浙江撫臣題請祠額，伏蒙皇上錫以「勳賢」之號。夫守仁以道學自名矣，不與儒者之稱，而只曰勳賢，天下之人有以知我皇上厚恤勳臣之意，而惟恐其學之有戾於道，或以駭見聞也。又近該臺省諸臣後先疏請從祀，經時累月而不遽定，乃者雖蒙俞允，然伏讀御批有曰：「操修經濟，都是學問。」夫祀典之所重可知已，必以經濟與操修並言者，天下之人又有以知我皇上念守仁有殊功，則當有殊報，不必其學問之有異同也。大哉皇言，一以勸功，一以正學，所以立天下萬世臣民之極者至矣。但祀典既新，人情觀望，學術岐路，從此遂分。故祭酒張位拳拳以今准從祀布衣胡居仁爲言，而洗馬陳于陛、少詹事沈一貫又欲並祀祭酒蔡清，無非欲全朱熹以安守仁，皆委曲以明其不得已之意。觀其言曰：「恐學者過於信守仁，而輕於詆朱子，則守仁豈能一日安於廟廡之間哉？」又曰：「恐學者謂朝廷尊寵王氏，此重彼輕，則今之進王，乃所以斥朱，而道術將從此裂，祖宗表章朱學，以爲制考之意，亦從此壞。」甚矣，諸臣之憂深而慮遠也。不知我皇上以諸臣之見是耶？非耶？

夫察之也未詳，則其慮之也不周；見之也未審，則其防之也不預。當此祀典初頒之時，正觀聽移易之始，如其慮之不周，防之不預，使諸臣之憂驗於異時，是我皇上崇賢報功之殊典，適以違正學明道之盛心，豈惟諸臣之憂，亦皇上他日之所必悔也。何也？其察之也未詳，而見之者未審也。皇上深居九重，萬幾之暇，所稽者祖宗訓典，所對者聖賢詩書，所探討者古今帝王治亂興衰之跡，若欲考真儒，上自魯、鄒，下迨濂、洛、關、閩止矣，何暇詳於守仁之學，而辨其是與非；及天下之疑守仁者，皇上亦何從而聞且見也。臣是以不避煩瑣，敬爲皇上陳之。

世之訾守仁者有六，而守仁之可疑者不與焉。訾守仁者，一曰道不行於閨門也。臣以爲守仁少負不羈，長多機譎，一旦去而學道，遽難見信於妻子，亦事之常。人見其妻朱氏〔一〕抗顔而揖門生，詬守仁也，遂執以蓋其生平，此未足爲守仁病也。一曰鄉人不信也。臣以爲鄉曲之譽，必其人無子弟之過者，而守仁固不能也。夫老而無述，聖人羞稱，士能聞道，一日千里，況以守仁之才之識，而可量乎？人見其議論過高，而言動氣象未見有異於常人，其一二爲之徒者，又多蒙不潔，以冒天下之大不韙也，益以暴其短也，而臣以爲抑末〔二〕也。一曰宸濠之功狀疑似也。臣以爲宸濠之不能有爲也，不待守仁而辨也。説者謂其未發既無先事之防，既發又有張皇之狀，蹤跡詭祕，行止支吾，使非吉州忠義、伍守方略，江藩之變，未可知也。道路訛傳，至今不解，其徒又呶呶而爲之辨，故令聽者愈疑。夫朝廷之勸功也，但考其成；君子之論人也，貴成其美。如守仁之功，報之以伯爵誠當，即進而配享於功臣之廟，亦無不可，故曰宸濠之功狀不必疑也。一曰守仁之學禪學也。臣以爲守仁非禪也。夫禪者，泊然一空寂於内，澹然絶慕嗜於其外，彼其道亦有可以治心養性者，使能不屏倫理，而自爲一家，君子猶有取焉。若守仁者，機多而智巧，神勞而形疾，儻所謂禪，亦呵佛罵祖之流，竊無修無證之糟粕者耳，而守仁非禪也。一曰守仁之儒霸儒也。臣以爲聖人之道，得王而信，得霸而尊。夫聖人未嘗不與霸也，一匡九合，春秋著之特詳，何者？彼固竊聖人形跡之似，而非敢曰我聖人也。若守仁之自處，則已斷然自爲聖人，其徒亦推崇之，躋之顔、曾、思、孟之上矣，是故守仁非霸也。一曰守仁良知之旨弄精神也。夫六經無心學之説，孔門無心學之教，凡言心學者，皆後儒之誤也。是故大學言誠意正心矣，而必以修身爲本；孟子言存心盡心矣，而歸於修身以俟；君子引而不發，但言工夫，不説本體，故曰「必有事焉而勿正心」，此則臣平日之論也。雖然，弊也久矣，苟不至陸九淵「六經皆我註脚」之猖狂，皆有可恕者。此不宜以獨疵守仁，而守仁之可疑，亦不在於弄精神之失也。

夫立於不禪不霸之間，而習爲多疑多似之行，功已成而議者不休，骨已朽而忿者愈熾，吁！可以觀守仁矣。臣未暇論其良知是否，且就其説之自相矛盾者論之。守仁之言，曰「心即性也」，「心即理也」，「心即道也」，「心之良知是謂聖也」，「心之良知即天理也」，「學者學此心也，求者求此心也」，「靈丹一粒，點鐵成金」，可謂自奇其言矣。然又曰「致其良知以精察此心之天理」，又曰「精察此心之天理以致其本然之良知」。然則良知與天理爲一乎？爲二乎？曰「佛氏本來面目，即聖門良知」，曰「良知即是道」，曰「至善者心之本體」，似夫知性矣。又曰「無善無惡者心之體」，又曰「無善無不善，性原是如此」。然則人之有性，果善耶？果惡耶？曰「良知生天生地，成鬼成帝」矣，曰「天地無良知，不可以爲天地；草木瓦石無良知，不可以爲草木瓦石」矣，然又曰「良知本體，原來無有，人心本體，亦復如是」。然則良知之在人，果無耶？果有耶？駁朱註曰：「格物者，窮至事物之理也。功夫在窮，實落在理，若上截窮字，下截理字，但曰至事，則其説難通。」是矣。彼其自爲解則曰：「致吾心之良知於事事物物，則事事物物各得其理。致良知者，致知也。事物得其理者，格物也。」然則致知與格物，孰先乎？孰後乎？守仁之言，後先矛盾而不顧，大率類此。

又有間爲奇險之論以反經者，如謂「曾、孟非孔、顔之傳」，則是顔、曾異學也；謂「知即爲行」，則是目足齊到也；謂「明德在於親民」，則是本末先後倒施也；謂「冬可以爲春」，則是陰陽晝夜易位也。又有故爲互混之論以遁藏者，如曰「無善無惡心之體，有善有惡意之動」。不知心體本無，則善惡之名從何生也？曰「不覩不聞是本體，戒慎恐懼是工夫」，又曰「戒慎恐懼是本體，不覩不聞是工夫」。不知本體工夫從何別也？曰「有心是實，無心是幻」，又曰「無心是實，有心是幻」。不知實與幻，有與無，從何定也？蘇秦、張儀，縉紳之所不道也，守仁則曰：「秦、儀竊得良知妙用，聖人之資也。」孔子之聖，生民之所未有也，守仁則曰：「聖人猶金，堯、舜萬鎰，孔子九千鎰也。」又曰：「求之吾心而非，雖其言之出於孔子，不敢以爲是也。」大發千古所無之異論，欲爲千古所無之異人。彼謂不忍操戈而入朱熹之室，不知其操戈而入孔氏之室也；彼謂朱熹之學爲洪水猛獸，不知其自陷於洪水猛獸也。當時尚書湛若水，與守仁至契，亦嘗答呂懷曰：「邇來橫議，湯沸火燎，眼中已無堯、舜、禹、湯、文、武、周、孔矣。」尚書張邦奇答唐順之曰：「今之講學者，至於狎侮天地，秤停諸大聖人，分兩輕重之類，開闢以來，未有無忌憚若此者。」太常卿魏校答崔銑曰：「自守仁說行，而楊簡逆天侮聖人之書出禍天下，其邪說甚於無父無君。」提學林希元作四書存疑曰：「天地間自來有此妖怪，如許行邪說，至爲無謂，猶有從之者，無怪良知之說惑人也。」夫此四人者，皆世所謂賢人君子，且素重守仁者也，而力詆之若此，是必有大不得已者奪其情也。

且自國朝以來，真儒如薛瑄，已從祀無議矣。從祀之道自任者，莫如今准從祀檢討陳獻章，守仁之徒所推服，亦莫如獻章，今獻章之書具存也，有無忌憚如此者乎？

彼爲之徒者，往往推守仁於獻章，而不知其不類也。何以明其然也？彼駁朱熹窮物理之説曰：「如求孝之理於親之身，求惻隱之理於孺子之身。」不知熹無是教也。又曰：「亭前竹子，窮物不通，七日成疾。」以爲格物誤人。不知熹無是學也。以一心好酒，一心好色，爲主一之功，證居敬之失。不知好酒好色不可以爲敬，亦未聞有敬而好酒好色者也。如此之類，欲以病朱熹而愚天下，至指之爲神姦所伏。考獻章之言，有如此者乎？觀其詩曰：「吾道有宗主，千秋朱紫陽。」又曰：「一語不遺無極老，十年〔三〕無倦考亭翁。」吁！何其尊之至也。守仁之獎借其徒，人人聞道，處處顏、曾，如哀主事徐愛之亡，曰「汝與顏子同德」，則是顏子在門也；别山人董澐之序，曰「進於化也無難」，則是自處已化〔四〕也；指王畿心意知物善惡俱無之見，爲明道、顏子不敢當，則是王畿過於明道、顏子也。臣之郡人楊氏兄弟，僅及門，而一皆稱之爲聞道。此外又有薛氏兄弟子姪之盛，又有毅然任道數十人之多，則是鄒、魯諸賢，不足以當臣一郡也。獎人以所無之善，誘人以僞成之名，枉其心之公，賊夫人之子，惑世誣民，莫此爲甚。考獻章之言，有如此者乎？觀其語李承箕曰：「世卿以歐、蘇人物自期，安能遠到。」其論張詡曰：「廷實是禪矣，但其人氣高，且不可攻。」吁！何其嚴之至也。

夫朱註之行久，學士遵爲矩矱，而求其體驗於身心者實少，自獻章以静入誠養、見大無欲之旨廸人，而學者始知反求諸内，可謂有啟佑之力，然其補偏救弊之言，亦不無時有稍過者。昔程顥有言：「學者須先識仁，仁者渾然與物同體。」當時皆謂發前聖所未發，而朱熹獨謂其太廣而難入。獻章之言曰：「吾能握其機，何必窺陳編。」又曰：「此道苟能明，何必多讀書。」雖出於救末學之弊，而臣亦謂其語意尚須善會。又曰：「誰家繡出鴛鴦譜，不把金鍼度與人。」則極喜程顥與物同體之説。或者病之，謂金鍼之語，不當喻學。而臣則以程顥、獻章，各就己所至而言，朱熹之意，則爲聖教而發，若乃所引禪語，詩家借用，似無嫌於同辭者，要之聖人無是也。夫道，中而已矣。教，中道而立而已矣，卑之不可，高之不可。賢者立言，往往不能如聖人大中而無弊也，此聖賢之分也。雖然，不意守仁之好異一至於此也！考胡居仁與獻章同時，同受業於吴與弼者，然尚以獻章之學爲禪，使其生於守仁之日，將不知其指守仁爲何如人也。守仁之學，實從湛若水而興。若水，獻章之徒也，所謂良知，豈能出獻章造悟之内，而生平論著滿車，曾不掛口獻章一語。嗚呼！彼固上薄孔子，下掩曾、孟者，固宜其不屑爲獻章也。或者比而同之，過矣。推守仁之意，生不欲與獻章齊名，殁豈欲與獻章並祀。儻如守仁者而欲議祀典，則必巍然獨當南面，而孔子爲之佐享，如顏、曾、思、孟、周、程，猶得列之廊廡之間，彼程頤、朱熹而下，當迸棄之，不與同中國矣，豈能一日同堂而居也。嗚呼！此皆由守仁自任之太過，雖守仁或亦不自知其至於此也。

臣少時讀其書竊喜，蓋嘗盡棄其學而學焉；臣之里人，亦有以臣將爲他日守仁者。賴天之靈，久而悔悟，始知其自奇智解者，乃工於護短之謀也；其藉口一體者，乃巧於盜名之術也；終日招朋聚黨，好爲人師，而忘其身之可賤也；稍知廉恥之士，所不肯爲，於是顔忸怩而心愧畏者累月。是以寧謝交息游，不敢學媒妁之言，以獎進人物；寧其中一無所有，不敢高濶其談，以駭人驚世。何者？自顧其才非其才，其道不敢道也。昔馬援戒其子姪曰：「杜季良憂人之憂，樂人之樂，吾愛之重之，不願爾曹效之。學而不成，所謂畫虎不成反類狗也。」里婦效顰於西施，其姑見之曰：「此吾婦也，胡然化而爲鬼也？」是故守仁之學，有守仁之才則可，無其才而效之，不爲狗成，則從鬼化。夫人之所以異於禽獸，别於鬼魅者，以其平正明實，守經守禮，雖愚夫愚婦可望而知也，今若此，則又何貴焉？然以臣昔日之誤，則天下之爲臣者，宜不少也；以臣之迷而後悔，則天下之迷於其説者，皆可原也。

孔子曰：「天下國家可均也，爵禄可辭也，白刃可蹈也，中庸不可能也。」夫寧學中庸而未至，不欲以一善而成名，君子之所以戒慎恐懼也。負三者之行，索隱行怪，以爲中庸，而欲以淩駕古今，小人之所以無忌憚也。雖然，中庸之難能久矣，如獻章之與居仁，皆學中庸者也，苟求其至，即獻章之誠篤光輝，臣猶未敢輕許，況居仁乎？而又何責於守仁也。若舍中庸而論，則守仁者，亦一世之雄，而人中之豪傑也。

乞宥言官一疏，其氣節足尚；江西、廣右之功，其勳名足尚；傳習録雖多謬戾，「拔本塞源」之論亦不免借一體以行其私，獨訓蒙大意一篇，能道先王之舊，而象祠、文山祠二記與客座諭俗數語，有可以警〔五〕發人心，其文章足尚。三者有其一，已得祀於其鄉，合之以祀於孔廟，似亦不爲甚過，乃臣之所爲過慮者，亦竊比諸臣之憂耳。諸臣之憂，實天下之人之所同憂，不可不爲之防也。書曰：「朕堲讒説殄行，震驚朕師。」又曰：「何畏乎巧言令色孔壬。」孔子曰：「惡利口之覆邦家者。」其論爲邦曰：「遠佞人，佞人殆。」是以共工之流，兩觀之誅，自後世觀之，皆若大遠於人情，而不知聖帝明王，皆急急以正人心爲第一義也。今守仁挾秦、儀之術，薄孔、孟之教，張皇告子、佛氏、楊簡之論，而自謂千古一人，舉世皆知其利口巧言，而擬於讒佞，是大舜、孔子之所畏惡也。

我皇上方隆唐、虞之治，崇孔氏之學，而又以祀典寵守仁之功，事雖若可以並行，義不可以不明辨。昔王安石以新學從祀孔廟，未幾楊時爲祭酒，一言而罷，雖於國家大體，無損光明，而安石誤國之罪愈著，是非所以尊安石，實所以醜安石也。然猶幸罷之甚速，而濂、洛諸儒之學，得行於時，且使爲國史者，以是表朝廷納言盛美，爲後代英君誼主之勸，否則安知後世無孔子者出，而作春秋，誅姦雄於既死，惜國家之舉動耶？夫安石之心術制行，臣未敢以守仁比也，而守仁之祀，猶安石也。安石之祀，非特其事之過舉，亦由其名之不正，當其時察之者未詳，而見之者未審也。今守仁之可疑與其可尚，臣已備陳於前，是故無難於察與見者也。

伏乞皇上敕下禮部，頒行祀典之日，布告天下學宫，明示朝廷所以祀守仁之意，原自不妨於朱熹，其天下士子敢有因而輕毁朱熹，指爲異端者，以違制論。凡有學守仁者，須學其功業氣節文章之美，而不得學其言語輕易之失，又要知朝廷崇賢報功之典，非有悖於正學明道之心。學朱熹者，亦當各遵所聞，而不必復慕守仁爲高致。庶幾士之學道，各得其天資學力之所近，猶人之適國，不妨於千蹊萬徑之殊途。則大賢小賢，其旨並章，報功興學，其事兩得，所以成就聖明之舉動，非小小也。若曰國家報守仁之功，有美謚矣，有爵封矣，又有敕建專祠矣，今孔廟之祀，有之不足加榮，存之適足爲累，旋諭禮官，再加詳議，使天下萬世知我聖天子有帝堯舍己之功，成湯不吝之勇，則即此一事，實爲百代帝王之師，但疏遠微臣，未知於國家事體當否，敬述之以備聖裁，蓋臣之心也，而非臣之所當請也。

抑臣又有説焉，方今累聖熙洽，人文宣朗，維皇建極，千載一時，凡兹重典，概宜更定。臣於十哲之内，竊擬進一人焉，有若是已。説者謂宜退冉求於兩廡，姑念其陳、蔡之誼可也。臣於兩廡之内，竊擬出一人焉，陸九淵是已。但守仁既已從祀，無嫌於議論之高可也。若乃周敦頤、張載、程顥、程頤、朱熹五子者，謂當附於十哲之後，一以明學問之源流，一以立吾道之宗主。其國家除已准從祀外，如尚書羅欽順、章懋，侍郎吕柟，太常卿魏校，太僕少卿吕懷，皆篤行信古，守正不回，可爲後進之師；祭酒蔡清，經明行著，無愧漢儒之選；皆當敕祀於其鄉，以有待者也。又如贊善羅洪先、布衣王艮，一則江門、稽山之稱不辨真假，一則滿街聖人之説附會良知，皆不免雜於新學者，顧其平生行已大概，一以獻章爲師法，故辭受進退，實有可觀，所當並祀於其鄉者也。臣之論學，不敢不嚴，至於論人，不敢不恕。伏乞敕下禮部，參酌布告之文，以安人心，并舉曠世之典，以慰人望，則天下萬世斯文幸甚。臣不勝戰慄待罪之至。

【校記】

〔一〕「朱氏」，諸本相同，皆誤。按，王守仁妻姓諸，「朱」當作「諸」。

〔二〕「抑未」，光緒本作「抑末」。

〔三〕「十年」，諸本相同。按，當作「千言」，文淵閣四庫全書本陳白沙集卷五讀周朱二先生年譜詩句：「千言無倦考亭翁。」

〔四〕「已化」，光緒本誤作「己化」。

〔五〕「警」，抄本誤作「驚」。

石經疏

南京户部雲南清吏司署郎中事主事臣唐伯元謹奏，爲仰稽祖訓，敬獻遺書，以備聖明採擇事。

臣惟古今學術載於書，衆言淆亂必折〔一〕諸聖，蓋書也者，天錫之以開萬古之群蒙，而聖人者，又天生之以爲時人之耳目也。六經、語、孟尚矣，而大學一書，説者謂古人爲學次第，獨賴此篇之存。蓋修齊治平之理，六經、語、孟之階梯在是，豈可緩者？顧近代所傳，只據鄭玄之註，其書原係錯簡，自宋儒程頤、程顥、朱熹尊尚以來，各有定本，而編次互異，顥不能同於顥，熹不同於頤，則知熹所定，乃一時之言，其解格物，亦仍頤一端之説，而未嘗遽以爲至當也。豈意正、嘉間，新學頓起，惑世誣民，幸其隙之可乘，極力排詆，至比之爲神姦，爲洪水猛獸，反楊、墨、佛、老之不若。格物一解既成聚訟，大學一書若存若亡。嗚呼！不有天生聖人如我太祖高皇帝，垂大訓於一代之上，其將何所折衷哉？臣請備言其略，皇上試垂覽焉。

程頤格物之訓不一，而朱熹章句則獨宗窮理爲解。乃新建伯王守仁駁之曰：「格，至也。物，猶事也。格物者，窮至事物之理，是其工夫在窮，實落在理也。若上截窮字，下截理字，而但曰至事，則其説難通。」吁！即朱熹復起，必不以人廢言矣。乃守仁又自爲解，則曰：「致良知於事事物物。」而尚書羅欽順又駁之曰：「格其心之物，格其意之物，格其知之物，凡其爲物也三。正其物之心，誠其物之意，致其物之知，其爲物一而已矣。就三物而論，以守仁之解推之，不可通也，以程頤之解推之，猶可通也。就一物而論，雖極安排之巧，終無可通之日。」吁！即守仁倔强，亦不復能有辨矣。雖然，程、朱之誤，非必其體認之疏也，以錯簡也。然此駁一出，遂生聞者厭惡之心，而因以禍乎程、朱之道。守仁之視程、朱，如碔砆之於玉也，何可同也？然片言偶中，遂起其徒虛高之念，而因以售其良知之説。是故受錯簡之誤而程、朱坐詘，使天下見小而害大者，此一解也。因一駁之是而守仁得伸，使天下從新而畔舊者，此一解也。悲夫！不意學術得失之判，人心邪正之分，其機乃決於此，則不如并其書缺之無弊也。烏在其獨賴此篇之存也！

臣嘗合而觀之，窮理之解，於文義雖稍礙，於學者爲得力，即未敢概於大學之道，要不失爲明善之方，循兹以往，固有殊途而同歸者。若守仁之説，則縱横莽蕩，泛泛乎莫知所之矣。況朱熹之學，窮理以致其知，則於「致知在格物」之言爲順。守仁謂「致良知於事事物物」，則是格物在於致知。故爲程、朱者，有得有失，而爲守仁者，兩失之者也。此二説之辨也。

然則格物遂爲不可解之書乎？臣往爲諸生時，嘗聞之師太僕少卿吕懷曰：「物有本末一節，是格物也。」雖未盡解，私心識之。已而得見尚書湛若水進呈聖學格物通序，内述「我太祖高皇帝諭侍臣之言曰：『大學一書，其要在修身。』而大學古本以修身釋格致，而曰『此謂知本，此謂知之至也。』」臣乃端默而徐思之，正與向所聞符合，竊私自喜，以爲千七百年不傳之祕，其盡在高皇一言矣。蓋萬物皆備於我，我亦一物也；事者，物之事也；身與家國天下對，而本末繫焉；修身與齊治平對，而終始繫焉；知所先後，格之謂也；格，通也；近道者，大學之道也。是故修身爲本，即物有本末之本；本亂末治，即物有本末之本末；故孟子曰：「行有不得者，皆反求諸己，其身正而天下歸之。」其爲義甚明，其爲學甚約，似的然無復可疑者矣。但以鄭本及程、朱定本觀之，其未敢自信者有二。一則置知止能得於格物之前，似乎先深而後淺。一則以儒者學問思辨之功，無所容於八條目之内，則大學未免爲不完之書。似亦可以姑置也。

又數年，而臣令泰和，而吉安知府張振之者，手一卷授臣曰：「此古石經大學也。」詢其自，乃從今翰林院庶吉士鄒德溥爲舉人時所寄。其書實臣生平未覩也，隨録一册笥之，竊疑好異者之爲，不復詳其旨趣矣。邇來臣官留曹，讀易公暇，曾反覆於象、爻之説，竊疑大象類大學，小象類中庸也。會有遺豫章李瓚經疑及尚書鄭曉古言二書者，各載古石經大學，其次序則即吉安所録之書。又述漢賈逵序曰：「孔伋窮居於宋，懼先聖之學不明，而帝王之道墜，故作大學以經之，中庸以緯之。」則大學、中庸皆子思所作，其經緯之義，又若易經大、小象然者。夫李瓚，臣不知其何許人，若鄭曉者，端人也，其言必有所據。於是乎竟日觀之，不能釋手。因而考其知止能得爲申格物之義，則其序不差；詳其中庸爲大學之緯，則學問思辨之功不必其備。由是而復繹我高皇釋格致之説，流洽洞貫，若決江河而注之海也。臣以此則歎千古絶學，續自高皇，聖人生知，真由天授，惜當時廷臣無有能推擴而光大之者，遂使疑以傳疑，窮而生變，而邪説者流得以乘間而行其猖狂無忌憚之私。臣每讀書至此，未嘗不掩卷而三嘆也。向使程、朱不爲鄭本所惑，則格物當不至於錯會；使高皇此解，舊爲大學指南，則如日中天，有明共見，雖邪説亦無所容，即古石經不存可也。乃程、朱既仍其誤於前，而高皇之説又不得闡明於後，一經指摘，衆口嘵嘵，使大學有開卷之錯，而程、朱受誤人之罪，又何怪乎邪説之易以惑人也哉？

嗚呼！朱註之失未遠也，如其不爲新學所奪也，臣固可以無論也。新學之行未甚也，如其不爲朝廷所與也，臣亦可以無憂也。今者守仁祀矣，赤幟立矣，人心士習從此分矣。在朝廷雖曰以祀而報功，在儒生不無因祀而信學，向之延蔓也止於江南，今之風動也及乎天下。且皇上以今天下人心何如哉？舉業之士則誦程、朱矣，中常之士則誦程、朱矣，其才高〔三〕敏識，稍號有志，則無有不驅而之新學者，何者？彼其道可以不學而能，其學可以不行而講，其術利於媒進，而捷於取譽；彼其爲之徒者，又方樂其朝及門而暮顔、曾也，何苦〔三〕而不從也。間有卓然不惑之士，知非而難舉，雖辨而不詳，反以冒乎學究之誚；其謹愿不言學者，漫無可否，又無益於吾道之重輕。他日駕其説以禍天下，皆所謂才高〔四〕敏識，稍號有志者也，是則可憂也。故程顥曰：「昔之惑人也，乘其暗昧，今之惑人也，因其高明。」又曰：「人才高明，則陷溺愈深。」夫人情之好名也，如水之就下也；邪説之奪正也，自古以爲憂也；今天下人心，大率類是矣。執已陳之説，則難以服群心；持無徵之善，則難以垂法守；臣抱有遺經一得之愚，不以此時效芹曝之獻，是忍於下負所學，而上負明時也。敬將古石經繕寫二本，略爲小疏其旁，獻上御覽，伏乞皇上存留一本，以備暇豫之觀，其一本乞發下禮部，與各儒臣參看。如果此本可信，則望刊正舊本之誤。不然，則請遵依高皇格致之解，獨改一條，以式多士；其古石經姑付史館，以存一種之書。又不然，則望敕諭天下士子，一遵朱註，不得背畔以從邪，其有輕毁朱熹者，乞照臣前疏所陳，以違制論。則同文之化廣，異學之徒息，道德可一，風俗可同，億萬年之太平，端在是矣。

【校　記】

〔一〕「折」，原本、抄本皆誤作「拆」，從光緒本改正。

〔二〕〔四〕「才高」，光緒本作「高才」。

〔三〕「苦」，抄本誤作「若」。

古石經大學序 附

「大學表章，自宋儒始歟？」「非也。韓子原道是已。」「其首章，孔氏遺書歟？」「非也。原道及夫子必稱經，此獨稱傳，是已。」「然則是書曾子作乎？」曰：「曾子作也，『十目所視』，何以云曾子也？」「將意曾子而記門人乎？」「爲之詞者也。」「誰作之歟？」曰：「虞松校刻石經於魏，表引漢賈逵之言曰：『孔伋窮居於宋，懼先聖之學不明，而帝王之道墜，故作大學以經之，中庸以緯之。』則大學、中庸皆子思作也。」曰：「經緯之説信歟？」曰：「吾讀易，竊疑大學，大象；中庸，小象也。及見經緯之説，而偶得所同也，是故經緯之説信也。」曰：「今之所據，鄭玄疏也，玄疏行久矣，近代諸儒毋論，蓋二程、朱子於是乎盡心焉矣，子何據而獨逵之稽也？」曰：「吾稽其傳受而可據也。按史，玄受之馬融、摯恂，而傳之小戴聖。聖所傳，出后蒼、孟卿、高堂生，而非祕府之藏也。逵父徽，與其師杜子春，俱受業劉歆。當漢武時，周禮出巖屋間，歸祕府，至成帝朝，歆始表而出之，五家之儒莫見焉。故逵之傳，歆出也。其後逵宦中祕，又著禮經傳義詁及論難百餘萬言，爲學者所宗。於時友人鄭衆，與逵齊名，俱有解，而馬融推逵最精，逵解故獨行於世，衆解不行，故逵之言可據也。」曰：「二書皆孔思出也，曷二之也？」曰：「拆[一]而故完也，分而故合也。聖人繫易，象爻不足，而又辭傳也；是故大學略而中庸詳，略者序而詳者理也。可略而詳，則序淆矣；可詳而略，則理隱矣；淆與隱，而聖賢之意湮〔二〕矣；是故其二也，乃其所以爲一也。」

曰：「然則子之知所先後爲格物也，必石經而明歟？」曰：「非也。吾有所受之也。嘗聞之師曰：『物有本末一節，是格物也。』我太祖高皇帝曰：『大學一書，其要在修身。』而大學古本以脩身釋格致，曰『此謂知本，此謂知之至也』，皆不必石經解也。雖然，猶經解也。如石經，則可以無解矣。」曰：「原道故遺格物〔三〕，何也？」曰：「大學，論學也；原道，論道也。原道重於治人，專責佛、老之遺其外；大學先於治己，責及管、商之遺其内。大學者，合内外之學也。夫誠意正心以脩身而已矣，格物致知以求誠而已矣，淆與隱，立言者之所憂也。善乎程子之論也，其曰『有天德便可語王道，其要只在謹獨』，蓋與原道互發，而默契乎知本之意。學者能由二子之言，以會我高皇格物之解，可與言大學矣。」

南京户部雲南清吏司署郎中事主事臣唐伯元序。

【校記】

〔一〕「拆」，光緒本作「析」。

〔二〕「湮」，原本、抄本皆誤作「煙」，從光緒本改正。

〔三〕「物」，光緒本闕此字。按，詳上文及韓愈原道引大學只及「欲正其心者先誠其意」，此句「格物」

亦或應作「格致」。

古石經大學 附

按，魏正始中，詔諸儒虞松等考正五經，衛覬、邯鄲淳、鍾會等以古文、小篆、八分刻之於石，始行禮記，而大學、中庸傳焉。松表述賈逵之言曰：「孔伋窮居於宋，懼先聖之學不明，而帝王之道墜，故作大學以經之，中庸以緯之。」

大學之道，大學者，學其大也，自天子達於庶人。在明明德，在親民，在止於至善。

古之欲明明德於天下者，明明德於天下，所以親之也。先治其國；欲治其國者，先齊其家；欲齊其家者，先修其身；形色，天性也；修之踐形立極，不修違禽獸不遠。夫天下國家之本在身，學至於修身止矣，然身不可以易修也。欲修其身者，先正其心；正心所以正身也。欲正其心者，先誠其意；誠意所以誠身也。欲誠其意者，先致其知；致知在格物。不曰先而曰在者，明格物即致知也。夫修身之功，至誠意止矣，然誠至難言，物之不格，則以非誠爲誠者有之，故誠意正心者，修身之功也，格物致知者，求誠之事也。以下釋格致之義。

物有本末，萬物皆備於我，我亦一物也。身與家國天下對，故曰本末。事有終始，事者，物之事也。修身與齊治平對，故曰終始。知所先後，則近道矣。知所先後，格之謂也。格，通也。何以言近道？下文詳之。詩云：「緡蠻黃鳥，止於丘隅。」子曰：「於止，知其所止，可以人而不如鳥乎？」此止與止於至善之止，終同初異。

知止而後有定，知止即知本，即知所先後。定而後能靜，靜而後能安，安而後能慮，慮而後能得。慮而後能得，則道其幾矣；必從知止得之，此格物之所以近道也。○知修身爲本，則知止；能修其身，則得止。易曰：「知至至之，可以幾也。」詩云：「邦畿千里，惟民所止。」止，居也。千里民居，聽訟之難也。此止與知止之止不同，觀釋詩之意可見。子曰：「聽訟，吾猶人也，必也使無訟乎？無情者不得盡其辭，大畏民志。」不賞而勸，不怒而威。○身修故也，知此則知本矣。此謂知本。知本即知止，即知所先後。蓋大學之教，先自治而後治人，治人莫難於聽訟，聽訟莫難於千里之民居，然惟身修者能之，故曰：「知所以修身，則知所以治人。」此格物之所以近道也。○上二節，兩引詩及夫子之言，又釋以己意，皆言格物近道之事，又總言以結之。自天子以至於庶人，壹是皆以修身爲本。其本亂而末治者，否矣；此本末即物有本末之本末，照應了然。○按，誠正而不要諸修身，佛、老所爲空也；齊治平而不先諸修身，管、商所爲雜也；故曰「修身爲本」。其所厚者薄而其所薄者厚，未之有也。「躬自厚而薄責於人」，此謂知本，故能明明德於天下；「其所厚者薄而其所薄者厚，未之有也」，故民不可得而親也。此謂知本，此謂知之至也。

物格而後知至，知至而後意誠，意誠而後心正，心正而後身修，身修而後家齊，家齊而後國治，國治而後天下平。心正而後身修，然必以修身爲本，大學之旨可見。所謂誠其意者，毋自欺也。如惡惡臭，如好好色。此之謂自謙，故君子必慎其獨也。小人閒居爲不善，無所不至，見君子而後厭然揜其不善，而著其善，人之視己，如見其肺肝然，則何益矣。此謂誠於中，形於外，故君子必慎其獨也。慎獨，即閒居爲善。子曰：「居處恭。」至矣。曾子曰：「十目所視，十手所指，其嚴乎？」觀此，則非曾子之書。富潤屋，德潤身，心廣體胖，故君子必誠其意。韓子原道引大學，止於誠意。程子曰：「有天德便可語王道，其要只在謹獨。」故修身之學，至誠意而止。中庸曰：「君子之所不可及者，其惟人之所不見乎？」故謹獨之功，至人之所不見而止。○按，中庸又有致曲之説，與格物互發，求誠之義益備。

所謂修身在正其心者，身有所忿懥則不得其正，有所恐懼則不得其正，有所好樂則不得其正，有所憂患則不得其正。忿懥不曰心而曰身者，純乎血氣軀殼之用事，下文所謂心不在是也。心不在焉，視而不見，聽而不聞，食而不知其味。顔淵問仁，子曰：「非禮勿視，非禮勿聽，非禮勿言，非禮勿動。」忿懥、恐懼、好樂、憂患，非禮也，身也；勿視、勿聽、勿言、勿動，克己復禮也，修身也；不言正心而正心在其中矣。○按，釋誠意引曾子，釋修身引顔子，各有攸當。此謂修身在正其心。此只言正修之相因，至中庸言行相顧，上下正己，及夫子告哀公論修身，始備。

所謂齊其家在修其身者，人之其所親愛而辟焉，之其所賤惡而辟焉，之其所畏敬而辟焉，之其所哀矜而辟焉，之其所敖惰而辟焉，故好而知其惡，惡而知其美者，天下鮮矣。自齊家至平天下，惟是公其好惡，此誠意之旨也。故諺有之曰：「人莫知其子之惡，莫知其苗之碩。」此謂身不修不可以齊其家。中庸言妻子兄弟父母，説齊家始備。

所謂治國必先齊其家者，其家不可教而能教人者，無之；故君子不出家而成教於國。孝者所以事君也，弟者所以事長也，慈者所以使衆也。一家仁，一國興仁；一家讓，一國興讓；一人貪戾，一國作亂；其機如此。此謂一言僨事，一人定國。有本者如是。曰一人貪戾，曰一人定國，言齊家本修身也。康誥曰：「如保赤子。」心誠求之，雖不中，不遠矣。未有學養子而後嫁者也，世儒但知如保赤子之說，往往自奇見解，不知無天德者，未可以語王道。知修身然後知治人，反諸身不誠，而能心誠求之者，鮮矣。故治國在齊其家。詩云：「桃之夭夭，其葉蓁蓁。之子于歸，宜其家人。」宜其家人，而後可以教國人。詩云：「其儀不忒，正是四國。」其爲父子兄弟足法，而後民法之也，「刑於寡妻，至於兄弟」，本在身修。身修莫大乎威儀，書曰：「思夫人自亂於威儀。」劉子曰：「人受天地之中以生，是以有動作威儀之則。」此謂治國在齊其家。中庸言舜、文、武、周，説治國始詳。

所謂平天下在治其國者，上老老而民興孝，上長長而民興弟，上恤孤而民不倍，是以君子有絜矩之道也。絜矩是恕之别名。所惡於上毋以使下，所惡於下毋以事上，所惡於前毋以先後，所惡於後毋以從前，所惡於右毋以交於左，所惡於左毋以交於右，此之謂絜矩之道。絜矩，惟在同民好惡。詩云：「樂只君子，民之父母。」民之所好好之，民之所惡惡之，此之謂民之父母。同民好惡，惟在親賢。秦誓曰：「若有一个臣，斷斷兮無他技，其心休休焉，其如有容焉，人之有技，若己有之，人之彦聖，其心好之，不啻若自其口出，實能容之，以能保我子孫黎民，尚亦有利哉！人之有技，媢疾以惡之，人之彦聖，而違之俾不通，實不能容，以不能保我子孫黎民，亦曰殆哉！唯仁人放流之，迸諸四夷，不與同中國。」孔子譏臧文仲竊位，孟子以蔽賢爲實不祥，故人臣之罪，莫大於蔽賢；君相欲平天下，莫大於用賢，故曰「堯、舜之仁，不徧愛人」，急親賢也。此謂唯仁人爲能愛人，能惡人。見賢而不能舉，舉而不能先，命也；智之於賢否也，命也；「君子有性焉，不謂命也」，一个臣是也。見不善而不能退，退而不能遠，過也。是謂庸衆人。好人之所惡，惡人之所好，是謂拂人之性，菑必逮夫身。是當放流而爲天下僇矣。詩云：「節彼南山，維石巖巖。赫赫師尹，民具爾瞻。」有國者不可以不愼，辟則爲天下僇矣。以上言貴德，以下言賤貨；不賤貨，則不能貴德。

是故君子先愼乎德，即是同民好惡。有德此有人，「樂只君子，民之父母。」有人此有土，有土此有財，有財此有用；德者本也，財者末也。外本內末，爭民施奪，是故財聚則民散，財散則民聚。詩云：「殷之未喪師，克配上帝。儀監于殷，峻命不易。」道得衆則得國，失衆則失國。楚書曰：「楚國無以爲寶，惟善以爲寶。」是故言悖而出者，亦悖而入；貨悖而入者，亦悖而出。康誥曰：「惟命不于常。」道善則得之，不善則失之矣。舅犯曰：「亡人無以爲寶，仁親以爲寶。」仁者以財發身，不仁者以身發財。未有上好仁而下不好義者也，未有好義其事不終者也，未有府庫財非其財者也。以上四段，釋詩與書，言道之得失；釋楚書與舅犯，言財不可聚。凡失道，皆由聚財。生財有大道，生之者衆，食之者寡，爲之者疾，用之者舒，則財恒足矣。朱子曰：「足國之道，在乎務本節用，非必外本內末而後財可聚也。」又曰：「此章之義，務在與民同好惡而不專其利。」此説得之，世儒以用人理財並言，誤矣。孟獻子曰：「畜馬乘不察於雞豚，伐〔一〕冰之家不畜牛羊，百乘之家不畜聚斂之臣，寧有盜臣。」此謂國不以利爲利，以義爲利也。長國家而務財用者，必自小人矣。彼爲善之小人之使爲國家，菑害並至，雖有善者，亦無如之何矣。此謂國不以利爲利，以義爲利也。竊疑堯、舜之道，不以仁政，不能平治天下，何大學釋平天下累數百言，曾不及此，何也？曰：堯以不得舜爲己憂，舜以不得禹、皋爲己憂，而稷播百穀，契敷五教，皆舉之矣。是故平天下只在絜矩，絜矩只在用賢，故曰「其人存則其政舉」。然非反身而誠，則賢者不用，用者不賢，故曰「爲政在人，取人以身」。夫子告哀公章，詳而盡。

是故君子有大道，絜矩。必忠信以得之，驕泰以失之。無忠做恕不出。堯、舜帥天下以仁，而民從之；桀、紂帥天下以暴，而民從之；其所令反其所好，而民不從。是故君子有諸己而後求諸人，無諸己而後非諸人，此爲治人之責者言也，若論自治，必躬自厚而薄責於人。所藏乎身不恕，而能喻諸人者，未之有也。此見修身爲本，以起下文。

康誥曰：「克明德。」太甲曰：「顧諟天之明命。」帝典曰：「克明峻德。」皆自明也。物格知至，知止得止，是謂自明；其本亂而欲末治者，是謂昏昏。湯之盤銘曰：「苟日新，日日新，又日新。」日新，從明德之義也。康誥曰：「作新民。」新民，從日新〔二〕之義也；能新民而後能親民。蓋百姓不親，由五品不遜；人倫明於上，小民親於下矣。是故親民不外明德，謂此節釋親民可也。詩曰：「周雖舊邦，其命維新。」維新，亦從前二新之義。是故君子無所不用其極。大學言新命，中庸言中和位育，道理規模自是如此，時與位俱不論。詩云：「穆穆文王，於緝熙敬止。」爲人君止於仁，爲人臣止於敬，爲人子止於孝，爲人父止於慈，與國人交止於信。以上釋至善，下乃言明德、親民、止於至善。詩云：「瞻彼淇澳，菉竹猗猗。有斐君子，如切如磋，如琢如磨。瑟兮僩兮，赫兮喧兮，有斐君子，終不可諠兮。」如切如磋者，道學也；道者，大學之道也。以道爲學者，道無窮，學亦無窮，學問思辨，亦其一事。子曰：「志於道。」○道，言也；學，謂學問思辨也。如是則語焉不詳，恐非聖賢立言之意。如詳之，則中庸又不必作矣。要知大學學其大者，詳見中庸，儒者缺考於經緯之旨，疑其未盡，不得已以窮理代格物耳。如琢如磨者，自修也；「行有不得者，皆反求諸己。」「他山之石，可以攻玉。」瑟兮僩兮者，恂慄也；純亦不已。赫兮喧兮者，威儀也；「動容周旋中禮」，修身之能事畢矣。有斐君子，終不可諠兮者，道盛德至善，民之不能忘也。道盛，不特近之而已；德至善，則止矣；民不能忘，不待親之而自親矣。詩云：「於戲！前王不忘。」蒙上文之辭。君子賢其賢而親其親，從保我子孫來，小人樂其樂而利其利，從保我黎民來。此以没世不忘也。賢親樂利，雖同民好惡之效，必忠信以得之，上文道德盛善者是也，故曰修身爲本。○按，此只論大意，至善終不可解，故作中庸。「中庸其至矣」，學至於中庸而止矣，故曰「止於至善」。

今按中庸一書，首尾二章，舉其要也。自「君子中庸」，至「察乎天地」，釋中庸也；中庸者，至善之謂也。自「道不遠人」，至「登高必自卑」，言修身也。妻子兄弟父母，言齊家也。舜受命，武纘緒，周公成德，武、周達孝，爲國以禮，一本於祭祀之誠，言治國也。夫子告哀公，文、武爲天下國家有九經，言平天下也。言修身而及於治人，言齊治平而及於修身，大學之道也。「自誠明」〔三〕，至「純亦不已」，言誠也，體也。自「大哉聖人之道」，至「天地之所以爲大」，言道也，用也。體與用合，故聖曰至聖，誠曰至誠，業曰配天，德曰達天，明德、親民、止至善也。始乎慎獨，終乎慎獨，故曰「壹是皆以修身爲本」，「其要只在謹獨」。大學以次序相因言，重本；中庸以義理究竟言，詳事。大學之序不可亂，中庸之功不可缺。大學學其大，中庸庸其中，此經緯之旨也。大學言正心，中庸不著；大學言誠意，中庸止言誠身，修身爲本可見。

如大學詳，則中庸可無作矣。大學不可詳，而中庸又不作，則大學爲不完之書矣。故一經一緯，其義始備，此子思上接曾子之傳，而下以俟夫孟子者也。

【校　記】

〔一〕「伐」，抄本誤作「代」。

〔二〕「日新」，光緒本誤作「日親」。

〔三〕「自誠明」，諸本相同。按，照上下文例，其上應另有「自」字。

宫人疏

禮部儀制清吏司主事臣唐伯元，爲循職掌，宣主德，達下情，兼效一得之愚，以端大本事。

臣惟人君奉天子民，孰不愛民如赤子，惟是高拱清穆之上，故常有關雎、麟趾之意，而不得信於民；小民養君自安，孰不戴君如父母，惟是伏處茆簷之下，故常有怨咨愁苦之聲，而不得達於君。斯二者，其失不在君，不在民，則臣工當事者之過也。夫人臣爲上爲德，則必承君之意以致之民；爲下爲民，亦必述民之隱以達之君。詩曰：「出納王命，王之喉舌。」貴宣主德也。又曰：「載馳載驅，周爰諮諏。」貴達下情也。必如是然後君民一體，休戚相關，上下交而世道泰。茲臣分也，臣責也，臣是以不容已於言也。

臣於正月二十二日，奉到本堂官劄副，遵旨選取宫人一節，已經本司先行各城兵馬司與錦衣衛及宛、大二縣，去後未報。至二月初二日，又奉本堂官吩咐，發票行催，間密詢訪。蓋由京都無知小民，妄傳此日宫掖之內，法令嚴肅，與往時事體大不相同，趨蹌稍錯，動虞咎譴，各家子女年齡弱少，生長閭閻，豈能諳曉皇家法度，以是家家危疑，人人逃躲。該臣隨傳示各官，遍寫手牌，差役前去守催，並各該地方總甲人等傳諭：京城内外居民，毋得輕信浮言，妄生疑畏，方今皇上明並日月，仁同天地，惟恐覆載中有一民一命不得其所，以傷天地之和，豈於宫掖之内，獨肯寡恩，外間訛傳，皆不可信；況今日所選，其第一義乃爲皇長子册立届期也，祖宗成憲，孰敢不遵，臣子大義，孰敢不恪。於是轉相傳聞，陸續報到，共得女子二千有奇。臣即會同各該城巡視御史，選取九百有奇。彼因訛言未息，人心疑畏，及至送進諸王館之日，往往汙穢其頭面，殘毁其肢體，以求苟免於一時。其不然者，又觳觫驚怖，神魂辟易，顔容摧損，頓换面貌，委不堪觀。夫懽悦之容與驚恐之狀，其同不同可知也，宜皇上之能洞照也，故雖有九百之多，而中選者不能十之一，亦其固然，無足怪者。

及奉旨再選，而臣復蒙本堂官吩〔一〕咐，益加諄切。該臣會同各城巡視御史，傳諭各該地方，宣布聖天子慈仁英武，時而霜雪，時而雨露，非可易窺，届兹册立吉慶大典，凡厥有生，莫不延頸皇仁，思沐帝澤，而況於宫掖之内；但凡官族大姓，軍民人等，俱宜報到，以俟選擇，毋妄猜惑，自悔後時。彼值外間傳聞，近月以來，委果内廷法度稍稍寬平，遠邇相告，頗有喜色，時到女子至六千餘人，臣以此益嘆德之易於感人，而誠之可以動物。帝王之治，在於貴德而尚誠，悦近而來遠，臣願皇上之深省驗也。就於本月十三四等日，臣會同各城巡視御史選取，於六千餘人中，只得一千六百九十有四，大抵十歲以上者常二三，十二以上者常七八。稍長者知識漸開，易於教習，幼少者淳龐完具，養於方來，並蓄兼收，皆不可缺也。其選取之意，則以顔儀端莊，神思幽静，望之知其柔順温良，庶幾詩人所謂窈窕淑女者爲主，而不敢求必於全色。夫女之難全色，亦猶士之難全才也；臣之所選，十取其二，及今覆選，亦如之，則是二十取一矣，於數已盈，於選已精，臣願皇上之勿求備也。每於選完之日，臣等傳進地方及各子女之父若母，諄諄以皇上一念好生，内廷近日寬恕爲諭。其父若母者或未信臣之言，臣固知我皇上雍雍在宫，和氣薰洽，此三百人者，雖在宫闕之中，無異於室家之樂也。

夫樂民之樂，憂民之憂，聖主之盛節也；上宣主德，下達民情，臣子之常分也；臣幸而受事，皇上幸而聽臣，臣分畢矣，臣願遂矣。而臣又有一得之愚欲獻者：惟是皇長子英齡方茂，豫養宜端，聖學聖脩，自今日始。語曰：「少成若天性，習慣如自然。」言豫勝也。又曰：「丹之所藏者赤，漆之所藏者黑。」言染先也。豫莫急於今日，染莫先於宦官宫妾之際。程頤爲講官時，建言天子方幼，宜選宫人年四十以上者侍左右，所以遠紛華，養德性；蓋老成宫人素嫻禮法，素知謹畏，惟以保護爲重，而不敢以逢迎爲悦者也。臣願皇上採程頤之言，即將見在宫人，選年四十以上，慈惠柔良，小心端慤，爲六尚局中所敬重者，令侍皇長子出入坐卧，保護身體；今次新進諸人，姑令教習，如周禮婦學法，教之婦德婦容婦言婦功，聽候皇長子大婚禮成之後，更選入侍；必能維持匡正，養成聖德，異時閨闈之内，有刑於之美，無色荒之失，有貫魚之利，無專席之私，其所關於治本非細。是故宫人不可不慎選也。

臣又聞孝宗皇帝在東宫時，有宦者覃吉侍從，常時陳説孝經、論語大義，及五府六部、天下民情、農桑軍務，以至宦官弄權蠹國情弊。憲宗嘗賜東宫五莊，吉進曰：「天下山河皆主所有，何以莊爲？」竟辭不受。東宫出講，必〔二〕使左右迎請講官，每曰尊師重傅，禮當如此。説者謂吉之賢，雖儒生不能過，而弘治十八年之太平，吉之功爲多。今内府各監，不知其幾，豈無覃吉其人乎？乞行遴選數人，分班更侍，屬之東宫教導官，令如覃吉故事，講習詩、書，周旋禮樂，如有不守明訓，冒貢非幾者，東宫官得以奏聞處分，庶幾周公抗伯禽以教世子之意，則前後左右莫非正人，耳目見聞莫非正事，如入芝蘭之室，久而不聞其香，然而聖德不早成者，未之有也。是故宦官不可不慎選也。

臣又聞之，教有三，身教爲上，得人次之，講説又次之。夫既有東宫官責專教導於外，而宦官宫女亦多正人，以維護於内，可謂得人矣，然猶其次也。教必自皇上之一身始。蓋家庭之禮，莫非至教，父子之間，自爲師友，古今帝王，未嘗不以身教也。昔我太祖高皇帝諭太子曰：「吾脩身制行，汝輩所見。吾平居無優伶瞽〔三〕近之狎，無酣歌夜飲之娱，正宫無自縱之權，妃嬪無寵幸之昵，言無偏聽，政無阿私，以此自持，猶恐不及，故與爾等言之，使知持身之道。」大哉皇言，則萬世帝王身教之準已。至我世宗皇帝赫然中興，神聖莫及，非不可爲萬世子孫法程也，然今〔四〕讀其遺詔，猶若以盡善爲歉，而深以貽謀爲憂。觀其詔曰：「一念惓惓，本惟敬天勤民是務，祇緣多病，過求長生，郊廟之祀不親，朝講之儀久廢，既違成憲，亦負初心，每一追思，惟增愧赧，蓋愆成美，統仗後賢。」甚矣世宗望道未見之心，其爲聖子神孫慮至遠也。伏願皇上遠念皇祖持身之格言，近體世宗蓋愆之遺詔，一起居，一食息，如對聖賢，如臨師保；非必絕情慾也，而求中節，非必無寵幸也，而求不偏；近侍雖不可狎，而慈蓄之意常存；宮禁固當嚴明，而使令之時常恕；春氣漸煖，聖體漸康，時御朝座，時親講幄，接賢士大夫之日多，察古今治亂之機審，内以奠乎蒸黎，外以威乎夷狄，上以遵乎祖訓，下以法乎後昆，夫是之謂身教。伏乞聖明垂察，臣不勝惶恐待命之至。爲此具本親齎，謹具奏聞。

附録

萬曆十九年閏三月十六日，傳内閣聖諭：「朕疾少愈。原朕之痰火致患，生疾成痼，朕食少寢廢，雖常服藥餌，未見瘳愈，以致廟享屢遣代行，朝講久廢。乃左右奸頑之激，病雖暫愈，朕茲又見上天示警，心甚憂懼，反躬省咎，乃知小人之蠱惑，損朕之德行，擅作威福，以長己之奸惡，以致上天震怒，星象垂戒。奸惡小人今已斥逐矣，因諭卿等知之。」

【校記】

〔一〕「吩」，抄本作「分」。
〔二〕「必」，光緒本闕此字。
〔三〕「暬」，原本、抄本皆誤作「贄」，從光緒本改正。
〔四〕「今」，原本、抄本皆誤作「令」，從光緒本改正。

請告疏

吏部文選清吏司署郎中事員外郎臣唐伯元，爲奉職無狀，憂官成疾，乞恩俯容回籍調理，以全微生，以圖補報事。

伏念臣受氣原薄，攝生又乖，方在壯歲，情慾過度，及於中年，血氣大損。蓋自萬曆二十年丁母氏憂，以尚寶司司丞回籍守制，廬居三載，疾病纏綿，臣當是時，甘爲聖朝廢物，不復萌仕進之念矣。詎意服制方滿，忽接邸報，伏蒙皇上起臣原官，旋改今署；疏賤遭逢，均屬曠典，斯臣至榮之遇，不敢言病者一。舊事，銓臣計資序轉，臣科第雖深，資俸實後，伏蒙皇上不次點擢，大破常規，又臣至榮之遇，不敢言病者二。皇上神聖卓越千古，大小群工莫及，先時五六銓臣，多一時海内名士，爲臣畏友，猶不足以佐其下風，往往得罪以去，故此一銓曹也，昔爲要津，今爲畏府，臣之才不及諸臣遠甚，而戇不通方過之，荷蒙皇上一切優容，一切不問，蓋從前諸臣所不能得者，又臣至榮之遇，不敢言病者三。

自是感激，竭力馳驅，受事以來，日與堂官計議，如何一清銓法，如何一洗積蠹，凡利在百代、害在一時者必行，不敢少貶以狥浮議；凡利在部內、害在部外者必革，不敢姑息以市恩私。幸有堂官主持於上，臣與二三僚衆，得以執持於下，若弛若張，若緩若急，其初不免呶呶，久而方定。蓋人情難與慮始，積弊難以頓除，其或思有未合，行有未通，晝夜籌維，寢食都廢，積有日月，乃粗就緒。方將與堂官計議，盡舉天下賢才，以登皇途於上理，少效犬馬於萬一，不自知其勞且病也。

奈之何寵厚而福薄，心長而智短，每遇内外員缺，臣度量註擬，具呈堂官，請自上裁；間有奉旨點陪者，知上意獨斷也；有奉旨另推者，知上意慎重也；乃至數月以來，則有一概留中不答者矣。臺省郎署方面，赴部候補者，動至經歲，多至盈庭；内外官俸，多至逾期不得遷轉；各邊道事情緊急，無可代庖；賢愚同滯，朝野咨嗟，莫知其解。竊惟皇上勵精化理，求賢若渴，豈不自愛國家，臣等幸奉奔走，務竭精白，豈敢有所朦朧，然而擬議不當聖心，封章不蒙批答，以致遠邇驚疑，儒紳摧氣，臣等逢人則面赤，捫胸則内愧，上負主眷，下負初心，每與堂官言及此，未嘗不相對而涕零也。

臣又惟銓曹之職，堂官總其成於上，臣實專其責於下。今之堂官孫尚書丕揚者，乃舉世所推爲正人君子，而皇上所深信者，蓋已爛熳於奏牘，而鄭重於溫綸，斷斷無復可疑。儻有不公不明之罪，非臣而誰？蓋不惟世人責臣，無以自白，即皇上恕臣，亦難自解，以是主恩日深，臣罪日積，曠官之咎愈多，憂官之病愈重。自前月以來，飲食無味，形神枯槁，每懇官代臣奏請，而堂官責臣以大義，諭臣以調攝，又見堂官尚在註籍，不敢言去，不得已扶病進署，勉完選事。至於近日，則暑濕交攻，脾胃愈弱，精神恍惚，足力不支，備詢醫家，必非旦夕可效，而堂官之留臣未已也。痛念臣精誠不足以孚主，進退不足以關忠，際此千載一時之遭，徒令後代有有君無臣之嘆，負恩誤國，罪其何贖。方其未病，尚費支持，今在醫藥，安能自效，不得不自陳於君父之前。伏乞皇上俯從臣請，容臣回籍，得以一意調理，苟延餘息。倘遂生全之幸，敢忘啣結之私！況今堂官已出視事，而臣之選例已滿，是臣乞身之會而請命之秋也。伏乞敕下本部，恩賜放臣，别簡賢能，早充是選，以贊太宰知人之哲，弼皇上平明之治。臣不勝懽躍瞻竚之至。

再請告疏

吏部文選清吏司署郎中事員外郎臣唐伯元，爲病難就列，情非得已，再懇聖慈早賜放歸事。

臣夙有脾胃之疾，近因重發，不能進司管事，已於前月二十七日註籍，今月二日疏請。自謂小臣乞恩養病，自是朝廷優恤常典，可以望幸，今候命十日矣，尚猶留中遲遲者，得非以臣尚堪勉就職事乎？而臣内揣病軀，外度事理，萬萬不能，有不得不再瀆天聽者，敢備其始末，爲皇上陳之。

臣聞古之爲君者，以愛士爲盛節，古之爲士者，以逃名爲高致。愛士者，搜及巖穴，舉及庫盜，招及他邦，思及異代，往往有生不同時之嘆；逃名者，不見諸侯，不謁天子，入山思深，入林思密，惟恐姓名誤落於人間。斯二者，其事相反，其道相成者也。斯道也，何道也？古道也，非今日之謂也。唐韓愈氏有言：「今天下一君，四海一國，舍乎此則夷狄矣，去父母之邦矣，故士不得志於時者，則山林而已矣。山林者，不憂天下之所能安也，如有憂天下之心，則不能矣。」韓愈氏之言，正今日之謂也。夫仕以行義，不仕則無義；學貴識時，不仕則失時。生今之時，反古之道，臣竊以爲過矣。

雖然，今之爲士者，誠不宜以逃名爲高，其在明君哲主，安肯因此而遂賤天下士哉！語有之：「周士貴，秦士賤。」夫士也皆賤如秦，豈盛世之所宜有哉！詩曰：「思皇多士，生此王國。王國克生，惟周之楨。濟濟多士，文王以寧。」貴士也。臣伏覩皇上總攬萬幾之初，首徵海瑞、王錫爵等數十人，一時忠良，録用殆盡，轉圜止輦之風，時時有之，即詩所稱古帝王愛士，何以加焉？近年以來，則有不然者。自臣居銓曹，閲案牘，查得朝紳在摘籍者幾百人；自去冬至今夏，得罪去者，又半百人；近起補赴闕，日久而不得補者，又二十餘人。昔者所進，今不知亡，去者日多，來者日少，皇上之愛士，視初年何如？視古帝王何如？然而朝端諸臣依依於内，候補諸臣依依於外，若鳥之於林，魚之於水，愈固結，愈慕戀，愈不可解者，惟是皇上猶天地也，世間無所逃之天地，皇上猶父母也，世間無不是之父母，生斯世也，爲斯世也，更將焉往？更將焉歸？所望皇上天覆地載，父生母育，使之以禮，待之以恩，官之各因其材，任之各行其志，寬假之各成其名，大者致主匡時，小者展采錯事，皇上不負諸臣，諸臣其忍負皇上乎？孟軻氏不云乎？「夫人幼而學之，壯而欲行之。」況生逢堯、舜，孰無江湖懸闕之思，人鮮巢、由，難忘塵世功名之想。河清難俟，人壽幾何，壯志易灰，浮生可憫，諸臣心事，臣能知之，而臣又天下之喜功名人也，一念戀主，豈後諸臣，而肯以病請哉！

臣惟今之爲士者，與古時異，而臣之所處，又與在廷諸臣異。臣之所以異者，一曰病深不可以易愈。凡人五臟六腑，要統於脾，脾虚則臟腑皆虚，醫藥難效，臣之病脾病也。一曰權重不可以久處。銓司關天下人材進退，恩怨之府，萬口難調，例滿不代，其誰諒之。一曰寵盛不可以過貪。節蒙皇上優容備至，小臣之寵極矣，冒而不止，福過災生。一曰事煩不可以卧理。銓曹夙號要曹，而臣司尤號劇司，如臣賤淺，平居尚慮不支，況能扶病而親百冗乎？凡此四者，皆臣之所有，而在廷諸臣之所無，是以不能從諸臣之末，而赴功名之會。伏乞皇上察臣深病，放臣早歸。臣行之後，願皇上倐舉初政，登選賢能，以天下才充天下官，以天下人理天下事，是泰運來復之期，而聖德重光之日也。臣俯伏待命，不勝惶恐。

乞賜易名疏

（明）唐彬　撰

原任吏部文選清吏司郎中贈太常寺少卿臣唐伯元男、廣東潮州府澄海縣廩膳生員臣唐彬謹奏，爲聖恩沾被，遍瀕海〔一〕，忠魂未揚，比例陳情，萬里叩閽，懇乞天恩，俯賜褒卹易名，以光盛典，以慰泉扃事。

臣父伯元，係廣東潮州府澄海縣人，登萬曆甲戌進士，初選江西萬年縣知縣，調繁泰〔二〕和縣，歷任南京户部郎中，建言謫〔三〕海州判官，起保定推官，禮部主事，主試湖廣，陞尚寳司司丞，吏部員外，特簡文選司郎中，請告回籍二年，累經薦録，業推少卿，物故。萬曆四十六年，按臣田生金以臣父理學忠節，具題請謚，未覆。天啟三年，特贈太常少卿。伏念臣父學術治行，忠君愛國，廷臣亦既論列，今又刊刻成書，當俟覆實具題。臣查得前吏部郎中顧憲成贈官賜謚，臣父立朝大節，居鄉懿行，實與顧同，至於功垂兩邑，學翼六經，先事抗疏，卒定國本，則竊謂過之，臣所以不能不萬里叩閽，披陳行履，以仰祈寵卹也。

方臣父之令萬年也，申裁冗餉，歲減二千金，導引雙源，灌田數萬頃，嚴淹女之禁，創梳虫之式，任甫一載，撫臣旌異。其調繁泰〔四〕和也，搜匿賦八百有奇，代積逋三百以上，卻相沿之例供，絶縉紳之請托，洗灰骨之沉冤，復侵占之縣址，録囚回暵旱，築堤障狂瀾，老稚有「唐青天」之謡，邑乘有德政編之刻。六年之内，得薦九次，諮訪二次，考績治行獨最，紀録卓異，此臣父之功垂兩邑者也。

擬膺諫銓之選，洒以義絶私交，節抗權相，竟置南部，歷任户部郎中。親校古石經大學，註釋大義，進呈請付史館，神宗皇帝嘉納。時議新建伯王守仁從祀，臣父昌言排仁良知之學，其意在於翼朱熹，遵祖訓，奉旨「從祀已定，姑不究」。乃爲異學私黨下石，竟謫海州判官以行，雖有廷臣公論，無奈衆楚附咻，此臣父之學翼六經者也。

當神宗皇帝未有三王并封之前，臣父先見陳言，默定國本，非揭顛末，未有能知臣父之苦心宗社者。方臣父之起補儀曹也，尋奉選取宮人之命，事竣，具載請端大本一疏，語意忠凱，末以身教爲獻，内引太祖持身格言，世宗蓋愆遺詔，凛然有古大臣節概，得動聖諭嘉納。凡此一片忠忱，皆圖事前感悟，乘機挽回，至於諸臣罷斥而終收定儲之功，始知神宗皇帝由後思前，不悔心於當時之激烈，而翻譯〔五〕於疇昔之開導也。

洎陞天部，特簡銓衡，製籤選之法，一私不行，前後秉選者十餘人，多獲譴責，獨臣父任滿六選，爲本部尚書孫丕揚屢薦卿貳，臣父竟爲親養連疏懇乞，得完節以歸。

生平所著，有古石經大學註釋，禮編，易註，陰符經註，道德經註解，請告諸疏，醉經樓集，太乙堂草，禮曹十二議，采芳亭、愛賢堂、醉經樓續集，泰和縣志，行於世。祀名宦於萬年、泰和，祀鄉賢於臣邑臣郡。

臣父政跨蒲、密，學補關、閩，諫能格心，雖三黜其身，終俾定一代之國本，道可淑世，四海諸彦，已先揭千載之公評。伏讀崇禎五年九月内，經禮科都給事中張國維、禮部尚書黄汝良等，將年久未謚諸臣先後題請議謚，内稱「謚例五年一舉，然議同聚訟，事等築舍，自辛酉至今已十有二載，而謚典缺如，實愈久而愈湮，名寖微而寖滅，其於勸世何賴焉」云云，本月十二日奉旨：「謚法有關風勵，依議詳諮確覈，務協公評，不得徇私憑臆，致乖大典，其發單仍勒限報部，毋再稽延，欽此欽遵。」該部即將原發諮訪單册，刊刻成書，分行南北九卿、詹、翰、科、道等衙門諮訪，列臣父姓名於前，謂係三奉明旨，期在速行。臣竊思：自題請諮訪，至今又二年矣，而回覆議謚，更沓如也，臣亦猶科臣部臣有「實愈久而愈湮，名寖微而寖滅」之慮，是以披陳臣父生平略節，萬里叩閽，伏乞皇上軫念孤忠，查照顧憲成例，一體贈卹，賜謚易名，則不惟臣父伯元耿耿忠貞，丕荷照明於聖世，而風一勸百，其裨於世道人心者，亦非淺鮮矣。臣不勝哀籲戰慄惶悚之至。除具本赴奏外，爲此具揭。

崇禎七年閏八月日。

【校　記】

〔一〕「遍瀕海」三字，原本、光緒本相同，詳句法，其後疑脱一字。

〔二〕〔四〕「泰」，原本、光緒本皆誤作「太」，據文意改正。

〔三〕「謫」，原本、光緒本皆誤作「摘」，據文意改正。

〔五〕「譯」，當是「懌」或「繹」之訛。作「懌」，取悦懌之意，於義似勝。

醉經樓集續附刻

明奉政大夫吏部文選司郎中曙臺唐公行略[一]

（明）周光鎬　撰

隆慶初，余偕計，卒業成均，與盱江鄧汝極、同郡唐仁卿證交，日以學問道誼相切劘，二君者予所不及也。既予謬通籍，鄧君隱不出，仁卿後三年成進士，遂而于[二]役睽阻。越丙申，予歸自塞上；丁酉，仁卿以銓部得請；則嘆始合中離，既離復合，白首良朋，同戴君恩於湖海丘壑，道其不終負哉！乃戊戌夏，君奄告殂，予驚悼，冒暑雨奔哭，哭盡哀。己亥，厥嗣彬奉大事，屬予布狀，以謁立言者銘。予不敏，顧有成言在，敢忘論述？

君名伯元，字仁卿，世爲澄海仙門里人，曾大父鴻，大父陽，並潛德不仕；父天蔭，封南京户部郎；母陳[三]氏，封[四]安人，以嘉靖辛丑十月初五日[五]生君。君生穎異英敏，弱冠補邑庠，廩學官；辛酉以壁經領鄉薦。暨戊辰未第，乃於邑言曰：「制科業可爲也，獨不有作聖學乎？」於是挈予游北雍，歸而同謁吕太史巾石先生於信州。先生故湛文簡高弟，考君參知公友也。從遊逾月，得聞天人合一之旨，辨證身心性命之微，君獨大領悟，叙先生所著三書本義，梓之。

甲戌成進士，筮尹萬年，已而調繁泰和，陞南度支郎。時予在留銓，密邇過從，喜可知也。無何，予一麾入蜀，道白下，邑人爲予指其隄，曰：「某隄唐君侯所築也。」指其樓，曰：「某樓唐君侯所建也，裨益我疆圉甚大，而侯無事於我之貲與力也。」社倉積貯，雖無歲，民幸不殍。邑有帶徵糧〔六〕六百餘金，郡長以考績徵急，侯爲措處而輸之，民且未之知，而侯不以爲功也，侯其繫我思哉！」予竊識之。大都江之右，萬年稱巖邑，泰則士多有口，乃兩地並尸祝，則其所施之政可知矣。

度支司會計，餉京邑〔七〕衞，材官士卒稱足食，大司徒樂亭王公大褒許之。暇與友人范原易、汪蔚翔究證學問，日探〔八〕歷名勝，賞心賦詠。會禮官議崇〔九〕祀，猥及王文成，遂起而發憤抗疏；又校定古石經〔一〇〕，注釋大義，疏請付史館。維時主上聖明，一荷優容，一荷批答，當時知者，咸謂韓、孟復出，乃言者起而擿之，於是出倅海州。未幾擢保定推官。

尋擢禮部儀曹，日考索諸郊社宗廟典制。奉旨選宮人，既竣事，具疏請端大本，語意忠凱，間引世宗遺詔，執政者慮有忌諱，君因〔一一〕毅然云：「萬一感悟聖心，即以此獲罪，何憾。」既數日，傳〔一二〕奉御札下閣，語自引咎，時咸謂感悟之力居多。顧事祕不傳，余於君與趙□□〔一三〕宗伯、孟叔龍吏部二書知之。無何移病歸，日侍二尊人懽，構小樓於湖海上，扁曰「醉經」，寄蜀命余賦之，蓋取河東「心若〔一四〕醉六經」語也。日與狎友尚羊雅歌甚適。再逾年强起，起補原職。辛卯，主湖廣試，其賢書淵湛典正，序以易乾德訓諸士立誠用世，樹材之意深矣。方報命，遂轉尚寶司司〔一五〕丞，蓋美選云。無何聞安人訃，扶服號奔。草土哀毀間，而纂輯禮經。服闋二日，就家以故官起，旋改銓部。惟時主上督過銓衡，在事者每每以嚴譴去；君至，攄忠剔弊，虚己憐材，不希指，不激不隨，仕紀肅然。論者謂吾粤入銓曹者，惟君掌選；前後秉銓衡者，惟君不負譴。太宰孫公屢薦其賢，請補太僕卿，旨未下，君兩疏懇陳，許之，則余先從朔方乞歸也。君日以湖山之勝邀予，予戒不入郡，則以詩證遊羅浮，有「不堪回首千秋約，況復從君萬里歸」之句，無何訃音至矣。

嗟嗟！君至〔一六〕是耶？無亦海邦之運式微，何斯道之厄乃爾！今用世者，或爲位崇，或爲名高；爲學者，或以講德著，或以修辭稱；名位儻然爾，立言立德兼之者難矣。君出宰則所至血食，爲郎則直躬抗疏，憂道不憂名也；銓衡秉政，立躋卿貳，乃累疏乞身，豈其計崇階厚爵者比？其發爲文章，根極理道，融會性命，程伯子所謂修辭立誠是也。至其規詆新學，立論異同，始於人不能無疑，久之旨趣昭晰，人尤灑然從之，其諄諄辨難者，爲衛道計，非得已也。蓋其學師聖而不師心，信經而不附註，尚奇義而不事勦説，於諸子獨嗜河東，諸儒獨宗明道，今之江門、信州，皆其所師事也者。友善則李司馬維卿、孟吏部叔龍、顧吏部叔時、范觀察原易，余不佞猥辱臭味也者。論著則予告有醉經樓集，予寧有禮編、易註，在署有太乙堂、采芳亭稿，其他如白沙文編、二程類語，皆其所彙次也者。君之學如是，亦可信而足傳矣，藉令天假之年，所造又可勝量？乃年僅五十有八，惜乎見其進，未見其止也，傷哉！

初令泰時，余從兄以謁選道白下，嬰疾，疾革，君以余故，視如手足，假郵館以視含殮。又二年，余年友王君一益計偕，亦旅卒其地，君視之一如視余伯氏也。此蓋官中所避忌，君乃當變而義益敦如此。君恒餘俸，盡歸封君，立産以均二庶弟，居讓安業讓腴。惇惇以禮主訓，以義化俗，以躬行爲族里率，以故卒之日，知與不知，靡不哀而悼之。配王安人。六丈夫子：椿，娶許郡丞尚静女，早卒；彬，邑庠生，娶鄭方伯旻女，椿、彬，安人出也。棐，庠生，娶陳憲副志頤女；彩〔一七〕，聘楊通判應試女；概，聘推官趙時舉女孫；梁，聘郎中翁思佐女，側室毛〔一八〕氏出也。女二：一適知州鄭國士子璋〔一九〕，邑庠生；一許孝廉蔡德璋子〔二〇〕。孫男：宗哲，聘鄭鴻臚〔二一〕宗僑女；宗浩，則余男畀之次女許之；一尚幼〔二二〕。諸其履歷世次如此。余故哭君有九章，有誄言，兹不具載，幸而立言者，采而擇焉。

萬曆己亥，時仲秋朔，廷尉氏友人國雍周光鎬頓首拜撰。

【校記】

〔一〕此題民國三年甲寅（一九一四）重刊周光鎬明農山堂彙草文卷十三原文作「奉直大夫吏部文選司郎中曙臺唐公行狀」。

〔二〕「于」，周光鎬明農山堂彙草文卷十三同篇作「秖」。

〔三〕「陳」，周光鎬明農山堂彙草文卷十三同篇闕字。

〔四〕「封」字之後，周光鎬明農山堂彙草文卷十三同篇有「太」字。

〔五〕「十月初五日」，周光鎬明農山堂彙草文卷十三同篇作「十一月」。

〔六〕「糧」，原本誤作「粉」，據周光鎬明農山堂彙草文卷十三同篇改正。

〔七〕「邑」，周光鎬明農山堂彙草文卷十三同篇無此字。

〔八〕「探」，周光鎬明農山堂彙草文卷十三同篇無此字。

〔九〕「崇」，周光鎬明農山堂彙草文卷十三同篇作「從」。

〔一〇〕「古石經」後，宜有「大學」二字。

〔一一〕「因」，周光鎬明農山堂彙草文卷十三同篇作「固」。

〔一二〕「傳」字之後，周光鎬明農山堂彙草文卷十三同篇有「請」字。

〔一三〕「趙□□」，「趙」後二字，原文上墨釘。

〔一四〕「若」，原本誤作「者」，從周光鎬明農山堂彙草文卷十三同篇改正。按，「心若醉六經」係文中子語。

〔一五〕後「司」字，周光鎬明農山堂彙草文卷十三同篇無。

〔一六〕「至」，周光鎬明農山堂彙草文卷十三同篇作「止」。

〔一七〕「彩」，周光鎬明農山堂彙草文卷十三同篇作「栗」。

〔一八〕「毛」，周光鎬明農山堂彙草文卷十三同篇作「某」。

〔一九〕「璋」，周光鎬明農山堂彙草文卷十三同篇作「某」。

〔二〇〕此句八字，周光鎬明農山堂彙草文卷十三同篇作「一尚幼」。

〔二一〕「鴻臚」，周光鎬明農山堂彙草文卷十三同篇作「太學」。

〔二二〕「一尚幼」三字，周光鎬明農山堂彙草文卷十三同篇無之。

明故奉政大夫吏部文選司郎中曙臺唐公墓誌銘

（明）郭惟賢　撰

余年友唐仁卿捐館垂六年矣，其子廩膳生員彬，持其父執大廷尉周耿西公狀，繭足馳温陵〔一〕山中，泣稱卜葬有期，徵余銘。余嘉其孝，且念仁卿於同袍中稱莫逆交，不敢以不文辭。

按狀：君諱伯元，仁卿其字，世居澄海仙門里人。先曾大父鴻、大父陽，並有隱德；父仙峰公天蔭，以仁卿累封南京户部郎中；母陳氏，累封安人。仁卿生而穎異，日誦數千言，弱冠補博士弟子員，旋廩庠生，辛酉以壁經登鄉薦。戊辰落第，奮然謂周公曰：「令今持筆而稱雕龍，遂一掛名南宮，學如是止乎？夫安身立命，自有聖學可爲耳。」迺偕之信州，謁學吕巾石公，吕故湛文簡公高弟也。從遊逾月，得聞天人合一之旨，身心性命之微言，豁若素悟，隨爲敘其所著三書，梓行於世。

甲戌成進士，授江西萬年令，余授清江，時撫臺楊震涯公以水利特旌君伐。無何調繁泰和縣，與余同隸湖西分部。余於仁卿有臭味之合，然其築堤建樓，舉鄉約，設社倉，悉心規畫，行古之道而振民之功，則余殊愧不如，而當途亦有不盡知，仁卿視之泊如也。

歲辛巳，稍遷南計曹，余亦叨官南臺，交相切劘，如同官湖西時。迨余以封事謫丞江山，而仁卿與同年新安范原易祖餞江干，贈詩慰勉。余再入白下，猶得執鞭弭相後先，仁卿謬謂余之根器誠樸，可以入道，及聞闡發聖學之緒論，宛若啟蒙訂頑，日左右也。公暇同輯有白沙文編、二程彙語；仍親校古石經〔二〕，註釋大義，疏請於朝付史館，得俞旨。先是，朝議以王文成公從祀，議既協，仁卿獨昌言排之，不知者或謂仁卿墨守顯門，黨同伐異，迺知者謂爲羽翼紫陽，有中行獨復之見，雖謫判海州以去，名益駸駸起矣。

尋量移保定理官，擢禮部儀曹，日考證郊社宗廟諸典制。會選掖庭宮人，既竣事，上端大本疏，援祖宗遺訓，語其忠懇，旁觀者咸爲齰舌，仁卿獨曰：「萬一聖衷感悟，即獲罪何憾。」既數日，而上降密札内閣，慨然引咎，君有力焉。

旋以疾乞歸，侍二尊人，孝事甚歡，構小樓於湖上，取河東「心若醉六經」之義，扁曰「醉經」。再逾年，起補原官。辛卯，主廣湖試，入彀者號稱得人，程式盡剗襌學，根極理要，文體煥然復歸於正。方報命，隨轉璽丞，適聞母安人訃，奔守苫次，哀毁如禮，因纂輯禮經。服闋，即家拜原官，旋改銓曹，歷轉選郎。璽丞揀選，在近年蓋異數也。時上方督過銓曹，獲譴者相踵，君甫任事，虚心搜羅，選公登明，惟恐中外之有留良也。迺有以先後建言諸君子未獲進用爲惜，不知此固仁卿日夜所拊心者，冀時有待耳。即請告疏固諄諄乎其言之矣。粤東士紳秉選者自君始，而數年中遂即丐身去國，以永終譽者，自仁卿外，指亦不以一二屈。大宰孫立亭公屢推轂，君請回鄉疏留中，而君浩然兩懇歸。

記君出國門，余以佐臺入都，猶得一握手道故而别，而詎意永别哉！嗟嗟！士大夫多哆口譚學，以儒自命，疇有如君之志在復古，而措注建明自真學問中來者？跡其兩邑惠政，尸祝至今，庶幾哉！與召、杜爭烈矣。觸時對事，有功斯道，惟是朱、陸異同，自昔已然，要以俟後之君子，當有定論。昔司衡鏡，既公且平，會得盡行其志，銓次忠良，山巨源、裴叔則之鑒，可勝述哉！諸所論著，若醉經樓集、禮〔三〕編、易註、太乙堂、采芳亭集，皆沈酣成一家言。倘天假之年，俾出而盡究其用，即不究其用而究其學，所就未可量。卒之日，風雷大作，有足異者，第先封君之逝，亦足悲矣。

君生於辛丑十月初五日，卒於戊戌四月念七日，享年五十有八。配王安人。男六：椿，娶郡丞許公尚静女，蚤卒；彬，邑學生，娶方伯鄭公旻女，俱王安人出。棐，庠生，娶副憲陳公志頤女；彩，庠生，娶别駕楊公應試女；概，聘司理趙公時舉孫女；梁，聘曹郎翁公思佐女；側室毛氏出。女二：一適州守鄭公國仕子邑庠生璋；一適孝廉蔡公德璋子。孫男三：宗孔，聘鴻臚鄭公宗僑女；宗浩，聘大理寺卿周公光鎬孫女，即所謂耿西公也；一未聘。孫女一。擇地於豐政都大勝卧龍之原，將以日月奉柩就穴。余既誌之，而爲銘。

銘曰：世之趨也，學儒非儒。惟公篤志，蚤探玄珠。所至尸祝，口碑載塗。正學一疏，言危身孤。士論不泯，功在翼朱。溪石渠宋，辨别鵝湖。聖道於天，見者各殊。論久自定，異户同趨。一蹶隨奮，毁不滅名。召拜尚璽，旋揀銓衡。精心簡汰，仕路肅清。急流勇退，芥視塵纓。家有著書，朝有芳聲。業有後昆，兆有佳城。嗚呼！斯惟卧龍之岡，而在吾友仁卿之塋。

賜進士第嘉議大夫、都察院左副都御史協理院事、前左右僉都御史奉敕巡撫湖廣等處地方提督軍務、兩京府丞、南京河南道監察御史、吏部考功司郎中、年眷弟郭惟賢撰文。

【校記】

〔一〕「陸」，原本、光緒本同，疑是「陵」之訛。泉州古稱温陵，郭惟賢晋江人也，故云唐彬至温陵山中求銘。

〔二〕「古石經」後，宜有「大學」二字。

〔三〕「禮」字，原本、光緒本皆闕，據周光鎬撰唐伯元行略及唐彬撰乞易名疏補。

跋

（清）唐際虞　撰

仁卿公，際虞八世祖也，事具詳明史儒林本傳。著有醉經樓集，乾隆己巳，八世孫紹奎始梓行於世。道光癸未，際虞補弟子員，當道諸鉅公暨鄉先生知公有是集，就際虞索觀，時鋟板點畫已模糊。丁未，姪廷珍補弟子員，時際虞已注籍訓導，念此後秉鐸不知何地，懼祖德之弗克述，而先芬之弗克誦也，命廷珍就鋟板，悉心檢校；而剥蝕壞缺，已逾其半，因思拾其殘而補其闕，檢舊簏所藏，得明周大廷尉光鎬所撰行略，郭大中丞惟賢墓誌銘二篇，叙次紀述，較明史爲詳，因附梓於集後，俾世世子孫守而勿替，而當世儒林君子，亦資以考證云。

時道光己酉年，孟冬月，八世孫際虞謹識。

附録一　醉經樓集集外文

題吕巾石師懷周桃溪先生手卷後

其一

風煙江閣別，四十年所過。獨有相思苦，秋來詩便多。

其二

楚越幾千里，意氣總傳神。一德相金石，不數雷與陳。

其三

棲志鳳山巔，談經靈山下。天地歲逢秋，周吕相思夜。

其四

溪流緑石磴，巾脱掛桃枝。當時無限趣，風光月霽時。

其五

南北君親路，廊廟亦山林。新泉月色好，偏照兩人心。

其六

漁上渭濱竿，月滿周庭草。往矣誰後身，同心懷二老。

其七

混混汲泉甘，皎皎眠沙白。吾道東南來，二老譚羲易。

其八

卓彼西山叟，師湛而呂友。斯人不可作，千古遺山斗。

〔周光鎬周氏宗乘卷十。〕

文筆峰

五色誰相贈，奇峰萬丈光。著書心意懶，一畫到羲皇。

〔萬曆二十四年（一五九六）刊本郭棐編嶺海名勝記卷二十。〕

金雞嶺

枕外熟黄粱，人間夢未了。欲醒不得醒，何處金雞曉。

（萬曆二十四年（一五九六）刊本郭棐編嶺海名勝記卷二十。）

馬鞍岡

附驥日千里，隨君身一隻。前村道路難，化作峰頭石。

（萬曆二十四年（一五九六）刊本郭棐編嶺海名勝記卷二十。）

橋頭溪

我昔過海東，曾觀日出處。纍纍坡上石，猶作秦時踞。

（萬曆二十四年（一五九六）刊本郭棐編嶺海名勝記卷二十。）

萬花巖和歌四首〔一〕

天馬山前碣石開，峨眉新月漾亭台。回首銀蟾莫浪猜，鍾淑氣，絶氛埃，留待風流我輩來。公庭多暇實堪誇，卧閣何如駕小車。巖前緑柳又紅花，新紫綬，舊烏紗，對酒高歌日未斜。海上乘槎問石棚，乾坤何處好逃名？饒笑亭中眺晚晴，貪幽賞，近物情，鳥語花香石曼卿。劍氣蟾精疊錦屏，屏前盡日瀉泉聲。春雨朝來水檻平，堪垂釣，好濯纓，一曲滄浪萬古情。

〔康熙刻本劉兆龍修、畢秀纂修海州志卷十詞翰。〕

朱鴻林按：

〔一〕原書題下署作者爲「給事中唐伯元（謫海州）」。

過房山詩一首

問俗經過盡不如，一鄉淳古又詩書。征夫自笑貪回首，欲傍青山寄謫居。牡丹開處集群芳，茅屋三間是講堂。無數問奇人載酒，何妨長醉客他鄉。

〔康熙刻本劉兆龍修、畢秀纂修海州志卷十詞翰。〕

秋日陳司霖陳惟宜廖元叔招陳兩湖曾一法先生同游快閣

作賦思逢陶謝手，招遊侶盡神仙姿。江涵碧照星槎見，閣傍高秋雁影遲。詩句轉奇山改色，吏情偏遠鶴能知。臨流得意從相賞，慢懶無心慕子奇。

（中國人民政治協商會議泰和縣第八届委員會學習法制文史委員會編泰和縣文史資料第四輯歷代快閣詩詞選（一九八九年八月刊）頁一五四。）

任憲使枉駕南巖兼紀湖堤新成

尋花問柳傍湖西，公暇何妨客共攜。柳色晴嬌驄馬道，花香春砌長公堤。洞穿竹徑高低合，人似桃源咫尺迷。自有丹梯生羽翼，不須僧話證菩提。

（嘉慶二十年刊本李書吉等修纂澄海縣志卷二十六藝文。）

奉和任憲使公祖西湖即席見示之韻

玉節翩翩大海隅，天南朗照德星孤。途□□□□□户，客有知章到鏡湖。吏隱□□□□□，□□天□自然圖。夕陽雨過□□□，□□□□□□□。

（光緒二十六年刊本盧蔚猷修吳道鎔纂海陽縣志卷三十一金石略二。）

答人書

自新學興而名家著，其冒然以居之者不少，然其言學也，則心而已矣。元聞古有學道，不聞學心；古有好學，不聞好心；心學二字，六經、孔、孟所不道。今之言學者，蓋謂心即道也，而元不解也。何也？危微之旨在也，雖上聖而不敢言也。今人多怪元言學而違心，孰若執事責以不學之易了，而元亦可以無辭於執事。子曰：「有能用其力於仁矣乎？」又曰：「一日克己復禮。」又曰：「終日乾乾，行事也。」元未能也。孔門諸子，日月至焉，夫子猶未許其好學，而況乎日至未能也，謂之不學可也。但未知執事所爲學者，果仁耶禮耶事耶，抑心之謂耶？外仁外禮外事以言心，雖執事亦知其不可。執事之意，必謂仁與禮與事，即心也；用力於仁，用力於心也；復禮，復心也；行事，行心也；則元之不解猶昨也，謂之不學可也。又曰：「孳孳爲善者心，孳孳爲利者，亦未必非心。」危哉心乎！判吉凶，別人禽，雖大聖猶必防乎其防，而敢言心學乎？心學者，以心爲學也；以心爲學，是以心爲性也。心能具性，而不能使心即性也。是故求放心則是，求心則非；求心則非，求於心則是。我所病乎心學者，爲其求心也。心果待求，必非與我同類；心果可學，則「以禮制心」，「以仁存心」之言，毋乃爲心障與！

（顧炎武日知録卷十八心學條。）

禮編序

禮者何？儀禮與大、小戴記也。編者何？上編、中編、下編也。禮一也，而上中下者何？君臣、父子、夫婦、昆弟、朋友古稱五典，五典者，禮之所自出也，故上編。冠、昏、喪、祭俗謂四禮，四禮者，人道之終始也，故中編。禮者性之德也，道問學所以尊德性；傳不云乎：「待其人而後行。」夫禮論者，學禮之方而行禮之人也，故下編。編一也，多至十卷，少或八卷者何？言容、服食、稱謂、餽遺、卜筮，莫不有動作威儀之則，所以身範物先，而綱維五典也，故以繫之上，是謂上編十卷。鄉飲酒、鄉射、投壺、覲禮、燕禮、聘禮，猶乎四禮之非時莫行也，非力莫舉也，故以繫之中，是謂中編十卷。禮得則樂生，故次樂論；禮樂備而天下治，故次治論；治本學，學本道也，故次學論，次道論；其煩簡一因乎舊文，要之學禮焉耳矣，故以繫之下，是謂下編八卷。夫三編者，三才之義也；二十八卷者，列宿之義也；其意則出於偶合，而非有意於其間也。

然此三禮也，不有周禮乎，何遺之也？曰：周禮，周官也，非爲禮也，且全而無容編焉。其采及家語、荀子諸書何也？大、小戴舊所采，有醇有疵，有詳有略，而吾折衷之者也。其儀禮或采或否，何也？所備者士禮，所不備者諸侯大夫之禮也。備小戴而漏大戴，何也？予曰：「吾從周」，小戴時王之制，而今之同文也，故不敢以不備也。夫儒者於三禮，代有訂正，其最著者，莫如紫陽夫子與近代湛元明氏，今所傳儀禮、二禮，分經分傳，亦既詳乎其言矣，而予異之何？小戴零星錯落，大戴掛一漏百，倘非比類而分，則次第不可得而考也，是故可以經則經，可以傳則傳，是編與二書同也。分節而比其類，就類而分其次，重復者有删，殘斷者無遺，錯亂者就緒，則是編也，竊取焉而不敢辭其僭妄之罪也。編始於壬辰，訖於丙申，凡五載，半屬司封司銓之暇，時或破冗爲之。急在成編，而不暇盡詳其歸趣。若曰倘其體裁便於覽觀，不至開卷而茫然，使初學之士可讀，好古之君子可考也，雖有未盡之編，猶可以俟後賢於異時，庶幾禮教藉以不墜，則是編之大指也。

〔朱彝尊經義考卷一百六十六。〕

石經大學跋

歲丁丑，余得是本於吉州張公，乃今翰吉安成鄒汝光氏所寄，竊疑好異者之爲也。録一通篋之，不復詳其旨歸矣。癸未夏秋間，讀易公暇，粗有會解，偶思大學、中庸二書，若與夫子大、小象相類，會有遺鄭端簡公古言者，中一段述石經及賈逵經緯之説，始取是本三四讀之，津津乎若有契也。獨以世傳元註〔一〕久，逵之言孰與元信，則從之覈之師門授受，厥有淵源，若更可考。按史，元受之馬融、摯恂，而傳之小戴聖；聖所傳出后蒼、孟卿、高堂生，而非秘府之藏也。逵父徽與其師杜子春，俱受業劉歆。當漢武帝時，周禮出巖屋間，歸秘府，至成帝朝，歆始表而出之。五家之儒，皆不可得見，故逵之傳，歆出也。其後逵官中秘，又著禮經傳義詁及論難百餘萬言，爲學者所宗。於時友人鄭衆與逵齊名，俱有解，而馬融推逵最精，逵故獨行於世，衆解不行，故逵之言可據也。今年夏，見翰吉於都門，因知此本出其先兄憲僉君，從石刻抄出，間以詢諸縉紳長者，或謂四明豐氏家有之。於是乎始信向者之傳有自也。自李唐後元註盛行，學者雖見此刻，略不復省，格物之解既爲聚訟，而大學亦若存若亡。嗚呼！自非吾聖祖有修身釋格致之言，與此本幸而復存於世，則是書雖爲學者傳誦，亦何所據而爲入德之門哉？經曰：「天之未喪斯文也。」意者其在兹乎？絲竹之聲，大一之精，其光燁燁，其音錚錚。敬識篇末，以諗諸同志君子。唐伯元跋。

〔咸豐二年（一八五二）南溪劉氏家塾重刊本劉元卿大學新編卷一。〕

朱鴻林按：

〔一〕「元註」，此謂鄭玄禮記註。是本爲清刻，清諱「玄」字爲「元」也。下「元」字同此故。

泰和志序

夫史之必傳於世也，猶經然。然天下之難爲可傳者，莫如史也。史之所以傳者，多得經之意，而以經生爲之，未必史也。蓋古者國家有史，而史皆世其家，後世雖無世家之史，猶以專職爲之。或曰：「誠專職矣，得人難，猶弗史也。」則有廢閒故老與夫山林文章之士，又各以其見自爲野史，以補國史漏遺。迨於易世而傳，則世家者十之五耳矣，專職者十之三耳矣，廢閒故老、山林文章之士十之一耳矣。故曰：「天下之難爲傳者，莫如史也。」

志非史也，而近於史。今世爲之者，大率所謂廢閒故老、山林文章之士，而非有司之職也。間以屬有司，則必奇雋之夫，既博以雅，獨爲鉅公大人所憐惜，而又或處乎散秩，或隸乎僻所，居終身無以異於隱丈人者，偶可一起而應之，而非泰和之謂也。泰和者，天下之望縣也。邦稱都會，代産名人，難乎其爲志也。即有廢閒故老、山林文章之士，猶逡巡卻退，若不敢聞，況令耶？況令如元者耶？夫令，經生也，烏足語志？萬曆戊寅夏，今少司馬劉公巡撫江西，將有事於省志，徵所屬類輸之，獨泰和志缺，令無以應，則謀之縉紳先生。咸曰：「吾邑弘治間有志，顧其時已不傳，今且行之四方，詎可率然辨也？」一日，太守曾先生雲、尚書郎張先生峰、廷評王先生渤，集諸縉紳士數十人造令，以其事請。令茫然謝不敏，再拜去。而大中丞曾公于拱、按察使胡先生直、參政王先生鳴臣、符卿陳公昌積，日發書申督益懇。且曰：「舊志秘在民間，或能索而有之，其近者則願出所睹記以從，蓋舊者可核而新者可補也，君侯其毋讓。」雖然，令經生也，烏足語志！

必不可已，乃選邑中之諸生，授以凡例，令先次其梗概，公餘少暇，執管其間，發故室之笥藏，摭老儒之口默，雜採風謡而訂之以賢大夫士。絶籍眇言，時聞間出，若或相之，其最可據者，淳熙志抄本、李司訓私志、與羅司成批評司訓之志也。越八月書成，分爲十卷，總十二萬言。於是乎讀之，心愧焉。雖然，令豈散秩而僻處者哉？令豈奇儁而博雅者哉？若曰藉是以復鄉先生之請，且以應上人之需云爾。

乃邑諸生又曰：「兹志也，其例與諸志稍别，何也？」則又申之曰：「夫志也者，三才之道具焉。列地之理，應天之文，圖先矣。上下二千餘年，陵谷幾遷，矧於人事，事要矣。圖以志輿地也，圖不足則表之書之。表者圖之餘，而書則圖中之事也。事以著人物也，事不足則表之傳之。傳者事之餘，而表則事中之圖也。二義兼須，志焉以備。若乃考其文，詳其實，徵其可戒，張其可慕，隨例著解，往往忘其僭踰，則惟據經生所習之舊聞，無論近史與否，即不暇計其有當於志何如矣。嗚呼！觀斯志者，誠知其經生出也，其志不志也，史不史也，則非今之所敢知也。萬曆己卯歲，秋孟之吉日，澄海唐伯元撰。

〔光緒四、五年間（一八七八—一八七九）刊泰和縣志卷二十二頁五下藝文官書。又見同治九年（一八七〇）宋瑛序稿本泰和縣志卷四十四後序。〕

二程先生類語序

道術之失其統也，學者争持所見，不能相下，獨其嗜尚殊哉？其稟賦，其誦習，各就其所近所〔一〕之，世無大聖爲之折衷，不可强而一，亦勢也。程純公、正公二先生，各負獨智，以任斯道，據其生平行己，判爲二人，其於論學，宜迥然不相入者，乃家庭之間，互相師友，互相推重，若金石之相宣而鳳麟之並瑞於一時也。夫然後知其道之同，而信其學之至也。

二先生舊有語録，大都寂寥數語，雜落不便觀記。往歲竊讀而喜之，嘗類抄成帙，時攜以隨，及守南曹，得見全書，則益增所未有。於是編其類爲二十四，而補二先生年譜、遺事於後，共爲八卷。以觀於友人姜可叔、范元易、王藩甫、譚子誠、郭哲卿，皆曰此編不傳，則二先生之道息，而洙泗之源，學者莫睹。遂相與捐貲刻之，而僭序其所以類編之意。

序曰：夫人有必爲聖人之志，而後可與共學，故志第一。志而弗學，猶弗志也，故學第二。古之學者，以詩書禮樂，子所雅言是也，故次詩書，次禮樂。易曰：「知至至之，知終終之。」言知行兼重也。又曰：「君子敬以直内，義以方外。」言敬義相須也。故次知行，次敬義。莫非學也，而心在其中矣。世儒稱學，必繫之心，孔門無是也。

書曰：「以義制事，以禮制心。」合而言之，學也，蓋亦敬義之意也，故次心，次事。學何爲？爲道而已矣。得之爲德，純之爲仁，一之爲理，成之爲性，妙之爲神，學其至矣。故次道，次德，次仁，次理，次性，次神。夫然，故可以教，可以治，及則賢，過則聖，合德則天地，故次教，次治，次聖賢，次天地。雖然，六經之道，與天地終始，魯論、思、孟，則其楷〔二〕梯。二先生所訓，紫陽朱子有未盡採，學者無由考其隨處發明之義，故次經解。經既治，然後史可通，故次史評。文字之用，不可廢也，而諸子百家，皆得吾道之一節，故次文字，次諸子，次百家。異端之與吾儒角立也，吾道之所隱也，故末附焉。附之者，惜之也，來之也，而二先生之性情心術，可概見矣。

然則二先生亦有優劣乎？曰：不敢知也。純惠而正夷，純顔而正孟；純乾道，正坤道也；純誠有功於道，而正則有功於純。夫使純之學傳至於今不謬，正之力也，而世儒往往左正而右純，是異之矣。二先生之道，未嘗異也，而必以爲異，此二先生之所謂異端也。

萬曆乙酉歲，四月之朔，澄海唐伯元書於龍江舟次。

〔萬曆十三年（一五八五）刊本唐伯元撰二程先生類語附二先生年譜書前。〕

朱鴻林按：

〔一〕「所」字疑誤。

〔二〕「楷」，疑爲「階」之誤。

重修白沙先生祠堂記

古之君子，擇其欲以自安而推其欲以安天下。夫欲之於人大矣，得則生，不得則不生，書曰「惟天生民有欲」是也，在物者也。乃其所欲有甚於生者，詩曰「人之秉彝，好是懿德」是也，在我者也。雖然，孰爲物？備於我矣。孰爲我？體夫物矣。故夫藏而神情朗懌，見而言儀師表，欲以我矣，實不離乎物。居而食色宴樂，出而禄位勳名，欲以物矣，不知我亦於是乎辨。辨之不早，辨也或僭焉，或溺焉，或私焉，於是乎己與人交厲，而天下之物始至於必不可有。若曰彼其僭也，逆也，私也，物之爲累也，一切絶焉，别求玄虚槁寂之鄉，以爲我不知，是亦欲而已矣。即向所謂物者，亦至於必不可無，即無之，要不能一日而安天下。故曰：「己欲立而立人，己欲達而達人」；「己所不欲，勿施於人」。擇己所當，而推人所同，古之君子如是而已矣。蓋昔者夫子之於富貴，嘗不處之矣，以非道也；嘗浮雲之矣，以非義也。如其道與義，夫子亦必安焉不辭，至於老者安之，少者懷之，朋友先施之，若是其亟也。是故無欲不足以爲聖人，惟其擇且推，而後聖人之異於人始見。夫既擇且推，雖謂之無欲可也。然而聖人不言，蓋其慎也。

至宋濂溪周子，始揭聖學之要，而近代白沙陳子，又從而表章之。自是無欲之説，多膾炙於儒者。獨泥言之士，時或病焉，謂其近於玄虚槁寂也。則非二子立言之意矣。間嘗竊論之，二子均學聖者也，一以無欲爲要，一以無欲爲至。至者學之成，要者學之始也。夫無欲，未易以始學言也。甚矣！周子之言高也。然聖莫如夫子矣，不以不欲立人，而已固欲立也；不以不欲達人，而已固欲達也。夫欲，雖至聖不諱也。甚矣！陳子之言，近周子也。

若乃尚論其人，則二子者，皆所謂神情朗懌，言儀師表，而又非必求於玄虚槁寂之鄉，以爲我而絶物。雖立言之高，而不足以病二子也。此二子之道，所以不詭聖人，必傳於世，而不廢也。陳子老於白沙，每以衡山之遊不果，爲衡山之憾。没且一紀，其門人湛文簡氏年九十餘，始遊衡山，爲書院祀陳子於其山之麓。未幾，文簡氏没，得並祀其中。又二十年，書院改爲祠，且圮，會其州刺史李君燾至，則重修之，增置祠租百石，而更定其位次。於是祠肇新，而師弟子儼然於一堂之上。蓋其規畫愈詳，而觀綦美矣。工既訖，州刺史則貽元書曰：「燾生也後，不及見陳子，幸與邦人修其祠事，庶幾夙心。乃往者茲祠以易扁得存，既而程工就飭，蓋黄司理齊賢、龔衛幕良相，後先署衡山爲之，非一人力也。先賢名嶽，並增而高，缺記不可。」嗟夫！衡山之遊，陳子之欲也。祠始於文簡氏，而重修於今日，幾廢復興，則夫人而同欲也。詩有之：「高山仰止，景行行止。」況元與刺史俱生陳子之鄉，而近其世者乎？通乎是欲之説，而後陳子之表章無欲，與聖人所以不言無欲者，可求而知。學者能由其言而得其所不言，則善學聖者也。

〔乾隆刻本南嶽志卷六藝文記。〕

重刊困知記序

「一陰一陽之謂道」，中而已矣。是道也，在天爲命，在人爲性。以其循環無端，謂之易。以其實有是理，謂之誠。以其渾然無私，謂之仁。以其至極而不可加，謂之太極。以其純粹以精，謂之至善。又以其理出乎天也，謂之天理。人有是心，心有是理，故曰「人心惟危，道心惟微」，「惟皇降衷，若有恒性」。人心之必有道心，恒性之即爲降衷，天生蒸民，不可易已。衷者，中也。道，中而已矣，故曰「允執其中」。是故，其要則在修身，其物則在典禮。故曰「敬修可願」，曰「慎厥身修」；而曰「慎徽」，曰「敦庸」，皆其物也。故曰：「人受天地之中以生，所謂命也。是以有動作威儀之則，以定命也。」

古先聖人，既皆以此遞相傳授，迨其既往，則載其教在詩、書，使凡生於中國之人，共聞共睹，相與共執此中。而聖人猶且惶惶乎懼其中之難執也，稽衆舍己，好問用中，若將墜失，而無稽之言，弗詢之謀，則切切以「勿聽」「勿庸」爲戒。嗚呼！是何聖人執中之難也！何聖人之心，凛乎不敢自聖也！雖然，此盡性之學也。盡性之學，聖人必有事焉，而終不敢以語乎人，筆於書，曰「吾以盡性也」。何也？微乎其言之也。其可言者，自有在也。

周衰學廢，孔、孟憂之。性命之旨，非中人以上則不道，而頻頻於詩、書、禮、樂之訓，猶恐未足以防好異者之趨也。於是乎示以養之之法，於是乎廣以推之之方，於是乎迪以爲之之序。其見於魯論所記，及曾、思、孟之書特詳。使知爲圓則必以規，爲方則必以矩，規矩設，而智愚、賢不肖莫之敢違焉。故曰「能與人規矩，不能使人巧」，又曰「大匠不爲拙工改廢繩墨」，若是乎其嚴之至也。然又恐不得其要也，則又揭之曰「自天子至庶人，壹是皆以修身爲本」，而曰「此謂知本」；曰「殀壽不貳，修身以俟之」，而曰「所以立命」。嗚呼！學而知本立命焉，約矣。

秦、漢以後，世教絶而大學乖，然而董、韓得以翼其緒，周、程得以續其微，則以其規矩之説具在，而其教易明也。程門高第，寖失其真。考亭氏出，始收拾遺書，表章程子，以接於孟氏。其所爲訓，如格物、戒慎諸解，雖未必一一盡合聖人，獨其心性之辯，則詭於經者甚少。至於從入規矩，尤必詳乎其言，使的的乎可循而據，則考亭氏之功於吾道偉矣。

世之儒者乃曰：心即性也，心即聖也，詩、書障也，聞見外也。嗚呼！果孰爲而傳之耶？果何稽之言而可聽耶？夫知本、立命，於學者則誠要矣，不傳者非一日矣。誠其規矩在也，其失未遠也，其要可求而知也。今也，必去而詩、書，屏而聞見，以求其所謂心。自奇而聖，古先聖人之所皇皇切切，若不能當者，今皆一語可了也，一蹴可爲也。其流不至於弄精神，滅性真，毀覆禮教，淪入夷狄禽獸而不已！幸而其說未果行耳。

夫心性不明，若爲稍迂，而其流乃禍道。規矩苟存，雖難語要，而其失終不遠。嗚呼！此整菴先生之困知記所以不可無於今日也。記凡五續，乃先生所手編，刻而傳者，吳、越、楚、廣之間皆有之。而今承郡伯姑蘇張公之命，刻付家藏，輒妄意又增一卷。蓋欲備先生言行之概，以示後人。若曰：讀其書不知其人，可乎？嗚呼！論先生之所至，吾以待後之君子也。合而觀之，規矩之遺意存焉，即程、朱復起，吾知其不能已於傳矣。

萬曆七年，己卯歲，夏六月之吉，後學澄海唐伯元撰。

〔臺北「國家」圖書館藏萬曆七年（一五七九）澄海唐氏刊唐伯元增輯九卷本困知記書前。〕

朱鴻林按：

此處分段與標點，參考一九九〇年中華書局刊點校本困知記附録同文。文中「慎徽」二字，在點校本該文第五行作「慎微」，實誤，唐伯元蓋引書舜典「慎徽五典」爲言。「人受天地之中以生，所謂命也。是以有動作威儀之則，以定命也」句，點校本引號只標首句，亦誤，蓋所引皆左傳成公十三年二月傳劉子之所言。

匡廬稿小引

往年屢過廬山，東望白鹿，西望天池，恨不得一登臨之爲快。今讀仁甫詩，仿佛如畫，何啻置身其間也。校士之暇，欣然賞心，聊識於此。澄海唐伯元。

〔萬曆刻本趙世顯芝園稿卷首。〕

吴氏節孝序

嘗思孝順廉節，乾坤正氣，關世風不小。四者相提而論，全節與孝難，節孝兩全爲尤難。得之於士林且難，得之於閨閫，尤難之難。故斷臂之節，乳姑之孝，隻千古而無匹。予涖政兹土，知史宅有啟明妻吴氏者，方茂齡而藁砧遽殞，夫復何恃，氏乃洗鉛華，棄膏沐，甘守孤幃，恥事二姓，從紅顔至白首，無少玷焉。且也奉姑志，撫姑遺，孝養承歡，無異膝下，自養生至送死無少衰，此其節金石不足比堅，此其孝烏羔難與擬摯。節得孝而益彰，孝得節而愈揚，節孝兩全，於家國有光，匪直表一鄉，且以風天下，匪直揚一時，且以模後世。朝廷方欲舉是以磨礪寰區，天遠聽高，猥敢不上聞乎哉？褒嘉之來，計日可俟。愧予宦更南北，未及表式宅閭，業已聞之當道，兹緣史生徵言於予，姑揄揚其百一云。

〔同治十年（一八七一）重修萬年縣志卷九頁十一上藝文序。〕

龍池廟碑記

余官萬年之明年，乙亥，夏大旱。禱於龍潭者二：一在史家橋，一在荷源村之貴溪界上。界居縣百餘里而遠，止於遣吏行事。史家橋附郭外三四里許，余偕僚屬吏民步至焉。潭深不可底，溪流迴合，上有地百丈，潔幽且勝，凡有祝禱，必驗，吾將閣之。越數日，雨，各爲壇謝，而里人史氏獨記憶余言也。

先是，萬斛峰有道宇，亦史氏所捐建，堪輿家言非利。及是，移來其所，益恢大之，瓦石題柱諸堪用之物仍焉。其秋閣成，是爲龍淵閣。余嘗聚都民讀法其中，史氏父老請曰：「兹閣初成，祈者輒應如響，閣後餘基，民等仍擬一構，以休來人。雖然，君侯命也。完日乞記可乎？」余姑諾之。未幾調泰和。歲時邑人有至者，具述茲閣美觀，及諸靈異狀。嘗考龍淵，水出鶴嶺、萬春峰二源，走柴源，瀉九芝，而滙乎是淵，經流於貴、餘、安、萬四邑出境。秋冬水涸，不可以舟，獨此淵窈然而深，時有龍隱見其下，豈不昭昭靈矣哉？顧天地間稱神物者莫如龍，或在淵，或在田，能爲雲，能爲雨，惟人有德，則亦象之，非如世俗所譚靈異者也。余來牧日淺，澤物之懷，竟虚負焉，蓋深有愧於龍，追思當年辱神賜澍，故至今猶不能忘情於茲閣也。天生神物，終惠一方，來遊來瞻者，可不敬與？遂書以復史氏，以寄余戀戀之思焉。

〔同治十年（一八七一）重修萬年縣志卷九頁二十二上藝文記。〕

漢仙巖記略

漢仙巖在虔州東南盡處，一曰秦(玉)〔王〕巖，去羊角水鎮二里而近。鎮有八景，其一曰漢仙奇洞，即此巖也。往余官江南，數數舟經其下，望之崇巖疊巘，凌霄競聳，如列戟然。意其上必有幽絶諸勝，人不及知者，冀得便道之暇，一登訪焉，以快尋幽之興，而未能也。萬曆乙酉春，謫官東海，其秋八月赴謫所，復出其地，而鎮將軍義烏樓君大有，與鎮諸生周一貫、周一新，後先辱造余。相見禮畢，樓君致請書，拜質遊巖。余辭謝，樓君則盛稱巖中之勝。余曰：「如公言，願摳衣以待，若盛筵，敢固辭。」樓君曰：「日晡矣，未可巖行，業已治具，敢獻從者。詰朝月吉，一酌一蔬，請先生爲竟日之遊。」會二生亦以爲請，余謹諾。

翌辰微雨，樓君以肩輿來，戒僧道人伺於山下。至則樓君與二生候余洞口，口東南向，窈然而深，僅容一人。魚貫以入，可數十步，微光燭逕，逕稍折北上，則豁然而開，與人世隔矣。逕之左，有會仙橋，又左爲鐘鼓樓。其右則高低怪石，可牀可榻，五六處。大而俯者爲石室，室可宴飲投壺其下。室之左，有門當逕，是爲天門，額曰「定中」，不知其自。天門之内，結屋數間，僧道人居之。而瞰屋之右，有石如其屋者二，是爲蟾蜍石，一雄一雌，一高一下。其中鳥道，蓊鬱岧嶢，疑其猴猿窟宅也，顧而怯焉。

宿於講堂。講堂者，樓君首之，僧明圓偕其徒真甯募而竣其事也。上有重路，左右有息所，其中爲講堂。顧謂樓君曰：「昔文翁教化蜀中子弟，故有講堂名，後之爲講堂者，多二氏矣。公意何居？」樓君曰：「其文翁乎！」二生曰：「然。」堂廣深各五丈，庭前稱是，左右石壁，望之千仞，不可升也。講堂之上有巨石，或曰天河石，其説如嚴君平故事。或曰擎臺石，以其上月鏡臺也。月鏡臺亦石也，而當擎臺之上，故名月鏡。月鏡之上爲天開閣，天開閣者，藏書閣也。上而經傳子史，下而（元）〔玄〕門釋氏之書，凡來遊者有遺，則受而藏其處。先是，鎮人方爲閣以收月鏡臺之勝，而其後有巨石，不可閣，擬閣石上，會午餉工人，其石自移上者六尺許，故名「天開」。時雨稍霽，樓君與二生命酌。就坐，酒數行。近〔五〕〔午〕，雲浮日光，上有特聳孤峰，團影臺上，草木離披，不可名識，因思月夕其景可知。要閣之大觀，月鏡臺具矣。有頃，酒半，僧人饋茶。問曰：「更有加於此乎？」曰：「未也。直北而上，遵天開石，登紫極殿，穿一綫天，再上再下，有小逕數百步，乃達秦王讀書臺。折而西，爲石龍洞，爲煉丹臺，然後沿西巖趨孔道，登乎天臺，會乎講堂，蓋里餘矣。」

余顧樓君且罷酒，止之閣下，而以二生從。二生屬童子挈酒榼後，而樓君則命僧人前驅，又健步二左右翼，遂盡至，如僧人所指者。紫極殿乃巖高處，正北祠〔元〕〔玄〕武神，其中殿之後爲一綫天，不可梯，欹側攀援，乃得度。既度少休，窺其險處，可易也。已而至秦王讀書臺，又雨。二生置榼石上，具石坐，引觴觴余。余問：「秦王何許人？」二生曰：「不知也。聞之故老相傳，爲仙人下棋處。六年前，棋牀石尚存，不知日月失去。」余曰：「嘻，有是哉！」酒再進，雨不休，冒雨過石龍，龍僅半折，隱隱鱗角可辨。煉丹臺在高峰頂上，望而趨，乃雨甚，無可憩者，張蓋而馳，漸於孔道下。上西巖，衣履盡溼，有敞處二，可亭，大都峻壁繁卉，可娱可愕。顧東巖，而曠闊半之。又疾行數十步，而天臺峙其左。天臺者，中天臺也。灣環可百級，翼而登焉。

既稍疲，與二生席地坐。乃童子以雞湯進，復引觴。且觴且望，雲樹微茫，煙村數點，秋氣蕭森，若有慨然者。二生忽問余鄉海公中丞今何官。曰：「官留曹吏侍。」曰：「胡而不内徙也。」余無以對。又問吉水鄒給諫、曾侍御何官。曰：「給諫左遷留都，今復召入矣。待御前謫判海州，元今代之，其量移亦已久。」二生曰：「先生出處得無同乎？」余又無以對。呼童子滿觴，後二生趨下臺，迴復而轉，乃在鳥道中，向所顧而怯者也。而樓君遲於講堂之外久矣。返於閣下，洗盞，又酌茶。饌畢，餕逮輿人。

余復顧僧人曰：「復有加於此乎？」曰：「巖外境已遍矣。洞門之巔，更有天臺，是曰外天臺，而會仙亭其上，一望則千峰掌上也，不可不至。」二生曰：「幸如僧言。」乃復出天門，返石逕，度會仙橋，升至臺上，而樓君從焉。臺比中臺更陡絶，而下有空洞，臺外可見者，如仙人、香屑、玉爐、玉女諸峰，恍惚殊態。遂相與入會仙亭列坐，僧人進齋饌點茶，乃徘徊者久之。則見雲開山出，江繞原平，鎮城如彈丸在右，其左則演武場。時官兵演武未散，射者、炮者、對而角者、騎而鬭者悉習。樓君指畫，亦賞心之一事。夕陽逾西山，瞑不可留，起揖樓君與二生言别，乃返於洞門。出洞口，且登輿，復相攜下十餘步，觀石罅泉，泉可尺許，渟小池中，不盈不涸，洞中居者取足於是。

嗟夫！奇矣。凡山峭峻者侈外，怪幻者豐内，不能以兼，而兹巖兩擅美，奇一。巖多西北向，惟此正南，夏凉冬煖，奇二。凡隙中生光，可容坐，或秉燭列炬而往，有觀率稱靈巖，而是巖往返東西與中外二天臺數里，别有一天，可樓可閣，奇三。仰而巔，俯而穴，傍曲而絶壑斜邱無不可至，至則如平履，不生怖慴，奇四。生於江、閩、廣三都之界，東南北路，邑治各百里，奇五。不當孔道，不爲貴倨翰墨所污，奇六。巖故韜光，不欲名落人耳，而來遊君子亦相珍而藏焉，奇七。二氏入中國千餘年，兹巖獨未有設土木像者，得全其天，以待今日，奇八。樓君將軍也，而二周生方治章句，介胄之士與青衿之子，何所藉余，奇九。余罪廢不可以辱斯巖，乃生平載籍所稽，足跡所到，未有當此者，忽不意而得之邂逅之間，奇十。於是樓君與二生再拜請曰：「願一言記之，以諗後來觀者。」

（同治十二年（一八七三）刊本魏瀛等修、鍾音鴻等纂贛州府志卷五。）

三賢祠碑記

潮之有祠，自韓公始。後之紛紛祠者亦公乎？何其易也！然必其人與功皆公而後祠乎？又何其難也！公之生也，當有唐三百年元氣，公之來也，以七月刺史，開百代文明。斯人也，世無尼父，不當在弟子列，其在潮，即尼父讓功焉。祠必如公，孰肯聞而興起也？故凡有一操之特，一樹之美，或揭穢林之清標，或高虐後之仁聞，往往生於情之所觸，義之所起，夫孰得而廢之！乃有喜名之徒，眇修而表巨，自侈以導諛，久之而僞者真，莫之考也。夫僞者真，以有聞也。僞而聞，則必有真而無聞者矣。是仁人之所惡也。故凡有功於境内，巨細必書，一以勸功，一以傳信。夫使人力於功而不敢僞，王者勵世之大典也。安可忽也。

郡之役，其大者無如城東橋，在國朝成、弘以前，惟郡守王公源功最著，故有祠在橋左。然其梁木梁也。歲大水，梁與俱流，而祠則如故。正德間，鄭公良佐、談公倫來守，相繼而石之，梁始永賴。乃傳者誤以其名歸王，則祠不祠之故也；郡丞車公份修郡志，至論王爲人喜夸張。若此類，毋以責之已詳乎！梁且百年，十三中斷，頃代狩蔡公夢説捐巨費補之，而王公有功繼至，又力去橋轂之征。一利涉川，一除暴政，其功一也，而蔡有祠，王缺焉。蔡之祠誠當，而王之缺亦鄭、談也。於是士民同聲上請悉祠之，王與蔡合，鄭、談與王合，工作不興而祀典始秩，人鬼幽明始無遺憾，事在丁酉秋八月之吉。夫三賢猶是而已矣。蓋郡治來自鳳凰山城，故名鳳城。當郡下流有巨洲，横於江上，自郡守侯公必登題其洲爲鳳凰洲，而築臺爲鳳凰臺，其後郡守郭公子章爲塔於江之左，而郡丞王公懋中纘成之，遂因之名鳳凰塔，詳具余所爲塔記。橋之功有形，而臺與塔之功無形，其功一也。塔之費亞於石梁，而郭、王之相後先也，與鄭、談爭烈，故祠成於王署郡之日，名二賢祠，而今易之爲三賢，禮所生也。談、鄭祠而王安，王祠而蔡安，王祠而侯、郭安，禮大成也。

然則三賢亦有優劣乎？非吾所能及也。夫人各其才，亦各有趣舍，三賢者，興起於韓公之後，皆才大夫，皆有澤於郡，而異者勿論也。然則今人之疑王也一二，何也？彼其先入者，俣而不他出也。糧田歸屯，糧山還官，皆以息爭也，焉知其爭愈多，而後來者又竊以巧宦也。事有一綫滔天，亦有同行異情，論人者安可不察也？余恐後之志史者，如車之於王也，僭爲記之。若曰私同年之好而急爲解嘲，不知余者也。

〔順治十八年（一六六一）刊吴穎纂修潮州府志卷十二古今文章文部下帙。〕

朱鴻林按：

此文見於雍正十二年（一七三四）張士璉修纂海陽縣志卷十二者，文字數處有誤。

瑞徵堂記

莫私於子，不輕與以孝名；莫私於弟，不輕與以弟名。甚矣哉！名不可苟也。子不能得於父，弟不能得於兄，況於人乎？又況無知而草木乎？説者謂叔世不古，造物忌名，審如是，則物我天人二本矣。詩不云乎：「人之秉彝，好是懿德。」懿德者，孝之謂也。夫孝，德之本也，故曰「天子孝則景星慶雲出，庶人孝則澤林茂、怪草秀。」蓋吾夫子稱閔子之孝，而曰「人不間其父母昆弟」，世所傳孟筭、王魚、劉芹、田荆之類，亦其徵不可誣已。彼固有欺世竊名者矣，而反笑於所親；亦有偶來瑞異者矣，而不免於慙德。何者？彼其據非有也，而非孝之謂也。吾之所謂孝者，懇怛於心顔，隆洽於閨閫，内之無違於其養，外之不匱於其施，故當其時族戚歡，遐邇慕，爲父者願以爲子，爲兄者願以爲弟，吉士願友，明主願賓，有生之類，孕秀呈奇，若有神物焉以相護之，我欲掩而人我張，人欲忌而天我揚，蓋此理亘乎宇宙，流乎古今，而不可易。何者？無二本也。以今觀於余郡潮陽周君之堂益信焉。正、嘉中，潮陽有桃谿先生者，以道德伏南海，世師慕之，其子爲今郡伯國雍氏，而玉泉君則其弟之子也。余未識玉泉，而十年前辱游於郡伯，間聞其生平孝行頗具。已得其所謂孝廉贈録者讀之，則閭巷之方謡，縉紳之歌詠，邑郡有司與部使者之褒嘉，由是以觀其内外始終，庶幾吾所謂孝者。若曰五梨冬實，三瓜連蒂，可致之物，並瑞於時，則皆常理之常，而不足爲異也。周君舊籍博士弟子，當貢京師，辭以就養。今天子詔徵孝廉儁士於海内，所司議以姓名聞，未果，而其時春秋漸高矣。邑大夫采部使者褒語，名其所居之堂曰「瑞徵堂」，欲以識孝思而風遠邇，屬余言記。余惟周君一韋布士耳，名動於方岳，而人無貶詞；瑞徵於草木，而天不愛道，此非亘乎宇宙，流乎古今，而吾所云一本者乎？彼以其沾沾者希名，而以其皎皎者責報，不笑則慚，迺反疑於物我天人之間，則何怪古今人不相及也。

周君有三子，一官光禄，一舉進士，一業成均，皆有賢聲，而諸侄子與桃谿先生之後稱碩秀者，又若干人。余疑其先必有淑潛懿逸之士，世不及知者。郡伯嘗爲余説其前代多隱德，至桃谿先生始著，蓋與余一本意合。近復貽書曰：「還我家堂記，以詔我後之人。」余不敢辭。會光禄君返自燕京，枉余留署，遂畀之歸，以爲周君壽。如有旨於一本之説者，在周君當益充其有，而凡有羨於周君者，皆可爲周君也。

萬曆癸未歲，夏仲之吉，賜進士第奉訓大夫，南京户部江西清吏司員外郎，同郡通家眷生唐伯元頓首拜撰。

〔隆慶五年（一五七一）辛未刻、光緒十一年（一八八五）乙酉翻刻圖谿玉泉公孝廉贈録。〕

萬年縣題名記

夫封建之於治，尚矣。兩漢則已郡縣，而循吏猶獨盛於時，何哉？史稱文、景之朝，居官者得長子孫，蓋家視之也。家視之，故熟計其利否以爲罷施，而兆民永賴，即謂郡縣中封建可也。此意既微，官如傳舍，良有司令傳未週，而左之者有人矣。其羈縛於法網，掣肘於事勢者，又何可數也。

萬年爲縣，已逾五紀，吏於是者，若柯潮陽、白臨桂、勞崇德、王黄岩、王全州諸君子，皆夙有賢聲，而勞其尤著者，非不裒然良有司也。顧皆未滿考去，惠民之具甚疏，而供吏之物猶厚，吾未見其裨於民也。今天子加惠元元，與二三執政斷斷久任責成令守，適以元承乏其地。既至三月，取諸所供吏，悉鳌去之，而一以近例賦民。當其時，非不知難乎吏也，私心固曰：今之邑，吾家也，贏者雖詘，而貧者可富，裁節自我，且以逸遺新居耳。

顧居未期，而古田陳君來代。時既詘而又甚貧，余所遺之者極難，而民所望之者極備，迺陳君則洞然以爲爲政當然，行之三載，供億省，闤闠安。及陳君行，今樂清侯君以少府代署，益修而振之，於是視余所畫，愈曲而詳，殆向所謂治家之意，而出乎余之所期者。自今以往，吏與民庶幾其兩利之矣，故特著於篇，以告後人。題名下，書里書任，出途缺焉。官之能否，名之垂淪，不係也。來者但能其官，則長存可矣。侯君廉潔剛果，貌古而能文。

〔同治十年（一八七一）重修萬年縣志卷九頁二十三上藝文記。〕

遊青峰記

環東海而山者以千數，而青峰爲之宗，其高處雞鳴可見日，是曰青峰頂，俗謂清風，誤也。萬曆乙酉秋，余以言事謫，至其郡，望而奇之，與郡守張君允紳言：「稍暇當一遊。」其冬十月四日且往。比航，海風急，海僅七里許，自辰至午，乃得渡。過南城，郡諸生江生慶鵬等與千夫長張君四箴，迎於道左，次其舍，相見禮畢。日晡至大村，夜宿於老君堂。堂祀老君，在青峰下十餘里。其右有破寺，寺前有塔，起梁、宋年間。寺之前爲鬱林觀，尼僧居之，有戒行。其傍澗水潺潺，多怪石，刻唐、宋名賢詩文其上。適大村新縣，北城諸生徐生珮、宋生徽、胡生來貢等及國子儒官十餘人來謁，乃以次早持觴造焉。酒數巡，摩其文，歌其詩，想見當時之盛，遊人之多，今不可復見也。因命解隸書者，悉抄録之。别諸生行，遂遵山麓而南且上，上下可七里，是爲朝陽庵。以上不可輿，舍而步。東上可六里，近頂足，可望日。有石屋，相傳道人修煉處。時隨行者遊僧道瑛，而館人則張君戒從者也。命人以酒進，酬酒向峰頭祝，再酬望東海祝，三酬然後酌之。道瑛問何爲，余笑不應。坐屋下，凡五酌起。北漸於頂上，是爲青峰絶頂。既至，而徐生亦至。頂有巨石，有小塔，壘小石爲之，其前可坐數人。徐生爲余指某高公島，某田横島，某鷹遊山，某桅尖山。望海而北，則登、萊、齊、魯之墟，其海則所謂海市蓬萊，若隱若見者也。時天風起，不可久憩，命酒與徐生各三酌而返。從西下釣魚溝，則國子生儒官數人，攜酒榼來，相與坐草，又各三酌。轉而南，遊朝陽庵，時逾午矣。館人列席，具酒進，而諸生及道瑛侍焉。酒半，鄉進士徐君承武馳七十里，來自北城，則又具酒，對而飲。徐君問曰：「山名青峰，何謂也？」余曰：「非也。海上秋冬之候，草凋木落，獨此山居翠微間，延袤數里，皆茂林修竹，四時長青；又頂上泉沃，處處皆濕，履草潤如春夏；頂多巨石，產萬年松，經霜愈秀，是謂青峰，頂爲青峰頂，蓋自古記之，俗名誤也。」曰：「然則何以言清風？」曰：「近代庵有僧名清風者，歿數傳而俗人神之，遂冒以其號。此俗人之惑，非必異端巧於竊名如此。」徐君喜，顧諸生起謝曰：「今日青峰始得正名，某生長茲鄉，敢忘先生之賜？」又命酒。近夜（分）〔乃〕罷。明日別徐君返，再宿老君堂，題其堂聯句：「倘遇東家傳禮好，莫逢關令著書多。」有大村、隔村諸父老，相繼以築堰告，許之。其晚諸生又具酒，而道瑛再侍。諸生問余家二尊人壽。余顧道瑛曰：「昨日乃我初度，峰頂之祝，爲家二尊人也。」道瑛具述云云，諸生則又引觴觴（餘）〔余〕，予爲諸生飲，各滿觴。明晨詣大村堰所，率諸父老告神開堰，諭以次第事宜。其在隔村者，令行如例。畢返，至南城。自青峰頂下至南城，所會諸生凡三十餘人，各課其文，爲之講解其義已，然後返。既返至郡，報張君，（其）〔具〕述如右。張君曰：「不可無記也。」會貢士顧生乾至，京書畀之，刻於朝陽庵左右。

〔崔應階撰、吴恒宣校訂雲臺山志卷四藝文（臺北文海出版社一九七五年刊中國名山勝蹟志叢刊第四輯第三十八册頁二四二）。〕

士習書

吾述民風而獨詳於士，責在士也。今之士亦古之士也，而習則殊，其孟子富歲凶歲之説乎？夫三代以後，凶歲日多，富歲日少，若西昌之士，大率如向所論，則今之士而猶古之習也，宜吾之詳乎其論之也。然吾猶獨惆悵於士之生於今者，其習雖猶近古，而或以淪落，不聞於後，特爲之補隱逸遺傳若干言，則誠悲之也。雖然，吾之計過也。邑士之可悲也，不獨今日然也。稽元泰定間，邑有蕭漢中者，嘗著讀易考原，新安朱氏升，至嘆爲古今絶學，獨采其書傳於世。乃今邑郡志及邑中故族遺書，其姓氏至不可考，則士之以失遇而不傳者，今昔共之也。

夫士能爲可習，而不能使其習者之必傳也，而我若有不平於其心，是將使此邦之士習不古也。嗟夫！士也而可不慎其所習哉！經曰「習與性成」，又曰「性相近也，習相遠也」。夫性者，命也；習者，所以立命。士而無以安身立命，得志則快然見於顔面，不得志則戚戚若不可生，如士何？其原生於習之者非也。昔者孔子之自名，曰「不怨天，不尤人」；其稱顔子，曰「不遷怒，不改其樂」；其語仲弓，曰「在邦無怨，在家無怨」。孟子亦曰：「君子有三樂，而王天下不與存焉。」此所謂安身立命者也。凡皆習之爲也。故曰：「學而時習之，不亦説乎？」朋來而樂，不知而不愠，彼其所習者素定也。

抑吾聞之：「人受天地之中以生，所謂命也，是以有動作威儀之則，以定命也。」中之難執也，堯、舜、禹憂之，至於孔子之時，則曰「民鮮能久矣」。雖然，五典五禮，三百三千，夫非自天命中來也耶？夫禮，中之則也。性之之謂聖人，動容周旋中禮，不勉而中者也。修之之謂君子，尊德性而道問學，敦厚以崇禮，習而後中者也。故習也者，習以求至乎聖人者也，習以求至乎中者也。何也？中難言也。求中而不慎其所習，不爲卑卑之行，則爲窈窈之談，胥失之者也。是故習不可不慎者也。

吾之所謂習者，其養之也有道，其推之也有方，其爲之也有序，歸在約之以禮而已矣。道也者，不可須臾離也；禮也者，不可須臾去也。孔子生衰亂，而獨慕夏、商、周之禮，雖以杞、宋之無徵，猶能學而能言之。方幼時，好陳俎豆，長而問禮於老聃，仕而問禮於太廟。或問禘之説，輒退讓不敢有知。見武王、周公所爲郊社宗廟之禮，則嘆曰：「治國其如視諸掌乎！」吁！何其尊之至也。他日論仁曰「復禮」，論學曰「約禮」，至於雅言，則惟「詩、書執禮」。詩、書所載，孰非禮也？執之云者，可貴可賤，可殺可生，而禮不可踰之謂也。彼門弟子之所習，可知已。故曰「以禮制心」，又曰「制禮以治躬」，又曰「爲國以禮」。君子之於禮也，終其身而已矣。是故「居處恭，執事敬，與人忠，雖蠻貊之邦行矣」。「齊明盛服，非禮不動」，則天地神明亦望而敬畏之矣。

禮之爲言中也。中也者，和也。致中和，而天地位，萬物育矣。若夫質勝則野，文勝則史，一失焉則爲夷狄，再失焉則爲禽獸，如士何？故習也者，習其所以爲士也。得志與民由之，不得志修身見於世，士之謂也，其所習者然也。是故可貴可賤，可殺可生，獨立而不懼，不見是而無悶，故曰「夭壽不貳，修身以俟之，所以立命也」，則安生立命之準也。

嗚呼！吾觀民風於西昌，又未嘗不嘆魯之多賢也。及讀諸賢遺書而尚論其世，又未嘗不嘆周禮之在魯也。今天下談新學者，方奇莊周糟粕之説，其流必至喜述謝顯道木屑之喻。前輩往矣，後生輕佻，且曰前之人無聞知，其防一潰，而士習亦隨之，漸可睹已。吾愧無補於西昌，而不能不爲西昌懼也，故特書以告來者之多賢，迂我韙我，則在此書。

〔光緒四、五年間（一八七八—一八七九）刊泰和縣志卷二頁二十一上輿地風俗。〕

祭國子君周慎齋先生文（二）

嗚呼！國子君潮陽人也，元與潮陽周國雍友善，故辱交於邑之人士爲多。當其時，但知意氣之高，不知感慨亦系之也。去年今月，王君日虞以計偕見過，卒於兹土。

主吏紛遝，不能盡禮於王君，幸有友陳彦莊爲之治其喪事，乃授僕子扶櫬以歸。嗚呼！我傷王君無已也，寧知君又使我傷乎？君與王君，實同邑里；陳彦莊，君之女婿；周國雍，則昆季同祖也。撫今懷舊，能無感悲夫？君年六十六，高矣。其家貲有餘給，二子一婿、内外孫八九人，各峥嶸而起，爲君者，可以自老而無求於世。兹行也，固將有事於王都也。然君豈肯爲升斗而來乎？吾不能知君也。聞君前途，又能爲家僮屢説王日虞君故事。比逾梅嶺得疾，自度不起，則又語家僮曰：「人生逆旅，我旅還生，夫復何恨？」輒買舟至泰和，願從王君。嗚呼！豈謂果如君言乎？豈謂君之智能料於今，而顧昧於早乎？惟不可逃者數，不可問者天。匣琴佩劍，知君此心，特告牲酒，魂歸故林。尚饗。

〔一九九五年潮州泗水周氏宗乘編修委員會鉛印本泗水周氏宗乘之周光鎬周氏宗乘卷十。〕

朱鴻林按：

〔一〕原文題下署「萬曆五年秋九月郡人泰和令唐伯元撰」。

告遷寺基諸塚文

維萬曆二十一年，歲次癸巳，十有一日〔一〕，闔郡鄉官舉貢生員人等，謹以清酌庶鰦，告於湖山近寺諸塚之神曰：嗚呼！人鬼殊途，幽明一理，廢興循復，實數之常。惟兹湖山，爲郡城右掖，東與韓山相望，其巨石凌霄競聳，有雁塔題名及公卿題咏在焉。鍾靈毓秀，駿起文明，維嶽降神，厥功懋著。奈何邇歲兵荒，丘墟荆棘，誰姓誰氏，有塚纍纍，俑〔二〕者不可究，來者不可止，頓令陰氛日長，郭外偏枯，谷鮮足音，湖生妖怪，白日食人，牽連接踵，如鄉縉紳活人洞石所記，及酹湖神文所述，乃聖世所不宜有，尤守土所不忍聞。

物極而反，數窮而通，此壽安所由寺也。寺係前代浄慧故址，亦間爲塚所侵，版築以内，勢必遷改，觸目酸心，豈堪悲悼。惟是死者不可復生，生者豈可復死，既不忍於其死，焉能忍於其生。況死者有限，生者無窮，忍既往之死在一時，全方來之生在百代，冥冥之中，必有深諒之者。近蒙府縣官長捐費助貲，闔郡縉紳士庶歡欣協贊，亦各相助有差，雖其歸利於生人，亦願澤及於枯骨。但其中無主者十之七，有主而力不足者十之三，而惜費反興訕言者十之一，種種人情，相應體念。僉議火葬之塚給錢二百，棺葬而尚完倍之，棺朽而宜易棺者又倍之。有主者自領爲之，無主者從公諏吉禮遣之，各歸於百丈埔義塚之原。自殿屋牆基外，各寧舊墟，再無更改，惟其主願改者聽。嗚呼！城郭伊邇，墓冢所忌，桑田滄海，人世幾更，爾輩已返魂太虚，形亦何有，我等雖奪於大義，情則無窮。嗚呼哀哉！尚饗。

〔順治十八年（一六六一）刊吴穎纂修潮州府志卷十二下帙頁八十一上。〕

〔一〕原文如此，上無月份，或「日」爲「月」之誤。

〔二〕「徧」，疑當作「往」。

朱鴻林按：

工部員外郎劉公魁傳

員外郎劉公魁，字焕吾，泰和人，由舉人，嘉靖間判寶慶五年，守鈞州七年，貳潮州六年，而率以獎植風節，闢邪衛道爲急，所至各有生祠，民久益思之。陞工部員外郎，上安攘十事，皆嘉納。有詔徙雷壇禁中，公上疏，自分獲譴，先授家奴囊金三兩，治後事然，蕭然布袍，一家奴隨邸中爾。疏入，震怒，杖之廷，入獄。創甚，有百户戴經者藥之，得不死。日與楊侍御爵、周給舍怡淬礪，以不能積誠意感悟自責，諸校爲之感動。其年八月，神降於箕，乞宥三臣，得旨釋放爲民。未踰旬，復遣逮；逮者至，公猶在道，先繫弟元北行；公至螺川得聞，即買舟馳赴，或勸潛歸，不可，賦詩以寄家人，有「孤臣此日勞明主，萬里何心保此生」之句。抵京，復上疏願獻愚衷以死報國事，其言切指執政，奉旨仍舊監著。明年，祈雪不應，獄禁加嚴，不得食，有校尉楊棟者食之，得不死。明年，宫禁火，赦還家。公自幼禀父訓，躬操古行，既學於陽明先生，堅志反觀，動有依據。羅念庵題其墓曰：「公自放歸，蕭然一布袍，共倚宗盟，用嚴觀省。」又曰：「公大節炳炳，如柱障川，而小物隱衷，具可撰述，雖用不究，韜晦逾密，而流風海宇，有功於師門也。」唐伯元曰：「仗忠仗節之士，世未嘗無，而往往徒激於一時者，或非其質也。乃若近代，則又有謇諤於朝著，而顧營苟於閭巷者，其人益不可知矣。方晴川先生貳吾潮時，未聞有所建白也，然而潮人則已知慕先生；余兹來其鄉，而先生墓且宿草矣，聞之鄉人，一口頌先生不置。嗚呼！孰謂先生近代人哉！孰謂先生而非其質哉！」

〔萬曆刻本焦竑纂國朝獻徵録卷五十一頁一百八。〕

中允（尹）昌隆傳

尹昌隆，字彦璟，灌塘里人也。博學，昌於文辭。洪武中，由選貢舉應天丙子鄉試第一，明年會試第二，廷試賜進士及第第二。上覆試之，嘉賞，授翰林編脩，改監察御史。革除中，大臣相訐奏者，命各道會鞫，同官皆畏縮退，昌隆獨不避，痛繩之。巡按閩中，劾貪吏，理冤獄，風紀肅然。還朝，上疏四事，曰節民力、謹嗜慾、勤政治、務正學。既而京師地震，又上疏言陰盛陽微，奸臣專政所致。廷臣憾之，黜知福寧縣。坐中使誣呪詛，下獄。既得白，還。

成祖皇帝入正大統，召昌隆至京師，改北平按察知事。時皇儲未立，武臣有言漢王有扈從功者。上猶豫，驛昌隆至，叩首曰：「長嫡承統，萬世常經。」由是仁宗得爲皇太子。進昌隆左春坊中允，竟因漢王讒，黜爲禮部主事。初，尚書吕震且入相，昌隆阻之。及是，谷王謀逆事覺，震陰令女習昌隆字，雜獄詞中，誣昌隆與謀，坐棄市，籍其家。後震夢昌隆數震罪，旋病死，震子亦死。仁宗皇帝聞之曰：「是曾殺朕師者。」訪昌隆子，得顥，命邑人大學士楊士奇字之，賜御馬遣歸，於是冤狀得暴云。

或曰：昌隆在革除時，曾議國事，深知天命，乃當時不能從，遂使虞夏揖讓之風不可復見，當事者悮國之罪，千古傷之。昌隆既死，成祖始發其疏讀之，悔枉昌隆。然昌隆爲御史時，已以直道取忌於廷臣，故卒死吕震之誣。莫爲辨者，亦其剛直使之然也。若成祖者，可謂知昌隆矣。

嗟夫，高皇帝以草創定天下，而竟能垂億萬載不拔之洪基，此誰力哉？成祖既白昌隆之冤，其於周是修則嘉其忠不問，一得楊文貞公，即同魚水之懽，而遺之以相其奕世，可不謂曠代英主耶？君子曰：西昌有三仁焉，楊、周、尹是也。

澄海唐伯元撰

〔北京圖書館分館藏明萬曆刻本尹昌隆尹訥菴先生遺稿卷首。〕

中書賓印饒公傳〔一〕

中書舍人饒君與齡者，余郡大埔人，前憲副三溪先生長子也。憲副名相，嘉靖間仕爲南昌太守，擢憲副，兵備饒、南、九三郡，名滿大江之西。一日，以家難抗疏乞歸，上可其請。時年方强，而望又蔚起，既抵家難解，薦者日至，而憲副堅不出。以八十壽終，及見中舍舉進士第，終養於家，諸孫補庠序者若干人。憲副林居日久，無所事事，頗事治生，而尤急於饗先睦族。置祭田，自父祖以上各有差，已又置義田、學田，以贍族人士，費千金。潮俗祭田家有之，義田、學田具且多，則自憲副始。屬之族長二人，主其出納之數，略具憲副家規中，稱善也。顧法久弊生，任事之人，共緣爲利，憲副欲更之，未果而没。於是中舍始選諸生中行誼者數人，更掌其事，而盡易以饒田之免於凶歲者，刻爲義舉録一册，與族人守之，而法至是大備。君子曰：「丕顯哉！憲副之爲德。善繼哉！中舍之爲孝也。」世之號素封而族戚爲路人者，何限也。嗚呼！族戚者，其初一人之身也，族戚苟足，孰與不足？一家飽煖，千家爲仇，謂天道遠於人情，可乎？百丁之族，有力之家，往往而是，顧爲子孫計，則不遺餘力，視族戚則不忍一毛，毋乃知有子孫，不知有父祖耶？豈有忘其父祖，而可以保其子孫耶？夫亦不思而已矣。隨吾之有，仁吾之族，由親而及疏，風聞而嚮應。程子曰：「人各親其親，然後不獨親其親。」吾所謂三代而後之井田，在士而不在民，在下而不在上，莫之禁而自不爲者，此也。余郡惟翁襄敏公勤一生創義田千石，而規制缺焉，至今族人未得蒙分毫之賜，然後見中舍家父子述作之難也。中舍舉己丑進士，既終養，葬祭憲副如禮。乙未强起謁銓，司銓者雅諗中舍賢，言於太宰孫公曰：「是東廣人，其賢固耳熟。」即補官。中舍雖生長富貴，綽約若貧生，布衣疏食，所居獨坐一室，書史自娱，絶無聲色玩好戲逐之事。有司里戚罕見顔面，一切世味漠如也。其來京，攜一子一姪自隨，拜官二月，以病卒於館邸，時乙未六月七日也。同鄉同官同榜都下者，聞其賢，來哭盡哀。棺殮之費，出所自攜；遺命子姪自公奠外，一無所受。人以是益嘆中舍之賢也。余觀中舍讀書山中，所著新磯題詠與松林漫談二卷，興致悠然，有若將終焉之意；一出而捷高第，再出而拜美官，若意外然。憲副君有逋券若干，中舍悉焚之，事秘不傳。及在棘闈，主司者得其卷，大怪若有神物護之者，倘所謂冥報非耶？假而竟中舍之志，不可量矣。詩有之：「世之不顯，厥猶翼翼。」又曰：「無遏爾躬，宣昭義聞。」中舍猶翼翼以世其不顯，而余急於宣昭義聞，特詳其事，以告吾黨，毋乃非中舍意歟？嗚呼！不顯之德，天且顯之，仁人孝子，天且祐之，余不欲負中舍，敢負天乎？又豈敢負吾黨乎？余於中舍，其容已於傳乎？

（乾隆四十八年（一七八三）饒桐陰修，光緒三十二年（一九〇六）丙午重刊大埔茶陽饒氏族譜文獻傳。）

朱鴻林按：

〔一〕原文題下署作者爲「農部郎中唐伯元，郡人」。

〔附〕龍津原集序

先生總角即以經生魁兩榜，至京師，諸名公争傾下之，或以爲史遷復生，或曰莊、馬儔也。比成進士，官翰林，爲相國所羅致，憒憒不樂。先生時方壯，遂乞歸，且曰：「吾業未也。」築室於龍津之原，杜門謝客。始肆力於南豐氏，累有歲月，怡乎其契，浩乎其來，每屬筆輒千百言，讀者但服其中之富有，而彼其意與法常存焉者，人未之或知，先生亦終不以語人也。王廷相與東坡書云：「陳子之文，每見羅念庵，輒爲余道之，然慕而未睹也。承示，快讀數行，即神思飛動，如得九真洞籙，非塵世兒女之語，豈不快哉暢乎！讀竟則心魄融融然，豁豁然，如登萬仞之臺，襲雲霞而睎扶桑之旭也。下而與人語其景彩，至不能一一盡，尚能有次第乎哉？既而籌之，體裁高古，思致涌拔，詞藻賁飾，意象圓融，蓋自漢魏以來，絶無而僅見者也。豈不奇乎？其亦思乎今之文者與？近時海内作者，有唐子、羅子、趙子、王子，江右則有尹子、曾子、胡子，此子迥在三子之上，可服也。」〔一〕

〔萬曆刻本王兆雲皇明詞林人物考卷五陳子虚（昌積）傳。〕

朱鴻林按：

〔一〕此文見皇明詞林人物考卷五陳子虚傳，其前有「公名昌積，字子虚，泰和人也。刻有龍津原集，澄海唐伯元序，略曰」二十五字，其後更無文字。考臺北「國家」圖書館藏嘉靖間毛汝麒校刊本陳昌積龍津原集，只有崔鳳徵嘉靖戊子六月廿日跋及陳夢凰無年月跋，並無唐伯元序。或此集萬曆間有重刊而唐伯元爲之序，若然，則重刊本未之見，無從校對，且皇明詞林人物考所載唐氏序文亦出節略，後半王廷相與東坡（據陳夢凰跋，當作「東塘」，即毛伯温）書云云，或爲傳者另引之文，未必唐氏之言，此文所以惟作附録。

附録二　唐伯元傳記補遺

明神宗實録萬曆十三年三月己卯條

謫南京户部署郎中事唐伯元三級調外。伯元上疏醜詆新建伯不宜從祀，且謂六經無心學之説，孔門無心學之教，守仁言良知，邪説誣民。又進石經大學，云得之安福舉人鄒德溥，已爲製序。南兵科給事中鍾汝淳特疏糾之，後降海州判官。

〔明神宗實録卷一百五十九。〕

明神宗實録萬曆十九年五月辛卯條

户科給事中王遵訓言：賢才世道所關，方今加意旁搜，沈一貫、劉東星、耿定力等，皆係逸品，似當登崇。至大小郎署，郡國子大夫之屬，有闇然自修，如唐伯元、李開藻、湯顯祖諸臣，而未見破調獲用；唐鶴徵素有浮名，而兩掛彈章，大張穢跡，始知衆譽者藏汙，群毀者負俗。而況孟一脈之不阿，至令躑躅乎世途；鄭國仕實庇余懋學，彈者何竟投之偃蹇也？言官不可不詳辨也。……

（明神宗實録卷二百三十六。）

明神宗實録萬曆十九年六月癸卯條

以翰林院編修李廷機、刑科右給事中梅國樓主考浙江；翰林院修撰朱國祚、户科右給事中葉初春主考江西；兵科左給事中張應登、禮部儀制主事唐伯元主考湖廣。

（明神宗實録卷二百三十七。按，談遷國榷卷七十五，此條繫於萬曆十九年八月。）

明神宗實録萬曆十九年十月乙卯條

以禮部儀制司主事唐伯元改補尚寶司司丞。

（明神宗實録卷二百四十一。）

明神宗實録萬曆二十四年七月己巳條

吏部文選司郎中唐伯元奏：銓曹之職，昔稱要津，今爲畏府，臣日與堂官計議，如何一清銓法，如何一洗積垢，凡利在百代、害在一時者必行，不敢少貶以殉浮議；凡利在部内、害在部外者必革，不敢姑息以市恩私。每遇内外員缺，臣度量注擬，具呈堂官，請自上裁。間有奉旨點陪者，知上意獨斷也；有奉旨另推者，知上意慎重也。乃數月以來，則有一概留中不答者矣。臺省、郎署、方面赴部候補者，動至經年，多至盈庭；内外官俸，大半踰期，不得遷轉；各邊道事情緊急，無可代庖。賢愚同滯，朝野咨嗟，莫知其解。此誠臣擬議不當聖心，以致封章不蒙批答，乞賜罷斥。上不報，特允其去。蓋伯元以秩滿宜陞太僕寺少卿，獨以請下留中一疏失上意，竟罷。

〔明神宗實録卷二百九十九。〕

明神宗實録萬曆二十六年四月癸亥條

召吏部右侍郎裴應章詣文華門，接出聖諭：「吏部司官，近來營幹濫入，作弊多端，源既不清，流豈能潔？以致選舉非人，病國殃民，傷和招災，實繇此輩。著本堂上官，會同都察院，將在任在家人數，甄别去留及應陞應調的，都寫來看。該司員缺，令各部院掌印官，擇舉中外堪任的數員，送部類奏，以待點用，永著爲令。」於是部院分别列名以上。有旨：「南企仲、王永光、馬大儒、梅守峻、潘洙俱留用。錢養廉、王就學、王之棟、穆深並斥爲民。甕幼金、李復陽、羅朝國、閔廷甲、常道立、蓋國士、韓策、梁見孟、鄒觀光、唐伯元、馮養志、武之望、曹愈恭、洪文衡、張泮、常守信、劉學曾、趙邦柱等十八人，俱調用。

（明神宗實録卷三百二十一。）

明神宗實録萬曆四十六年三月辛酉條

廣東巡按田生金奏請粤東備謚者六人。……一、原任吏部郎中唐伯元，澄海人，登（成化）〔萬曆〕甲戌進士，任萬年、泰和，有政聲，晉留曹。暇日與友訂聖賢之學，親較石經，疏請付史館。會禮官議王守仁從祀，昌言排之，謫海州判。未幾擢儀曹，具疏請端大本。在銓部時，秉公剔弊，選法以清，所陳多蒙採納。冢卿孫丕揚薦其賢，可大用，而元兩疏請告歸，居二年卒。所著有醉經樓諸書，行於世，庶幾修詞立其誠者哉！

（明神宗實録卷五百六十七。）

萬曆邸鈔萬曆二十四年七月條

秋七月，吏部選司郎中唐伯元求罷，不報，已而罷歸。伯元司選滿，推升太常少卿不下，遂上疏告病。略言：「受命以來，日與堂官計議，如何一清銓法，如何一清積垢，凡利在百代、害在一時者必行，不敢少貶以徇浮議；凡利在部内、害在部外者必革，不敢姑息以市私恩。幸有堂官主持於上，臣與二三僚衆，得以執持於下，若弛若張，若緩若急，其初不免呶呶，久而方定。蓋人情難與慮始，積弊難與頓除，其或思有未合，行有未通，晝夜思維，寢食都廢，積有日月，乃粗就緒，不自知其勞且病也。」説者謂其言近於誇詡，爲常少之推不下，遂錯愕失措如此。生平絶不喜言心學，説及心字，便勃然變色。又補趙學仕饒州府判一事，甚爲巽愞。乃其清苦澹薄，固有足多者。

〔臺北「中央」圖書館藏清鈔本萬曆邸鈔。〕

給由疏

（明）潘季馴

題爲遵例考覈給由正官事。據江西布政使司呈，奉臣批，據……泰和縣申詳：本縣知縣唐伯元，年叁拾柒歲，廣東潮州府澄海縣人，由進士除授江西饒州府萬年縣知縣，萬曆貳年閏拾貳月拾貳日到任；萬曆叁年拾月初捌日更調泰和縣知縣，本年拾貳月貳拾陸日到任；扣該萬曆伍年拾壹月拾貳日止，通前連閏，實計俸叁拾陸箇月。〔連同其他地方官〕各叁年任滿，例應給由等因，俱奉批，仰布政司查報，依奉行。據該府縣查得各官任内，經管、接管、督徵過各年一應錢糧，俱已完解納獲，批單附卷，並無粘帶、未完、違礙。

及查知府林梓、知縣唐伯元，前後歷俸，委與例合緣由，并送各官到司，合就呈乞，照例考覈題請等因到臣。據此卷查，先准吏部咨，爲酌議考課之法以肅吏治事，内開今後府州縣正官給由，免其赴京，聽撫按官從公考覈賢否具奏，先令就彼復職管事，牌册差人齎繳等因。又爲邊官歷俸已深，偶因公務改調，乞賜通理，以便考績，以祈恩命事，内開以後考滿官員，不論前後歷任年月多寡，俱得通理等因。俱題奉欽依，移咨前來；通行遵照外，續據各府縣申詳前事，就經批司查報去後，今據前因，該臣會同巡按江西監察御史趙，從公考覈得……泰和縣知縣唐伯元，存心愷悌，制事精詳，循良不愧於古人，惠愛允孚於衆庶。各官既經叁年任滿，似應給由，除令各官照舊支俸管事外，伏乞勅下吏部，再加查議。如果臣等所言不謬，將各官准其照例造完牌册，徑自差人齎繳，赴部覆覈施行。緣係遵例考覈給由正官事理，謹題請旨。

〔文淵閣四庫全書本潘季馴潘司空奏疏卷七。〕

舉劾有司官員疏

（明）潘季馴

題爲舉劾有司官員事。臣叨撫江西，謬蒙陞任，其於地方有司官員，例當舉劾。訪得……泰和縣知縣唐伯元，壹片赤心，力行古道，事惟盡其在我，而寵辱不驚，政實見其宜民，而士人俱戴。……以上諸臣，均之爲廉勤公謹，一時有司之良，俱應列薦。……又訪得……泰和縣縣丞吴大進，氣度安詳，才猷通敏，審讞有法，而四境之訟獄願歸，持守無私，而戀衙之姦狡俱屏。……以上叁臣，節據司道開報，復經諮訪相同，授以縣令，必效廉能，所當併薦者也。〔文淵閣四庫全書本潘季馴潘司空奏疏卷七。〕

禮部志稿歷官表

〔禮部儀制司主事〕唐伯元。仁卿，廣東澄海人，萬曆甲戌進士。十八年，繇主客補任，歷吏部文選郎中。〔文淵閣四庫全書本禮部志稿卷四十二。〕

禮部志稿歷官表

〔禮部主客司主事〕唐伯元。仁卿，廣東澄海〔一〕人，甲戌進士。萬曆十四年，繇保定推官任，調吏部，歷文選司郎中。〔文淵閣四庫全書本禮部志稿卷四十三。〕

朱鴻林按：

〔一〕「澄海」，原書誤作「海澄」。

請謚名賢疏

（明）田生金

原任吏部郎中唐伯元，潮州府澄海縣人。弱冠登賢書，便有志聖賢之學。甲戌成進士，初仕萬年，調繁泰和，俱有實政，士民尸而祝之，載邑乘。晉留曹，司會計，甚稱。暇日與友人究訂學問，大有體認，仍親校古石經〔一〕，註釋大義，疏請付史館，得俞旨。會禮官議從祀王守仁，遂昌言排之，其意在於翼朱熹，遵祖訓，雖謫判海州，其品益重。未幾，擢保定推官。尋擢禮部儀曹，日考索諸郊廟宗社典制。奉旨選宫人，既竣事，具疏請端大本，語甚忠懇。旋以疾歸，侍二親甚歡。逾年起補原職，典試湖廣，所拔皆名下士。方報命，遂轉尚寶司丞。無何以訃歸，服闋，以故官起。旋改銓部，遂陞正郎秉選，蓋異數云。是時在事者，多以嚴譴去，元至，改圓缺爲掣籤，諸所秉公剔弊，法犁然具，屢有疏陳，俱蒙皇上嘉納。時冢卿孫丕揚屢薦其賢，請補太僕卿，旨未下，而元兩疏請告得還。里居二年卒矣。

元之學，一意反身，鄙聚徒講學爲務外。嘗曰：「孔門無心學之教，大學言誠意正心，必以脩身爲本。」又曰：「萬物皆備於我，我亦一物也；物有本末，知所先後，格之謂也，格物本脩身。」皆發前儒所未發。蓋其反身卓有實際，非僅僅争於口舌者。生平餘俸，置産以均二庶弟。躬行禮教，爲族里倡，立社粟以濟貧，創祭田以奉先，皆聖賢遺軌。所著有醉經樓集，禮編，易註，道德經解，太乙堂、采芳亭、愛賢堂集，甚行於世。

夫立言立德，兼之者難矣。乃其爲宰則所至血食，爲郎則抗疏憂道，秉銓則仕路頓清，敝蹝卿貳，此豈志在爵禄者？至其發爲文章，根極理道，融會性命，庶幾修詞立其誠焉。所謂慥慥君子，非耶？

〔萬曆刊本田生金按粵疏稿卷五請謚名賢疏内頁十二下。〕

朱鴻林按：

〔一〕「古石經」後當有「大學」二字，始符唐伯元行事。

爲澄海唐仁卿選君傳補逸

（明）管志道

唐子仁卿主户曹政時，廟堂方興姚江王文成公從祀之議，子獨違衆而抗論之，坐此外謫，且爲江右諸賢所訾，僉曰「未聞道」。愚考古人之學，實分二軌，有以超悟見道者，有以精思契道者。禪門重超悟，概以思惟爲鬼家活計，然一貫如尼父，豈不從超悟中來，猶曰「多聞擇其善者而從之，多見而識之」，則後賢之貴超悟而賤精思，亦偏辭也。第古來不乏精思之士，而契道者有幾？精思而契乎道，吾以爲伊川、考亭兩夫子足以當之，而唐子亦庶矣乎？其所撰述，原心原性，闡道闡學，多發儒先之所未發，而中窾亦多。

其行惟先進之禮樂是程。有所鑒於近世講學家執「見龍」爲家當者之敝，誓言不立標於世，主潛主惕，正與鄙志相符。用雖不竟，而作縣典銓，政績亦犖然偉矣。大略在曹子汝爲所著傳中。其以濂、洛、關、閩之矩律姚江，而欲沮其祀，誠過。然而致良知之流敝，尤速於主敬窮理之脉，亦有不可不預稽者。一傳而爲王艮，則以匹夫卑帝王；再傳而爲顔均〔二〕，則以覇幟羅豪傑；三傳而犯刑之怪徒如梁汝元者出矣。唐子之論，縱不中姚江，而謂不中姚江之流敝，不可也。君子不以人廢言，亦安得以言廢人矣？

愚昔受齮權門，嶺歸蹉跌，遇仁卿於辛泰和時，傾蓋數言而成莫逆，彼此以古人相期許。仁卿始疑吾嶺南之迹近迂近矯，愚微述其所以，則遺言相勞曰：「孟子但言君子所爲，衆人不識耳，今而後知大君子之所爲，君子亦不識也。」後以改官過吴門，論及中庸「曲能有誠」、「經綸大經」二義。愚謂曲義非指一偏，即春秋傳之曲而有直體，洪範所指剛克柔克是也。大經亦不泛言五品，乃命世聖賢因時立政之大綱領，如伏羲畫卦，軒轅造曆，孔子修春秋，皆是也。仁卿莞然解頤，别後皆稱諸人，復筆諸書，諸如此類，不一而足。亦有意見相參錯處，則在宋學時學推敲之間，然不害其爲同心矣。

時賢徒以沮從祀一疏，而以未聞道外之，吾以是嘆人生之幸不幸，全在師友淵源，而信孟子尚友之義之遠也。仁卿實師巾石吕先生，其學本於隨處體認天理，與姚江稍有異同。而泰州、永豐二子，師姚江而漸失其真，則仁卿有深惡焉，是以弋入姚江之室。蒙九二曰「包蒙吉」，六五曰「童蒙吉」，卦唯九二得包蒙之時，亦唯六五以童蒙應之，是以皆吉。當正、嘉間，姚江非得時之九二歟？其澤方流，其弊尚隱，使仁卿以六五之蒙心，私淑陽明上足，必能會其精而弼其所未至，惜乎不以弼而以排，心同於叩馬，而功則遜於順天應人矣。仁卿亦以陽明爲天下之善士，顧以友天下之善士爲未足，而尚論古之人，則於周、程乎盡心焉。然至於尚友周、程以上，則見量猶若未滿，吾是以爲仁卿惜也。乃仁卿之於道，不可謂其一無所聞矣。翟布衣從先，仁卿之窮交也，謂余雖以遺誡謝世文，而於道交不可若是恝，當爲一闡其幽，爰筆此以補傳文之逸云。

〔管志道惕若齋續集卷一。按，該書目録此題之下注作文年份爲「己亥」，即萬曆二十七年（一五九九）。〕

〔一〕「均」，原刻如此，他書作「鈞」。

朱鴻林按：

明儒學案文選唐曙臺先生伯元

（清）黄宗羲

唐伯元字仁卿，號曙臺，廣之澄海人。萬曆甲戌進士。知萬年縣，改泰和，陞南京户部主事，署郎中事。進石經大學，謂得之安福舉人鄒德溥。陽明從祀孔廟，疏言：「不宜從祀。六經無心學之説，孔門無心學之教，凡言心學者，皆後儒之誤。守仁言良知新學，惑世誣民，立於不禪不霸之間，習爲多疑多似之行，招朋聚黨，好爲人師，後人效之，不爲狗成，則從鬼化矣。」言官劾其詆毁先儒，降海州判官。移保定推官，歷禮部主事，尚寶司丞，吏部員外，文選郎中。致仕卒，年五十八。

先生學於吕巾石，其言「性一，天也，無不善，心則有善不善，至於身則去禽獸無幾矣。性可順，心不可順，以其附乎身也；身可反，心不可反，以其通乎性也；故反身修德，斯爲學之要」。而其言「性之善也，又在不容説之際，至於有生而後，便是才説性之性，不能無惡矣」。夫不容説之性，語言道斷，思維路絶，何從而知其善也？謂其善者，亦不過稍欲别於荀子耳。孟子之所謂性善，皆在有生以後，惻隱、羞惡、辭讓、是非之心，何一不可説乎？以可説者，謂不能無惡，明已主張夫性惡矣。以性爲惡，無怪乎其惡言心學也。胡廬山作書辯之。耿天臺謂：「唐君泰和治行，爲天下第一，即其發於政，便可信其生於心者矣，又何必欲識其心以出政耶？慈湖之剖扇訟，象山一語而悟本心。然慈湖未悟之前，其剖扇訟，故未嘗別用一心也。唐君以篤修爲學，不必强之使悟。」孟我疆問於顧涇陽曰：「唐仁卿何如人也？」曰：「君子也。」我疆曰：「君子而毁陽明乎？」曰：「朱子以象山爲告子，文成以朱子爲楊、墨，皆甚辭也，何但仁卿。」涇陽過先生述之，先生曰：「足下不見世之談良知者乎？如鬼如蜮，還得爲文成諱否？」涇陽曰：「大學言致知，文成恐人認識爲知，便走入支離去，故就中間點出一良字。孟子言良知，文成恐人將這個知作光景玩弄，便走入玄虚去，故就上面點出一致字，其意最爲精密。至於如鬼如蜮，正良知之賊也，奈何歸罪於良知？」先生曰：「善。假令早聞足下之言，向者論從祀一疏，尚合有商量也。」

（乾隆二老閣刻本黄宗羲明儒學案卷四十二甘泉學案六。）

明史儒林傳

唐伯元字仁卿，澄海人，萬曆二年進士。歷知萬年、泰和二縣，並有惠政，民生祠之。遷南京户部主事，進郎中。伯元受業永豐吕懷，踐履篤實，而深疾王守仁新説。

及守仁崇祀文廟，上疏争之。因請黜陸九淵，而躋有若及周、程、張、朱五子於十哲之列，祀羅欽順、章懋、吕柟、魏校、吕懷、蔡清、羅洪先、王艮於鄉。疏方下部，旋爲南京給事中鍾宇醇所駁。伯元謫海州判官。屢遷尚寶司丞。吏部尚書楊巍雅不喜守仁學，心善伯元前疏，用爲吏部員外郎。歷考功、文選郎中，佐尚書孫丕揚澄清吏治，苞苴不及其門。秩滿，推太常少卿，未得命。時吏部推補諸疏皆留中，伯元曰：「賢愚同滯，朝野咨嗟，由臣擬議不當所致，乞賜罷斥。」帝不懌，特允其去，而諸疏仍留不下。居二年，甄别吏部諸郎，帝識伯元名，命改南京他部，而伯元已前卒。伯元清苦淡薄，人所不堪，甘之自如，爲嶺海士大夫儀表。

〔中華書局一九七四年點校本明史卷二八二儒林一本傳。〕

大清一統志傳

唐伯元字仁卿，澄海人，萬曆進士。知萬年、泰和二縣，並有惠政。累遷吏部文選、考功郎中，佐尚書孫丕揚澄清吏治，苞苴不及其門，尋乞歸卒。

〔文淵閣四庫全書本大清一統志卷三百四十四。〕

萬曆廣東通志傳

唐伯元字仁卿，澄海人。生而凝重，天資穎異，學問淹貫。登萬曆甲戌進士，初授萬年令，爲民築堤緩賦，積貯賑饑。尋改泰和，俱有惠政。滿秩，晉南京户部主事，兩邑民並祀之。後爲郎，進石經大學，上留覽焉。以言官擿其詆斥新學，謫判海州。亡何轉保定推官，尋擢禮部主事。具疏請端大本，間引世宗遺詔，語極忠剴，上爲感動。辛卯，典湖廣試，得士備一時之選。尋晉尚寶丞，宅艱。服闋補官，轉吏部員外，歷文選郎中。時上方督過銓衡，懼罪兢兢，伯元一意剔弊，銓曹清肅。會太僕少卿闕，太宰荐入未下，兩疏乞休。歸踰年卒，年五十八。伯元學本誠意，其爲文根極理要，所著有醉經樓集、禮編、易註、太乙堂、采芳亭稿、白沙文編、二程類語。

〔萬曆三十年（一六〇二）刊郭棐纂修廣東通志卷四十四。〕

雍正廣東通志傳

唐伯元字仁卿，澄海人。萬曆甲戌進士。初授萬年令，尋改泰和，俱有惠政。滿秩，晉南京户部主事，兩邑民並祀之。後爲郎中，進石經大學，言官擿其詆斥新學，謫判海州。亡何轉保定推官，尋擢禮部主事。具疏請端大本，語極忠剴。辛卯，典湖廣試，尋晉尚寶丞，歷文選郎中。帝方督過銓衡，伯元剔除積弊，銓曹清肅。會太僕少卿闕，太宰以其名上，兩疏乞休。歸踰年卒，年五十八。伯元學本誠意，其爲文根極理要，所著有禮編、易註、白沙文編、二程類語及詩文集。〔文淵閣四庫全書本雍正九年（一七三一）郝玉麟修廣東通志卷四十六。〕

順治潮州府志傳

唐伯元字仁卿，澄海人。萬曆甲戌進士。初授萬年知縣，尋改太和〔一〕，俱有惠政。滿秩，陞南京户部主事，爲郎中，進石經大學，上留覽焉。言官詆其指斥新學，謫海州判官。陞保定推官，尋擢禮部主事。疏奏請端大本，引世廟遺詔，語極忠剴，上爲感動。晉尚寶司丞，丁艱，起補吏部員外郎，歷文選司郎中。時上方督過司銓，伯元一意釐剔，夙弊以清。尋疏乞歸，踰年卒。所著有醉經樓集、禮編、易註、太乙堂諸稿行世。今祀鄉賢。〔順治十八年（一六六一）刊吴穎纂修潮州府志卷六人物部澄海縣唐吏部傳。〕

朱鴻林按：

〔一〕「太和」，當作「泰和」。

光緒潮州府志傳

唐伯元字仁卿，澄海人。萬曆甲戌進士。授萬年令，調太和[一]，秩滿陞南京户部主事，旋晉郎中。進石經大學，上留覽。言官詆其指斥新學，謫判海州。升保定推官，擢禮部主事。疏奏請端大本，引世廟遺詔，語極剴切，上爲感動。辛卯，典試湖廣，晉尚寶丞。丁艱，起補吏部員外郎，歷文選司郎中。時上方切責選司，伯元悉心釐剔，銓政肅清。尋疏乞歸，踰年卒，年五十八。著醉經樓集、禮編，易註，太乙堂、采芳亭諸稿，白沙文編、二程語類，祀鄉賢。

〔光緒十九年（一八九三）重刊本周碩勳纂修潮州府志卷二十八人物名臣。〕

朱鴻林按：

〔一〕「太和」，當作「泰和」。

嘉慶澄海縣志傳

唐伯元字仁卿，蘇灣都人。質美而好學，毅然以聖賢自期。萬曆二年成進士。歷知萬年、泰和縣，俱有惠政，民生祀之。秩滿，遷南京户部主事，旋晉郎中。上疏進石經大學解，上嘉納焉。伯元受業永豐吕懷，踐履篤實，而深嫉王守仁新學。及守仁從祀文廟，伯元上疏爭之，因請黜陸九淵，而躋周、程、張、朱附十哲，祀羅欽順、章懋、吕柟、魏校、吕懷、蔡清、羅洪先、王艮於鄉。疏下，爲南京給事中鍾宇淳所駁，伯元坐是謫海州判官。後再入爲禮部主事。時上大選宮人，元上疏諫，且請端大本，間引世宗遺詔，語極愷切，上爲感動。尋遷尚寶司丞。吏部尚書楊巍素不喜守仁新學，而心善伯元前疏，至是乃引爲員外郎。歷考功郎中。時上意方督過銓衡，任職者皆兢兢恐得罪，不能有所表見，及元居職，加意守法，銓政一清。尚書孫丕揚，負一時之譽者，伯元之助爲多。秩滿，當遷太常卿，會前補銓諸疏未下，伯元乃上言：「賢愚同滯，朝野咨嗟，皆臣擬議不當所致，乞賜罷。」帝不懌，特允其去，而諸疏仍留不下。家居二年，會上以甄别吏郎，始思伯元，特詔起用，而元已前卒。伯元學有原本，其爲文，折衷於理，而得其要領。所著有醉經樓集、二程語録纂行世。其家清苦如寒士，而元處之怡然，嶺表士大夫咸推服焉。

〔嘉慶十二年（一八一五）刊李書吉等纂修澄海縣志卷十八。〕

光緒吉安府志傳

唐伯元字〔一〕曙臺，澄海人，進士，萬曆初知泰和，增新廨署，編纂縣志，修城濬濠，設立社倉，清理溝渠，民甚德之。

〔光緒元年（一八七五）刊本定祥修、劉繹纂吉安府志卷十三秩官志泰和名宦。〕

朱鴻林按：

〔一〕「字」當作「號」，唐伯元字仁卿。

同治萬年縣志傳

唐伯元，廣東澄海人，萬曆二年由進士知縣事，篤行講學，其馭吏待士，聽訟化俗，一以古道行之。調泰和縣，歷官至吏部郎中，立朝以公直著。

〔同治十年（一八七一）刊本項珂修、劉馥桂纂萬年縣志卷四名宦傳。〕

嘉慶海州直隸州志傳

唐伯元字仁卿，廣東澄海人，萬曆甲戌進士，户部郎中，争王守仁從祀，謫海州判官，權知州事，課士愛民。伯元所歷並有惠政，民生祠之。後遷府推官，轉文選郎中。

〔嘉慶十六年（一八一一）刊本唐仲冕修、汪梅鼎纂海州直隸州志卷二十二傳第一循吏二佐僚。〕

雍正江西通志（泰和縣城池）

唐乾元間移縣於白下驛，定縣治，築土城，周迴五里，爲門四，南臨贛水，東西北各有濠。……萬曆五年，知縣唐伯元清復濠址，大濬之。

（文淵閣四庫全書本雍正七年（一七二九）謝旻等修江西通志卷五。）

雍正江西通志（泰和縣水利）

明萬曆三年，泰和知縣唐伯元築破塘口磯。自窑頭至將軍渡凡七里，完堤三百餘丈。又爲堤八百餘丈，直達鹿山。計石磯五座，外爲水府祠碑亭一所。歷六百五十日而訖工，邑人陳昌積有記。

（文淵閣四庫全書本雍正七年（一七二九）謝旻等修江西通志卷十五。）

雍正江西通志（泰和縣縣署）

萬曆丁丑，知縣唐伯元復建内署，名武山堂，其右爲思過閣。

（文淵閣四庫全書本雍正七年（一七二九）謝旻等修江西通志卷十九。）

雍正江西通志（泰和縣壇壝）

各縣社稷壇。……泰和在縣西二里，明唐伯元記。

〔文淵閣四庫全書本雍正七年（一七二九）謝旻等修江西通志卷一百八。〕

萬曆吉安府志（泰和縣玉華山）

（玉華山）在五十七都，狀如賬屏，山頂有天池，可數畝，冬夏不竭。最高諸峰舊有殿閣數處，萬曆間知縣唐伯元建玉華閣其上，自爲記。

〔萬曆刻本余之禎纂吉安府志卷十二山川志。〕

萬曆吉安府志（泰和縣龍橋）

（龍橋）舊名南平，萬曆間知縣唐伯元重修。

〔萬曆刻本余之禎纂吉安府志卷十四建置志。〕

萬曆吉安府志（泰和縣儒學）

（儒學）舊在縣西延真觀之左，宋咸平間知縣范應辰徙置今地。……萬曆五年，知縣唐伯元出贖金，增買廟門屏牆外民地一所，開廣道通車馬，廟貌愈尊。其基廣二十五丈，直三十五丈有奇。

〔萬曆刻本余之禎纂吉安府志卷十五學校志。〕

光緒泰和縣志（建置略上諭亭）

〔乾隆志〕舊有萬壽宫，係普覺寺内祝聖場，明萬曆六年知縣唐伯元建，左爲鐘樓，右爲更衣亭。邑人曾于拱記，佚。置贍租田七十畝，租若干，載碑陰。今成廢址，租久侵没。……更衣亭内有唐伯元息軒記碑文，或又以此爲雙鶴樓基。

〔光緒四、五年間（一八七八—一八七九）刊泰和縣志卷三頁一上建置略。〕

嘉慶海州直隸州志（寺觀録）

張朝瑞東海雲臺山三元廟碑記：「海内號大靈山者四，而雲臺列其一，其山四面距海各數十里，巔曰青峰頂，奉三元之神，而宫其上。……歲丁亥，僧德證請之權知州事判官唐君伯元，創專祠爲祀。其時遠近輻集，醵錢庀材，工役大起。首建三元大殿，殿之陰，爲閣者三，一藏經，一千佛，一玉皇，而最高有望日樓。……殿經始於萬曆十五年六月，落成於二十四年九月。……」

〔嘉慶十六年（一八一一）刊本唐仲冕修、汪梅鼎纂海州直隸州志卷二十九録第三海州寺觀。〕

順治潮州府志（古蹟部南巖）

南巖即老君巖，在湖山南，一石屋，上平，下可坐數十人。巔有「古瀛洞天」四字。湖濱石上，有「雁塔」二大字。明唐伯元搆臺其下，曰釣魚臺、梅花莊，在湖山北，多植梅花。旁一石，書「谷口」二字。又山後石上，有「蒙泉」二字，今字蹟猶存。

〔順治十八年（一六六一）刊吴潁纂修潮州府志卷九古蹟部。〕

順治潮州府志（古蹟部澄海丘墓）

吏部郎中唐伯元墓，在豐政都。

〔順治十八年（一六六一）刊吴潁纂修潮州府志卷九古蹟部。〕

乾隆潮州府志（海陽縣褒封部臣坊）

褒封部臣坊。在大街，爲封主事周世玉、贈郎中唐天蔭。萬曆甲戌進士廣西副使周宗禮、吏部郎中唐伯元建。

〔光緒十九年（一八九三）重刊本周碩勳乾隆潮州府志卷八坊表。〕

乾隆潮州府志（海陽縣理學儒宗坊）

理學儒宗坊。在大街，爲吏部郎中唐伯元建。〔光緒十九年（一八九三）重刊本周碩勳乾隆潮州府志卷八坊表。〕

乾隆潮州府志（海陽縣紫竹庵）

紫竹庵。在湖山，萬曆間郡人唐伯元建。〔光緒十九年（一八九三）重刊本周碩勳乾隆潮州府志卷十五寺觀。〕

乾隆潮州府志（澄海縣唐橋）

唐橋。在城北十五里，明萬曆十五年唐伯元建。〔光緒十九年（一八九三）重刊本周碩勳乾隆潮州府志卷十九津梁。〕

光緒海陽縣志（古蹟略）

醉經樓。在城西，明唐伯元讀書處。樓有八景：曰蘆荻州，曰鏡湖，曰新篁隖，曰西湖山，曰漁滄廟，曰桃花隖，曰林副使舊宅，曰李家園。

（光緒二十六年（一九〇〇）刊本盧蔚猷修吴道鎔纂海陽縣志卷二十六古蹟略。）

光緒海陽縣志（金石略壽安寺題壁）

大明萬曆癸巳重九後九日，偕郡丞莊誠，别駕王家相、沈有光，司理王榆諸同舍，闔郡縉紳唐尚寶伯元，李民部思悦，州守王文明，孝廉蔡德璋（等六人）……經始重新湖山壽安寺，因同遊諸峰古澗。……蘄水徐一唯。

（光緒二十六年（一九〇〇）刊本盧蔚猷修吴道鎔纂海陽縣志卷三十一金石略。）

光緒海陽縣志（金石略南巖唱和詩）

甲午元宵前五日，偕莊致庵貳守、王□櫱别駕，赴章少峰别駕南巖之酌。時唐曙臺尚寶、李仰山□□同作主人。蘄水徐一唯。

（光緒二十六年（一九〇〇）刊本盧蔚猷修吴道鎔纂海陽縣志卷三十一金石略。）

鳳城遊紀　（明）王臨亨

（壽安巖）南行數百步爲壽安寺。……余聞寺左鄭氏園、寺右唐氏園，可遊也。……

唐氏園者，故選部伯元氏之别業，舊名釣魚臺者也。選部遊道山，而别業蕪廢，所不與畫粱雕砌俱摧者，僅十數巨石耳。石多宋、元以來題名，更有三四梵字，大可如席，得之蒼苔剥蝕之間，知兹地曩時應是緇流窟宅，而不可考矣。又詎知百年之後來遊兹地者，知有選部園否？爲之慨然。……

〔王臨亨粤劍編卷四。〕

萬曆野獲編（璽丞改吏部）

（明）沈德符

尚寶司丞雖六品，然小九卿之佐，若非首輔任子初授，而以時望自他曹遷者，爲清華之選，步趨公輔間。亦有轉藩臬以出者，然從無改郎署之理，則以體統懸絶也。唯嘉靖末年北直隸人穆文熙，以璽丞調吏部郎，訝爲怪事。今上癸巳，則福建蔣時馨繼之。然而穆以計典外謫，蔣爲文選正郎被劾削籍，兩人皆不復振，固不如安於符臺，坐致榮膴，何苦而求啟事之榮也。薄冷局而膻熱地者，可以思矣。蔣之前，又有唐伯元者，亦以尚寶丞改吏部，爲選郎，亦不得遷，而歸林下，至今未起。唐之前，又有璽丞陳于陛，亦改吏部副郎，馴至大用，則僅見者。

〔道光七年（一八二七）姚氏刻同治八年（一八六九）補修本明沈德符萬曆野獲編卷十一。〕

萬曆野獲編（祀典） （明）沈德符

……今上甲申年，議孔廟從祀，時主王守仁者居多，而主事唐伯元力攻之，蓋猶祖桂萼等之説也。唐以貶去。先是，守仁與陳獻章、胡居仁俱得旨，崇祀已定。至次年而唐始阻止，且疏末又欲斥兩廡之陸九淵，而進宋之周、張、朱、二程於十哲之末，則舉朝皆駭怪。況九淵爲世宗所褒，與歐陽修并祀，安得擅議廢退，其僅得薄譴者幸耳……

〔道光七年（一八二七）姚氏刻同治八年（一八六九）補修本明沈德符萬曆野獲編卷十四。〕

萬曆野獲編（四賢從祀） （明）沈德符

隆慶初元，徐文貞當國，御史耿定向首請祀王守仁於孔廟，而給事趙輄、御史周宏祖則主薛瑄，都給事魏時亮又加以陳獻章，凡三人。後會議，僅瑄一人得祀，時爲隆慶五年，則徐文貞去國久矣。……至〔萬曆〕十二年，而御史詹事講首倡議，則又薦獻章、守仁而不及居仁，南科鍾宇淳亦同其議，乃科臣葉遵、主事唐鶴徵又只主守仁一人。上下諸疏會衆議之。……而閣臣有疏，亦謂三人同祀之説爲允。祀典從此定矣。時禮卿爲沈歸德鯉，當主議，僅左袒胡一人，而於陳、王俱有訾貶，忽聞閣臣有疏，亟露章遏止之。上僅批「已有旨了」。其疏與閣疏同日發下，沈遂疑揆地故抑其言，怏怏見於辭色，相猜自此始矣。次年春，南京户部主事唐伯元則又痛詆守仁之學，至不可聞，而上出嚴旨，斥唐偏見支詞，撓毁盛典，於是衆喙始息。……

（道光七年（一八二七）姚氏刻同治八年（一八六九）補修本明沈德符萬曆野獲編卷十四。）

師翁子禎先生壽域記

（明）郭子章

萬曆甲辰，師子禎先生年七十有九矣，緘書來曰：「……今耄矣，卜一樂丘於某山，子爲我銘，以俟異日。……」師諱相邇，字子禎，以字行，菊坡翁恥仲子，章三從兄也。幼習易，受業於雩都司訓兄子才。嘉靖己酉，以儒士試鄉闈，補弟子員。屢躓場屋，以易教授鄉里，履滿户外。章與兄子亨、子京，弟子華及用光等四十人，事師於家塾。師聞郭平川翁講湛甘泉先生體認天理之學，遂北面於萃和書院。凡講學萃和者，以師爲山長。邑侯王公道成遣諸子與遊，唐公伯元以師爲友，即邑政輒諮焉。隆慶庚午補廩生，需次公車，又躓。是時章已舉進士，語章曰：「予將老焉，子爲國家宣力，予侍尊公優游林澤，顧不怡哉？」師少家大人四歲，里中事，家大人爲老，師爲更；祠房烝嘗、里社講鄉約，二老服都紵大袍，不輿不杖，子弟執醬執爵，笑語儘日，至晡而罷，歲以爲常。鄉人望之，以爲睢陽、香山也。……

〔萬曆刊本郭子章蠙衣生黔草卷十二。〕

〔附〕廣州府志（趙響傳）

趙響字心極，宋進士必瑑九世孫。瑑元孫鐸，以諸生講授心性，著性道管窺諸書。鐸孫霞士璧，常同姚江講學，響夙承家學，潛心性道，蚤從鍾昌讀毛詩，既而師事楊起元。一日，起元問：「性有動静乎？」曰：「有動有静者心，無動無静者性。」問知能。曰：「知善知惡是良知，爲善去惡是良能，知孝知弟知之至，能孝能弟能之盡。」起元然之，授以羅盱江識仁編。自是朝夕體驗，踐履益實，一時名賢如黎民表、袁昌祚、唐伯元、黎允儒、區大相、韓曰纘輩，皆樂與之游。生平以禮教爲宗，歲時祝釐，趨蹌謹凛。郡博董應舉雅重之。時文廟猶塑像，建言請遵制易木主，董遂陳諸督學，從之。事親孝，備極色養；有疾，藥必親嘗；居喪殯葬誠信，三年不入内室。祀先吉蠲，拜獻肅如也。推愛族黨，貧不克婚葬者助之。丙申歲祲，賑粥逾月，其慷慨仗義類然。萬曆二十四年乙巳，以明經薦於廷。藏修十有三年，所著諸經酌言、嶺海志略、文廟崇祀志諸書。

〔光緒五年（一八七九）刊本史澄纂廣州府志卷一百二十四列傳十三。〕

明史孫丕揚傳

孫丕揚字叔孝，富平人，嘉靖三十五年進士。……〔萬曆〕二十二年，拜吏部尚書。丕揚挺勁不撓，百僚無敢以私干者，獨患中官請謁，乃創爲掣籤法，大選急選，悉聽其人自掣。請寄無所容，一時選人盛稱無私，而銓政自是無大弊矣。二十三年，大計外吏，九江知府沈鐵嘗爲衡州同知，發巡撫秦燿罪；江西提學僉事馬猶龍，嘗爲刑部主事，定御史祝大舟贓賄，遂爲庇者所惡，考功郎蔣時馨黜之。丕揚不能察，及時馨爲趙文炳所劾，丕揚力與辨雪，謂釁由丁此吕。此吕坐逮，丕揚又力詆沈思孝。於是思孝及員外郎岳元聲連章訐丕揚，丕揚請去甚力。其冬，帝以軍政故，貶南京言官三十餘人，丕揚猶在告，偕九卿力諫，弗納。已而帝惡大學士陳于陛論救，謫諸言官邊方，丕揚等復抗疏諫，帝益怒，盡除其名。初，帝雖以夙望用丕揚，然不甚委信，有所推舉，率用其次，數請起廢，輒報罷。丕揚以志不行，已懷去志，及是杜門踰半歲，疏十三上，多不報，至四月温諭勉留，乃復起視事。

主事趙學仕者，大學士志皐族弟也，坐事議調。文選郎唐伯元輒注饒州通判，俄學仕復以前事被訐。給事中劉道亨因劾吏部附勢，語侵丕揚。博士周獻臣有所陳論，亦頗侵之。丕揚疑道亨受同官周孔教指，獻臣又孔教宗人，益疑之。復三疏乞休，最後貽書大學士張位，懇其擬旨允放。位如其言，丕揚聞，則大恚，謂位逐己，上疏詆位及道亨、孔教、獻臣、思孝甚力。帝得疏，不直丕揚，位亦疏辯求退。帝復詔慰留，而位同官陳于陛、沈一貫亦爲位解，丕揚再被責讓，許馳傳去。……贊曰：古者冢宰統百官，均四海，即宰相之任也。後代政柄始分，至明中葉，旁撓者衆矣。嚴清諸人，清公素履，秉正無虧，彼豈以進退得失動其心哉？孫丕揚創掣籤法，當時或以爲紛更，而一除任心營私之弊，行之可久，謂非任法之善乎？蓋與時宜之，未可援古義以相難也。

（明史卷二百二十四孫丕揚傳。）

仙門先生小傳

（明）胡　直

仙門先生始業舉輒工，登等竟弗售，乃改業，奮曰：「吾豈復挾一經捐大旨，鐫墨義，求有司提衡哉？」乃精讀六經，博觀群書，下逮稗官小説，靡不窺治。一帙則究觥骳是非善敗，若擊目指掌乃釋，以是作爲文章，無不當是非善敗者，曰「吾不爲欸言矣」。讀史至盛帝喆臣事踔絶者，輒作爲傳贊，以詔於其子伯元仁卿者曰：「是當做，是不當做。」有王學諭者，崑山人，博物君子也，一見大相引重。至是而先生門徒履屩不啻百矣。先生教人，授經先行，曰「吾貴實不貴華」。始先生弱冠居約，邑人弗知也。鄉先達鄭令尹獨敬禮曰：「是吾老友。」竟後禮不輟。嘉靖乙卯，仁卿年十五，侍先生館饒，鄭令尹相見異之，慰喜賦詩，期許不淺鮮，衆乃知鄭令尹有遠鑑云。仙門者，先生故里名也。鄭令尹見，輒呼仙門先生，先生讓弗居，則稱仙峰，從門人號也。鄭令尹没，先生乃勅仁卿從其子游，以明相報。既去鄭令尹踰十霜，語及未嘗不追慕嗟咨也。

先生治家恥纖，然性勤約，歲督耕穫，輒稍贏，而性最好施予，其姻戚待先生舉火者至四五家，嫁娶其女男者六七人，而先生不歆其德，人亦竟忘德之。然先生猶多量出，而配某孺人喜施益甚，常時不較有無，不設猜疑，叩輒倒囊，故閭左右感誦孺人澤彌殷也。孺人初歸時，見田不五畝，數匱，輒解釵簪資先生游學。既稍贏，先生爲父介菴翁上壽致客，奉觴匜祝者不後縉紳家，然其間多門下士，覘知者曰：「孺人助不尠哉！」生平薄視榮利，忘情得失，鄉人或以貴富詡也，頷之；兢是與非也，必立解之。世珍膏壤、巍甍、綺服、玉饌、瓊樹、仙葩、姣童、駿驃之以相聞也，未嘗口之。而獨嗜唫咏，又喜閒。其賦詩，有求閒未得之慨，人謂有淵明風。既晚，益任悃愊，極其致則芚愚之爲之左右也，恬漠之爲之酣飫也，寥廓之爲之行廬，日月之爲之燭照也，羅浮潮海之爲之琴瑟，煙雲泉石之爲之角觚，意未厭也。蓋其於世夐矣。

仁卿既長，領鄉書，浸知問學，則獨勅曰：「學在實，其辨在義利，毋若近學者荏苒，迯世譏耳。」其它與仁卿語者至多，世咸莫得知。仁卿自叙生平，無外師，父即師耳。萬曆甲戌，仁卿第進士，令泰和，禔身刻廉，政教純用仁禮，蔚爲時冠，而世莫不頌先生爲教者豫且弘也。己卯，三年政成，天子下玉書，褒封如子官，母爲太孺人，適先生暨太孺人偕年七秩，人稱異數云。

先生姓唐，名某，字某，潮之澄海縣人也。胡子曰：「古抱珍之士，逃棄塵鞅，娱情泉石，彼其於世，豈崖然絶耶？抑無所希而尚有貽耶？今夫海，人知其瀇瀁無端涯也，而不知出於河，河之先又貽於星宿海，其貽者遠也。黄石、鹿門，始不欲以名姓落人耳，然亟求子房、孔明而授以其道者，何哉？彼其抱而珍者，固可以立濟天下之具也。故其所貽於當時之天下，若響應然，彼豈它有慕哉！然彼挈所抱以貽人，亦豈必人人授之，苟得一人焉，吾事畢矣。甚哉！一人之難遇也。昔之遇於四方，或遇於鄉，遇於家，總之皆以立濟當時之天下者。雖然，遇於家者，則唯古賢，其他鮮聞，今仙門先生與仁卿令君，蓋庶幾哉！蓋庶幾哉！

〔文淵閣四庫全書本胡直衡廬精舍藏稿卷二十二。〕

表揚烈節疏

（明）田生金

許氏，澄海縣故民唐華椿妻，吏部郎中唐伯元之長婦也。氏以宦門女，年十七適華椿，越三年夫故，年僅二十歲，哀毁嘔血，謝絶繁華，閉閣閨中，雖至親罕覿其面，至於巫術梵門，尤所痛絶。其姑病目，以舌吮之，須臾復明。母有病，禱於天，願以身代，病輒愈。蓋其精誠如此。諸如禮諸父，承父重，和妯娌，感宗親，又秩秩有條焉。其翁伯元憫之，爲立嗣説以垂不朽。今年六十有二，郡邑士民交頌無異。臣看得許氏十七鸞歸，二旬嫠守，素心皎潔，麗秋月以同輝；苦節堅持，比冬松而獨秀。姑目無難舌吮，而順親不有其名；母病不畏生捐，而感蒼已徵其實。蓋雞鳴風雨，碩人之秉德維堅，且鯉庭詩書，君子之刑家有自。以彼兩髦自誓，知道味所漬者深；如兹九死靡他，宜人心之感者遠。綱常爲重，崇獎宜先。

〔萬曆刊本田生金按粵疏稿卷六表揚烈節疏中頁九下。〕

參議黄公傳

（明）焦竑

公諱金色，字煉之，晚更字九成，姓黄氏，出漢江夏孝子香之裔。世居休寧，……歲辛亥，督學方山薛公拔公高等，補郡學弟子員。甲寅，督學阮公選第二人，業奕奕負俊聲矣。偶夜獨坐，覺意念紛馳，甚患之。讀陽明先生書，且疑且信，至丁巳，移居天真書院，從緒山、龍溪二公游。集者無慮數百人，講誦咏歌之聲，昕夕不輟，陶汰俗棼，洞達性體。……起補南祠部主事。曹事稀簡，公褒衣從諸名公卿談説問學彬彬甚都矣。而會上從公卿百僚議，以陽明先生從祀孔廟，户部唐仁卿疏奏以爲非是，被劾去。公摭其疏中語，賦詩二十四首，與之辨而逆之，人多傳誦焉。……

〔萬曆三十九年（一六一一）朱汝鰲刻本焦竑焦氏澹園續集卷十。〕

南都紀遊 丙申

（明）蔡獻臣

己丑之秋，余以比部入金陵，而太常傅長孺繼至。自後同年六七輩至，而長孺於余獨深。長孺倜儻多大節，遇人無識不識，輒慷慨然諾，洞見底裏，人人傾心願交焉。而余僅促促自守，然淺直無他腸，有一語則吐之，與仲孺率有合者，故余兩人遊如兄弟然。居常以意氣功業相切劘，間旁及當世，剖衷折肝，娓娓不自禁，即余仲孺亦莫知其所以然也。居久之，長孺過余索陽明集，則入蔣德夫廷評超悟之説矣。……甲午，德夫與長孺同日晉天官屬，聲華燁然傾南都。長孺家故壁立，則逡巡歸海上，徒步蔬食，一切餽饋無所受，而獨從人借貸如故，雖室人交誶之，不恤也。蓋其天性然哉！既受事，同舍郎唐仁卿、穆純甫相得甚驩，長孺頗從仁卿問學，與德夫旨不能無異同。一日，造德夫論選事，不合，極口規之，其事隱，獨唐君稍聞。乙未秋，德夫中御史言，長孺大爲不平，復涎病寒，醫投之暑，不數日卒。婦少子弱，餘纔六金耳，喪費一倚辦賻贈，先後所借貸家，輒爲折券，多者至百餘金，亦長孺交誼能得之，不第以貧故也。余謁補至杭，聞之大駭悼，然已無可奈何。入都，則唐、穆二君曰：「長孺，於越間氣人也，九原其可作哉！」余謂浙多賢，即長孺敢自謂空群？乃其志節犖犖若此矣。……

（崇禎刻本蔡獻臣清白堂稿卷七雜紀。）

明中順大夫廣東瓊州太守益齋吳先生墓誌銘

（明）王演疇

不佞之於（湖口）吳益齋先生，居在兩孤山之間，鄉里名賢，夙勤仰止。且吳公治行第一，如越之東，廣之左，與陪京之郎署，宦轍所至，無非遺澤。不佞後來承乏，盡歷其地，低回召伯之棠陰，憑式桐鄉之尸祝，知先生之深者，無如不佞。今年冬，先生仲子介劉生紹俊謁予請志，予即固陋不文，然緇衣之好，盡出於耳目之睹記。……先生生而岐嶷，嗜學不輟，髫年爲文有奇氣，拈筆千餘言立就，爲戚里業師侍御性泉張公、刺史帶川叚公、納言仰亭許公、郡丞儆吾鄒公所稱賞。但其志超卓，欲擔當世道，以天地萬物爲一體，不徒以文字相誇詡，志先定也。卒業松山，文日益有名。己卯之役，列名副魁，爲唐曙臺所選士。辛巳有贈公之變，喪葬如禮，結廬塚上三年，慈烏巢其上，紫芝產於傍，太常鄒南臯遺書，爲先生仁孝可比吳草廬云。丙戌上春官，取高第，筮仕令澄海。澄海，防倭地也，兵荒海寇，一時交警，輿地褊小，非所以處先生，而度其難非先生不可，乃先生甘雨隨車，不逾時而四境晏然。……

〔萬曆四十七年（一六一九）刻本王演疇古學齋文集卷三。〕

中憲大夫四川重慶府知府時菴張公暨配侯宜人墓表

（明）鹿善繼

此時菴張公與侯宜人之所藏，曹少宰真予志其幽，厥嗣茂才起滄千里命余表其陽。余於公神交也，嘗反覆其事，而特論其大者。公大造容，在清詭計之賦。其大造滄，在争竈民之差。蓋以莊定賦，積而歸總，地有賣買，賦無推收，善詭者無所容。而民有均徭，兼有里甲，竈以産鹽，故祇有均徭，柰何復移。且竈兩倍民歸，誰受之？清賦事屬創，争差事屬守，微公容何自貽無窮利，滄且開無窮害矣。然守而以争，力難於創，鹽使者業惑志於前運長，非後運長之言，不幾以一官博乎哉？迨守重慶，安居尹賢，而不快於當路。……公以重慶罷，而公之自分罷者，則自容已然。朱直指語業求多，觀察進表，則就其語而反之。西池賈公力争於計吏之堂，而得不罷。陷陽城者，以饋女誣，滄守柱石王君特疏辨之，而得不罷。丙戌之計，已有出袖中揭者，東光馬君謂揭孰與考確，而得不罷。蓋范玦屢示，即有兩持之項劍，而爲公項伯者，初非得於安排。憐才好德，人固有心哉！即重慶之役，曙臺唐君實以多故借才，除書下，出餞於郊，縉紳驚傳非世法所有。公受事，即爲軍興計徵税，以米代銀，不一瞬而坐收數十萬餉。帥之麾下譟，公方食，吐哺出，諭以生路，衆惟命，乃密與帥捕倡亂者斬之，遂定。當是時，多公之能應變，嘆主選者之知人，爲行間計蚤，復能應卒也。……

〔清刻本鹿善繼鹿忠節公集卷九。〕

〔附〕答楊晉山　辛丑　（明）王時槐

承諭格致之説，顧淺陋何足以知之。竊謂朱子窮至物理之説，蓋本諸程子，以天地萬物之理即吾心性之原，必窮此理然後能見性，能見性然後能入道也。此義甚精，但朱子恐初學未易入手，故教以姑從讀書而入耳。至陽明先生，恐後學徒以博文多識爲事，乃云知者吾心之良知也，致此良知以措於人倫事物之間，格其不正以歸於正，然後吾德可明。此説甚正，其與朱子之説似稍異，而理實相通也。生近年復見石經大學，蓋表章始於鄭端簡公，而耿天臺先生見而悦之，稍有發明，見於集中。敝邑鄒聚所憲僉則以白文刊布，鄒四山内翰、劉瀘瀟禮部皆註釋之，粤中唐曙臺吏部亦註釋，且聞於朝矣。生讀石經大學，見其以「物有本末」一段接「致知在格物」之下，而繼以「知止」「知本」云云，似是發明格致本旨。觀此，則朱子之補傳誠爲贅疣，而陽明先生之説恐亦未爲作書者之本旨也。今抄録一册奉覽。愚意謂學不知止，則意必不能誠。何謂知止？蓋意心身家國天下總爲一物也，而有本末焉。何謂本？意之所從出者是也。意之所從出者性也，是至善也。知止於至善之性，則意心身家國天下一以貫之矣，是謂物格而知至。何謂格？格者，通徹之謂也。謬意窺測如此，不知是否，敬以請正，乞裁示之。

〔光緒三十三年（一九〇七）重刻本王時槐塘南王先生友慶堂合稿卷二。〕

〔附〕證學編筆記

（明）楊起元

壇經曰：「常自見己過，與道即相當。若真修道人，不見世間過。」又曰：「惟當一念自知非，自己靈光常顯現。」至哉言乎！子曰：「已矣乎，吾未見能見其過而內自訟者也。」夫能見其過，非知道者不能也。求之孔門，惟顏子一人耳。故易曰：「有不善，未嘗不知，知之未嘗復行。」自顏子之外，未足與幾也已矣。之嘆豈虚也哉！佛學，知過之極者也。後世學佛者，張皇太甚。予嘗覽諸師之言，皆莫若壇經之簡而切者。予嘗三復之，唐曙臺丈亦以爲然。

〔萬曆四十五年（一六一七）佘永寧刻本楊起元證學編卷一。〕

〔附〕石經大學附論序

（明）楊起元

或問於先師羅子曰：「孔子何爲而作大學也。」羅子曰：「是古聖神所以盡人道之書也。孔子蓋十五而志學焉，以立其矩，七十乃不逾也，而述是書。欲與諸弟子究人道之大全，立人極於萬世也。人者，仁也，故必仁而後人。能知身爲家國天下之大本，則家國天下皆附離此身而枝葉矣。故一念而含裹宇宙群生，而互相融攝。夫是之謂仁，而人道於是乎成焉。」曰：「曾子何爲而傳之也。」羅子曰：「否否。是書也，無所謂經，無所謂傳，蓋萃古人明親至善之則於一篇之中，三致意焉，非孔子從心不踰之後，亦難着筆也。其謂傳於曾子者，曾子守身事親人也，或孔子作以授之，若孝經也乎？雖不可知，而可信者，信是書之爲仁矩而已矣，信是書不可析以經傳而已矣。」問者唯唯。未幾而先師殁。又數年。楚侗耿先生取鄭端簡公所存石經大學而表章之，曙臺唐子上於朝。其本與漢鄭玄古本不同，然亦自爲一篇，不以經傳析也。予謂文至大學極矣，如月映萬川，處處皆圓，故可分可合，可前可後，隨其人之所見，而未嘗不圓也，其神矣哉！予友魯川曹丈篤信師傳，恪遵遺訓，乃網羅緒論，依石經次序注之，意在宣闡師言，維持人道，非徒辨同異，争是非者也。其以蒭非采艾，謬説二一，則予重愧之。予嘗謂聖經至近世講説，可謂一厄，蓋所謂講説者，分更分漏，徒資舉業，不特不顧聖門宗旨，亦且不察儒先用心，而學者淪浹膚髓，白首没溺，不復求師問難，以反諸身心。其間有志之士，亦無從求訪，良可浩嘆。曹丈此編，倘出以公之人人，庶足以滌其舊見，引其深思，故雖繁複鄭重，而不厭也。有志於聖人大學之道者，得此其一助哉！是爲序。

〔萬曆四十五年（一六一七）佘永寧刻本楊起元證學編卷三。〕

〔附〕表章石經大學序

（明）管志道

大學一書，不知何所自始，自宋兩程氏表章之後，僉謂經出孔子，傳出曾子，而所據則鄭玄之疏也。元晦朱氏，篤信兩程，而疑鄭有錯簡，更爲分章序次，而補格致傳文之闕。愚以爲此朱子之大學，非古之大學也。其訓親民爲新民，格物爲窮至事物之理，則近世姚江王文成公深辨之，而獨揭致良知之學，行之天下。豐城李孟誠氏，又謂致良知之不足以盡道，而標修身爲本之宗，並緣古本而裁補傳之贅。然而孔經曾傳，則無改於程、朱之舊説也。

嘗三復而疑之。孔子與門人問答，大約各隨一事，而理自足，未嘗鋪列條貫以爲書。唯有贊易文言，稍類後世著述，而簡帙不啻重矣。其餘經史，則皆有削而無增者，蓋懲文勝之史而崇先進也。曾子專用心於内，臨終而呼小子，尚以手足顯道，不落言筌，亦何暇於爲書？論語二十篇，乃成於有子、曾子之門耳。故謂三綱八目之出於孔子，十傳之出於曾子，斷斷乎其不然者也。間欲覈而正之，苦無歸一之論。

邇歲得石經大學古本於天臺耿先生，恍然若有據焉。無何而澄海唐仁卿氏之表章出矣。其文句一如所授之本，而釋義頗詳，業已裒集成章，獻諸天府，而緣賈逵之言以爲證。逵之言曰：「孔伋窮居於宋，懼先聖之學不明，而帝王之道墜，故作大學以經之，中庸以緯之。」逵學本於劉歆，而石經按於孔壁，其源流一一可據。而愚亦謂孔授曾，曾授伋，俱傳學而不傳書；爲書實自子思始，則二書之並出子思奚疑也。古之聖賢，非有心於立言也，不得已而假言以闡道，亦不必自標其名，則大學是已。

首章以明德、親民、止至善提爲三綱領，而即繼以古人之學。明明德於天下，其端起於格物，列爲八條目，此聖學次第之大略也。物有本末而下，則申前意而詳言之耳。盱江羅惟德氏以爲，大學有綱目而無經傳，是也。細繹石經原文，然後知朱子補傳之爲贅，而鄭氏古本，亦果有錯簡焉。「脩身爲本」一句，提於格致義中；「顏淵問仁」一節，入於正心義中，其大旨炳然。篇中次第中八條目義竟，復反諸三綱領以要終，此即中庸始言一理，中散萬事，而末復反於無聲無臭之義也。首章或出曾子，或出子思，又或出於古語，俱不可知。而考諸論語篇中，凡出孔子者，必冠以「子曰」二字；凡出曾子者，必冠以「曾子曰」三字；其餘諸子皆然；下逮不經之問，亦多存其姓字；而學、庸篇首獨缺焉，殆子思自筆之而自秘也。後之儒者，喜於高標絕學，歆動後賢，欲附於生民未有之一人，往往尊聖以顯己，皆侈心也。子思子以天下萬世之公心，明天下萬世之公理，苟道行而名滅，心無憾矣，何樂於自標其名，且假聖言以自重哉？唐子表章石經之意，將無在此？又深悟於經緯之説，謂大學類易大象，中庸類易小象，析而故完，分而故合，其見迥出諸儒之表，不下游定夫「會得西銘言語外，便能道中庸矣。」逵本與鄭本異，鄭本又與今所行朱本異，則世之君子，尚有推敲於其間者，余尚未能殫其學也。假我數年，庶卒業而證諸有道焉。若夫經緯之説，竊謂聖人復起，不易斯言矣。

〔萬曆刻本管志道管子惕若齋集卷三。〕

〔附〕石經古本大學測義引

（明）管志道

當京口麟出之年，余有内艱，不預賓朋吉會，將先師耿恭簡公所貽石經古本大學一帙，合先友唐儀部仁卿呈過御覽者，殫精紬繹。有省，既爲訂章句而注解之，復爲作測義而敷演之。章句遂有請梓之者。而測義中不無危言奥論，嫌於越俎而謀，揭日而行者，日抱行不揜言之羞，藏篋且一紀矣。歲逼古稀，而患欒正下堂之傷；彌年恐懼修省，心忽忽動，而冥徵適有觸焉，乃敢檢出就正有道。蓋生平所得於師友漸磨，困於心、衡於慮而後作者，大略漏在此編中矣。編分上中下三卷，亦有累年問辨諸劄與此測相發明者，間取附入其中。雖不敢謂孔門之道統在是，亦竊比紫陽朱子所謂「國家化民成俗之意，學者修己治人之方，不無小補云。」萬曆丙午春暮癸巳，古婁管志道子登甫書於惕若齋中。

〔萬曆三十四年（一六〇六）序刊本管志道石經大學測義卷首。〕

〔附〕石經古本大學測義

（明）管志道

經出漢成帝朝，劉歆得諸秘府。至章帝朝，賈逵傳入人間。緣鄭玄古本盛行，逵不能奪，宗之者寡，故靈帝朝，蔡邕但刻鄭本，不刻賈本。迨魏主芳政和年間，虞松始表之而刻諸石，石亦旋没。此必曹髦被弑之後，司馬氏不久受禪，惡此石而毁之也。魏亦無政和年號，必正始二字之訛耳。萬曆戊子，儀部郎唐伯元進呈御覽，下部未覆。余於癸巳、甲午兩年間留心此書，先訂章句，輯朱注而損益之，復草測義三卷，而不敢輕出。迨丙午春，乃稍爲修飾而出之。高一行者爲石經原文，低一行者爲石經測義。

〔萬曆三十四年（一六〇六）序刊本管志道石經大學測義卷上頁一。〕

朱鴻林按：

萬曆十六年戊子，唐伯元在假鄉居，未見有進書朝廷之事。唐氏進石經之奏疏及其古石經大學序，均署銜「南京户部雲南清吏司署郎中事主事」。此銜用至萬曆十三年三月被貶海州判官而止，管氏所書或出誤記。

〔附〕尚論聖祖頒行經教隱意

〔明〕管志道

聖祖以禮記中之學、庸二篇及孟子七篇配魯論，頒行天下，全據程、朱之案。至於推尊釋迦、老子，配尼父，而並頒其書，又全反程、朱之案。真所謂建中和之極，兼總條貫，金聲而玉振之者，豈等夷智慮所及。第其頒布群經之時，尚有四顧躊躇之隱，意學者未必能察。今當以意逆之。論語二十篇，不但人間重之，天宫亦重之，真萬世脩己治人之龜鑒也，是以聖祖之精神獨注焉。學、庸二篇，孔學之淵源具在，然不無缺文錯簡，而當時無從考訂，聖祖亦闕疑以存之耳。七篇中，則有門人緣飾附會之言：如舜避河南，禹避陽城，益避箕山，伊尹之不起於媵臣割烹，百里奚之不起於五羊食牛，論則高矣，俱非實録；而寇讐可以視君，貴戚可以易主，則聖祖初亦疑之，欲撤其四配之座，而以天象示異乃止。竊謂學、庸之缺文不可補，而錯簡亦可釐。七篇之精義不可磨，而訛傳亦可削。夫善繼父之志者爲孝子，則善繼君之志者爲忠臣。世有周公，何憚續文王之爻辭？世有孔子，何嫌演周易之十翼？士君子當此超三邁五之盛朝，而無善繼高皇之志如周、孔者，謂之何哉？唐伯元之進石經大學，亦信而好古之遺也。君子取節焉可也。

佛、老二藏，最浩且雜，聖祖雖廣收而並儲之，其精擇自有所在。於道藏，獨尊道德一經，而爲之序，復爲之注。於佛藏，獨頌心經及金剛、楞伽二經，而於心經亦爲之序。按，道家以玉清元始、上清靈寶二天尊合太清道德天尊爲三清，其來已久，而聖祖不然其説，以爲此時人妄立名色，使人慕而隱其機耳。夫聖祖既以道德信老聃，則何疑於上、玉二清哉？此其隱意可窺也。蓋欲使子孫臣庶殫精於道德，欽若於上帝，則君君、臣臣、父父、子子，而天下平矣。道藏尊三清於玉皇之上，列老君於三清之末，將使愚狂易敬天重道之心以慕空界，故立論以防之，而卒不令道家毁三清之象，蓋其慎也。又按，佛藏五時教中，以華嚴、法華二經爲圓宗，爲滿教，並稱經中之王，而聖祖所頌三經，雖屬大乘宗教，而義猶非圓滿也。聖祖曷爲不頌經王，令僧專習，而偏以三經爲日課哉？其隱意亦可窺也。華嚴四無礙法界，非大心衆生不入。法華一乘實相，非久修菩薩不入。中下根器承之，鮮有不增虚見而損實行者。聖祖未稽其利，先稽其敝，故姑舍是，而以般若破相之宗去人執，以楞伽印心之旨發人悟，俾之出小乘以入太乘。至於圓滿實教，則以待上根利器之高僧，與内閟外現之大士焉，益又慎乎其慎也。其不以道、釋二典頒學校中，亦是此意。蓋民可使由之，不可使知之，中人以下，不可以語上也。聖祖之盡人性，贊化育，類如此。然考其諭沈士榮之書，提及閩中有一士兼涉儒釋道三宗者，其言本不甚當於聖意，却奬之曰：「善哉！君子。雖未至三宗之奇，有心如是，亦可謂學之足矣。」然則世有英材間氣，聖祖豈以出世之因自秘，而不與之研窮哉？愚頗嫌永樂間儒臣奉詔輯性理大全，收及邵子元會運世、蔡氏律吕新書、洪範皇極，而於聖祖所揭心經暨金剛、楞伽、道德等經，無一及焉。此四典者，使人諸五經、四子之中，等與士子作經義命題，固不可，或附諸性理大全之後，間與士子作策論摘題，亦何不可。蓋宋儒錯認佛、老爲異端，故界諸藩籬之外。聖祖明言三教難缺一，何不收諸性理之中？如曰學戒多歧，當防其漸，則宋儒之防，曷嘗不密？而今之豪傑，偏染指於二家也，爲人心不死，而聖祖統一聖真之精神，鬱極不能不通也。今學者不知杜執一二本之漸，而俗杜統一聖真之漸，亦已過矣。唯二教既流，儒者争趨向上一路，行門未必不爲解門所奪，其漸委有當防者，則亦嚴以孔子之矩裁之耳。

〔萬曆三十年（一六〇二）徐文學刻本管志道從先維俗議卷五。〕

〔附〕孟子師説　仁人心也章

（清）黄宗羲

仁無迹象可言，孟子於無迹象之中，指出迹象，人人可以認取，如「仁義禮智根於心」，「惻隱之心仁之端也」云云；「仁，人心也」，不一而足。蓋人之爲人，除惻隱、羞惡、辭讓、是非之外，更無别心。其憧憧往來，起滅萬變者，皆因外物而有，於心無與也。故言「求放心」，不必言求理義之心，言「失其本心」，不必言失其理義之心，則以心即理也。孟子之言，明白如此，奈何後之儒者，誤解人心道心，歧而二之，以心之所有，止此虛靈知覺，而理則歸之天地萬物，必窮理而纔爲道心，否則虛靈知覺，終爲人心而已。殊不知降衷而爲虛靈知覺，只此道心，道心即人心之本心，唯其微也故危。伊尹之言先知先覺，初不加以知此理、覺此理一字，蓋無理之知覺，則禽獸矣。人心顧如是哉？豈可比而同之乎？李延平曰：「仁，人心也。孟子不是以心名仁。」羅文莊曰：「延平之見卓矣。」唐伯元曰：「二子可謂有功於孟子。」愚則以爲明與孟子之言相反，何言功也。

（浙江古籍出版社版黃宗羲全集本孟子師説卷六。）

〔附〕大學證文之大學石經本

（清）毛奇齡

魏政始〔一〕石經改本。不言僞者，以改則不必僞也。其文但有變竄，不分章節，增「顏淵問仁」二十二字，删「此謂知本，此謂知之至也」、「此謂修身在正其心」一十八字。按，大學石經本今世所行本，皆楷字。陝榻係唐開成間所鏤石，雖非漢熹平蔡邕所書舊跡，然與鄭註禮記原文並無異同。至明嘉靖間，忽有魏政始〔二〕本石經出於甬東豐考功坊家。其時海鹽鄭端簡曉，從同邑許黃門仁卿宅得其書，極爲表章，且筆之古言，以溯其所由來。古言者，端簡著書名也。其言曰：「魏政和中，詔諸儒虞松等考正五經，衛覬、邯鄲淳、鍾會等以小篆八分刻之於石，始行禮記，而大學、中庸傳焉。」考魏史正始中，諸儒虞松等校過石經，魏邯鄲淳、鍾會以古文小篆八分書之於石，豎在漢碑之西，則魏正始中原有五經書石之事。其云政和，則宋徽宗年號，係正始筆誤，第是時無衛覬名。衛覬者，衛瓘之父。經典稽疑據瓘傳，謂覬當以太和三年死，時虞松年十五，鍾會裁五歲，斷不能同時作書。且鍾會母張氏傳稱，會十三誦周禮、禮記，則禮記之行，亦斷不俟會之書而始傳於世。其言之紕漏，不辨自明。

至萬曆甲申，南户曹唐氏伯元得其書於吉安鄒氏，遽疏請頒布學宮。會其疏以別事與中貴忤，遂駁奏不行。然其疏詞則有云：「石經大學，魏虞松受之賈逵，逵父欽及其師杜子春，俱受業劉歆，當漢武時，周禮出巖屋間，歸秘府，五家之儒，皆不可得見。至成帝朝，歆始表出之。其後逵官中秘，又著禮記〔三〕傳義詁及論難百萬餘言，爲學者所宗。於時友人鄭衆與逵各俱有解，而馬融推逵獨精，故逵解獨行於世，衆解不行。」考漢史賈逵傳，逵徧受春秋、尚書、毛詩、周禮，兼有訓解，獨不受禮記。今唐氏疏單竊唐賈公彦周禮疏文爲説，如周禮巖屋諸語，不知周官即周禮也，五家即士禮也。其云傳義，即諸家傳義也。唐氏不明五家何家，周禮何禮，謬加禮記二字於傳義之上，固屬可笑。且當時有兩賈逵，一在熹平間，受諸經者；一在政始〔四〕，與虞松等同校石經。若前賈逵，則去松等遠，不及授受；而在後賈逵，則又焉得有馬融相推，逵解獨行之事。此真囈語也。

又其言曰：「若註疏大學，則東漢鄭玄受之摯恂、馬融，而傳自小戴聖，聖出自后蒼、孟卿、蕭奮，奮本之高堂生，是爲高堂古本。當時以非秘府藏，不得與録。」夫儀禮出自高堂，而后蒼、蕭奮等傳之，非禮記也。禮記出自獻王，而大、小戴遞删之，以立學。且所傳在當時已著爲經，其曰非秘府不録，何以稱焉？

〔乾隆五十九年甲寅（一七九四）大酉山房刊本毛奇齡大學證文卷二。〕

朱鴻林按：

〔一〕〔三〕〔四〕「政始」之「政」，原本如此，當爲「正」之刻誤。

〔二〕「禮記」，本集奏疏附刻之古石經大學序及集外文之石經大學跋均作「禮經」，疑毛氏抄誤。

〔附〕古本大學石刻記 （清）俞正燮

某公循吏達官，好刊古本大學，自述曰：「乾隆丙申補五臺令，讀陽明全集，乃取古本大學朝夕尋繹，身體力行，遂於歷任所至，刊龕門壁，不忍聖賢真種子遂亡。」又曰：「司馬温公全集世不多見，官滇南時讀之，曾因大學發揮數百言於其上方，滇南諸生藏焉。」其自言得力者如此。乃所刊於五臺、保德、潁州、開封、濟寧者，皆明萬曆十二年南京户部員外郎唐伯元所上之豐道生書，當時號爲魏政和石經，此又署王羲之書。按，宋司馬光注大學，當仁宗時，時御書大學賜進士，即禮記本。宋始有別注大學，不比中庸，漢、隋志均有單行本，可言有古別也。程朱改大學後，有志道學者多效之。明正德十三年七月，王守仁從禮記寫出大學本文，其識甚高。時有張夏者輯閩洛淵源録，反極詆守仁倒置經文。蓋張夏言道學，不暇料檢五經，又所傳陳澔禮記中無大學，疑是守仁僞造。然朱子章句見在，爲朱學者多以朱墨塗抹其章句之語，夏欲自附朱子，亦不全覽朱子章句，致不知有舊本，可云奇怪。今欲宗陽明學，亦不譾覽王書，竊尋禮記，直以豐道生書誣之。

豐道生者，有心疾者也，見世人多以改經名，而守仁古本名較美，則亦自言有子貢詩傳及古本大學、中庸出魏政和石經。中庸改竄兩節，大學以「瞻彼淇澳」至「此以没世不忘也」爲末段，中增「顏淵問仁，子曰：非禮勿視，非禮勿聽，非禮勿言，非禮勿動」二十二字，而删「此謂知本，此謂知之至也」；「此謂修身在正其心」十八字。唐伯元表上其書，引賈逵，言大學經之，中庸緯之。又有鄭曉也者，其古言曰：「正始中，虞松等考正五經，刻之於石，而大學、中庸傳焉。」又謂松表引賈逵，言「孔伋窮居於宋，作大學、中庸。」有沈曦者好此文，言不讀古本，如矮人觀場。而周從龍也者，作遵古編，以「瞻彼淇澳」在末段，謂文武心法在衛武公，定爲子思居衛作。又謂「顏淵問仁」二十二字，乃唐明皇削去。此數人者，慷慨下筆，殆有異人之稟。其書初行，毛奇齡云止有宋體楷字書五葉；道生死，忽有篆及八分書本；時已誤正始爲政和，蓋不檢魏時年號，以古刻石者皆當號政和；此本則以政和刻石，當是羲之妙墨。不謂爲陽明學者，上下四方，往來古今，亦信之而不疑也。嘉慶七年五月，見打本於滋陽，記其與司馬文正、王文成之所以異者，冀有賢者碎其石，以無成循吏之過，亦冀爲朱、王之學者，倘肯略覽朱、王之書也。

〔道光二十八年（一八四八）靈石楊氏刻連筠簃叢書本俞正燮癸巳存稿卷十四。〕

〔附〕答王崑繩書

（清）朱書

前作尊大人哀詞奉寄，未知達否。頃於張聲百處，得所寄濯足圖説、拙詩叙各一篇。又得一書辨别陽明無善無惡之説，懇懇以古人相期。規吾過而進之善，非吾子不聞此言。然必曰萬無以爲非，是猶以世俗遇我，非古人往復之義也。魏冰叔先生自謂生平好談兵，然使爲百夫長，必不能辦萑苻之盜。書之於學，亦猶是也。辨無善無惡者，當有明之世，若唐伯元之疏，羅文莊之書，困知之記，學蔀之編備矣。書不能望其事業文章萬一，徒執其不待辨之謬以非議之，此其過誠大，然以書爲尊程朱而痛詆陸王，則非也。用兵者，必正部曲行伍營陳，則節制之師有恃而不敗，而豪傑非常之將往往不依古法，出奇野戰，以成大功。聖人之學，節制之師也。異乎聖人之學，則不依古法而出奇野戰者之師也。聖人豈不能出奇野戰以成大功哉？不以僥幸苟得令也。……

〔乾隆元年（一七三六）梨雲閣刻本朱書杜谿文稿卷三。〕

〔附〕與姚石甫書　（清）方東樹

近爲一書辨劉念臺先生之學，極知瞽妄，然亦自有説。夫自明以來，争陽明之學者，紛紛聚訟，至今未已。平心論之，陽明之功不足多，而陽明之所以措注從容，不動聲色，以成是功名，若無事者，則雖留侯、武侯、鄴侯莫之能過，可謂體用兼備，幾於識心無寸土者矣。陽明以朱子學於事物支離，困苦難成而不得其本，故提出良知，以爲道之本原在吾心，而不在外物。以是果得受用，果成大功，而又以之降服當時許多豪傑，使皆北面相保。既明效大驗，則益居之不疑，學者亦即以是信之，不敢議。不思直提向上，此非上智不能，如陽明者，固閒氣僅見，千百年不數遘者。夫以閒氣僅見，千百年不數遘之賢，而必以此爲天下率，謂學者由其教，皆可以一蹴而幾之，揆之人情，夫豈能必，此不導人爲猖狂妄行，流爲惑世誣民，不可得也。故由陽明之教，不待其徒有敗闕而後識其非，即以理縣測之，亦知其斷斷必至於彼矣。然則其以良知混致知，及天泉證道四語之謬，非徒語言之失而已也。故凡學者之不肯陽明，非謂其人其才其功名可議，正謂其學術教法恐流爲誤世焉耳。歐陽南野與唐仁卿書，乃極舉陽明行事之不可及以推之，此信其一人而不究其教法之將誤於人人也。且南野既以此尊陽明，謂不可及，則生是使獨矣。然使由陽明之教而復皆如陽明，則陽明不貴。若不復能如陽明，而但成其猖狂，即南野將亦必知其不可矣。……

〔光緒二十年（一八九四）刻本方東樹考槃集文録卷六。〕

〔附〕漢學商兑　（清）方東樹

黄氏日鈔説尚書「人心惟危，道心惟微」四語云：「此本堯命舜之辭，舜申之以命禹，加危微精一於『允執厥中』之上，所以使之審擇而執其中耳。此訓之之辭也，皆主於堯之執中一語而發，豈爲心設哉？近世喜言心學，舍全章本旨而獨論人心道心……。」

按：此一大公案，其後顧亭林申之，遂爲蔑心之祖，而漢學者因據以爲罪宋儒成讞矣。苟博觀終始，窮極義理，則是非分明。……何基有言：「治經當謹守精玩，不必多起疑論，有欲爲後學言者，謹之又謹可也。」此足爲黄氏、顧氏藥石矣。要之，黄氏、顧氏猶目擊時病，有救敝之意，言雖失當，心則可原。及妄者主之，則借以立門户，與程朱爲難，援黄震以爲重，又自矜能闢僞古文而已，與黄、顧之意全别。何以明之？以今世并無心學禪學之害，不待慮之也。日知録引黄氏日鈔、唐仁卿諸説，以爲闢陸王心學則可，以爲六經孔孟不言心學則不可，以爲六經孔孟不若陸王之言則可，以爲六經孔孟不言心則不可。……

〔光緒十一年（一八八五）刻本方東樹漢學商兑卷中之上。〕

〔附〕釋心

（清）黄彭年

草木無心，禽獸有心而無心，惟人有心。知覺之心，人與禽獸同，理義之心，人與禽獸異，故曰良心。耳能聽，目能視，口能言，手足能動，心無能也，然是數者不得心，則若聾若瞶若嚚若痿痹，故無能而無不能。其生也蒙蒙，其寐也默默，心無有也。然君臣、父子、夫婦、昆弟、朋友之義，禮樂刑政之文，日用飲食之節，六合之廣，秋毫之細，知無不遍，思無不周，故無有而無不有。古之喻心者，如天如日，如水如鏡，如翻車，故無動而無不動。智者此心，愚者亦此心，賢者此心，不肖者亦此心，故曰固有，曰皆有，曰同然。宫室車馬、衣服飲食、聲色貨利玩好之物，富貴貧賤、生死險夷之形，或交於外，或引於内，於是有忿懥恐懼，好樂憂患，於是心有出入，有存亡。其始也違，其繼也失，其卒也喪。其弊之小者則飽食終日，無所用心。其弊之大者，則淫詞邪説作於其心，甚至無所不爲。總而究之，則放而已矣。

雖然，放其良心，未嘗梏亡其良心也。惻隱、羞惡、辭讓、是非之在心者，其發見則爲無欲害人，爲無穿窬，爲乍見孺子將入井而怵惕惻隱，爲平旦之好惡，故曰仁義禮智根於心，曰有是四端。根者本也，枝幹雖雕而本未即死；端者緒也，治絲雖紛而緒固仍在，患不能培之理之耳。故學者莫患乎失其本，莫要於求其端。求端莫先於致知，故哀放心而不知求。既知之，則宜知恥，故戒心不若人而不知惡。由近以及遠謂之推，由小以及大謂之擴，由虛以及實謂之充，猶懼其出入也，於是乎言操；猶懼其多欲也，於是乎言養；猶懼其或忘也，於是乎言盡。其用力之始也，曰困曰苦曰危；其用力久而有得也，曰廣曰慊。閑邪而存誠，下學而上達，如是而已矣。

聖人之從心所欲不逾矩，不得而聞也。而矩可知也。十五而志於學，志此矩，學此矩也。矩者何？道也。即所謂仁義禮智也。仁之實，事親是也；義之實，從兄是也；智之實，知斯二者弗去是也；禮之實，節文斯二者是也，即所謂必有事焉也。凡孔孟之言心，皆實也。惟實，故能由身而推之家國天下也。荀卿之言曰：「養心莫善於誠。」斯言也，有合於大學所謂誠意正心者。而儒者猶或非之，不亦過乎？老子之言心也，曰虛曰恍惚，猶有物有象也。莊周譬之死灰，欲無是非，掊仁義，心齋坐忘，皆周寓言，非孔子、顏子之言也。釋氏以心法起滅天地，不能窮則謂之幻妄，張子所謂疑冰也。易始八卦，惟坎言心，其中實也。張子之言心大乎道，程子之言心主乎敬，司馬文正公之言心繫乎中，王文成公之言心求乎己，皆實也。朱子之言曰：「心具衆理，應萬事，體無不備，用無不周。」大哉言乎。若夫程子言傳授心法，謝氏言非有所存，語偶同於釋氏，義或高過大學。蓋因俗沿訛，未可遂爲詬病，而唐仁卿遂謂古有學道，不聞學心，斯大謬矣。

〔民國十二年（一九二三）刻本黄彭年陶樓文鈔卷一。〕

〔附〕明史唐伯元傳書後

（清）廖廷相

嗚呼！士未有不刻志勵行，而能出爲循吏，入爲直臣者，吾讀唐仁卿傳而益信矣。史記仁卿落落數大節，而終之以「清苦淡泊，人所不堪，甘之自如，爲嶺海士大夫儀表」。此誠探本之論也。夫士大夫之飾貌矜情，沽名弋譽，在官而朘削自奉，不能寔心爲民，在朝而唯阿取容，不能公忠體國，皆由利禄之情中之。朱子所謂「人因不能咬菜根而至於違其本心」者，衆也。故聖賢之學，首重安貧。夫子美顔子之賢，一則曰：「一簞食，一瓢飲，在陋巷，人不堪其憂，回也不改其樂。」再則曰：「回也，其庶乎！屢空。」爲邦之略，於此基之。蓋心不役於勢利，斯氣足以配道義也。仁卿踐履篤寔，惠政及民，則其修治之純可知矣。又深疾王守仁新説，請黜陸九淵，則其學問之正可知矣。當是時，姚江之學遍天下，士之篤信程朱者，無復幾人，其一二不隨人者，亦心非之而不敢置喙。仁卿於其從祀文廟，獨能爲天下學術抗疏而争，此其風骨之峻爲何如？海州一謫，不旋踵而起，益有知其非好爲詆諆矣。及夫推補諸疏留中，即乞賜罷斥，欲以一去悟主；惜乎竟允其去，而終不悟，從令仁卿得潔身之義也。綜其生平，有海剛峰之清直，而去其偏；有邱[一]瓊山之廉介，而去其矯；雖爲天下儀表可也。故嘗謂：白沙狂者也，於聖門若曾點者流；仁卿狷者也，於聖門爲原憲之亞。學白沙而失其真，則通而流於放；學仁卿而失其真，則介而猶近於方。士必有守而後可以有爲也，然而白沙顯而仁卿晦，故因讀其傳而竊論焉。若其言行著述，則明儒學案詳之，兹不具説。

〔民國吴道鎔輯廣東文徵卷五十四。〕

〔一〕「邱」，清諱「丘」字。

朱鴻林按：

〔附〕重刻歷代循吏傳序

（清）郭嵩燾

雍正初，高安朱文端公、漳浦蔡文勤公有史傳三編之刻，曰名儒、曰名臣、曰循吏。其循吏傳則南靖張君福昶所編也。并録始於漢，訖元而止。時明史未有成書，不及録也。上元徐君子元重刻所編循吏傳，而取明史循吏補所未備，亦仿原書，每傳系以論，發明之，而屬嵩燾審定。……南靖張君盡取歷代書史循吏傳，簡汰修飾，多所芟節，而於一二功迹顯見，位至列卿宰輔，而遺愛猶存夫一郡一邑，皆録入之。其所增損不能盡明其義例，而尤多所脱遺，要其用意，凡有疵瑕不足爲勸戒，悉屏不録，蓋亦崇實務完之義也。徐君以諸生從軍，游宦吾楚，心有得於是書，重刊行之，而增益明史循吏，其志趣之所存，將躡古人而從之，而以是示之準，非苟焉以文著録者。然吾觀明之有天下，懲元之弊，急通民情，郡縣吏賢否，百姓皆能以上達，朝廷亦因之爲黜陟，循吏著在國史，亦用此以爲常例，有保留至二十年、三十年。以類附名者尤繁，飾名要譽或不免焉，非有實政不足録也。而若周文襄之撫吴，朱恭簡之督粤，黄忠襄之按交阯，林恭肅之宣政江西，皆所謂遺愛在人者也。至於況鍾之任蘇州，林錦之涖廣東僉事，宜在循吏，以名顯自爲傳。而儒林中若吕柟、邵寶、潘府、唐伯元，在官政績並表表著顯於時，宜以次録入。……光緒十年甲申歲冬十月。

〔光緒十八年（一八九二）刻本郭嵩燾養知書屋集文集卷七。〕

〔附〕端溪書院條約（正趨向）

（清）全祖望

書院與學校相爲表裏，學校盛則書院與之俱盛，書院衰則學校與之俱衰，宋明以來，歷可徵也。今聖天子宏作人之化，憲府大臣實宣布之，葺講堂，萃圖籍，以成文明之盛。粤中遠在嶠南，不遠五千里，延掌教以莅之，所望於諸生者甚重，固不僅區區章句之學，博一科舉而已也。況此間前哲，張文獻、崔清獻以來，魁儒時出，白沙、才伯、南川、甘泉、弼唐、中離、曙臺諸先生，學統迢遥，弓裘不替，而邱文莊、梁文康、海忠介、陳文忠，并以勛業風節起而翊之。雖諸生未必遽足語此，然豈無中人以上之資，尋墜緒之茫茫，苦質疑之無自者乎？掌教願進而語之。

〔光緒二十六年（一九〇〇）端溪書院刊本傅維森編端溪書院志卷四。〕

〔附〕端溪書院策問一

（清）全祖望

掌教敬問諸生……白沙陳文恭公者出，始超然自得。其學雖出於吴康齋，而别爲一家，粤中學統，殆莫之或先也。白沙授之甘泉，其門户益盛。……白沙之學，非可輕議，而甘泉則後人不能無疑之者。謂其到處建立書院，門庭雜沓，實啟隆、萬以後講學之弊。若鈴山堂文集一序，似不可謂非晚節之玷。因謂白沙弟子特以位望先甘泉，而能得白沙之傳者，當推林緝熙。或曰當推張東所、李子長、謝天錫。諸生能述其人之淵源乎？甘泉弟子在粤中者，龐弼唐其巨子也。實能和會浙宗，使二家異同之旨，疏通證明而無所礙。今累經兵火之後，林氏、張氏、李氏、謝氏、龐氏遺書，尚有存否？其與龐氏同時講道於嶺嶠者，葉石洞、唐曙臺之徒，而曙臺亦頗攻浙學。其與龐氏，孰是而孰非歟？諸生其亦嘗講明之歟？即薛、楊二家爲浙學，亦孰醇歟？……

〔光緒二十六年（一九〇〇）端溪書院刊本傅維森編端溪書院志卷六。〕

〔附〕東塾讀書記

（清）陳　澧

明史儒林傳：唐伯元字仁卿，廣東澄海人，萬曆二年進士。歷知萬年、泰和二縣，並有惠政，民生祠之。遷南京户部主事，進郎。踐履篤實，而深疾王陽明新説。陽明從祀文廟，上疏争之，因請黜陸象山，謫海州判官。屢遷吏部員外郎，歷考功、文選郎中，佐尚書孫丕揚澄清吏治。清苦淡薄，人所不堪，甘之自如，爲嶺海士大夫儀表。仁卿所著醉經堂〔一〕集解云：「左傳中載冀缺、劉子二段，是三代以前聖人相傳格言。曲禮序首引『毋不敬』數語，非皋、契、伊、周之徒，不能道也。」又云：「鄭康成、朱元晦，皆聖門游、夏之列，而特起百代之後，事難而功多。」論學書云：「不求盡我分内，而反求多於分外，此會講之風所以盛於今日也。」又云：「近世儒者，不可以欺人，止欺己耳；爲其原生於以本體求道，而陋聞見，拙踐修耳。」唐仁卿之卓識如此。明儒之學，黄梨洲所撰學案所載，已詳且冗矣，今可不論，惟唐仁卿廣東人，而今無述之者，故特著之耳。澧以醉經堂〔二〕集難得，告潮州方照軒軍門重刻之。

〔敬躋堂叢書本陳澧東塾雜俎卷十。〕

朱鴻林按：

〔一〕〔三〕「堂」，「樓」之誤。又，此書目録此卷下注：「明，讀書記目録卷二十三。」蓋原屬陳澧東塾讀書記卷二十三明，而讀書記卷二十二至二十五並未刊行。

〔附〕集義軒詠史詩鈔（唐伯元）　（清）羅惇衍

唐伯元（字仁卿，號曙臺，澄海人，神宗時官吏部郎中）：翹然正學嶺南東，淡泊心甘道固窮。樓號醉經宜得月，門能卻贐有清風。立祠德早流輿誦，覽疏名猶感帝聰。幾度采芳亭下望，滿腔生意草芃芃。

【正學】伯元受業永豐吕懷，踐履篤實。【淡泊】伯元清苦淡泊，人所不堪，甘之自如，爲嶺海士大夫儀表。【醉經】其爲文根極理要，所著有醉經樓集，禮編，易注，太乙堂、采芳亭稿，白沙文編，二程語類。【卻贐】用爲吏部員外郎，歷考功、文選郎中，佐尚書孫丕揚澄清吏治，苞苴不及其門。【立祠】嘗歷知萬年、泰和二縣，並有惠政，民生祠之。【覽疏】郎中秩滿，推太常少卿，未得命，時吏部推補諸疏皆留中，伯元言：「賢愚同滯，朝野諮嗟，由臣擬議不當所致，乞賜罷斥。」神宗不懌，特允其去，而諸疏仍留不下。居二年，甄别吏部諸郎，帝識伯元名，命改南京他部，而伯元已前卒。

〔光緒元年（一八七五）刻本羅惇衍集義軒詠史詩鈔卷五十八〕

〔附〕廣東文徵作者考　唐伯元

（民國）吴道鎔

按，伯元之學，崑山顧亭林、番禺陳東塾皆極推重，明史列儒林傳上卷，亦極寓推重之意，惟所著書，明志皆未著録。據阮藝文略所載者，有禮編二十八卷、二程年譜，注存；又有易注、二程語録、醉經樓、太乙堂、采芳樓〔一〕稿，皆注未見。然醉經樓集今潮郡尚有刊本，顧氏日知録卷十八所采答人書一條，即在集中，阮略注未見，蓋采訪偶遺耳。

〔民國吴道鎔輯廣東文徵作者考五頁四四五。〕

朱鴻林按：

〔一〕「樓」，「亭」之誤。

附録三　唐伯元著作目録

易注

朱彝尊經義考卷五十九　未見

范路曰：「伯元字仁卿，……官吏部文選郎，有易注、禮編。」

饒鍔、饒宗頤著潮州藝文志卷一頁十五：經義考五十九、道光廣東通志藝文略

一、光緒海陽縣志藝文略　未見

〔饒〕鍔按：當明隆、萬之際，王學風靡天下，流衍及於嶺海；而吏部承中離講學之後，獨不囿於所聞，超然特立，爲程、朱之學。蓋吏部嘗受業於吕巾石，巾石又嘗受業於湛甘泉，甘泉從學白沙。以隨處體認天理教學者，與陽明並世，各立門户。吏部既遠承甘泉薪傳，故絶不喜王學。而其言易大恉，亦頗恪遵甘泉之説。所著易注，自明以來，未見傳本。然吏部醉經樓集經解類，中有易解四條。今録於此，以見吏部解易之一斑。其言曰：「六經惟易無恙，漢、唐千家傳註，多有可考，不得其解，當以一經爲據。」（第一條）「解經

之法，以經不以傳，宜合不宜析。凡經皆然，而易尤甚，今之讀易者，未解繫詞，先解爻彖；未辨枝葉，先認根苗。是孔子誣周文；而周文又誣伏羲也。此析之尤舛，而自以其傳代經也。」（第二條）「易之彖詞、彖傳、爻詞、爻傳，不妨合爲一卦；惟大象當自爲一傳，文言又當自爲一傳。大象者，學易用易也；「文言」豈惟乾、坤二卦有之，上經八卦九爻，下經八卦九爻，散在繫詞皆是也。合之共爲一傳，不特文言爲全書，而上、下繫亦自朗然。」（第三條）「易有文錯者：如雲行雨施，當在時乘六龍之下是也。有文不錯而句讀錯者，如後得主爲主利是也。有字不錯而反以爲錯者，蓋言順也，當作慎也。」（第四條）其主張解易宜合不宜析，及釐正易文錯簡，均與甘泉修復古易經傳訓測之意相同也。（標點多從原書）

〔饒〕宗頤按：唐吏部伯元，張廷玉明史儒林傳，道光廣東通志，乾隆潮州府志名臣傳，李書吉澄海縣志，光緒海陽縣志并有傳。其德行事功，詳見唐彬乞賜諡疏，周光鎬行略，及郭惟賢墓誌銘。（俱載醉經樓集末。）吏部受業永豐吕懷。踐履篤實，而深嫉陽明新説。精於易，惜所著易注無傳於世。集中除易解四條外，別有乾坤解，九六解，初上解，始生解等篇。而其叙説書記，語間每論及易學。如卷四壽安寺記云：「易之坤言生也，徇生者殃；乾言始也，知始者慶。易爲逆坤而作，逆坤者順乾也。於是乎生，生故曰易逆數也。」又曰：「生生之爲易。」此足覘其論易之旨。關中〔唐〕若時醉經樓集序稱其文，無一不沈酣於六經之津液；雖片語單詞，無不從箇中體貼出來，匪虚語也。（標點多從原書）

又按：集中答譚子誠云：（卷五書類）「宗伯趙公，謬附夙契；乃前此索抄易義，不敢通書，亦欲長守山居之義耳。」又曰：「易義一册，近至都門，得還自馮太史家，今不敢復煩從者。倘已鈔録，惟足下留先觀焉。」所云易義，疑即伯元自著之易注。至於宗伯趙公、馮太史二人，厥名姓則無可考也。（標點多從原書）

禮編

黄虞稷千頃堂書目卷二

朱彝尊經義考卷一百六十六　二十八卷　存（有唐伯元自序）

〔附〕經義考卷一百三十儀禮一引語：

唐伯元曰：儀禮存者爲古經，尚矣。凡禮有經，有記，有義，有傳。記亦經也，綴之經則不成章。傳亦義也，不曰義而曰傳，遜辭也。惟冠有義，惟喪有傳，而諸禮皆無者，失之也。

饒鍔、饒宗頤著潮州藝文志卷二頁四十：經義考卷一百六十六、道光廣東通志藝文略一、光緒海陽縣志藝文略　未見

〔饒〕鍔按：三禮各自爲書，後世綜合而編纂論次者多矣。或有謂周禮、儀禮並爲周公舊典，而禮記乃漢儒所輯也，故有捨禮記而專研周禮、儀禮以成書者；（如李黻二禮集解是。）亦有謂周官非禮也。夫禮二而已矣：曲禮所以備威儀之細，儀禮所以具禮儀之大，二禮無餘蘊矣；故又有捨周禮，而專研禮記、儀禮以成書者。（如湛若水二禮經傳訓是。）曙臺是編採摭儀禮以爲主，而輔以小戴禮記，旁及孟、荀諸書，其關於六官經國之制，咸擯不録，蓋即取法甘泉而遠師朱子之意也。（朱子嘗曰：周官一書，固爲禮綱領；至其儀法度數，則儀

禮乃其本經，而禮記郊特牲、冠義等編是述其義疏耳云云。）經義考、阮通志著録是書，皆題曰「存」，意今世當有傳本，惜未之見耳。（標點多從原書）

〔饒〕宗頤按：禮編一書今無傳帙。伯元自序稱其書分上中下三編共二十八卷。上編十卷曰五典，論禮之所自出也；中編十卷曰四禮，論人道之始終也；下編曰樂論，曰治論，曰學論，曰道論，所以道問學而尊德性也。此足覘其書之辜較矣。自序又稱編始於壬辰，訖於丙申，凡五載。證之郭惟賢墓銘，知其屬稿伊始，適當丁内艱後一年也。此書見經義考外，千頃堂書目亦有著録云。（標點多從原書）

古石經大學〔石經大學〕

黃虞稷千頃堂書目卷二（石經大學類著作）

朱彝尊經義考卷一百六十　一卷　存

按，豐坊僞石經大學，唐氏誤信之，上言於朝，請頒行學官，而又述之爲書，與管志道交相倡和，皆夢魘之語也。

經義考卷二百九十一刊石五引毛先舒評論：

毛先舒曰：石經大學出於嘉靖時，豐道生自謂家藏魏政和中石搨古文，云其本傳自賈逵，復有虞松述賈逵之言曰：「孔伋窮居於宋，懼先聖之學不明，而帝王之道墜，故作大學以經之，中庸以緯之。」此本是也。方石經大學本出，一時諸公尊信之者，管登之著其八不可易，唐伯元奏請欲以易天下學者所習朱子章句本；王元美則謂其不可信，楊時喬刻大學三書以駁其僞。周從龍亦著遵古編，謂大學當復注疏古本，以王文成守仁之論爲歸；考魏無政和年號，斷石經爲妄，且謂其有四大拙，以攻管説。第石經本「食而不知其味」下，有「顔淵問仁」二十二字，則從龍更從之，謂舊原有之，爲唐玄宗削去者，今自應補入。又以「誠意」章有「曾子曰」，則從賈逵，定以爲是子思之書。道生并有石經中庸，「民鮮能久矣」句後，便接「道其不行矣夫」，通爲一章；「辟如行遠」章，在「費隱」章後；「鬼神爲德」章，在「達孝」章後。則從龍又盡宗其本。且自謂幸得聞之，若寐而醒。蓋未免自相矛盾焉。豐道生初名坊，字存禮，嘗官考功，後廢，人故目爲狂生者也。

饒鍔、饒宗頤著潮州藝文志卷三頁六十四：存　醉經樓集附刻本

〔饒〕鍔按：魏政和石經大學，爲豐坊僞作，前人言之詳矣。曙臺是書，蓋其令泰和時得之吉安，經雖出自存禮，然今考其書，與豐本微異；如「此謂知本」、「此謂知之至也」、「此謂修身在正其心」二十八字，豐本删而唐本有之；其增「顔淵問仁」二十二字則二本皆同。大學本在小戴記中，自朱子析出表章，强分經傳，爲之章句，於是天下學者，千百年來，誦習躭玩，狃於功令，惟知有章句之學，而不知有注疏之學，及陽明王氏起，始倡復古本，還鄭注孔疏之舊。唐氏此書，雖以石經爲本，顧其於朱説窮理致知之意，猶謂失之未遠；惟極力攻擊陽明，謂其致良知於事事物物，則是格物在於致知，爲兩失。今按唐氏小疏中，其釋致知在格物章云：「不曰先而曰在者，明格物即致知也；修身之功，至誠意而止矣，然誠至難言，物之不格，則以非誠而誠者有之，故誠意正心者，修身之功也，格物致知，求誠之事也。」唐氏解釋此段大抵尚不差，惟訓在爲即，則差之遠矣。本文之意，自「古之欲明明德於天下者」，至「先致其知」，蓋用逐層推深意，尚有所屬也。「致知在格物」句，云「在」不云「先」者，明明德至於格物至矣，盡矣，無復加矣，故以「在」字結之。致知格物是二非一，若致知格物，則言欲誠意先致知可矣。又何必復云致知在格物乎？若夫陽明之釋大學也，言大學之要，誠意而已矣；誠意之功，格物而已矣；誠意之極，止至善而已矣。又云不本於誠意，而徒以格物者謂之支，不事於格物，而徒以誠意者謂之虚。支與虚，其於至善也遠矣。此等解釋，何等明白透暢，而唐氏必刻意詆諆之，反遵信倒置經文之石刻僞本，沾沾爲之注釋，且欲疏請頒之學官，何其愚也。此書廣東通志、海陽縣志藝文略不著録，兹據千頃堂書目、經義考補入。（標點多從原書）

（饒）宗頤按：伯元此書，唐彬求賜謚疏作大學注釋；嘉慶澄海縣志十八作石經大學解；而千頃堂書目二及經義考一百六十，則咸作石經大學，名與豐坊僞本同。然考伯元自序名曰古石經大學序，可知此書實名古石經大學也。書舊尠有傳本，道光間普寧方耀重刊醉經樓集，附刻卷後，繇是得再流傳於世。其書於經文牣有注解，然匪詮釋訓詁，特欲證學、庸兩書，皆孔伋所撰，以申賈逵經緯之説也。書首爲石經疏詞，次石經大學序，次載豐坊僞本引虞松等語。又次則爲經文，細覈其字句，與豐本微有別。其經文不删「此謂知本」、「此謂知之至也」、「此謂修身在正其心」一十八字，而豐本删之，一也。其經文前引虞松語首句，不云魏政和而作魏正始，二也。其與豐本差異者廑此，所謂古石經大學者，蓋伯元得自吉安鄒氏。（石經疏詞稱：臣令泰和，吉安知府張振之手古石經大學授臣。詢其自，乃從今翰林院庶吉士鄒德溥爲舉人時所寄，隨録一册笥之。）即豐坊僞本，匪別一石經本也。（朱竹垞言：豐坊僞石經大學，唐氏誤信之上之於朝。足證兩書同本）。夫豐本之僞，盡人皆知，魏政和三字，素爲群儒所指摘。（吳應賓曾駁之，至名其爲亡是子虚，見經義考一百六十。）今唐氏此書，獨作正始，廼知所傳豐本之作政和，蓋傳寫之訛也。且舊所傳豐坊僞本，其異於註疏本者，在於經文倒置，及增入「顔淵問仁」二十二字，而所省去「此謂知本」等十八字，唐氏此書竟存之，又可見此十八字者爲脱簡，豐坊原本，未曾闕也。故論豐坊石經本，唐氏此書，實其真面目也。（標點多從原書）

醉經樓經傳雜解

朱彝尊經義考卷二百四十九　一卷　未見

朱鴻林按：饒鍔、饒宗頤著潮州藝文志卷十二頁四百三十九饒宗頤氏謂即醉經樓集卷二之經解。

二程先生年譜〔二程年譜〕

文淵閣四庫全書本欽定四庫全書總目卷六十　二卷（安徽巡撫採進本）

提要：明唐伯元撰，國朝黄中訂補。伯元字仁卿，澄海人，萬曆甲戌進士，官至南京吏部文選司郎中，事蹟具明史儒林傳。中字平子，號雪瀑，舒城人。考二程遺書，有伊川年譜而無明道年譜，宋文鑑所載明道墓誌，朱子又偶未見，故别爲之行狀。此書取明道行狀，改爲年譜，又取伊川年譜，小變其體例，均無所考正，僅因襲舊文而已。

饒鍔、饒宗頤著潮州藝文志卷五頁一百二十八：四庫全書總目卷六十、續文獻通考卷一百六十四、道光廣東通志藝文略二、光緒海陽縣志藝文略　存　二程類語附本

〔饒〕鍔按：唐仁卿二程年譜，余所見本，坿刻二程類語之末，僅二卷，排次舊文，殊少考正。誠如四庫提要所言，較之池生春、諸星杓輯本，遠遜之矣。

〔饒〕宗頤按：是譜四庫總目稱明唐伯元撰，國朝黄中訂補；而先君所見二程類語附本，乃萬曆乙酉姜召校刊本，與四庫著録全不相同。蓋四庫所據以著録者，係清初重刊單行本，非萬曆刻本也。（標點多從原書）

朱鴻林按：

潮州藝文志著録之二程年譜，在二程先生類語卷八，卷端原題「二程先生年譜」。此書萬曆十三年姜召刊本，南京大學、原杭州大學各有藏本。據杜澤遜四庫存目標注（上海古籍出版社二〇〇七年版）卷十九頁七七〇，河南新鄉圖書館亦有藏本；另有日本明曆三年（清順治十四年）據刻本，京都大學人文研究所見藏。

白沙先生年譜

陳吾德謝山存稿卷五與唐仁卿書：「一别十年，常懸夢寐，向寄到社倉、鄉約諸書，知大賢作用自别。近聞撰白沙先生年譜，未得領教，然具見門下之用心矣。」

朱鴻林按：此書所言唐氏撰白沙先生年譜，他處未見著録，殆附於白沙文編，如二程先生年譜之附於二程先生類語。

〔萬曆〕泰和志〔泰和縣志〕〔按，「泰和」，原文誤作「太和」。〕

黄虞稷千頃堂書目卷八

饒鍔、饒宗頤著潮州藝文志卷五頁一百四十九：江西通志一百三　未見

〔饒〕鍔按：……所撰縣志，因世鮮傳本，未知其體例何若？清學部圖書館方志目，江西省有萬曆泰和志，存八九兩卷一册，當即是書。

〔饒〕宗頤按：千頃堂書目列此志於雲南地志類中，以泰和爲雲南大理府首邑，誤也。

朱鴻林按：泰和志十卷（其他著録多作泰和縣志），有原北平圖書館藏善本書，現歸臺北「國家」圖書館，藏於臺北故宫博物院圖書館，剩三册，殘存五卷。各卷均卷端題「澄海唐伯元修，邑諸生梁庚、王御、陳世用、鄢鳴卿校輯。」所存者爲卷六人物表職官，卷七人物表選途，卷八人物表殊典、異行，卷九名宦傳，卷十上人物傳鄉賢，卷十下人物傳節烈、附雜傳。其中卷九諸傳甚短；卷十上篇幅甚長，各鄉賢傳上均冠以分類，包括「進士」、「舉人」、「徵辟」、「孝友」、「隱逸」諸類。卷八闕首二頁，卷十下只存頭十二頁，故此書之有無跋尾，不得而知。

銓曹儀注

黄虞稷千頃堂書目卷九　五卷〔按，原文撰者作「徐大相」〕

饒鍔、饒宗頤著潮州藝文志卷七頁二百五：醉經樓集三　未見

朱鴻林按：

銓曹儀注五卷，有萬曆間刻本一册，原屬北平圖書館藏書，今歸臺北「國家」圖書館，藏臺北故宫博物院圖書館；續修四庫全書所收南京圖書館藏萬曆刻本相同。書前有銓曹儀注序（文見醉經樓集卷三），末署「萬曆丙申春正月人日澄海唐伯元題於愛賢堂中」。次爲目録，次爲正文，書末有叙銓曹儀注後，末署「萬曆甲申端陽之吉晉江蔡應麟子端甫謹跋」。目録標題如下，卷之一：三堂命下，正堂到任，兩堂到任，上任行香（附每月朔日行香、開印行香），堂官拜司，正堂考滿（附復職加恩），兩堂考滿（附復職加恩），堂上入閣，右堂轉左，兩堂署印，兩堂陞任（附陞南京、考滿陞遷到京），堂官辭司，堂上勳階（附廕子〔按，内文「私宅廕子」爲一正條〕、進場、讀卷），堂上賀禮（附賻禮），堂上交際。卷之二：内閣見部，内閣考滿，九卿見部（附經本部兩堂，經本部四司，不係正途），卿尹見部，翰林見部，科道見部，公侯見部，駙馬見部，衍聖見部，皇親見部，真人見部，部屬見部，兩司見部，

運府見部，京庶見部，外僚見部，雜職見部，京職見部，京職左遷，御史遞册（附部屬），觀政進士（附病痊、起復、差回、給假、見辭）。卷之三：四司命下，四司到任，四司考滿，四司實授（附進場、給假、清黄），司陞通政，司陞館卿（附陞南卿），司陞兩司，四司起補（附贐餞），兩廳到任，兩廳考滿，兩廳陞任，兩廳起復。卷之四：堂司進部，大堂公座，四司陞堂，四司回司，司堂公座，到任見堂，廳司候宅，廳司拜司，廳司説堂，堂送風單，廳司禮遇，堂司贈言，四司門揖，四司堂見，四司交際，門揖附考。卷之五：朝班次序，元旦朝賀，春秋上陵，兩至齋宿，國子謁廟，歲終湔除，堂司開印，堂司封印，京察事宜，朝覲事宜，會推事宜（按，内文此條之後有「行取事宜」一條）選通參議，選庶吉士，選科道官（按，内文實無此條），選鳴贊等。共八十條，符蔡氏跋文所稱。

〔附蔡應麟叙銓曹儀注後〕昔子太叔見趙簡子，簡子問揖讓周旋之禮，對曰：「是儀也，非禮也。禮，天之經也，地之義也。」余謂不然，儀豈與禮二哉？實因經與義而節文之也。嘗觀邾隱公來朝時，執玉高卑，厥容俯仰，端木氏觀之，曰：「高仰驕也，卑俯替也，驕近亂，替近疾。」彼其身容之俯仰，有關興亡，而況於廷廟堂署之間，尊卑統承之際乎？今之天曹，尚書古冢宰也，其職建邦之六典，佐天子治邦國，以統百官，均四海；四子部分贊之，其禮實惟諸曹承式。余竊怪諸曹儀多有録本，而天曹闕焉。則曷以故？蓋天曹體統，無日不與百司庶府相臨，諸司業以耳目所睹記者，遂爲憲典，而署中諸大夫後先敬讓，嚬笑不苟，無非儀也，安用注爲？隆、萬以還，駸失其初，因循至今，十七陵替，識者憂之。柄事君素以復古脩禮爲己任，謂首銓禮所自出，理劇之暇，因稽歷年成規與諸司典故，而彙輯之，分卷爲五，分目八十，題曰「銓曹儀注」。考昔以證今，蒐遺而録細，所具載者，揖讓周旋之節，而至夫明統紀，尊朝廷，肅官僚，表中外，凛凛周官一書矣。夫禮猶堤也，尺寸未没，則巨浸安流；儀猶階也，等級不逾，則高堂遠地。微乎！微乎！其因天之道，治國之經乎？而矧於俯仰觀人，高卑知政，又非持衡鑒者之一助耶？余故僭爲之言曰：「有儀無注，儀之盛也；無注而儀失，儀之衰也；注其所尚存，而及其所已廢，俾後之人有考於儀之初，斯君子之善維禮也夫！」萬曆丙申端陽之吉晉江蔡應麟子端甫謹跋。

社倉　鄉約

陳吾德謝山存稿卷五與唐仁卿書：「一別十年，常懸夢寐，向寄到社倉、鄉約諸書，知大賢作用自別。」

朱鴻林按：

社倉、鄉約，當時刻印成册，今無傳本。

二程先生類語（二程類語）

饒鍔、饒宗頤著潮州藝文志卷八頁二百二十五：道光廣東通志藝文略六　存

萬曆乙酉姜召校刊本

〔饒〕鍔按：唐曙臺二程類語〔一〕，今所傳原刻本，凡七卷，分二十四目：曰志，曰學，曰詩，曰禮樂，

曰知行，曰敬義，曰心，曰事（卷一）；曰道，曰德，曰仁，曰理，曰性，曰神（卷二）；曰教，曰治，曰聖賢，曰天地（卷三）；曰經解（論語、大學、中庸、孟子〔卷四〕）；易、詩、書、春秋、三禮〔三〕〔卷五〕）；曰史評（卷六）；曰文字，曰諸子，曰百家，曰異端（卷七）。蓋從二程遺書挈其精要，分類輯録之也。當時校梓者爲廣安姜召、休寧范淶、孟津王价、茶陽譚希思、温陵郭惟賢等也。

〔饒〕宗頤按：是書名稱，各書著録，互有不同：千頃堂書目十一，作二程先生新語；海陽縣志藝文略，作二程語類；澄海縣志十八，作二程語録纂：今據通志藝文略，以二程類語著録。考郭惟賢曙臺墓誌銘云：「余之白下，與仁卿（唐伯元字。）公暇，同輯白沙文篇，二程類語。」是此書實非唐氏獨自編成，乃與郭惟賢同輯也。今所傳本七卷，分二十四目，蓋從二程遺書挈其精要，分類輯録，有唐氏自序。（標點多從原書）

朱鴻林按：

〔一〕此書原本卷端題作「二程先生類語」，饒氏著録蓋從省稱。

〔二〕「三禮」在此書屬卷六，與「史評」同卷。

二程先生新語

黄虞稷千頃堂書目卷十一　八卷

朱鴻林按：

饒鍔、饒宗頤著潮州藝文志卷八頁二百二十七饒宗頤氏謂即二程先生類語，著録名稱不同而已。

陰符經註

饒鍔、饒宗頤著潮州藝文志卷十頁三百二十五：唐彬求賜謚疏 未見

道德經註解

饒鍔、饒宗頤著潮州藝文志卷十頁三百二十五：唐彬求賜謚疏 未見

醉經樓集

黄虞稷千頃堂書目卷二十六 六卷

道光二十七年馮奉初題辭編刊潮州耆舊集卷二十四唐選部醉經樓集題辭：

明至嘉、隆間，良知之學遍天下，選部争祀典一疏，獨昌言排之，至於竄斥荒遠而不悔，蓋欲伸伊川、紫陽之説，不使後世之士得以輕議先賢，其爲程、朱閑衛者，用意可謂勤矣。及賜環入司文選，計典稱平，旋告歸不復出。嘗學於白沙再傳弟子吕巾石懷之門，淵源甚正；立身行己，動合典則，文亦光明正大，先民是程。當時如顧涇

陽、耿天臺諸公，咸相推重。明史防王學流失，列入儒林傳中，信乎其爲程、朱功臣，抑不可謂非陽明之諍友也。後學順德馮奉初題。

饒鍔、饒宗頤著潮州藝文志卷十二頁四百三十七：千頃堂書目二十五　存　道光己酉刊本，光緒丙子重刊本

饒宗頤（補）：方刻醉經樓集跋：唐伯元醉經樓集，明初刻本久佚。乾隆時唐紹奎刻本，世亦絶少流傳。今可見者，惟道光己酉唐際虞補刻本暨光緒丙子方耀翻刻本，兩種而已。道光本板多遺失；光緒本板，舊藏四中學校，今亦不存矣。此本凡分六卷：首卷爲詩；卷二爲經解，即朱氏經義考所録醉經樓經傳雜解；卷三爲序；卷四爲記；卷五爲書；卷六爲雜著。前有李楨序，唐若時序，并明史儒林傳文。而奏疏，及石經大學，唐彬乞賜易名疏，周光鎬撰曙臺唐公行略，郭惟賢撰墓誌銘，唐際虞跋尾，并附刻於末焉。據唐彬疏，伯元尚有醉經樓續集，李禎序，謂集中詩文，乃伯元自丁亥迄於丙申之作；然則其在丙申之後作者，當編入續集無疑。考伯元卒於戊戌四月。（見郭惟賢作墓誌銘。）戊戌距丙申未及二年，是所謂續集，今雖未見，意所載文字，卷帙必無多也。（標點多從原書。按，此條原見饒宗頤潮州叢著初編〔臺北：文海出版社，一九七一年〕固菴序跋頁十八。）

醉經樓續集

饒鍔、饒宗頤著潮州藝文志卷十二頁四百三十九：唐彬求賜謚疏　未見

太乙堂稿

饒鍔、饒宗頤著潮州藝文志卷十二頁四百四十：唐彬求賜謚疏　未見

采芳亭稿

饒鍔、饒宗頤著潮州藝文志卷十二頁四百四十：光緒海陽縣志藝文略　未見

〔饒〕鍔按：太乙堂在户部，采芳亭在吏部驗封司，曙臺居户部日，裒集所爲詩文曰太乙堂稿；居吏部日，亦裒集所爲詩文曰采芳亭稿。周國雍所謂「在署有太乙堂、采芳亭諸稿」者是也。二稿今無傳本；然醉經樓集却有采芳亭對雪觀芍藥賞菊諸詩。是醉經樓集似不盡於予告時作；而太乙堂、采芳亭諸稿之裒録，當不限於爲郎官時也。今曙臺遺文見於他書，爲醉經樓集所不載者，尚有周孝廉瑞徵堂記（萬曆癸未作，見周孝廉贈録三），三賢祠碑記（萬曆丁酉作，見雍正海陽縣志十），與友人論學書（見顧炎武日知録十八心學條），告遷寺基諸冢文（萬曆癸巳作，見嘉慶澄海縣志二十五），禮編序（萬曆丙申作，見經義考一百六十六），二程類語序（萬曆乙酉作，見類語本書卷首）七篇〔一〕；而吕懷三書本義序（見周光鎬曙臺行狀）及鳳凰塔記（見曙臺三賢

祠碑記），則篇亡而目存。又澄海縣志藝文，載曙臺詩有任憲使枉駕南巖兼紀湖堤新成七言一律，亦爲醉經樓集所無。凡此詩文作時，俱有年月可考。其孰爲醉經樓續集中稿，太乙、采芳二集中稿，實不難一辨也。

朱鴻林按：

〔一〕饒氏此處所列，實只六篇。

愛賢堂集

朱鴻林按：

此集名載醉經樓集奏疏附刻明唐彬撰乞賜易名疏，他處未見著録。

白沙文編

饒鍔、饒宗頤著潮州藝文志卷十二頁四百四十一：光緒海陽縣志藝文略　未見

昌黎文編

饒鍔、饒宗頤著潮州藝文志卷十二頁四百四十一：陳宏緒寒夜録上　未見

陳宏緒寒夜録上：韓退之自選生平所爲文二十六篇，題曰韓子。今不知二十六篇之

目爲何？元儒程夥南有韓文鈔，止取十篇，以李愿歸盤谷序爲卷首；餘九篇則送文暢師，送王秀才，温處士，楊少尹，盛山十二詩五序，與燕喜亭記，孔子廟碑，獲麟解，祭鱷魚文。此外雖退之極有關係之作，如平淮西碑，諫佛骨表，與孟尚書書，皆在所不録。而文章之妙，如諱辨，送孟東野，高閑上人，殷員外序，祭十二郎文，代張藉與李浙東書，悉被删去；而反有取於盛山詩序，燕喜亭記，足以驗此君之謬妄無識矣。近代潮人唐伯元昌黎文編，最稱佳選，其謂「昌黎先生歿歷二百餘年，而歐陽永叔始知之。然永叔嘗論先生二鳥賦矣，其曰『光榮而飽，則不復云。』彼爲御史爲侍郎，非光榮而飽之口乎？天旱人饑之狀，佛骨之表，抵觸君臣之所大忌，烏在其不復云也？信如永叔之論，亦〔二〕可謂盡知先生也。」數語亦是確論。（曹溶學海類集餘四）

〔饒〕鍔按：曙臺有白沙文編，世多知之；其昌黎文編，則從未有聞。周氏行狀及郭氏墓誌所舉曙臺著述，亦未之及。是書存目，僅見於新建陳石莊宏緒所著寒夜録中記韓集條。余謂曙臺學宗程子，而私淑白沙。其於隋、唐儒者，則服膺王通、韓愈。（曙臺平遠縣儒學記：「文中子、韓退之間，皇皇羽翊吾道，其功顧不偉歟！」見醉經樓集四。）所輯二程語類，白沙文編，即其所以誌景仰之私，昌黎文編，意亦同此，不獨專取其文章也。又石莊所録曙臺論韓文一節，即曙臺序文，今本醉經樓集失載，又疑編在太乙、采芳諸稿也。

朱鴻林按：

〔二〕「亦」，「未」字之誤，見北京大學藏清抄本陳弘緒寒夜録卷上該條。

〔附〕佚文考

一、評論李承箕文字

明儒學案卷五白沙學案下孝廉李大厓先生承箕傳：「李承箕字世卿，號大厓，楚之嘉魚人，成化丙午舉人。……自嘉魚至新會，涉江浮海，水陸萬里，先生往見者四，而白沙相憶之詩……真有相視而莫逆者。蓋先生胸懷灑落，白沙之門更無過之。乙丑二月卒，年五十四。唐伯元謂其晚節大敗，不知何指，當俟細考。」

朱鴻林按：

此傳所引唐伯元語，惟見於此。

二、泰和縣社稷壇記

雍正七年謝旻等修江西通志卷一百八泰和縣社稷壇記：「各縣社稷壇。……泰和在縣西二里，明唐伯元記。」

朱鴻林按：

此記醉經樓集及江西通志均未之見。

三、息軒記碑文

光緒泰和縣志卷三建置略上諭亭條：「舊有萬壽宫，係普覺寺内祝聖場，明萬曆六年知縣唐伯元建，左爲鐘樓，右爲更衣亭。……更衣亭内有唐伯元息軒記碑文。」

朱鴻林按：

此條所言息軒記碑文，醉經樓集及泰和縣志均未之見。

四、立嗣説

田生金按粤疏稿卷六表揚烈節疏：「許氏，澄海縣故民唐華椿妻，吏部郎中唐伯元之長婦也。氏以宦門女，年十七適華椿，越三年夫故，年僅二十歲，……其姑病目，以舌吮之，……母有病，禱於天，願以身代……。諸如禮諸父，承父重，和妯娌，感宗親，又秩秩有條焉。其翁伯元憫之，爲立嗣説以垂不朽。」

朱鴻林按：

此疏所言立嗣説，醉經樓集未之見。

五、别四生序

胡直衡廬精舍藏稿卷二十答唐明府書：「承示别四生序，仰見明府篤意問學，雖政兀不爲倦，雖以僕之衰落而不爲棄也。甚荷，甚服。」

朱鴻林按：

此書所言別四生序，當爲唐氏知泰和時作，醉經樓集未之見。

六、萬花巖和歌序

醉經樓集卷四萬花巖三官殿碑記：「海州當淮海窮處。……萬曆乙酉秋，余以謫至，居凡六月，……天馬山之麓多怪石，去州治東里許，余闢而巖之，種花結亭其間，是爲萬花巖，詳見余所爲和歌序。」

朱鴻林按：

此記所言和歌序，醉經樓集及海州志均未之見。

七、玉華閣記

萬曆刻本余之禎纂吉安府志卷十二山川志之泰和玉華山：「（玉華山）在五十七都，狀如賬屏，山頂有天池，可數畝，冬夏不竭。最高諸峰舊有殿閣數處，萬曆間知縣唐伯元建玉華閣其上，自爲記。」

朱鴻林按：

此記醉經樓集及江西通志均未之見。

八、王翥墓表

萬曆刻本余之禎纂吉安府志卷二十五儒行傳：「王翥，泰和人，文端公玄孫。孝友篤學，以鄉薦爲莆田教諭，正身率士。尋應督學聘，開館會城，日與八閩士子講學明道，要歸於躬行實踐，不騰口説，學者敬信之。陞國子學録，未行卒，門人爲執喪，而私謚之曰貞穆先生。萬曆間，知縣唐伯元表其墓而封之。」

朱鴻林按：

此表醉經樓集及江西通志均未之見。

九、鳳凰塔記

本書頁二五〇「附録二醉經樓集集外文」三賢祠碑記：「蓋郡治來自鳳凰山城，故名鳳城。當郡下流有巨洲，横於江上，自郡守侯公必登題其洲爲鳳凰洲，而築臺爲鳳凰臺，其後郡守郭公子章爲塔於江之左，而郡丞王公懋中纘成之，遂因之名鳳凰塔，詳具余所爲塔記。」

朱鴻林按：

此記醉經樓集及潮州府志均未之見。

十、西峰文集序

萬曆十三年乙酉（一五八五）序刊本郭子章潮中雜記卷七藝文志上「書目」：「〔海陽縣〕西峰文集，明僉事邑人章熙著，龍陽丁應賓、澄海唐伯元序。」

朱鴻林按：

此序醉經樓集及潮州府志均未之見。

附録四　唐伯元交遊文字

得唐明府仁卿書寄答

（明）周光鎬

勞勞十載望音徽，茂宰風流似爾稀。錦鯉遥從江上至，仙鳧常傍帝城飛。故人蹤跡仍寥落，今日才名有是非。早晚君應司獻納，清時莫濕侍臣衣。

〔民國三年甲寅（一九一四）重刊周光鎬明農山堂彙草詩卷二。〕

唐仁卿計部以論學謫倅海州 二首

（明）周光鎬

忽有東來訊，聞君謫海州。疏因原道起，辨豈爲身謀？宦跡沉淪後，才名黯淡秋。波臣休灑淚，渤澥尚堪浮。

其二

諤諤封章入，昭昭正道扶。風塵元宦拙，放逐敢恩孤？豈是持堅白，從來惡奪朱。應知滄海上，尼父願乘桴。

〔民國三年甲寅（一九一四）重刊周光鎬明農山堂彙草詩卷三。〕

過保定寄懷唐仁卿初仁卿以論學謫倅海州至是擢理是郡未至又聞召命矣

（明）周光鎬

清時籍甚使君名，畿輔還勞攬轡行。可但法星高北斗？即看紫氣接蓬瀛。中朝盡道推唐介，前席猶聞召賈生。祇念長驅巴蜀者，劍門白首不勝情。

〔民國三年甲寅（一九一四）重刊周光鎬明農山堂彙草詩卷三。〕

九日登郡閣得仁卿秣陵書有感

（明）周光鎬

江樹低垂白日斜，江城孤閣俯流沙。三秋幾見南來雁，九日誰看蜀地花？滿目風煙驚歲暮，傷心朋好隔天涯。登高何處勞相憶？一度茱萸鬢總華。

〔民國三年甲寅（一九一四）重刊周光鎬明農山堂彙草詩卷三。〕

唐仁卿寄新刻白沙先生集感賦四絶　（明）周光鎬

元運由來合復離，紛紛末學競多歧。江門直溯春陵起，誰道斯文不在兹？

碧玉樓前春色深，春陵光霽想同心。多君獨闡圖、書旨，五百貞元又到今。

由來吾道貴知希，玄牝千言也似非。剛到自然無別説，滿前花鳥盡天機。

當年空下董生帷，覺後言詮總費思。老去名山堪不朽，誰將鉛槧更相隨？

〔民國三年甲寅（一九一四）重刊周光鎬明農山堂彙草詩卷三。〕

唐仁卿以司理擢客部郎賦寄　（明）周光鎬

波臣十載嘆艱關，此日徵書始召還。典禮夔龍登上秩，才名黼黻近天顔。南宫清切含香地，北斗寒光起草間。念子報恩知不淺，能無歸夢到斕斑？

〔民國三年甲寅（一九一四）重刊周光鎬明農山堂彙草詩卷四。〕

秋夜起坐有懷唐仁卿　二首　（明）周光鎬

夜色何蕭疏，烏啼夢覺初。霍然沈病起，惜矣景光徂。絶學憑君問，荒畦我自鋤。

百年相望處，消息嘆離居。空庭暑氣清，入夜群喧屏。坐久忽蛩聲，西來無雁影。黄花曉露溥，獨樹秋雲冷。短髮尚長心，有懷自深省。

〔民國三年甲寅（一九一四）重刊周光鎬明農山堂彙草詩卷四。〕

邛南得唐仁卿客部春興四首用韻述寄 （明）周光鎬

乞歸何事故遲遲？又見蠻方瘴雨時。煙草塞南緑似染，鬢華霜後白於絲。天荒海畔空殘壘，山近雲深覆古陴。旅病未蘇春又暮，尺書常負故人期。

其二

金沙白水接天流，煙雨微茫隱戍樓。亂後兵戎猶在眼，春來花鳥不禁愁。空羞往事遼東豕，好結新盟海上鷗。無那欲歸歸未得，故園遥望海西頭。

其三

徼外靈關杳不窮，千盤百折路初通。春雲半濕蒽山雪，羌笛長吹柳塞風。自古平夷無上策，於今即叙有西戎。災荒總是天王地，銅柱何須勒漢功。

其四

絶羨東山卧正高，草堂春興寄揮毫。當年孤鳳名初起，此日元龍氣轉豪。念我邛郲車自叱，思君湖海夢偏勞。巴江不斷蘼蕪草，遮莫羈愁破濁醪。仁卿以言學謫而復召，時請告未起。

〔民國三年甲寅（一九一四）重刊周光鎬明農山堂彙草詩卷六。〕

哭亡友唐選部仁卿 七首

（明）周光鎬

逝矣仁卿子，誰其褫我盟？人云淪國寶，天自殞星精。有待還前席，何期忽奠楹！止哀仍諦想，平日頗憂生。

其二

溯自江門後，寥寥幾嗣音？箕裘慚我拙，麗澤荷君深。楚國持衡意，南宮抗疏心。微言兼墜緒，此事復誰任？

其三

善病憐君性，同歸荷主恩。乞身連懇疏，明道獨昌言。有約尋芳社，傷心弔楚魂。輟絃兼掛劍，此道莫須論。

其四

大雅甘長遯，高樓扁「醉經」。一朝藿幌厭，三徑暮雲扃。有子堪傳白，何人爲殺青？平生傷逝淚，此日注東溟。

其五

羅浮空有約，泰岱遽先登。麟鳳時方隱，龍蛇歲曷憑？九衢方稅駕，八極遂飛騰。濁世知君厭，騎箕故上升。

其六

特起君恩重，耄期親壽多。高深原罔極，義分竟如何？祇抱餘生憾，難迴白日戈。古來桑户死，子孟尚爲歌。

其七

暑雨任馳驅，沮洳百里途。椑棺千點淚，奠几束生芻。末路誰知己？窮昊似喪予。卷篇應不朽，珍重祝諸孤。

〔民國三年甲寅（一九一四）重刊周光鎬明農山堂彙草詩卷十。〕

報唐仁卿

（明）周光鎬

頃有家人自嶺外道螺川、白下來者，云彼中人士頌足下政澤，前百年未有也。不佞知足下宅心純粹，政事自與時吏迥別，何待人言而後知之？此方蒼赤一何幸哉！若簿至，辱長者垂念雅貺，且備知動定，慰喜慰喜。尊翁高堂迎養邸舍否？令郎長公業文何如？計受室未？近來鳳毛麟角，當種種出人間矣。便中乞詳示。弟近有江北之役，月可三四日了公事；餘則杜門，闃其無人，理卷編藥物；山光樹色、鳥語江聲相映發，吏隱未足喻也。卻又於寥寂中增一番警省，蓋懼以逸豫墜之耳。足下時惠教之。年光建瓴，此物堪惜，即簿領煩劇中，須無失自家意思，乃爲有得。足下固深造者，不佞何能一言。惟近來見講學一事，於吏治中更宜斟酌。弟於浙時，見有部使者講良知，一時翕然嚮往之，畢竟爲一二搢紳匪類假以媒利，稍損威嚴。此人時向江右，丈當自有鑒識。丹士秘方，宜自服食，遇非至人，未宜輕授。饒舌至此，鄙人之過計也，如何？并致候意。

（民國三年甲寅（一九一四）重刊周光鎬明農山堂彙草文卷二十二。又見道光二十七年（一八四七）馮奉初題辭編刊潮州耆舊集卷二十八周大理集。）

與選部唐仁卿

（明）周光鎬

嘉平之望，覩邸報，知兄入朝，甚喜。正人秉衡，君子道長，其易之泰占乎！拔茅彙征，吉在初九，而九二治泰，有包荒朋河，四者乃得尚於中行，以光大也。兄之舉措，無非學問中來，其於易尤深者，今之大計，定非他年比，可知矣。此敢爲世道賀。弟伏荒塞，即復隍之後也。時險行危，所賴以艱貞無咎，不能不於心知者望。邊務機宜，虜情順逆，頃於固鎮亂後，曾有小疏，兄曾寓目否？若盡如當事者，不審機宜，不知彼己，則貞吝之凶，不在上六，而在師之三四矣。兄將何以教我？計事倘尚瓦全，乞歸當在夏首，奉賀不宜及此，然非兄不敢及此也。惟尊炤之。

（民國三年甲寅（一九一四）重刊周光鎬明農山堂彙草文卷十六。又見道光二十七年（一八四七）馮奉初題辭編刊潮州耆舊集卷二十八周大理集。）

祭唐仁卿吏部文

（明）周光鎬

於戲！嗟我仁卿，胡爲而止此也！天生賢哲，代不數見，而其出處進退，則氣運亨屯，世道升降係焉。故其生也，或爲斯世用，或爲斯道寄。用於世者尚不乏人，而抱濟世之具，爲載道之器，則數百年一見，猶駢首而比肩也。乃遽生之而遽敓之，使之材不盡用，道未大行，若我仁卿者，果天無意於斯道斯人邪？嗟我仁卿，天實挺生。扶輿間氣，嶺海鍾靈。充其學足以理披紛之墜緒，究其用足以襄治運於休明。識度炯炯，冠群倫而作領袖；襟懷磊磊，御八表而吞四溟。闡發性命之微，則諸家之糟粕盡棄；克舉綱常之大，則天下之名教獨嬰。平居稱善病，而不病於病；狀貌若憂生，而不有其生。即名位之通塞，不足以汩其內，而所遇之順逆，亦罔以攖其寧。故由令宰而轉南署，因抗疏而理郡刑。人皆謂其淪屈，而君則坦然若平。既而論定而陟春官，予告而擢符丞，駸駸柄用，特起銓衡。人皆謂其際遇，而君不以爲榮。維時予方拮据於荒塞，君亟邀予以上京。既予膺召命以生入蕭關，無何君亦解選務而辭冏卿。後先懇疏，咸荷聖明。於是相憐同病，共證幽盟。秋期羅浮之勝，春約甘露之乘。惜紆徐以日往，詎奄忽而露零。果天心之靡定，乃萎哲於茂齡。嗟夫！論交三十載，儼如一日；契闊千萬里，跡如晨星。晚諧秦晉，蚤實弟兄。惜襟期之未盡，負良友於重冥。幸不朽之有在，嗣箕裘以簡青。於戲！死生壽夭，義命之大者，與君講譚有素矣。乃此之慟，蓋爲斯道斯文，非以尋常交誼而縈縈也。有誄不足盡哀，醑絮不足將忱，爰效九章之楚些，羌覽涕以招魂。哀哉！

〔民國三年甲寅（一九一四）重刊周光鎬明農山堂彙草文卷十六。又見道光二十七年（一八四七）馮奉初題辭編刊潮州耆舊集卷二十八周大理集。〕

〔附〕與郭青螺中丞　（明）周光鎬

弟逃巖穴五載矣。目不覩邸報，手不作當路貴人書，惟以播酋關邊陲大事，老丈秉專征大役，故每每向人問之。自去秋得蕩平音，大爲擊節，乃知元老壯猷，當不在吉甫後，而茅胙之錫，熙朝又一文成矣。毋論同籍寵光，其爲史牒輝映甚盛。嘅自閩省一通聞問，嗣遂闊焉，生平荷提攜雅誼，既顯晦涂殊，而此衷寧無惓惓也？兹有友人林大策者，以蜀西循良制歸，起補滇雲荒徼，道出黔中；向公祖在郡時，曾荷青矚，兹擬伏謁轅門。儻推念舊編氓，又不肖弟與故選部唐仁卿同志友也，與其進而指示之，萬里荒陲，何言二天？幸甚！幸甚！

（民國三年甲寅（一九一四）重刊周光鎬明農山堂彙草文卷二十四。又見道光二十七年（一八四七）馮奉初題辭編刊潮州耆舊集卷二十八周大理集。）

唐明府自泰和馳素卷索書兼示近作走筆賦此　（明）林大春

生綃十丈錦爲裝，千里遥傳到草堂。豈謂輶軒在翁孺，終當書籍代中郎。新詩句句光堪摘，春雁年年情更長。見説時清政多暇，栽花應已遍河陽。

（民國二十四年乙亥（一九三五）潮陽郭氏雙百鹿齋校梓本林大春井丹林先生文集卷五。）

〔附〕與胡廬山 之二

（明）林大春

久不奉訊，去歲楚侗自閩中寄到名山藏稿，批玩如聆緒語於促膝間，不覺憬然解寤也。比後有江鄉人至，云吾丈近日已入禪關，遺棄世事。竊念吾人學問至此，卻是自得處。乃世人不識儒家正當道理，而誤以禪學相稱，詎足以窺大賢之堂奥耶？近溪自梧鎮遠來相訪，一宿而去，叩其中，則近於禪矣。憶昔嘗承手諭，謂此兄之學與聖門稍異，即吾丈宗指可知矣。念丈老當益壯，縱未能效近溪見訪海上，猶幸僕未甚憊，可以策杖而西。顧此心於萬事業已付之禪寂，更不起妄想，即跬步府城，亦不能一過唐君也，徒悵望耳。唐君之賢，得丈而名益彰，亦交游光寵也。所惠家刻，具悉世德。顧豸繡非野人服也，但當受而藏之，以不泯仁人之賜。

〔民國二十四年乙亥（一九三五）潮陽郭氏雙百鹿齋校梓本林大春井丹林先生文集卷十五。〕

報唐曙臺

（明）林大春

山中相望，咫尺千里，忽承手諭，浣慰可知。其文編扇墨之貺，并已領誦，感矣愧矣。且以白沙先生之賢，得公益彰。茫茫海宇，蕩蕩古今，猶爲我嶺南無人，可乎？乃若頃所上書與石經訓註，皆爲超然獨得之見，足破千古之惑。顧其中有可面質者。惜區伏煙霞，已成痼疾，既促膝無由，又寄語難罄，意或有待於它日耳。至所示建帝遺墨，則表製甚工，珍愛良是。但此卷在公家，第宜藏之十襲，在不佞何敢漫贊一辭。嘗記江陵秉政時，議復革除死難諸臣，南都汪、董二君頗采其事，輒繡諸梓，以貽趙良弼中丞重刻之於荆。良弼書來請序，不佞固阻之，其事遂寢。後良弼報書，猥謂此阻有見。今承謬委，其事體大率類是。蓋公方翱翔八表，入爲柱石，即本朝遺跡，有所當秘者，似不嫌過慎。無已，謂宜道白下時，請以歸之其家，使周氏子孫收之，尤爲妙耳。何如？何如？

（民國二十四年乙亥（一九三五）潮陽郭氏雙百鹿齋校梓本林大春井丹林先生文集卷十六。）

送唐曙臺令萬年序

（明）陳一松

萬年蓋饒一新造小邦云，其地環重山，民生其間，峭而好逞，往多草伏嵎負，阻聲教。嘉靖初，乃裂饒、信之支壤，爲縣以治之。垂五十年來，始登於理。然幅員僅數十里，例以小鮮視之，未有制科往令茲土者。今上即位，殷念斯民，慎重長民之選；萬曆二年春，大計群吏，又特進其治行卓犖者於廷上，親降玉音獎諭，賜宴賚璽書，其所以寵異風勸之者甚盛。司銓氏奉承德意惟謹，是冬十月，以唐君仁卿令萬年，萬年令得制科，自君始。故事，長吏拜官，無面恩禮；君之拜萬年也，司銓氏獨旅引至御前陳奏，若舉而親授焉者，其重如此。此其故何哉？重民也。重民斯重令矣。

君博雅沉毅，道義意氣，直追古人。自釋褐爲比部進士，益明習當世之務，才譽蔚起搢紳間，比拜萬年，則靡不嘖嘖，謂君非百里也，而況儉於百里者乎！君乃獨過余曰：「某一投筆生耳，初試萬年甚幸，顧所聞於盤錯致理之道具矣，今安所施之？」余因慰之曰：「君小萬年耶？古有天民，以一夫不獲爲己辜，萬年雖小，能必無一夫之不所哉？然則無一夫之不所，而後可以對民心而稱上旨，君小萬年耶？」君行，同鄉諸君子將合餞於郊，乃相率造余，欲得一言以爲萬年重。夫君負非百里之才，而宰儉百里之邑，固恢恢乎遊刃有餘地也。余不佞，何所裨於君哉？但周行行省，而頗得長吏之概焉。大都今之爲宰者，類取給於繭絲奏記以爲能，孰磬折容悦之節以邀譽，上官跡其聲，居然一良吏也，而入其疆，問其野，則固有大不然者；又或卑卑民事，日弄文墨，偃蹇於斯民之上。然此皆世所謂賢而有聲稱者，且爾，況其下乎？

先是，君觀政多暇閒，嘗就余極論古今吏治得失之故，輒有當於心者久之。今第以所睹聞者以語，君誠具之矣，然區區猶有望焉者。昔漢龐士元宰耒陽，自謂才非百里，不事事；宋王京兆器重韓魏國，謂其要路在前，乃勤民於此。彼不事事者，即非百里，民其謂何？君誠能勤恤民隱，不少視萬年，子惠懷保，覆露燠咻，不遺餘力，由是田野既闢，外户不閉，俎豆斯秩，禮樂可興，而萬年稱治；異日者，璽書徵召，爲耳目，爲股肱，顯有勳庸，實托始乎兹；是重民乃所以自重也，顧不偉歟？君聞余言而躍然也，遂戒單車，往萬年。

（道光二十七年（一八四七）馮奉初題辭編刊潮州耆舊集卷十九陳一松陳侍郎集。）

與唐曙臺書 （明）王天性

斂跡田廬，人事幾廢，丈駕北歸，缺迎馬首，乃先手教温存，嘉信寵及，捧函拜賜，媿感交滋。田居趣味，别有一種：花晨月夕，近局相呼；雲嶼鶴汀，窮探遠討；興盡歸來，拂枕熟眠；覺坐茅簷，省飼雞豕；閒行園畔，刊卉扶蔬；雨餘煙中，倚鋤獨眺；練江黛嶺，薺樹月洲；滿前詩景，的的撩人。時未嘗不思老丈素能模寫景物，而恨其不及品題，使我歌之，以相田間之樂也。都野懸阻，握手未期，北仰丰神，悵矣心往。

（道光二十七年（一八四七）馮奉初題辭編刊潮州耆舊集卷十六王天性王別駕集。）

過唐仁卿釣臺在湖山最幽處 （明）謝宗鍹

山勢依臺曲折成，斷橋深處藕陂清。高人所寄皆孤迥，勝地頻年見廢興。春水苔磯枯柳卧，夕陽漁笛野煙横。羊裘亦是尋常事，浪有桐江身後名。（明解元謝宗鍹字儒美，澄海人。）

〔光緒十九年（一八九三）重刊本周碩勳乾隆潮州府志卷四十二藝文。〕

送唐曙臺　（明）楊起元

我昔未知學，而子爲我悲。今我稍有知，而子爲我疑。此悲與此疑，何慮更何思。我留黄金臺，子還南海湄。初謂展燕婉，中更成乖離。矯矯雙龍劍，會合自有時。何以酬子心，别後時相思。願言各努力，億載以爲期。

〔萬曆刊本重刻楊復所先生家藏文集卷八。〕

唐曙臺惠集杜書懷之作奉答　（明）楊起元

經句正爾憐同病，一札俄驚惠十行。佳句未拈原命杜，新篇一出却成唐。雕鏤是技何嫌巧，游戲如君不可當。也知製錦從高手，五色還期補衮裳。

〔萬曆刊本重刻楊復所先生家藏文集卷八。〕

〔與〕唐曙臺　（明）楊起元

客冬過貴郡，下教移漏刻，生坐病，不獲趨謝，遂莽莽而别，今忽一週天矣。都下同志，計日望足下至，然亦知足下雙白在堂，不肯遠離也。白沙先生每不借人此一著，今生亦日夕算此一著，豈敢勸足下駕哉？獨有講學一事，白沙先生不曾厲禁，今聞足下自禁之，則區區願勸足下一開耳。不誨人猶可，不自學奈何！自學者，豈杜門稽古，行義不失已哉？誨人固所以自學也。何者？相長之益，古人所取也。生近覺此有益，恐不足爲足下深造自得者言也，然意實忠誠，如芹曝之獻焉。萬里馳神，只此不贅。

〔萬曆刊本重刻楊復所先生家藏文集卷六。〕

簡民部郎唐曙臺年伯

（明）鄧宗齡

曩先君子猥辱雁行之列，且爲把臂歡，眇眇鯫生，視伯翁丈人行也。舟過白下，雅承款密，以朋儕相促，未及再候清光，負愆在躬，怛若創痏。乃伯翁不加譙讓，且極跫跫之思，遠惠德音，更惠鼎貺，某也疏節不任，何以有此於伯翁哉？秪令佩服高誼無已時矣。頃從泰和生游，道伯翁休德，直世世祝之，且也伉直有大節，比舉事，悉程行於古，而靡近代誇詡喧赫之習，寧獨嫻於文辭，以吏治自表見也哉？以彼其抱，丁明聖之世，能計曹按秩授之耶？某邀託天幸，入讀中秘，譾譾愚頑，望金匱貯藏，已赧然腆墨，難其任矣。惟賜繩墨之音，以時裁迪，某之上願也。

〔明刊本鄧宗齡吹劍齋文集卷八。〕

與唐仁卿書

（明）陳吾德

一别十年，常懸夢寐，向寄到社倉、鄉約諸書，知大賢作用自别。近聞撰白沙先生年譜，未得領教，然具見門下之用心矣。不肖年來得蕭君砥礪，藉以寡過，去歲秋冬建同志之會，旋丁内艱，罹兹凶愍，内抱沉痛，外就枯槁，歲月磋跎，顧影自愧，門下將何以辱教之？鴻便附問興居，幸爲斯道加愛，不備。

〔乾隆四十五年（一七八九）忠直堂刻本陳吾德謝山存稿卷五。〕

〔附〕答蕭曰階書

（明）陳吾德

年來悠悠虚度，賴丈鞭策，警發良多，正學之會，真是寥寥絶響中，仰賴倡提，不肖旋遭大變，哀病相尋，不得領教，天之降罰，何乃至此。五月以前，眩暈屢仆，族兄弟輩來慰勉，稍就藥食。邇來氣體雖復，而精神頓減，亦痛念即使死去，已前之身，猶如無生，則勉强學問，以就正有道門下及諸賢，豈非素心哉？然有不可者。昔陸象山移書責吕伯恭居憂講學，援范文正公此處不可以爲標的；吴草廬題朱文公墨帖，亦謂其失責陳已正憂中論學之非。古之朋友，責善規過如此，折中合併之會，未敢承也。鄉中之會，只因二三知己來請過從，切磋問難，止如家常茶飯，未嘗起爐動竈也。此與應元獻之召，滿户外之屨者，恐亦稍異，故不辭耳。夫淑人自淑，原非二理，然必先自淑而後淑人，則反躬自治，真有不容一毫放過，一息放下者，人情之所貴賤輕重，亦何暇計哉？門下拳拳誘進諸生，真是萬物一體之學，今諸生勃然而興起，群然而赴會矣。子曰：「可與共學，未可與適道；可與適道，未可與立；可與立，未可與權。」立則爲賢矣，權則爲聖矣。教云：「植與根深，不至異時摇奪，則可立矣。此恐非言語旦夕之間所能也。」生謂可與共學，已自難得，門下但審其可與共學者，而紓徐以俟其進可也。何如？何如？承示諸詩，如獲暫面，示諸生四作，尤令人感發。白沙先生年譜，生已尋考，倘未能即寄，吾儕另刻可也。新會舊志，容查訪以復。

（乾隆四十五年（一七八九）忠直堂刻本陳吾德謝山存稿卷五。）

書虔臺攀望卷後

（明）歐大任

吾鄉唐仁卿氏，令泰和六年，徵入爲南司徒尚書郎。方取道歸省澄海，時泰和父老子弟追送至虔州者數百人，事固異矣。仍各敘其攀望之情於卷中，詞亦雅馴可讀。余嘗愛太史公言：「身修者官未曾亂也，奉職循理，可以爲治，何必威嚴哉！」泰和父老子弟其猶有三代人心之公，而仁卿氏之所以遺愛於泰和者，謂非奉職循理之所致與？不然，何以得此聲於大江之西也。

〔清刻本歐大任歐虞部集文集卷十九。〕

海上三山行爲唐仁卿父母雙壽賦

（明）歐大任

君不見，南北漲渤一水通，扶桑萬里初日紅。蓬萊瀛洲與方丈，黄金宫闕雲氣中。三神之山可望不可至，船行往往引以風。澄海東近扶桑東，霞冠星佩唐仙翁。陳姥秀笄六珈貴，重封偕老顔如童。華堂結構開耆壽，煙波綰帶滄津口。鸞歌鳳舞軒轅丘，包匭菁茅雲夢藪。錯衡文轂擁路衢，峨弁振纓向庭牖。雕盤繽紛翠釜馳，金支閃爍珠旗走。翁姥齊歡此日觴，象筵歲酌長生酒。仙郎計部萊衣斑，蘭滿階墀玉樹環。安期巨棗紛將獻，王母蟠桃近可攀。君不見，阜鄉亭下赤舄還，千歲求我蓬萊間。且向天中覲雙闕，還來海上訪三山。

〔清刻本歐大任歐虞部集秣陵集卷二。〕

書三妙卷後

（明）胡　直

是卷爲白沙先生自書春日詩，凡幾首，余邑侯仁卿唐君得之，以其詩與書兼妙也，而出先生手，彌足重，故稱三妙，爰示某題之。某稽病未有言，已而挾入山，伏居奥洞，日對層巔嵚巖，峭壁嵾石，窮奇極勝，若或爲之剞劂雕琢，而絶無斧鑿跡，乃嘆巨靈之工，雖百郢匠莫之措也。而以擬於先生之墨妙，其奇勝出自然者，殆不可軒輊之，乃亦巨靈爲之非耶？嘗考先生始從吴聘君學，未得，因反求諸約，端居久之，然後洞見本心之體，隱然參前倚衡，而以應務觀書，若馬之有勒，水之有源，始涣然自信，曰聖功在兹，而其語學，遂一以自然爲宗，故其放於翰墨者，亦即與天者相出王。蓋先生之巨靈不在外矣，世不知先生之巨靈取諸衷，乃徒爲剪綴，將枝枝焉修，葉葉焉排，而求爲奇勝，以規名於後世，其不自賊其天者希矣。唐君後先生出東粤，將亦反求光大先生之學，故以余委，余固自顧瞠然而不能已於言。〔文淵閣四庫全書本胡直衡廬精舍藏稿卷十八。〕

王氏内外篇序

（明）胡　直

夫學得其本，而後治得其要，學不得其本，而獨堂皇其言，曰吾學在是，吾治天下在是，是猶舉亂絲不辨其緒，其禍斯人，必無救矣。往荀況氏好論修身治世，纚纚焉其言之也，然而其待〔一〕試之，則以亂世；王荆國自恬經術，齗齗然語於君也，然而其身試之，則以殘民。何以故？荀氏迄不知性，荆國主在法制，固皆恣其習聞而自謬爲實見也。且夫登泰山者，身履其全，雖概言之，而全者見。其他得其一曲一隅，往苟已。

往詫爲圖記，以彰大之。後乃有因圖記加圖記者，足未嘗一涉，而曰是真泰山也。異時有躬履泰山者，語以神霄之巔，坐撫群峰而籠簇八荒，輒反彈射之，謂非吾圖記所有，則習聞者奪之也。彼又烏知禍之所抵也哉？是故君子非必得已也，而言不可苟已。

予邑王自齋先生，生有操持，既長聞東越之學，曰是獨有本也，遂私淑而學焉。已而舉鄉籍，得令揭陽，以不諧上吏，遂歸。既老，學益明，觀於時務益審，則慨然自幸曰：「此非一人一家事也。」乃不自已，攄而成書，其首篇曰静談，次篇曰法言，而又有勢論，及馭夷禦盜關治體者，别見於文集中，欲以示諸人人而逮來世。予獲讀之，未嘗不三復三嘆也。昔者成湯與孔子，非所謂身履泰山者乎？其於性，咸槩言之曰：「惟皇降衷下民，若有恒性。」曰：「成性存存，道義之門。」夫衷與存存，蓋言心也。謂衷爲性，謂性之存存爲道義之門，則自古未有外心求性，外性求道義者也。故知性則能盡心，盡心則天地萬物之理得。故曰：「正其本，萬事理。」雖治天下有餘地矣。季世儒者非不見泰山，然止得其一曲一隅，而獨圖記之爲詳。後之專信圖記者，則喁然曰：「理在物，當物物而求之。」不揣其本而齊其末，其流紛而無統；執一而不可達，而猶自信爲圖記之真。間有躬登泰山，若東越一二君子，則至今彈射之不已。天下學士至於諱言本，而甘守習聞之一偏，則已非一日矣。

先生之學，得之東越爲多，其曰「性也者，心之本體也」，又曰「惟無物然後能物物，無物見心，物物見性」，斯則上與湯、孔所槩言，下與「無欲爲要」、「廓然大公之旨」，如出一撰。雖其内外篇中，節目扶蘇，殆數萬語，然皆遡其本而出之，絶不狃於舊聞之謬。將令是篇示諸人人，逮於來世，皦然而明且行之，胡不可也？予昔炙先生，覩其方格，凛若嚴師，又性不喜辭華，則其爲言，豈欲苟與窮愁著書，文采表見者争後先耶？仲子一俞，與予同出羅文恭公門，嘗手是篇屬邑大夫唐仁卿校之，屬予序之。予因題曰王氏内外篇，而其他文則犂爲王自齋先生文集，而論叙於其首，蓋益幸知本之舉，必有明且行於世也。先生名貞善，字某，自齋其號。一俞，字信卿，今爲吴川令。

〔文淵閣四庫全書本胡直衡廬精舍藏稿卷八。〕

朱鴻林按：

〔一〕「待」，當是「徒」之誤。

雙鶴樓記

（明）胡　直

邑大夫曙臺唐侯以書抵山中曰：「頃鍾樓工竣，竊已銘鍾，而樓不可無名與記，於時有鶴翻然翔集巍甍之巔，僉曰鶴來異耶，因遂扁「雙鶴樓」，非足下記不可。」蓋予邑宿有祝聖古刹，旁列鍾樓，峙居邑學左，形家者以是稱控壓焉。嘉靖間，方毀寺，遂逮樓，邑父老類以樓之興廢卜邑之隆替，會唐侯稽古樹表，以作人文，輒啧啧請復樓。侯乃復其地，建祝聖殿，題曰萬壽宫。繼建樓層三，高七丈又二，廣若干，而懸鍾最高處，視之尊據一方，峻出乎大塔快閣之上。登者四矚，則南撫天柱，達於五嶺；東望王山，放乎廬、霍；西北引眄華、武，極而瞻夫帝京；其致凌太乙，隘神區，而浹乎無垠。蓋初不知鶴之所期，玆乃蹁躚而翔集其上，豈亦有類於漢之神爵，感祥政而來者與！矧曰：「侯之祥政，皆希蹤於仁聖之遺，非若世之標表爲循良者也。鶴靈禽，其不先得乎哉？休矣夫！鶴之爲侯祥矣。」侯曰：「鶴當爲萬壽宫來，此聖天子祥也，吾何足以辱之。」予則以爲聖人之祥，在時豐民阜，才賢丕興，斯其大者。然則謂侯以祥政被予邑之士民，蒸蒸有興也，則亦疇非聖天子之祥哉？乃爲燕鶴之歌，歌曰：「載丹冠兮披玄裳，横四海兮絶漢翔。感德光兮來下，輿我侯兮帝鄉。」再歌曰：「聳修趾兮引員吭，鳴九皋兮九天揚。翊德音兮來下，啟下邑兮賢昌。」三歌曰：「鶴千年兮羽蒼蒼，千六百兮侣鳳凰，侣鳳凰兮來下，介聖壽兮無彊[一]。」

〔文淵閣四庫全書本胡直衡廬精舍藏稿卷十二。〕

朱鴻林按：

〔一〕「彊」，當爲「疆」之抄誤。

西昌鄉約後序

（明）胡直

昔予食司，守土〔一〕川南，嘗飭保甲，寓行鄉約。而駁之者曰：「是將於里甲外增民役也，無乃爲厲與？」予應之曰：「昔周室井牧兵賦與比閭族黨，義取相維，豈故相厲哉？」乃下令行，未周期而民訟大寢。會四封妖寇盛作，境内獨完，繇是兩臺臣遂檄行全蜀焉。予歸里，人聞而慕，亦相與講行不輟。萬曆丁丑，予邑大夫唐令君來臨，首議民風，輒欲以鄉約從事，出其科條，語簡而義尤備。未幾，士民舉訢訢趨繩束，積俗丕變，閭閻若更生焉。公復露冕躬履四境，作新考成，誠精爲竭，且過予曰：「子不可無一言以相。」予見是約也，他方有行者矣，然而非有保民之忱，則功令寄諸彌文，而民不可孚；非有安民之政，則殘蠹生於弊穴，而民不暇爲。始令君甫下車，民覩顔色，已知其卹卹焉學道愛人矣；乃予邑宿號逋賦，公爲更令，不施桁楊，而輸先峻過，此予知其吏格囹虛，比屋嚮方，化國日長，而三代之政左驗一邑矣。予何幸躬親揖讓其間，而敲壤歌成也。於乎休哉！

（文淵閣四庫全書本胡直衡廬精舍藏稿卷十。）

朱鴻林按：

〔一〕「土」，原文作「上」。胡直曾任四川參議，而四川無「上川南」道。「土」作「上」，蓋抄寫之誤。

贈唐曙臺父母入覲序

（明）胡直

君子之學，始於仁身，終於仁天下後世。夫君子一身，何以能若斯遠且大哉？惟仁則非獨四肢百骸身也，其在天下後世疇非身也，吾以其宰四肢百骸者，命令天下後世，各以其相宰者仁其身，而君子其庶仁矣哉！當其在上，爲君而明明，爲相而休休，咸必曰吾爲天下得人以爲仁，而處於其下，日命令天下後世相宰而爲仁，乃所爲左右君相，以毗得人而佇其用也。吾嘗譬諸醫國者，採擇上藥以佇主人緩急，其視爲人解一紛拯一戹，其功豈百一論也。然而君子惟曰：吾以既吾仁，而他非所知也。昔者子游爲武城，夫子問以得人，儒者止知其足以益政，而未知夫子之意蓋出此也。吾邑人文陵夷漸矣，自唐曙臺公以更賢來，首政在易俗節靡，而尤孳孳務典人才，日進諸生，從業舉中講習，卒澤於道，其意其〔一〕饑渴。今翩翩與計偕，陳生以躍、秉浩，梁生滂，廖生同春，康生夢相，皆朝夕侍更端，高第弟子也。於是吾邑中皆感公善能作人，奇諸子得師，行且彙征，予則知公之爲天下得人毗也。公以是月某日戒車入覲，此四五子者請爲贈，予[二]以爲公持此報主上，較四方循政孰功哉！孰功哉！公志在既吾仁，不自功，公且爲吾君相進明明休休之道，其亦不踰此夫。〔文淵閣四庫全書本胡直衡廬精舍藏稿卷十。〕

朱鴻林按：

[一]「其」，疑爲「甚」之誤。

[二]「予」，原文誤作「子」，據文意改正。

答唐明府書

（明）胡　直

承示別四生序，仰見明府篤意問學，雖政冗不爲倦，雖以僕之衰落而不爲棄也。甚荷，甚服。僕方索居，正喜明府臨教，已而延引之情既顓，講求之意亦至，僕忻願祇領，不啻口出。然辱首談，即曰世所稱心學二字最可惡。僕時漫然略致其愚，已而思之，必明府之有懲而云然也，非誠以心學足惡也。僕近壯始知所慕，今者年躋耳順之期，尚慚不惑之實，焉敢置喙語學？然進承師資，退稽於堯、舜、孔、孟嫡旨，而下訂於四方之耆宿，蓋苦心者有年矣。誠以道固有本，而學貴知本，此大學明訓也。大學所引明明德於天下一條，究其序之所先，在致知格物，而經文以知本訓格物，亦皆犂然辨析，灼然可證，乃知道之本在身心意知，而要在知本。然又非創自孔、孟。昔者虞廷之訓，蓋曰「道心惟微」，固知道不離心，則學不離心，精一執中之爲學，曷嘗離心以求之哉？伊訓曰：「一哉王心。」周公訓成王曰：「殫厥心。」至於文王之緝熙，武王之執競，雖不言心，實不能踰心。而必謂心學爲非，恐未可也。

自孔、孟後，子思慎獨之功，極於中和；孟氏慊心之學，配乎道義；乃至詩人之語善牧者，猶曰「秉心塞淵，騋牝三千」；其治兵曰：「克廣德心，桓桓于征。」記之語射曰：「內志正，外體直。」唐人之語弓，亦曰：「脉心不正，則木理不直。」語書曰：「心正則筆正。」然則天下事孰外心，而況於學乎？昔某居刑曹，其刑家比擬招詞，凡盜曰「不合輒起盜心」，凡淫曰「不合輒起淫心」。蓋非心有盜淫之端，則盜淫曷從生哉？故春秋者必誅心，而刑家法之，然後刑情始確，刑事始革。是世之不善者起於心，而謂善事之不起於心，其可乎哉？孟子又謂「是心足以」，「舉斯心加諸彼」，「有不忍人之心，斯有不忍人之政」。曰「生於其心，害於其政，發於其政，害於其事」。曰「盡其心」，「存其心」。曰「此之謂失其本心」。又曰「學問之道無他，求其放心而已矣」。而已矣者，無餘蘊之辭也。而必謂心學爲非，恐未可也。

自漢儒溺於逐末，當時遂以末學爲訓，故唐、宋與國初儒者，但知競末，至於爭一字一文之義，始則纏轄於器數，而不知器數之所由來，繼乃恇惑於訓詁，而不知訓詁之所從出。歷數千年而知道之原者，不一二人，故韓愈曰：「軻之死，不得其傳。」雖以濂溪、明道極力捄正，然而繼世則小明大晦，而視知本之學，反若仇敵。嗟乎！世不得堯、舜、孔、孟以爲證，而俾學者倒施至是，亦何怪之有哉？

僕以爲見今之語心學者，當讁議其力行與不力行，而不當竟詆其學之爲非也。然則明府誠必有懲而云然，而非誠以心學足惡也，又明矣。即若高文所引三物者，又孰能外心。三物者：一曰六德，二曰六行，三曰六藝。以六德言之，則首智。智者吾心之靈覺，而紫陽夫子所指本體之明是也。謂之覺，則伊尹所稱「先知」「先覺」，詩人所詠「有覺德行」是也。其總之則謂之智。又自此智之惻怛而流行也曰仁，通明而無滯也曰聖，裁制而得宜也曰義，一無偏倚也曰中，一無乖戾也曰和。中和焉至矣。其謂六行，即六德之見於倫者也。其謂六藝，即六德之見於事者也。非有二也。要之，三物皆道，三物之從出皆心，故道心盡而天下之物從之，可見心非專內也。應天下之物，必出於道心而後當，可見物非專外也。然君子之學，無內無外，而其本末先後之序，則不可以倒施。是故非不煩也，而其求端則始於簡，故曰「易簡而天下之理得焉」。非不博也，而其致力則歸於約，故曰「以約失之者鮮矣」。此皆本末自然之序爲之，亦非有擇也，故曰「貴知本」。高文又致重於禮樂，直不敢杜撰一語，記禮者曰：「非自外至也，自中出，生於心者也。」記樂者曰：「凡音之起，由人心生也。」而夫子括以一語曰：「人而不仁，如禮樂何？」若此又未可謂心學爲非也。

明府又謂民可使由，不可使知，以故深咎學者語心之非。愚則以孔子斯言，未必即如先儒所訓，倘如所訓，則亦所以語齊民之事，而非以爲大人之學也。古者七歲入小學，十五入大學。夫十五既入大學，則所講者皆明德、親民、止至善之説，曷謂不當語心也？況如某之學，且白首矣，明府今亦近强年，已臨政居上，處大人之位矣，其所誨四生，亦皆今時嚮用之人，又寧不告以大人之學，奚必拘攣齊民之事以誨之哉？且孔子又曰：「百姓日用而不知，故君子之道鮮。」孟子曰：「行之而不著，習矣而不察，終身由之而不知其道者，衆也。」觀此則孔子貴人之知道，而不貴人之不知也，不可推歟？不可使知之語，寧非民日遷善而不知爲之之旨乎？是故君子之語學，貴本而不可貴末，貴近而不可貴遠，貴虛而不可貴執也，又不可推歟？

以某目中所覩所期，不滯世塵，而單騎見古人者，如明府不二三人，惜哉有獨往之力，有邁古之志，意在求道，不免燕指而粵轅也。豈非有奪於其中歟？三公之貴，百鎰之富，不足以奪明府，而獨奪於韓愈之高識與工言，乃遂謂斯道惟韓愈爲盡之。嗚呼！斯亦不左矣哉？雖然，此猶衆人之所爲疑明府也，某不盡然。觀今學者，重内而輕外，喜妙而遺則，談先飛龍而行後跛鼈，言踰尋丈而事儉方寸，至於妨人病物，阻天下嚮往者之心，此則近世志不真者之過，而非語心學者之罪也。然則明府所懲果在是，此非惟明府，雖某亦惡也。明府豈誠以心學足惡哉？

或者又謂明府最惡老、佛，以爲語心學者之近於老、佛也，故惡之深而遠之嚴，非得已也。某則以爲，老、佛之言或類吾儒，而吾儒之言亦有類老、佛者。此則譬之食稻衣錦，雖莊蹻皆然，有賢人者，則曰莊蹻之所食而吾弗食焉，莊蹻之所衣而吾弗衣焉，此卒不可格也。今以老、佛之學在心性，而吾因以弗心性焉，此亦卒不可格也。何則？莊蹻從事衣食以爲不善，而吾人事衣食以爲善，寧不衣食乎哉？老、佛從事心性以度生死，而吾人事心性以盡倫物，寧不心性乎哉？今之君子，豈非所謂因人之噎而廢己之食者歟？嗚呼！是誠左也已。乃若明府之虛心求善，必不因莊蹻事衣食而遂棄衣食，亦猶之不因老、佛事心性而遂疑心性也。此某之所爲進衣食，提心性，以報明府，豈容後哉？

明府所師巾石翁，所友史君惺堂，今二君之言具在也，誠以印諸不肖之言，有弗合與？吾固知明府有懲而云然，非誠以心學足惡，又豈俟辨而後明哉？聞道駕遄發，語不隱括，然大意則不敢踰堯、舜、孔、孟與大學知本之旨而已。所望明府亦不爲韓愈而爲堯、舜、孔、孟而已。惟明府舟次熟覽，果不以心學惡，而還教焉，則所謂斯道之托在左右者，亦不必下帶矣。

〔文淵閣四庫全書本胡直衡廬精舍藏稿卷二十。〕

與唐仁卿書

（明）胡直

去冬承寄白沙先生文編，因思足下素不喜言心學，今一旦取白沙文表章之，豈非學漸歸源，不欲以一善名，其志力不大且遠哉？不穀昔嘗相期至再三之瀆者，固知有今日也。甚慰！甚賀！第令其間不共相究竟，則徒負平日。蓋先此有覩見是編者，謂此書題評雖揚白沙，其實抑陽明，即語不干處，必宛轉詆及陽明，近於文致。不穀不肯信，已而得來編，讀之良然。如云：「近儒疑先生引進後學，頗不惓惓。」嘗遍觀陽明語意，並無是説。不知足下何從得之？夫陽明不語及白沙，亦猶白沙不語及薛敬軒，此在二先生自知之，而吾輩未臻其地，未可代爲之説，又代爲之爭勝負，則鑿矣。

歷觀諸評中，似不免爲白沙立赤幟，恐亦非白沙之心也。古人之學，皆求以復性，非欲以習聞虚見立言相雄長，故必從自身磨練，虚心參究，由壯逮老，不知用多少功力，實有諸己，方敢自信以號於人，是之謂言行相顧而道可明。若周子則從無欲以入，明道則從識仁以入，既咸有得，而後出之。孟子亦在不動心以後，乃筆之書。白沙先生一坐碧玉樓十二年，久之有得，始主張致虚立本之學，一毫不徇於聞見，彼豈謾而云哉？

陽明先生抱命世之才，挺致身之節，亦可以自樹矣。然不肯已，亦其天性向道故也。過嶽麓時，謁紫陽祠，賦詩景仰，豈有意於異同？及至龍場處困，動忍刮磨，已乃豁然悟道原本不在外物，而在吾心，始與紫陽傳註稍異。及居滁陽，多教學者靜坐，要在存天理，去人欲。至虔臺，始提致良知一體爲訓，其意以大學致知，乃致吾良知，非窮索諸物也。良知者，乃吾性靈之出於天也，有天然之條理焉，是即明德，即天理。蓋其學三變，而教亦三變，則其平日良工心苦可從知矣，亦豈謾而云哉？

不穀輩非私陽明也，亦嘗平心較之矣。曾聞陽明居龍場時，歷試諸艱，惟死生心未了，遂置〔二〕石槨，卧以自鍊。既歸遭謗，則以其語置諸中庸中和章，並觀以克化之。今之學者，非不有美行也，其處困亨毁譽之間有是乎？不穀有一族祖贛歸者，每歸，語陽明事頗悉。今不暇細述，但言渠童時赴塾學，見軍門輿從至，咸奔避，軍門即令吏呼無奔，教俱叉手旁立。有酒徒唱於市肆，則貸其扑，令教從〔三〕讀者習歌詩，卒爲善士。又有啞子叩之，則書字爲訓，亦令有省。今之學者，非不有美政也，其都尊位，能勤勤於童子、於市人、於啞子有是乎？夜分方與諸士講論，少入噓噏間，即遣將出征，已行復出，氣色如常，坐者不知其發兵也。方督征濠也，日坐中堂，開門延士友講學，無異平時。有言伍公焚鬚小却，暫如側席，遣牌取伍首，座中惴惴，而先生略不見顔色。後聞濠就擒，詢實給賞，還坐，徐曰：「聞濠已擒，當不僞，第傷死者多爾。」已而武皇遣威武大將軍牌追取濠，先生不肯出迎，且曰：「此父母亂命，忍從臾乎？」其後江彬等讒以大逆，事叵測，先生特爲老親加念，其他迄不動心。異時又與張忠輩爭席，卒不爲屈，未嘗一動氣。臨終，家人問後事，不答。門人周積問遺言，微哂曰：「此心光明，亦復何言！」今之學者，平居非不侃侃，其臨艱大之境，處非常之變，能不動心有是乎？若非真能致其良知，而有萬物一體之實者，未易臻也。

先師羅文恭至晚年，始歎服先生雖未聖，而其學聖學也。然則陽明不爲充實光輝之大賢矣乎？獨當時桂文襄以私憾謗之，又有以紫陽異同，且不襲後儒硬格，故致多口，迄無證據，識者寃之。昔在大舜，尚有臣父之譏，伊尹亦有要君之誚，李太〔三〕伯詆孟子之欲爲佐命，大聖賢則有大謗議，蓋自古已然矣。足下豈亦緣是遂詆之耶？抑未以身體而參究之故耶？夫吾黨虛心求道，則雖一畸士，未忍以無影相加，而況於大賢乎？恐明眼者不議陽明，而反議議者也。

編中云：「良知醒而蕩。」夫醒則無蕩，蕩則非醒，謂醒而蕩，恐未見良知真面目也。又詆其張皇「一體，吾人分也」。觀今學者，只見爾我籓籬，一語不合，輒起戈矛，幾曾有真見一體，而肯張皇示人者哉！斯語寧無亦自左耶？雖然，足下今之高明者也，昔不喜心學，今表章之，安知異日不并契陽明，將如文恭之晚年篤信耶？

近百年内，海内得此學，表表褌於世者不鮮，屢當權奸，亦惟知此學者能自屹立，今居然可數矣。其間雖有静言庸違者，此在孔門程門亦有之，於斯學何貶焉？不縠辱公提攜斯道，如疇昔小有過誤，相咎不言，今關學術不小，曷忍默默？固知希聖者舍己從人，又安知不如往昔不假言而自易耶？且知足下必從事致虚立本，是日新〔四〕得，仍冀指示，益隆久要，豈謂唐突耶？

〔乾隆二老閣刻本黄宗羲明儒學案卷二十二江右王門學案七憲使胡廬山先生直學案中。又見光緒二十九年癸卯（一九〇三）齊思書塾重刊胡直衡廬精舍藏稿附刻。按，此篇文淵閣四庫全書本衡廬精舍藏稿未見。〕

朱鴻林按：

〔一〕「置」，光緒重刊本衡廬精舍藏稿附刻作「製」。

〔二〕「教從」，光緒重刊本衡廬精舍藏稿附刻作「從教」。

〔三〕「太」，明儒學案原文誤作「大」。按，李太伯係宋儒李覯。

〔四〕「新」，光緒重刊本衡廬精舍藏稿附刻作「親」。

又〔與唐仁卿書〕　（明）胡　直

前論白沙文編，嚌答想未達，復承石經大學刻本之寄，讀刻後考辯諸篇，知足下論議勤矣。締觀之，嘻其甚矣。僕本欲忘言，猶不忍於坐視，聊復言其概。

夫考辯諸作，類以經語剪綴，頓挫鼓舞，見於筆端。其大略曰「修身爲本，格物爲知本」，曰「崇禮」，曰「謹獨」，若亦可以不畔矣。及竟其終篇，繹其旨歸，則與孔子、孟子之學，一何其霄淵相絕也。夫大學修身爲本，格物爲知本，足下雖能言之，然止求之動作威儀之間，則皆末焉〔一〕而已矣。夫修身者，非修其血肉之軀，亦非血肉能自修也。故正心誠意致知，乃所以修動作威儀之身，而立家國天下之本也。格物者，正在於知此本而不泛求於末也。今足下必欲截去正心誠意致知以言修身，抹殺定靜安慮而飭末節，則是以血肉修血肉，而卒何以爲之修哉？譬之瞽者，以暮夜行於岐路，鮮有不顛蹶而迷繆者。是足下未始在修身，亦未始知本也。孟氏所謂「行之不著，習矣不察，終身由之而不知道」者，正謂此耳。將謂足下真能從事大學可乎？

禮也者，雖修身之事，然禮有本有文，此合内外之道，蓋孔子言之也。今足下言禮，乃專在於動作威儀之間，凡涉威儀，則諄切而不已，一及心性，則裁削而不録，獨詳其文，而重違其本，乃不知無本不可以成文。姑不它言，即孔子論孝，曰「不敬，何以别乎？」曰「色難」。豈非有吾心之敬，而後有能養之文，不敬則近獸畜；有吾心之愛，而後有愉婉之文，不愛則爲貌敬。若足下所言，似但取於手足〔二〕貌敬，而不顧中心敬愛何如也。此可爲孝，亦可爲禮乎？易繫言美在其中，而後能暢於四肢；孟氏言所性根心，而後能睟面盎背。今足下但知詳於威儀，而不知威儀從出者，由「美在其中」，「所性根心」也。大學言「恂慄威儀」，蓋由恂慄而後有威儀，威儀豈可以聲音笑貌爲哉？

足下又曰：「言語必信，容貌必莊，論必準諸古者，不論所得淺深，而皆謂之誠。」若是，則後世之不侵然諾，與夫色莊象恭之徒，皆可爲誠矣。又如王莽，厚履高冠，色厲言方，恭儉下士，曲有禮意，及其居位，一令一政，皆準諸虞典、周禮；據其文，未可謂非古也，其如心之不古何哉！此亦可爲誠耶？況今昔之語心學者，以僕所事所與，言語曷嘗不信？容貌曷嘗不莊？動止曷嘗不準諸古？且見其中美外暢，根心生色，優優乎有道氣象，曷嘗不可畏可象？而足下必欲以無禮坐誣之，僕誠不知足下之所謂禮也。記曰：「君子撙節退讓以明禮。」傳曰：「讓者禮之實。」今豈以攘臂作色，詆訶他人者，遂爲禮耶？

慎獨者，慎其獨知，朱子固言之矣。惟出於獨知，始有十目所視、十手所指之嚴，始有莫見乎隱、莫顯乎微之幾，夫是以不得不慎也。今足下必以獨處訓之，吾恐獨處之時，雖或能禁伏粗跡，然此中之憧憧朋從，且有健於詛盟，慘於劍鋩者矣。足下又不知何以用其功也？蓋足下惟恐其近於心，不知慎之字義，從心從真，非心則又誰獨而誰慎耶？

足下〔三〕又言：「聖人諱言心。」甚哉！始言之敢也。夫堯、舜始言「道心」，此不暇論；至伊尹言「一哉王心」，周公言「殫厥心」，書又曰「雖收放心，閑之惟艱」，曰「乃心罔不在王室」，曰「不二心之臣」，孔子則明指曰「心之精神是謂聖」。此皆非聖人之言乎？夫聖人語心若是詳也，而足下獨謂之諱言，是固謂有稽乎？無稽乎？於聖言爲侮乎？非侮乎？且曾、孟語心，亦不暇論；即論語一書，其言悦樂，言主忠信，言仁，言敬恕，言内省不疚，言忠信篤敬，參前倚衡，疇非心乎？聖人之語心，恐非足下一手能盡掩也。

又謂「聖人不語心，不得已言思」。思果非心乎？此猶知人之數二五，而不知二五即十也。約禮之約，本對博而言，乃不謂之要約，而謂之「約束」；先立其大，本對小體而言，乃不謂之立心，而謂之「强立」。則欲必異於孔、孟也。是皆有稽乎？無稽乎？於聖人爲侮乎？非侮乎？

又以「求放心，立其大，見大心泰，内重外輕，皆非下學者事」。天下學子，十五入大學，凡皆責之以明德親民正心誠意致知之事，寧有既登仕籍，臨民久矣，而猶謂不當求放心立大者，聖門有是訓乎？且今不教學者以見大重内，則當教之以見小重外，可乎？此皆僕未之前聞也。

竊詳足下著書旨歸，專在尊稱韓愈，闖於諸儒之上，故首序中屢屢見之。夫韓之文詞氣節，及其功在潮，非不偉也。至其言道，以爲孟軻、揚雄之道，又以臧孫辰與孟子並稱；及登華嶽，則震悼呼號，若嬰兒狀，淹潮陽則疏請封禪，甘爲相如。良由未有心性存養之功，故致然耳。安得謂之知道？賈逵以獻頌爲郎，附會圖讖，遂致貴顯；徐幹爲魏曹氏賓客，名在七子之列。二子尤不〔四〕可以言道。足下悦其外，便其文，以爲是亦足儒矣〔五〕，則其視存養自得，掘井及泉者，寧不迂而笑之，且拒之矣？乃不知飾土偶，獵馬捶者，正中足下之説，足下亦何樂以是導天下而禍之也？

且夫古今學者，不出於心性，而獨逞其意見，如荀卿好言禮，乃非及子思、孟子，詆子張、子夏爲飲食賤儒，況其他乎？近時舒梓溪，賢士也，亦疑白沙之學，將爲王莽，爲馮道。以今觀之，白沙果可以是疑乎？皆意見過也。聞足下近上當路書，極訾陽明，加以醜詆，又詆先師羅文恭，以爲雜於新學。是皆可忍乎？僕不能不自疚心，以曩日精誠，不足回足下之左轅故也。雖然，猶幸人心之良知，雖萬世不可殄滅。子思、孟子之道，終不以荀氏貶；至白沙、陽明，乃蒙聖天子昭察，如日月之明，豈非天定終能勝人也哉？矧天下學者，其日見之行，存養自得者不鮮。而在足下，既負高明，自不當操戈以阻善，自當虚己求相益爲當也。僕不難於默然，心實不忍，一恃疇昔之誼，一恐真阻天下之善，故不辭多言，亦是〔六〕既厥心爾。程子有言：「若不能存養，終是説話。」今望足下姑自養，積而後章，審而後發，有言逆心，必求諸道。僕自是言不再。

〔乾隆二老閣刻本黄宗羲明儒學案卷二十二江右王門學案七憲使胡廬山先生直學案中。又見光緒二十九年癸卯（一九〇三）齊思書塾重刊胡直衡廬精舍藏稿附刻。按，此篇文淵閣四庫全書本衡廬精舍藏稿未見。〕

朱鴻林按：

〔一〕「焉」，光緒重刊本衡廬精舍藏稿附刻無此字。

〔二〕「手足」，光緒重刊本衡廬精舍藏稿附刻作「獸畜」。

〔三〕「足下」，光緒重刊本衡廬精舍藏稿附刻作「末」。

〔四〕明儒學案無「不」字，光緒重刊本衡廬精舍藏稿附刻及康熙紫筠齋刻本明儒學案均有。

〔五〕「亦足儒矣」句後至「乃不知」句前二十二字，光緒重刊本衡廬精舍藏稿附刻無之。

〔六〕「是」，光緒重刊本衡廬精舍藏稿附刻作「自」。

泰和修築破塘口長堤記

（明）陳昌積

邑破塘口切城闉之西，瀦一方巖溜溪瀼而爲歸壑。首南山，趾麂山，約十里許，而皆腋於贛江也。土著耆俊彭守約語予：兹塘舊名白石湖，往渠侍御，太尹兩祖，佃湖之半爲私業，廣種菱藕於兩坻溆，歲時泛船其間，採菱觴詠爲適，一任貧窶擷食，里人因呼爲菱藕塘。前列方土，綿亘幅衡，盡民幹止井牧之所。夾塘左右，庶姓族居，商店駢櫛，號爲鬧市。横截以四達街衢，距江洲二百餘丈而遥，贛水泯泯順下，猶建瓴然。正德初元，有股江曰牛吼洄注，藉瀦年久，泥沙交淤，壅積不逝，加以上流之漩湧，對岸南涯，突滙爲一大沙洲，袤二里許。障水北潰，而射齧江岸，岸土疎惡善敗，隄防無施，六十年之間，日頹月墊，向之所謂族居駢肆、幹止井牧之地，盡在江中，勢將摇撼縣隅，而蕩析兩都田土賦税也。民洶洶焉，懷剥膚之恐，故今名曰破塘口云。

前後轄司良牧，目擊其患而憂之，顧上憚奏請之頻仍而寢題覆，下則慮工費之艱浩而莫措處，竟焉沓阻，貽患滋鉅。舊令今都諫見華王公嘗咨究利害，臨視營度至再，會膺内召而輟。明年曙臺唐公至，覽之驚歎曰：「江岸頹極矣，吾爲司牧，忍視其垠堮墊淪，喪民土物之愛，且爲魚乎？吾當殫力以捍邑。」未幾以入覲行。士民復言其害於撫臺潘公、巡臺趙公。符下郡邑，時郡倅曾公適署邑篆，議請追完税契舊差銀兩，與富户賠納虚粮之鏹，備充修築工費，外發倉儲爲助。已而先生還治，力言：「三項逋負，事屬年久，一旦嚴催，恐生攜心，況望此濟需，所益幾何，職忝當事，安敢他諉。嘗臨破塘口詳觀而熟計之矣。決潰延演七里，盡當河流之衝，欲櫛築排塞，非萬金以上不可；欲間潤防補，恐罅漏而百潰隨之；欲派里甲，則騷閭閻；欲動錢糧，則須題請。此皆論事而非當事之定計也。今惟奠民而不至厲民，因土之故築之，使反其宅，斯可矣。然未行而言，徒屬孟浪，必請而行，終憂覆餗。今職非敢曰能之，願借便宜，姑俟來春畢力報效。」

先生於是首埽窑場，禁屏塼埴，然後寬除三項逋征，以己自理贓罰，暨巡道與大府張公符發重犯贖金，擇召習築石工而給發之，俾轉募遠近饑民，伐石於山，令各運至頹所，計塊受直。饑民懽信，擔負扛載，聚石成坵，先生親冒風霧之毒，驅涉登頓，商度水勢，指示石工，相極受衝潰之所，筥礫礱堅，仞深築基；修五磯頭，純砥槩砌，旁設稜蹠，似雞距鋸牙，横殺水勢，頂則用三合灰土，疊擣屢削，平直如原，可坐多人，磯下各起有泥淤小洲，頗能障水南迴，蓋不待竹楗薪屬，而已像月之規，旅石之固矣。其當塘口一帶，夾五磯上下，水勢悍疾，溢溢尤甚。尋審財募工，緣岸簽隄爲防，仍用石作乘水，每堤一丈，分作三層，每層尺度，高廣有差，率豐下而殺上，務崇基厚址也。於凡故岸舊徑，隨其低昂，繚而合之，完隄三百餘丈，巋然如墉。自此以達麂山決河，用道府符，來金矢之贖羨，仍呼授罪徒，僦熟手工傭，照式依岸掘地築堤，級數高廣如之。於是經費既裕，庶工林聚，心一力齊，登登丕作，總爲堤八百餘丈，爲石磯五座，各高一丈五尺，濶一丈二尺，長一十二丈，外爲水府祠、碑亭共一所，斷續頹接，支聯涂合，綿綿然成十里長虹，合邑鞏金湯之勝，坐享樂利於無窮矣。繇始作以迄就工，爲日六百五十；籌較經費，爲白金若干；用人之力，計三十餘萬工。然費皆取於罰鍰，民不知財所從出，力皆集於雇募，衆不見其片役及己，謂之惠而不費，非耶？

〔文淵閣四庫全書本江西通志卷一百三十二。〕

唐侯去思記

（明）楊寅秋

始唐侯以萬年令推擇移西昌也，萬年如孺慕失所天，其士民若吳生昇、王生宗舜等，不憚千里贏糧，願受廛，比於西昌弟子；編氓者襁屬，絡繹於道。邑父老聚族驚愕，侯遵何德而繫思乃爾乎？未期而邑之虛萌犂掃，周澤旁魄，上無壅政，下無鬱事，桁楊不試，狐鼠屏蹤，教化所漸摩，士倡於庠，民馴於野，寥寥西昌往事，庶幾載還舊觀。方且里恬巷嬉，何知孰勸勞我，孰灑濯我，蓋至侯報政之後，再上計吏之日，儳然惟恐侯一朝去邑，若萬年之不終永賴厥休，而後想見萬年向隅嗷嗷狀，未嘗不愾然設身處之，若嬰兒將棄於保母，而造士之將違乎良師也。洎侯擢留漕去，無能擁去旌，則自藻採泮詠之士，以及窮谷昧巖之叟，與侯所創艾繩抉者，莫不頓足加額，流涕長潸。而侯既去，匹夫婦脱有輪役不獲平，盭抑不獲伸，公饟待哺，宣給不獲時者，咸相顧仰天而呼：「侯在，吾儕其有寧宇乎！」抑旱潦爲菑，饑饉洊仍，徬徨莫必其命，則又仰天而呼：「侯在，庶其化荒爲穰，易沴爲和，免於溝瘠乎！」侯先後使車臨邑，爭驩嘑壺漿，詷伺境以外，遮道褰帷：「侯忘我遺黎乎？」侯或迂道不果來，即又顰蹙，怏怏如遺：「侯棄西昌氓乎？」嗟夫！此豈泃濕濡沫規規俗吏所能要結哉！

先是，歲丙戌，王生涣等偕衮彦耆逸，共圖所以識謳吟於不朽，既已雲附響應，卜築建亭於郵傍矣，越在荒湄，不足垂遐彰往。後八年，羅生佐明等謀諸父老，願乞侯所清邑左隙地，醵金庀材，撤舊維新，闔請於署邑郡理劉公、新侯張公。兩公方孳孳問俗維風，報可。不匝月告成事，視昔恢耀有加，而礱碑屬余丕揚厤績，余顓弗類，無能窺侯，大都邑士民敦迫，不獲讓。

余惟日不擇地而暄，水不擇地而濊，善理者不擇民而化。西昌忠義，載在往牒，陵夷輓近，稱難治；當事者檢式彌周，蠹蘖滋起，至不啻盤錯遇之。豈今之西昌非昔乎？將風流波靡，若江河之不可挽乎？嘗試取侯劬躬於邑，邑之傒志於侯者，撫今追昔，又何較然若筳與楹之不相及也。賦多逋矣，侯分區設限，完賦居一道先。役苦繁矣，異時大吏踵臨，使車輻輳，邑子弟有争召茭芻，佐供億匱者，孰驅迫之？訟多幻，吏舞文矣，終侯之任，翕然傳相敦厲，毋犯恩信。侯日與士大夫訂業考德，博士弟子詣廳事，裦衣雅拜，退而問難質經，合志營道，雍乎其容與暇豫也。侯頒約書，讀法聲達四境，毋敢空文視功令。議保甲，比伍守望相助，宵柝靡驚。議社倉，慕義捐田捐稻者，若赴家趨飽恐後。營萬壽宫，增層樓，以作人文。破塘之役，射鬻溢悍，爲縣治憂，相度者咋舌却步，築堤千丈，石磯五，綿綿長虹，費工役累萬計，纖毫出民間，民無幾微顔色，即民亦罔識所自。西昌難治，然乎？抑侯貞教敦化，其醖釀有在，匪簿牒期會之爲斤斤乎？蓋鹵莽而耕，亦鹵莽而報；深耕熟耰，其禾繁以滋。侯之矢於神曰：「令所願學惟禮，所與邑共由亦惟禮。」禮之教化微，使人徙善遠罪不自知，而其志邑乘，詳哉其言之也。學士迂之，遠於事情，及觀侯躬禱炎曦，竭誠秉禮，已取干和之囚，代暴日下，不踰時甘澍徧四境，歲乃大登，而後知侯之孚格轉移，天且不違，況於人乎？余獨低徊，侯以古道爲必可倡，以隆禮待厥躬，由禮待西昌民，有如侯在易使，侯去難治，回心嚮道謂何？安在其不能一日忘侯也！

夫觀我者觀民，民之攸觀，豈以沾沾攀號咨嗟，樹表侈美之足爲殿最哉？觀民所趨舍何當耳。繇斯以譚，西昌之爲侯觀者，宜何擇焉？慎毋躬自菲薄，徒以沾沾繫侯思爲也。人自爲分，亦自爲才，隨其分與才充之，豈必盡附青雲，井里巖穴，小肆廛市之墟，皆足行成不毀。侯所稱引具在，先民流風不遠，蓋亦修高明之經，抱咫尺之槩，寧礪名檢，毋徇請寄，寧敦忠信，毋逐機利，寧守墨抱璞，毋斵琱毁方，寧爲奉法急公之民，毋爲馮犯刑戮之民，使人顧瞻亭下，指鼎石，亟稱曰：「是唐侯道德齊禮所化誨，耿耿有遐思者也。」觀侯觀民，於兹焉在，將侯與西昌相終始，揭日月而流穹壤，其爲德侯，顧不永且休哉！聞之，萬年之石歸如久矣，不知有同然於斯否？侯名伯元，字仁卿，萬曆甲戌進士，東粤澄海人。

〔文淵閣四庫全書本楊寅秋臨皋文集卷一。〕

泰和曙臺唐侯索書漫呈六條

（明）王時槐

古人之學，以正心修身達於行事，一歸於至善而已。彼藉口心學而不檢察於事爲者固非也，若惟事爲之檢察，語及心學，則以爲虚誕，又未免懲噎而廢食矣。（一）

古人有所謂不朽者。夫身外之物固必朽，文章勳業名譽皆必朽也，精氣體魄靈識亦必朽也。然則不朽者何事？非深於道者，孰能知之？（二）

宇宙古今只有一理，原無二理，但諸儒見理，或未盡徹，隨其所見，各自立言，時有同異耳。若後學執一而廢百，非博取而互融之道也。故知道者無常師，受益無方，而不自據蹊徑以爲高。（三）

整菴先生著困知記，大指謂知覺爲心，形而下者也；仁義禮智之理爲性，形而上者也；故以心存理則得之，若但言心，是徒得形下之粗而遺形上之精矣。此整菴先生苦心語也。若學者執其説而不得其言外之微旨，恐其蔽亦復不小。此意難言，欲請質於有道者。（四）

學不貴多言，然實用力決志欲明此道者，則審問明辨，自不容已。若一向以譚學爲諱，恐此中不無隱微之病。此病在賢者愈難自覺，非全勘破，於道終有防也。（五）

象山先生云：「與嗜慾之人言易，與有意見之人言難。」夫意見惟賢者有之，彼既修名檢，慎廉隅，足以自安自信，其自處已高，則其取善必狹，儻語以至道，有加於名檢廉隅之上者，彼將拒而不信也。故大舜之舍己從人，顏子之若無若虛，非實見斯道之無窮而自視欿然者不能也。（六）

〔光緒三十三年（一九〇七）重刻本王時槐塘南王先生友慶堂合稿卷六雜著。〕

贈别泰和唐曙臺明府赴南計部二首

（明）曾同亨

江城露冕幾經年，襦褲歌謡萬口傳。此去風流推畫省，向來聲價比青錢。金陵地勝閒堪踐，留署官清到是仙。不爲鳳鸞栖棘久，一官誰羨主恩偏？

其二

帝里風煙識面初，重來花縣慰離居。空憐傾蓋爲知己，未報投桃獨愧予。天上新恩催去棹，江邊虛館漫停車。分攜無限相思意，盡日惟看袖裏書。

〔萬曆刊本曾同亨泉湖山房稿卷二。〕

贈唐仁卿

仁卿以彈王陽明先生祀事被謫

（明）鄒元標

范民部持册索别仁卿，予於仁卿非燕游之好，故其行也以規，仁卿其有意乎？

知君試政數年前，把臂金陵豈偶然？此別應須各努力，莫將閒語負前賢。（一）千聖相傳只此心，夫君何事外頭尋？雷風露雨無非教，休向沙頭只漫吟。（二）誰道文編是學陳，陳王學脈定誰真？停軺如過江門里，碧玉樓前春草新。（三）君有白沙文編，故云。

〔文淵閣四庫全書本鄒元標願學集卷一。〕

酬贈潮海周唐二丈 光鎬耿西，潮州人，伯元曙臺，並進士。

（明）鄧元錫

懷歸願行邁，得歸乃茫然。天涯結交親，愴別長風前。唐生皎玉樹，亭亭島花妍。周郎念家學，西山耿懸懸。二屐橋門遊，講繹得所便。趣古啟長途，濬精汲玄淵。平生渺渺思，悃愊冀有宣。何當臨中逵，蒼然各風煙。廬阜千里色，寧度庾嶺天。悵惘以彌日，載枉瓊裾揖。南紀開粵門，鑿自混茫先。曲江始奮跡，相國稱獨賢。雅音振唐宗，風誼恢八埏。邇來陽春臺，翕闢静所研。渾淪見初心，元命賴以傳。願言嗣徽音，百代雙鳳騫。行瞻羅浮雲，上上羅浮顛。日服采菊章，申之丹荔篇。

〔萬曆三十五年（一六〇七）左宗郢刻本鄧元錫潛學編卷三。〕

寄唐曙臺公書

（明）鄧元錫

京邸欲再晤請質，竟卒卒爲冗所奪，求如成均時昕夕承晤，邈不可復矣。兄精詣獨造，日有孳孳，近歲識見超然異時，幸甚幸甚。人乘代運，如春鳥秋蛩，不能自反，而兄於近代論學諸賢諸所傳承，取舍明慎，不信其所未安，幸甚幸甚。此弟夙心，獨難披豁耳。大都聖學以盡性至命爲宗，而以日用倫物著察服行爲實，然約之謹獨，則中庸其至矣。誠不作見解，循此有造，自當有至。然施之事而達，推之人而安，反之獨覺而信，行之吉凶悔吝之途而一，此其驗也。譬之真金，以見火爲驗，第恐氣浮不深，心麤不密，志滿易足，欲膠難汰，即悟成見，即見成執，輕生議論，自立標準，則豐屋蔀家，滋爲累耳。此弟所嘗折肱於此者，不識兄丈以爲何如？千里同心，輒附便鴻，以效悃悃，幸幾亮察。南雲入望，無任惘然。

〔萬曆三十五年（一六〇七）左宗郢刻本鄧元錫潛學編卷十二。〕

贈唐仁卿謫歸海上

（明）湯顯祖

津衢無奥士，蒨峭有奇人。居懷徒可積，抗辨乃誰馴？道術本多歧，況復世所尊。風波一言去，嚴霜千古存。揆予慕甘寢，未息兩家紛。方持白華贈，殊望桂林雲。

〔徐朔方箋校湯顯祖詩文集（上海古籍出版社，一九八二年）頁二〇四。〕

送臧晉叔謫歸湖上時唐仁卿以談道貶同日出關並寄屠長卿江外

（明）湯顯祖

君門如水亦如市，直爲風煙能滿紙。……却笑唐生同日貶，一時臧穀竟何云。

〔徐朔方箋校湯顯祖詩文集（上海古籍出版社，一九八二年）頁二〇四。〕

朱鴻林按：

文淵閣四庫全書本吴景旭（吴旦生）歷代詩話卷七十九癸集下之中謫歸條下，説此詩〔湯義仍送臧晉叔謫歸湖上詩〕末二句如下：「晉叔先生爲余之外舅從父，行有晉風，縱情任誕，官南國子博士時，余族祖湧瀾公亦爲南駕部郎，兩人每出，必以棋局蹴毬懸之輿後，此義仍所謂『深燈夜雨宜殘局，淺草春風恣蹴毬』也。晉叔又與小史衣紅衣，並馬出鳳臺門中。白簡罷官時，唐仁卿以議文廟從祀僭貶，同日出關，故義仍有唐生、臧穀之句。然義仍所著詞曲四夢，晉叔謂是架上書，非場上調，遂加芟潤，義仍憤然作絶句，擬之摩詰、雪蕉矣。」

送客部唐仁卿請告還嶺南

（明）張位

建禮春風慶盍簪，惠施去我更誰談。欲娛綵服高堂下，獨抱明珠大海南。宦道羞稱廉賈五，醫方好問折肱三。荆榛滿目尋歸路，試向江門仔細參。

（萬曆間刊本張位閒雲館集卷七。）

送唐曙臺之留都户曹　（明）朱衡

雲帆十丈快南征，才子乘春羡此行。江左風流雄上國，漢庭辭賦羡東京。粤南久播明經譽，計部新傳轉餉名。驛路青青楊柳色，江頭攀折不勝情。

（萬曆十九年辛卯（一五九一）嶺南陳宗愈婺源刊本朱衡朱鎮山先生集卷七。）

論唐伯元　（明）韋憲文

仁卿信石經大學，謂「置知止能得於格物之前，似乎先深後淺」，殆不知聖學之止爲入彀，修爲工夫也。謂「儒者學問思辨之功，無所容於八目之内」，殆不知止惟一法，修有多方，萬物皆備，格其當機之旨也。謂「物有本末一條，次致知在格物之下，以釋格物」，殆不知此條教人以知止之法，是混止而爲修也。近代之流弊，既專於知覺上用功，而不知以知歸止；仁卿之矯偏，又專於法象上安命，而不知以止求修。此學未嘗不貴虚，未嘗不貴寂，只以修身爲本，一切皆爲實體；未嘗不致知，未嘗不格物，只以修身爲本，一切皆爲實功。知本不言内外，自是内外合一之體；知止不言動静，自有動静合一之妙。談止修之法，爲異説之防，莫過於此。

〔乾隆二老閣刻本黄宗羲明儒學案卷三十一止修學案所載李材門人南海章憲文所著井天萃測。〕

送姜肖江唐曙臺北行

（明）林民止

就日耀飛旌，摇摇問去程。河山臨楚甸，城闕俯周京。青草離亭夢，垂楊繫馬情。迢遥燕市裏，誰復坐班荆？

〔萬曆刊本林民止玄冥子卷三。〕

唐曙臺席上得來字

（明）林民止

傳聞綺席倚天開，清夜西堂擁上才。莫遣豪光干象緯，恐驚星使日邊來。

其二得陽字

玄武湖邊帝子鄉，移家結客動初陽。一時門外三千騎，半是當年較獵場。

〔萬曆刊本林民止玄冥子卷四。〕

送唐仁卿請告歸潮陽

（明）謝　杰

塵埃無隻眼，誰與識人龍？直道終難合，爲郎尚不容。帆歸滄海月，門聽碧山鐘。別後相思處，秋雲第幾重？

〔萬曆刊本謝杰棣尃北窗吟草卷六。〕

與唐曙臺選君 丙申

（明）蔡獻臣

不肖么麽，未有樹也，需次匪久，即得一官，敢忘明德？然此世俗語，不足溷有道之耳。瀕行，以素未相識之人，而門下攜尊酒而存之旅邸，丙夜深談，肝膽盡披，此則破格盛情，傾蓋高誼，令不肖更爽然自失矣。意必有人以不肖欺門下者乎？而退自循省，無當也。門下肩茲繁鉅，氣定神閒，綽有欛柄，大儒之作用，信非薄植淺衷、手忙脚亂者所敢望。今選事將畢，旦夕息重負而就清卿矣。然宮府異同，閣部參商，即仁愛示警，而機括未轉，日甚一日，知者以爲時事之難，門下止好如此做，不知者似不能無少觖望，以爲平日聞曙臺先生名若雷，今掌銓，不過平水箭耳。不肖處於知不知之間，則謂欲有以大慰輿望，非於方面及郎署中精拔一二，以風天下不可。雖然，知之未必有缺，推之未必肯用，再三疏請，動逾歲月，徒令他日有不得盡舉所知之恨，良工之心，苦哉！苦哉！不肖曹事簡寂，頗與拙性相宜，惟聰明日減，道德日負，以是中夜汗沾背也。安得大君子咳唾之音，時時提喚之？季報役去，附致數語，所願請者，百不宣一，伏惟垂炤，甚幸。

（崇禎刻本蔡獻臣清白堂稿卷九。）

小心齋劄記（萬曆二十二年甲午記）

（明）顧憲成

南海唐仁卿嘗訝余作字潦草，余謝之。昔程伯子作字甚敬，曰：「非是要字好，只此是學。」又曰：「灑埽應對，便是形而上者。」邵堯夫詩曰：「唐、虞揖讓三桮酒，湯、武征誅一局棋。」王龍谿曰：「須知三桮酒，亦用揖讓精神，一局棋，亦用征誅精神。」又曰：「聖人遇事，無大小皆以全體精神應之，不然，便是執事不敬。」余以此知仁卿之意遠矣。

（光緒三年丁丑（一八七七）重刊顧端文公遺書本小心齋劄記卷一。）

小心齋劄記（萬曆二十四年丙申記）

（明）顧憲成

唐仁卿曰：「凡事先求己過，聖功也。」又曰：「望重朝紳，不若信於寒微之友；生徒滿天下，不若使閨門之内與我同心。」愚以爲此惟慎獨者能之。

（光緒三年丁丑（一八七七）重刊顧端文公遺書本小心齋劄記卷三。）

小心齋劄記（萬曆二十五年丁酉記）

（明）顧憲成

歲丙戌，余晤孟我疆，我疆問曰：「唐仁卿伯元，何如人也？」余曰：「君子也。」

我疆曰：「何以排王文成之甚？」余曰：「朱子以象山爲告子，文成以朱子爲楊、墨，皆甚辭也。何但仁卿？」已而過仁卿述之，仁卿曰：「固也。足下不見世之談良知者乎？如鬼如蜮，還得爲文成諱否？」余曰：「大學言致知，文成恐人認識爲知，便走入支離去，故就中間點出一良字。孟子言良知，文成恐人將這個知作光景玩弄，便走入元虛去，故就上面點出一致字。其意最爲精密。至於如鬼如蜮，正良知之賊也。奈何歸罪於良知？獨其揭無善無惡四字爲性宗，愚不能釋然耳。」仁卿曰：「善。假令早聞足下之言，向者論從祀一疏，尚合有商量也。」

（光緒三年丁丑（一八七七）重刊顧端文公遺書本小心齋劄記卷四。又見乾隆二老閣刻本黄宗羲明儒學案卷五十八東林學案一端文顧涇陽先生憲成學案。）

小心齋劄記（萬曆二十六年戊戌記）

（明）顧憲成

唐仁卿過訪涇上，語次痛疾心學之説，予曰：「墨子言仁而賊仁，仁無罪也。楊子言義而賊義，義無罪也。世儒言心而賊心，心無罪也。」仁卿曰：「楊、墨之於仁義，只在跡上模，其得其失，人皆見之。而今一切托之於心，這是無形無影的，何處究詰他？以此相提而論，二者之流害，孰大孰小，相去遠矣。老、莊惡言仁義，吾安得不惡言心乎？吾以救世也。」予目季時云何。季時曰：「仁卿一片苦心，吾黨不可不知，卻須求一究竟。」予曰：「只提出性字作主，這心便有管束。孔子自言『從心所欲不踰矩』，矩即性也。看來當是時已有播弄靈明的了，所以特爲立箇標準。」季時曰：「性字大，矩字嚴，尤見聖人用意之密。」予曰：「言心者作如是解，其亦何疾之有。」仁卿乃首肯。

〔光緒三年丁丑（一八七七）重刊顧端文公遺書本小心齋劄記卷五。乾隆二老閣刻本黃宗羲明儒學案卷五十八東林學案一端文顧涇陽先生憲成學案有節録。〕

小心齋劄記（萬曆三十二年甲辰記）

（明）顧憲成

予往在都下，見許敬庵便自覺放處多，見李克庵便自覺輕處多，見孟我疆便自覺濃處多，見呂新吾便自覺腐處多，見張陽和便自覺偏處多，見鄧定宇便自覺浮處多，見魏見泉便自覺怯處多，見魏崑溟便自覺低處多，見劉紉華便自覺鬆處多，見孟雲浦便自覺粗處多，見唐曙臺便自覺躁處多，見趙儕鶴便自覺局處多，見鄒大澤便自覺淺處多，見李修吾便自覺小處多，見姜養冲便自覺嫩處多。今且二十餘年往矣，果能有瘳於萬分一乎？抑亦猶然故吾乎？日月如馳，衰病交集，静言思之，尚復何待，此予所爲寤寐反覆而不敢以宴者也。

〔光緒三年丁丑（一八七七）重刊顧端文公遺書本小心齋劄記卷十一。〕

小心齋劄記（萬曆三十八年庚戌記）

（明）顧憲成

歲丙申之冬，選部唐仁卿請告而歸，訪予於涇里。予問曰：「國事近何如？」仁卿曰：「他皆無足慮，所慮者一人耳。」予問爲誰，仁卿曰：「沈繼山司馬也。必亂天下。」予笑曰：「君子一言以爲知，一言以爲不知，願勿草草，兄姑待之，司馬旦夕歸矣。」仁卿曰：「司馬外結政府，内結權璫，方當用事，何云歸也？」予曰：「所結政府爲誰？」仁卿曰：「張新建。」予曰：「司馬與新建同年也，又同與江陵奪情事，後先被罪去，其情誼自别於泛然之交。第司馬骯髒自喜，必不爲新建用，新建今猶次輔耳，一旦得政，此兩人終非好相識。至欲結權璫，非用賄不可，司馬將何所取資？」仁卿曰：「自有代爲賄之者。」予曰：「此等奇論從何處來，都下所相與何人？恐不得不分任其過也。今姑無論，吾輩只看司馬行徑何如，更應了了。」仁卿懷疑而别。越數日，司馬果得旨歸。仁卿自途中貽予書，謝曰：「向者吾失言，吾失言，昨道檇李，詢此老居鄉作何狀，市井細民無不同聲賢之，乃知長安紛紛之論，真是可笑。矮人觀場，隨人悲喜，吾又以自笑也。」仁卿可謂無成心矣。鄒南皋書趙定宇先生傳後曰：「趙學士没，其弟與諸子屬傳，草成黯然魂消。門人曰：『先生慟乎？』予曰：『此非子所知。』曰：『得無以苦肉計慟邪？』曰：『苦肉計，丁丑冬事；癸未以後，晾苦肉更甚。荷聖恩賜環，置之生地矣。吾等心如水之平也，故設詞波之；如鼓之無聲也，故陽爲擊之，俾不得一日安其位，眎六年時又更甚。』」先生曰：『不去必不令完名。』卒若左券。」嗚呼！抑知夫司馬之時，眎先生之時尤甚，即去後且不令完名也。吾是以重有感於仁卿，爲之喟然三嘆，而追記其語。

〔光緒三年丁丑（一八七七）重刊顧端文公遺書本小心齋劄記卷十七。〕

大學通考自序

（明）顧憲成

程子曰：「天下事非一家私議。」善哉！其言之也。大學有戴本，有石經本，有二程本，有朱子本，近世陽明王氏獨推戴本，天下翕然從之，而南海曙臺唐氏又斷以石經本爲定，至於董、蔡諸氏，亦各有論著，莫能齊也。雖然，以求是也，非以求勝也；其同也，非以爲狥也；其異也，非以爲競也；其得也，非以爲在己而故揚之也；其失也，非以爲在人而故抑之也。君子於是焉虛心平氣，要其至當而已。予故備録之，俾覽者得詳焉。壬辰正月。

〔文淵閣四庫全書本朱彝尊經義考卷一百六十禮記二十三顧憲成大學通考條引文。〕

先弟季時述

（明）顧憲成

李見羅先生坐雲南報功事被逮，竟罹大辟，輿論冤之。廣東布衣翟從先欲詣闕申救，不遠三千里特過涇上商諸弟。弟極口從臾之。布衣又欲進澄海唐曙臺所輯禮經於朝，並爲代具疏草。

〔文淵閣四庫全書本顧憲成涇皋藏稿卷二十二先弟季時述部分節録。高攀龍高子遺書卷十一顧季時行狀亦記及此事。〕

與唐曙臺儀部論心學書　二首

（明）顧允成

（一）

先儒有云：「王道本於誠意。」又云：「本心爲萬事根本。」傳格致者，乃獨本修身，何也？蓋經文齊家治國平天下，緊貼修身説來，故傳者斷自修身，語勢自當如此。其實正心誠意在其中矣。大抵修身有偏言者，有兼言者：八條目互舉修身，偏言之也；格致傳單舉修身，兼言之也。故中庸曰：「齊明盛服，非禮不動，所以修身。」推此類可見。若以其偏言者例其兼言者，乃曰：「心意可匿，身則難藏，其不本正心誠意而本修身，殆有精義。」不免穿鑿附會。且夫「掩其不善而著其善，人之視己，如見其肺肝然。」「心不在焉，視而不見，聽而不聞，食而不知其味。」彼心意，豈可匿之物哉！

（二）

心學之弊，固莫有甚於今日，然以大學而論，則所謂如見肺肝者也，何嘗欺得人來，却是小人自欺其心耳。此心蠹也，非心學也。若因此便諱言心學，是輕以心學與小人也。易咸九四不言心，而象曰「感人心」，則咸其心之義也。艮六四不言心，而象曰「思不出其位」，則艮其心之義；其曰「貞吉」，則道心之謂；曰「憧憧」，則人心之謂也；「艮其身」，亦猶大學之揭修身。蓋心在其中矣，何諱言心之有？夫身不能必其皆修，必不可以不修身之故爲身諱；意不能必其皆誠，必不可以不誠之故爲意諱。與其諱之而以妄廢真，孰若勿諱之而以真救妄也。願卒教之。

〔文淵閣四庫全書本顧允成小辨齋偶存卷六。〕

簡高景逸大行〔又〕

（明）顧允成

客歲承教言，弟蓋思之累月，而竟不能更端以請益於足下，不得其間也。夫論道以中，則豈復有他説哉？但弟生平左見，怕言中字，以爲吾輩學問，須從狂狷起脚，然後能從中行歟脚；凡近世之好爲中行，而每每墮入鄉愿窠臼者，只因起脚時便要做歟脚事也。蓋落脚即是中行，惟聖人天理渾然，毫無私欲則可。自聖人以下，便有許多私欲糾牽，所以孔子告顔子曰「克己」，而其稱之，亦曰「有不善未嘗不知，知之未嘗復行」。其緊要工夫自是如此。若不向私欲處悉力斬絶，而遽言中行，所謂藉寇兵而齎盜糧，未有不敗者也。足下資養純粹，大都是中行體段，當不類近世之爲，但此意切須點檢，庶幾將來不認賊作子耳。愚者千慮，姑以請正，足下以爲何如？昨友人寄到唐曙臺所編刻二程類語，頗便觀覽，敢奉上一部。

〔文淵閣四庫全書本顧允成小辨齋偶存卷六。〕

復李見羅先生

（明）顧允成

往元冲父母職述而南，獲承手札，備悉門下引掖後進盛意，方念不及伺候，乃辱記存，憫兹悲苦，更蒙寵儀，光賁慈靈，哀感何已。不肖幼從叔兄之後，稍欲有所請事，每見世之談道者，芻狗躬行，野狐性命，心竊疑之，已而因元冲受門下大學古義，已又因澄海唐曙臺受石經大學，反復再四，始信學問原自正平，而依傍蹊徑者，似不免有礙於大路也。門下多難殷憂，動心忍性，其於知本一義，當有益臻其妙者。且文王居囚而易作，箕子爲奴而範陳，古來大聖大賢，往往以一身之窮，而開萬古之通，門下豈有讓哉？如天之福門下，曠然荷被恩詔，則私淑云爾。肅言布謝，祇增悚息。仰希照亮，不次。

〔文淵閣四庫全書本顧允成小辨齋偶存卷六。〕

三時記

（明）高攀龍

余以癸巳冬仲謫尉潮之揭陽，越明年七月二十六日始克成行。……〔九月〕十七日遂抵潮，會唐曙臺知朱任宇已於前月抵任，時亦在府，遂至開元寺拜之，假館寺中。十八日謁道府，晚赴曙臺酌，余意甚暢，曙臺神情不王，談論不盡展也。

〔文淵閣四庫全書本高攀龍高子遺書卷十節録。〕

柬唐曙臺明府

（明）高攀龍

向有一書附揭陽人，未知達否？不久道駕經過，又失良晤。從陽羨歸，接手教，惓惓以斯道爲念，令儒者感奮。今日南中之學，胥入於佛，其説種種繆戾，讀醉經樓集，門下迴瀾障川之功不少矣。第中間多有合商量者，未能悉舉，姑以大概言之。陽明之學所以流弊者，一則以無善無惡指揭心體，一則以洪水猛獸排斥晦翁，門下辭而闢之是矣。然遂欲以心爲諱，未免矯枉過正，而又以元晦、康成並列，未爲知德知言。

世衰道微，邪説日熾，而有志於闢邪衛正者，往往所執反出其下，庶民不與吾輩，政不可不自反。潮中貪吏啖民如虎，而大計竟得晏然，門下亦未能辭其責也。揭陽曾孝廉，雅有志向，而揭俗滔滔，未見有稱説道理者，伏惟門下時時接引之。此道在地方常得一脈不絶，殊非小事也。草草未欲盡言，風便謹望金玉之音。

〔原國立北平圖書館藏舊抄本高攀龍高子未刻稿卷六。〕

報唐仁卿

（明）鄒迪光

三楚之役，拮据劻勷，髮腐唇焦，使節戾止，徵獨畏嫌，亦無小間得與促膝論心，篝燈話舊，官亭數語，寂寂無聊。居頃之，而白簡隨至，俄被放逐，獨醒獨清，其效如此。然自放歸以後，日耕太湖之田，釣東海之鯉，弋吴山之鴻，植竹千竿，秇蘭一畹。吾鄉故泰伯里，結廬其間，號讓里逸民，遇財則讓財，遇力則讓力，遇勢則讓勢，遇名則讓名，遇智則讓智，吾無餘讓，而財勢有力、矜名鬬智者，亦久而不吾犯。吾日持楞伽、楞嚴、法華、圓覺諸經，結跏趺坐於瞿曇氏前，一切人世間事，真若鼠肝蟲臂，毫不足以著吾靈臺，始信詘詘者夫，良大愛我矣。繙經之暇，得足下銓曹消息，亡何又得足下典選消息，此兩消息者，不足爲足下重，而足下以吾道中人，又有天下才，當此一寄，必能如山濤之明慧，江湛之廉慎，裴楷之清通，謝莊之不私，挽頽風，祛弊竇，朝野間非足下之倚重而誰重也？足下勉之。典選卒業，清卿在望，倘以差事南遷，過梁鴻溪，當持斗酒遲足下二泉石上。

〔萬曆刻本鄒迪光鬱儀樓集卷五十三。〕

與唐選郎曙臺

（明）孫繼皋

曩弟伏在林莽，塵中事一切不敢問，而獨丈用素望晉尚璽，弟未嘗不額手頌曰，正人用矣，爲沾沾喜。無何而丈奉家諱，跣而奔南海，而弟未嘗不黯然以悲也。今者弟業藉靈，復入帝城，而丈猶依依社揄壠樹之間，道阻且脩，無因緣奉一書寄相思，而揭陽朱任宇公被調以往，於仙里隣也，遂爲寓此。朱故爲江陰，弟父母事之，愷悌君子也，以稱職調兹，幸而登有道門牆，丈能攝衣冠見之乎？即弟數年來，居而憔悴，出而慵惰，鬢毛踪跡，種種可問而得也。陳老師郵報不乏，風猷爛焉，惟粤之福，亦惟門弟子之光，顧内召近矣，公等土人，奈冦公何！卒然託訊，不盡鬱積，丈幸察。

〔文淵閣四庫全書本孫繼皋宗伯集卷六。〕

〔附〕答范方伯晞陽

（明）孫繼皋

伏自通籍以來，而吾兩人者，盍簪聯袂，不四三指屈也。同桑梓，又同游曲江，詎鮮宿緣，而曠焉若參辰乎！念之悵然。芸翰從天，啟函迴環讀，恍疑暫面，追惟曩者，幸與曙臺年兄共事，恨不獲一日而登翁丈九列，以表儀都人士。其後事多所掣肘，而弟亦荷恩放，是天猶未欲顯暴真儒之用於世耶？嘉帙三種，學術世風，醒迷救溺，謹拜明教。賦刻遂揄揚、馬，何得擅此寧馨？艷慕不可言。敢問阿翁，仲固兼才，游戲而爲之，奈何不令專一本業，而分心馳鶩爲也？猥恃世講，言布朴愚，不知其陋，臨筆瞻遡。

〔文淵閣四庫全書本孫繼皋宗伯集卷六。〕

答唐曙臺

（明）王世懋

我朝道學中第一風流人豪，必推白沙先生。後之學士大夫頗窺其微旨，以謂跳上乾岸看人，不肯褰裳濡足，此言非爲過也。然先生所以蒙責，正緣其地步太高，世以經世相責望耳。若乃病客思玄，幽人開徑，老氏命之知足，文士謂之倦游，此其人本非高自期待，而當世賢者欲以白沙先生議繩之，不以過乎？然繩之者愛之，乃甚於其人自愛，則亦不可謂非知己之感已！足下以道學文章經世，而先生貴鄉先賢也，足下爲之表章，其集適一寓目，已令人受益不淺矣。異日補先生未究功業，其在足下乎？若不佞，胡能贊一辭也？備聆高論，但有跼蹐耳。貞吉王孫未抵雲陽而返，以有子難也，非足下見教新句，烏能知見顧之厚乎？昨因展墓入鄉，久稽使者，率爾裁謝，不宣。

〔萬曆刻本王世懋王奉常集卷四十六。〕

唐曙臺主事

（明）王錫爵

古諺有之：擇禍莫若輕。今不肖野狐蹤跡與死灰心事，兩者俱暴於人間，門下若必欲推而進之中庸之列，則不肖敬聞過矣。若又有進此者，門下雖試登三十三天，能復索我於屠羊之内否？側聞雅志誓不作三代以下人物，教中所稱庸德庸言、世間法、出世間法，大都不離此，願與共勉之。

〔萬曆間王時敏刻本王錫爵王文肅公文集卷十四。〕

唐曙臺主事〔又〕

（明）王錫爵

公所論，不過謂三教同源，儒者當於應世中了出世耳。然二氏作用，數從和光方便入門；若吾儒，則必量腹然後食，擇器然後操。如不肖，自揣力綿智短，不敢强其性之不能，乃學儒而過，了不聞道者也。往先人屬纊時，使老母坐榻前，陰誦金剛經，含笑而瞑，此何嘗鞭策不肖應世耶？會當强食支牀，稍理問學，以酬恩待耳。白沙先生真吾師也，其文字之奇，亦似脱盡經生窠臼，讀公批教，恍然若身在冷風秋水間矣。

〔萬曆間王時敏刻本王錫爵王文肅公文集卷十四。〕

哤言〔癸未年〕　（明）范淶

年友唐仁卿談及同人卦六二小象，曰：「『同人于宗吝道也』，當於吝字爲句。六二雖與九五爲正應，而二以中正拘拘自守，不泛然苟同，若于宗然，固吝矣，然在下而同於上者，其道當然也，此孔子之所取也。爲九五者，始見其人落落難合，誰即信之？久之心意相孚，始信二之爲正人君子，而懽然相得矣。然君子如二，不諂似傲，不徇似迂，非有剛介自持，克去己私之人，鮮能相信，此所以謂之『大師克相遇』也。故象曰『同人之先號咷』者，以二之中直，不苟同也。大師克相遇，言二固能自守，克去徇世之私，而五亦能信二，克去世俗之見也，交贊之也。」此説殊有味，程、朱以前，俱無此解。

唐仁卿又言：「坤初六，象云『馴致其道，至堅冰也』，馴致字與文言『履霜堅冰至，蓋言順也』順字意同，見陰之不可不抑，惡之不可遂爲也。本義乃謂順慎通用，何哉？」以前後文互相發明，可據可據。因想升卦大象，本義亦取王肅本以順作慎之説，不如程傳仍以順字解爲當。蓋地中生木，能順其性，則上升；吾人則剛大之氣，能直養無害，則塞乎天地之間矣。故曰：「萬物之進，皆以順道也。」第所順有不同，善而順之則吉，惡而順之則凶。

（明萬曆四十六年丁巳（一六一七）序刊本范淶咙言卷一。）

咙言〔癸卯年〕

（明）范　淶

澄海唐仁卿，名伯元，修身不愧屋漏，造詣邃深，辨論理學，真切懇到，臨終仍在書齋著述，無病，無私語，端坐而逝；粤東諸先達，自陳白沙之後，未可多僂指也。

（明萬曆四十六年丁巳（一六一七）序刊本范淶咙言卷四。）

贈唐仁卿客部得告還粤時余官膳曹

（明）余　寅

我已慙閒局，君應稱倦游。非熊原偶值，神爵肯輕留？心遠思恬退，名高敢漫休？正逢瓜蔓水，好去放孤舟。

（萬曆刻本余寅農丈人詩集卷六。）

與胡廬山書 之五

（明）耿定向

讀集中答唐令書，仰見兄苦心，顧言之詳，道之晦也。兄此幾千餘言，似輪郤曾子「心不在焉，則視不見，聽不聞，食不知味」數語，若更易省人也。雖然，此語孰不聞之，此心孰不用之，顧實識心者何少也。弟往聞兄稱唐令大和〔一〕治行爲天下第一，夫即其發於政，便可信其生於心者矣，兄又何必欲識其心以出政耶？毋亦欲進之慈湖之悟與？昔象山指慈湖扇訟一語，而慈湖即悟本心，則因其憤悱之機也。慈湖之默自反觀也久矣。唐令方惡言心學，而兄又言之縷縷，是猶人方惡醉，而又强之多飲。兄之心則熟，機則未審也。夫慈湖之剖扇訟，固由本心剖之也。即前未悟，故未常别用一心也。由象山之提指而一悟，則又迥是一胎骨矣。唐令以篤修爲學，或亦薄慈湖不取也。且甘泉折衷之論，或先入矣。弟近亦惡談心。「求心依舊落迷途」，此言殊大有理，弟惟篤信孟子慎術一言，因術了心，更爲直截也。何如？

〔萬曆二十六年（一五九八）刊本耿定向耿天臺先生文集卷三。〕

朱鴻林按：

〔一〕「大和」實爲「泰和」之誤。

與劉調甫之三　（明）耿定向

昔大慧謂張子韶將佛語改頭换面，説向儒門去。頃徐思中將吾家語改頭换面，説向釋門去，而予不爲辨者，蓋謂學佛者，實是清淨，不至傷風敗化；實是慈悲，不至傷人戕物；實是靈通，不至麻痺迷罔；未可過爲分別。此孟子當戰國糜爛疾苦時，但得君人者與百姓同樂，今之樂即古之樂意也。而調甫云云，此固樂則韶舞意，予復何言。顧奏韶音於梨園後庭，誠恐聽者希耳。唐祠部近輯程子闢佛語一編，焦弱侯中多駁異，想二程重懲當時張商英、吕惠卿所爲，故闢之嚴如此，使學佛者皆如王文正、富鄭國，亦不如此闢也。焦弱侯所崇信者，惟是如來、惠能輩，如商英攻涑水，惠卿訐金陵，亦豈是之哉？儒、佛幾微辨，先正言之悉矣，不暇稱引，知此是非好惡本心，古今人有同然也。

（萬曆二十六年（一五九八）刊本耿定向耿天臺先生文集卷四。）

與南中諸弟

（明）耿定向

頃從魯廷尉處，覩唐君所上封事，剖擊陽明先生甚，想鑒於學陽明之學者，因疑陽明，未以陽明求陽明也；即求諸陽明，徒以語言知解求陽明，而未嘗一自反證之本心以求陽明也。夫陽明所揭良知，即六經中所揭曰中、曰極、曰仁之別名，即爾我日用之真心也。程子曰：「人須識其真心。」〔一〕人而不識真心，可爲人乎？即其言論行業，依倚名義，足自表見，可通天下萬世乎？渠鄉白沙先生有云：「人具七尺之軀，除了此心此理，便無可貴，渾是一包濃血裹一大塊骨頭。」此言是耶？非耶？而唐君乃云：「六經未嘗言心，孔、孟未嘗以心學爲教。」不思孔門宗旨，歸於求仁，仁何物耶？彼或不足於近世之談心者，故爲是憤激語耳。心誠未可談，顧不當默識而反求之耶？雖然，唐君已蔽於言論知解矣，今又欲以言論知解辨之，此所謂揚湯止沸，投膏撲火也。祇重其蔽耳，則何益哉！但念唐君顧今之所謂賢豪也，使今已自安於所至，自足於所見，則已矣。如使不肯以已知見行業爲極至，而更思尚往，必聞道爲期，計他日必大自悔今見之未定，今言之或過也。頃此中同志，初聞唐君疏時，中有憤然仇怒，欲爲衆參駁者，余解之曰：「吾儕於此共學同營，將欲令陽明先生之言議解説伸於天下後學乎？抑欲先生之良知通於天下後世乎？其尊信良知者，兢以言説發揮其指乎？抑反求諸本心，仰證先生之良知乎？假令陽明先生而在，面聆唐君之言若此，將仇怒之乎？抑惻然矜憫之乎？中庸慨道之不明，由賢者之過，從來矣。如唐君卓志潔履，正先生之所屬望而樂與之者，即此議論，雖是謬戾，當如人間岐嶷俊秀之孺，偶病目盲，爲父母者，其心惻然矜憫，日求所以瘳之者，而忍仇怒之哉？如此信先生之心，此則吾儕之良知，可質諸鬼神而無疑者。」余申此説，其議乃寢。雖然，陽明往矣，余於二三子不能無憾也。有此良朋，而猶令有此意見言論，必其精誠有不能感乎，其學術無足以貫通之者。嗟嗟！興言及此，余心悲矣。

〔萬曆二十六年（一五九八）刊本耿定向耿天臺先生文集卷五。〕

朱鴻林按：

〔一〕此語出於程子門人上蔡謝良佐，非程子之言。

送唐仁卿歸海南

（明）呂　坤

送君還父里，而我尚王庭。出門豈無儕，伊人各有醒。中宵彈響泉，一曲心泠泠。分攜欲有言，相視徒屏營。世路險於淵，所憂君知名。重雲闢薜蘿，願與道心冥。

〔康熙三十三年（一六九四）呂慎多刻本呂坤呂新吾先生去僞齋文集卷八。又見邵松年編續中州名賢文表卷六十二呂新吾先生去僞齋文集，題目「海南」作「南海」。〕

又寄唐仁卿

（明）呂　坤

都是我一身，散爲民與物。痛癢不關心，此是頑麻肉。嗷嗷彼蒼赤，誰當獲所欲。如何經綸時，但將詩書讀。我聞孔典墨，不得念席突。所志非七尺，安能一枝足。願君爲唐衢，無厭賈生哭。

〔康熙三十三年（一六九四）呂慎多刻本呂坤呂新吾先生去僞齋文集卷八。又見邵松年編續中州名賢文表卷六十二呂新吾先生去僞齋文集。〕

送姜可叔唐仁卿北上 二首

（明）范守己

瀟灑共爲郎，君今赴帝鄉。春歸荻渚岸，酒罷石城旁。魏闕西山雨，吴都夏木涼。相思知兩地，莫説住巖廊。

其二

春風送玉珂，無奈別離何。尊酒三山暮，江流一騎過。入朝應獻賦，懷友自興歌。試問昭王館，談天客幾多？

〔萬曆十八年（一五九〇）侯廷佩刻本范守己御龍子集卷八。〕

懷唐仁卿

（明）范守己

嶺南唐伯子，白社有雄名。抗議同孤憤，論心繼兩生。郎曹甘執戟，仙侶共吹笙。却恨經年別，愁聞上苑鶯。

〔萬曆十八年（一五九〇）侯廷佩刻本范守己御龍子集卷八。〕

明儒學案孟秋傳

（清）黄宗羲

孟秋字子成，號我疆，山東茌平人。隆慶辛未進士，知昌黎縣，歷大理評事，職方郎中致仕；起刑部主事，尚寶寺丞、少卿而卒，年六十五。先生少授毛詩，至桑間濮上，不肯竟讀。聞邑人張宏山講學，即往從之，因尚書明目達聰語，灑然有悟。鄒聚所、周訥溪官其地，相與印證。所至惟發明良知，改定明儒經翼，去其駁雜者。時唐仁卿不喜心學，先生謂顧涇陽曰：「仁卿何如人也？」涇陽曰：「君子也。」先生曰：「彼排陽明，惡得爲君子？」涇陽曰：「朱子以象山爲告子，文成以朱子爲楊、墨，皆甚辭也，何但仁卿？」先生終不以爲然。

〔乾隆二老閣刻本黄宗羲明儒學案卷二十九北方王門學案一尚寶孟我疆先生秋學案。〕

送唐曙臺客部告還南海用王宗伯韻

（明）于慎行

清時何意厭朝參，郎舍頻抽碧玉簪。萬里親闈炎海上，十年歸夢大江南。雲霞近傍仙城五，松菊重開客徑三。閉户書成應更早，好令白馬絀玄談。

〔文淵閣四庫全書本于慎行穀城山館詩集卷十三。〕

唐仁卿同錢懋忠二首時仁卿亦在告　（明）馮　琦

良會只今日，驪歌亦太頻。如何客與主，俱是遠遊人？蓮岳三峰曙，梅花五嶺春。涼飈昨夜發，時憶故園蓴。

其二

岐路論交日，清朝抗疏人。飛騰龍作友，來去雁爲臣。嶺海雲開粵，關山月照秦。丈夫多意氣，萬里是比隣。

〔萬曆末雲間林氏刊本馮琦北海集卷二。〕

送唐客部仁卿予告歸粵仁卿自去歲已請告矣　（明）馮　琦

暫辭蘭署問松蘿，握手其如欲别何。客棹漫衝群鴈度，歸旌遥指五羊過。更生自愛傳經好，長孺年來賜告多。知汝冥鴻無限意，願將招隱代驪歌。

〔萬曆末雲間林氏刊本馮琦北海集卷四。〕

春盡于田過訪入夜方回時唐曙臺還嶺南因及之　（明）魏允貞

不奈他鄉色，偏於故里親。清言從入夜，濁酒共留春。久客添華髮，閑愁攬病身。

白門江上柳，日日送歸人。

〔萬曆間刻本魏允貞魏伯子稿（又題魏見泉先生詩）南銓稿卷二。〕

擬送唐仁卿 二首

（明）魏允貞

省郎不爲薄功名，無奈憂時氣未平。自比退之曾佛骨，人言令伯有陳情。春風帝里花争發，客路王孫草又生。多病欲歸歸未得，黑頭媿爾早辭榮。

其二

清時愁聽鳳凰鳴，又是朝陽第幾聲。不到長沙非賈誼，自來嚴助厭承明。三江春水歸帆穩，五嶺閒雲拂袖生。回首長安天並遠，萊衣舞罷不勝情。

〔萬曆間刻本魏允貞魏伯子稿（又題魏見泉先生詩）南銓稿卷二。〕

與馮用韞過唐仁卿時仁卿告病歸余使人秦用韞有詩贈别

（明）魏允貞

秋風駐馬玉河濱，此際愁多不可陳。同調乍分天上侣，異鄉相對病中人。月明五嶺重歸粤，雨霽三峰遠去秦。獨有漢庭金馬客，陽關一曲轉傷神。

〔萬曆間刻本魏允貞魏伯子稿（又題魏見泉先生詩）光禄稿卷二。〕

答唐曙臺書

（明）魏允中

别後寂無一字，而温然有道之容，粹然見理之言，常常耳目也。手書來，甚感足下不忘所論雲浦、晉菴並僕之爲人，若揭肺腑；所欲僕三人交相磨切，以成其爲人，若藥石，感更甚也。然二君既久行，而足下杳然江表，眼前之人，孰與成僕？又甚懼也。讀二疏稿，禘帝學，翼聖真，其意最佳，而不察者以爲迂，可怪。雖然，師友之講不妨詳盡，君父之前必須直捷，人之迂丈以此耳。且所惡於今之從祀者，取自内裁耳；陽明、白沙祔食兩廡非冒，恐亦不須過有低昂也。文編醒人神志，至惠至惠。僕親老矣，安能以承顔之樂，而博相鼻之苦？非久歸矣。回翔附答，信心信口，了無回護，恃足下知己也。有便更教之，不宣。

〔萬曆間刻本魏允中魏仲子集卷七。〕

後記

醉經樓集二〇一〇年臺北中研院歷史語言研究所出版後，承蒙讀者孫杜平先生提供唐伯元遺文資訊十餘條，我點校之後，分别補編於書中的各個附録，其中編入「附録一醉經樓集集外文」者，有如下詩四題十五首：題吕巾石師懷周桃溪先生手卷後（八首）、萬花巖和歌四首、過房山詩二首、秋日陳司霖陳惟宜廖元叔招陳兩湖曾二法先生同游快閣，文五篇：重修白沙先生祠堂記、匡廬稿小引、漢仙巖記略、遊青峰記、祭國子君周慎齋先生文；補入「附録三唐伯元著作目録附佚文考」者，有鳳凰塔記、西峰文集序佚文兩題。「附録二唐伯元傳記補遺」部分則增補了萬曆邸鈔所載一則。承蒙劉勇教授提及明儒王時槐答楊晉山辛丑、管志道尚論聖祖頒行經教隱意兩篇，亦因與唐伯元及晚明思想之研究有關，以附件收入同一部分。本集中華書局版獲此增補，唐伯元文字得以廣泛面世者更多，是爲可喜，謹向孫先生及劉教授表示感謝。這次校讀全書，也改正了中研院版所見的文字錯誤和標點錯漏之處，減少負累讀者之過，亦可告慰。

三月下旬我在編點這些增補文字時，驚悉當年邀約我整理醉經樓集的合肥杜經國教授在汕頭逝世，頓生感慨。杜先生是國家教委選派支援汕頭大學的學者，先後擔任汕頭大學歷史系主任及潮汕文化中心主任，當年從汕頭致電臺北給我，仍在這些崗位上。流光飛逝，哲人已渺，我希望能藉這個新版本的刊行，追表我對他關心和貢獻於潮汕歷史文化的敬意。

朱鴻林·二〇一三年四月二十三日·香港